ARMANDO LUCAS CORREA

Armando Lucas Correa es un escritor, editor y periodista galardonado que ha recibido numerosos premios de la National Association of Hispanic Publications y de la Society of Professional Journalism. Es el autor de *La hija olvidada* y del *bestseller* internacional *La niña alemana*, que ha sido publicado en catorce idiomas. Vive en Nueva York con su pareja y sus tres hijos. Visita ArmandoLucasCorrea.com.

LA
VIAJERA
NOCTURNA

LA VIAJERA NOCTURNA

ARMANDO LUCAS CORREA

VINTAGE ESPAÑOL

Primera edición: enero de 2023

Publicado bajo acuerdo con Atria Books, una división de Simon & Schuster, Inc.
Copyright © 2023, Armando Lucas Correa
Copyright © 2023, Penguin Random House Grupo Editorial, S. A. U.
Travessera de Gràcia, 47-49. 08021 Barcelona
Copyright © 2023, Penguin Random House Grupo Editorial USA, LLC.
8950 SW 74th Court, Suite 2010
Miami, FL 33156

Publicado por Vintage Español,
una división de Penguin Random House Grupo Editorial USA, LLC.
Todos los derechos reservados.

Impreso en Mexico / *Printed in Mexico*

ISBN: 978-1-64473-694-4

23 24 25 26 27   10 9 8 7 6 5 4 3 2 1

A Emma, Anna y Lucas

ÍNDICE

ACTO PRIMERO

ACTO SEGUNDO

ACTO TERCERO

Night travelers are full of light.
—RUMI

ACTO PRIMERO

1

Berlín. Marzo, 1931

La noche que Lilith nació, las ráfagas de invierno aún persistían en medio de la primavera.

Las ventanas cerradas. Las cortinas corridas. El aire enrarecido. Sobre las sábanas húmedas, Ally Keller se contraía de dolor. La comadrona se afincaba a los tobillos de Ally. Nadie daba órdenes, solo miradas, gestos.

—Ahora sí, ya viene.

Tras la contracción, la última, su vida cambiaría. "Marcus", pensó Ally, y quiso gritar, pero no pudo.

Marcus no podía responder. Estaba lejos. Solo los unían cartas esporádicas. Ally había comenzado a olvidar su olor. Hasta su rostro se había disuelto por un segundo en la penumbra, mientras se veía en la cama como si fuera otra mujer, como si quien estaba de parto no fuera ella.

—Marcus —dijo ahora en voz alta, con el cuerpo cada vez más agitado.

Marcus se había vuelto una sombra. La niña crecería sin padre. Su padre, tal vez, nunca la había querido. Su destino estaba trazado. Quién era ella para violentarlo.

La noche que Lilith nació, Ally temió parecerse a su propia madre. No recordaba siquiera una canción de cuna, un abrazo, un beso. Su infancia había transcurrido rodeada de tutores, perfeccionando su caligrafía y su lenguaje, aprendiendo nuevas palabras y construcciones gramaticales apropiadas. Los números fueron su pesadilla, las ciencias le provocaban náuseas, la geografía la desorientaba. Solo le interesaba evadirse en historias que parecían viajes al pasado.

—Regresa a la realidad —le repetía su madre—. La vida no es una aventura de princesas y caballeros gallardos.

Su madre también la dejó ir. Había intuido cuál sería el destino de Ally y no era quién para impedirlo. Sabía que, por el camino que iba Alemania, su hija rebelde era una causa perdida. Con el tiempo, Ally pudo ver que su madre había tenido razón.

—Te estás quedando dormida —la interrumpió la comadrona jadeante, con las manos manchadas de un líquido amarillento—. Tienes que concentrarte para terminar de una vez.

En la comadrona se acumulaban las novecientas horas de entrenamiento requeridas, los más de cien partos a los que había asistido.

—Ni un solo bebé muerto, ni uno solo. Ni una mujer perdida, ni una —le había dicho cuando la contrató.

—Una de las mejores —le garantizaron en la agencia.

—Un día implantaremos una ley que obligue a que todos los bebés que nazcan en nuestro país lo hagan a través de una comadrona alemana —añadió, alzando la voz, la mujer de la agencia—. La pureza sobre la pureza.

"Tal vez debería haber buscado a una sin experiencia, a una que no supiera cómo traer un bebé al mundo", pensó Ally.

—¡Mírame a los ojos! —le gritó la comadrona, furiosa—. Si no pones de tu parte, yo no puedo hacer bien mi trabajo. Me vas a hacer quedar mal.

Ally comenzó a temblar. La comadrona parecía tener prisa. Ally sospechó que tal vez habría otra embarazada esperándola. No podía dejar de pensar en que tenía los dedos, las manos de la mujer dentro de ella, escarbándola. Se salvaba una vida arriesgando otra.

La noche que Lilith nació, Ally intentó imaginarse junto a Marcus a orillas del río: Marcus y Ally, ocultos de la luz de la luna, haciendo planes de una vida en familia, como si se tratara de personajes lejanos. La mañana siempre los sorprendía. Desprevenidos, comenzaban a cerrar las ventanas y a correr las cortinas, en la penumbra siempre encontraban amparo.

—Deberíamos huir—, le dijo una vez a Marcus, abrazados en la cama.

Ella esperaba en silencio por su sentencia, sabía que para Marcus solo había una respuesta. Nadie podía contradecirlo.

—Si aquí las cosas no están muy buenas para nosotros, en América ni hablar —diría—. Cada día que pasa nos ven como enemigos.

Para Ally, el temor de Marcus era abstracto. Lo asociaba con fuerzas ocultas, como una ola que crecía, invisible a sus ojos, pero que un día, al parecer, los ahogaría a todos. Por eso prefería ignorar la diatriba de Marcus y sus amigos artistas; tenía esperanzas de que la tormenta se apaciguara. Marcus proyectaba trabajar en una película. Ya había participado en una como músico, y esta vez le había dicho que ella lo acompañaría a París, donde tenía la esperanza de ser elegido para otra. Pero ella salió embarazada y todo cambió.

Para ocultar la vergüenza, sus padres la habían enviado al apartamento que tenían en Mitte, en el centro de Berlín. Le dijeron que era lo último que harían por ella. De la manera que viviera era su problema, no el de ellos. En la carta que su madre le había escrito podía escuchar su voz firme, pausada, con su cadencia de Bavaria. Nunca más supo de ella.

Fue por una esquela en el periódico que se enteró de que su padre había muerto de un ataque al corazón. Ese mismo día recibió una carta sobre la pequeña herencia que le había dejado. Supuso que allá, en Múnich, hubo rezos, avemarías, ventanas cubiertas y conversaciones que terminaban en murmullos. A su madre se la imaginó envuelta en un luto que ya llevaba desde el día en que ella se había ido. Tenía la seguridad de que, cuando su madre muriera, dejaría instrucciones para que su esquela no fuese pública, así su muerte pasaría inadvertida y no le daría a su hija la oportunidad de llorarla. Las plañideras eran escogidas, de alguna manera, por los que partían. Ally no se lo merecía. La venganza de su madre sería el silencio.

Se vio sola, en el vasto apartamento de Mitte, perdida en sus pasillos, en las habitaciones llenas de sombras, pintadas de un verde nublado que le hacían sentir que el musgo y el moho las habían estado devorando por décadas. Fue en esa época que comenzaron a llegar las cartas de Marcus. "Este no es el país que quiero para mi hijo". "No regreses a Düsseldorf, la vida aquí es cada vez más difícil". "En América tampoco nos quieren, nadie nos quiere". A veces, más que respuestas a las de ella, sus cartas eran arengas.

Un grito inundó la habitación y la trajo de regreso al presente. Había brotado de su pecho, de su garganta cerrada. Con los brazos contraídos, se vio desgarrada en dos. Las punzadas del vientre se extendieron a todo el cuerpo. Ally se aferró a los bordes de la cama con desesperación.

—¡Marcus! —El grito estremeció a la comadrona.

—¿Quién es Marcus? ¿El padre? Aquí no hay nadie. A ver, no te detengas, sigue, ya falta poco. Uno más y ya. ¡Puja!

Sintió rigidez y un escalofrío. Los labios temblorosos, secos. Su vientre se hizo puntiagudo y se redujo, como si el cuerpo vivo en su interior se hubiese disuelto. Había provocado una tormenta. Percibió las ráfagas y la lluvia caer. Los truenos y granizos la hincaban. Se estaba desgarrando. Su abdomen se contrajo, abrió las piernas, cada vez más pesadas y dejó salir algo, una especie de molusco. Un olor a óxido inundó la habitación viciada. El cuerpo diminuto se llevó todo el calor de su vientre. La piel vibraba.

Un largo silencio. Ally estiró las piernas y cerró los ojos. Las lágrimas se confundían con el sudor. La comadrona tomó al bebé inerte por los pies y cortó de un tirón el cordón umbilical. Lanzó con la otra mano la placenta a un cubo de agua sanguinolenta y en una esquina de la cama comenzó a limpiar al recién nacido con agua tibia.

—Es una niña. —La voz de la comadrona se multiplicó en la habitación.

"¿Dónde está el primer grito, el llanto que indica que está viva? Nació muerta", pensó.

Su garganta seguía ardiendo; el vientre, palpitando. Dejó de sentir las piernas.

En ese instante, la bebé soltó un débil gemido, como de animal herido. Poco a poco, el sollozo se fue convirtiendo en un lamento. Finalmente, el llanto terminó en bramido. Ally no reaccionaba.

La comadrona, calmada, empezó a palpar a la bebé, orgullosa del trabajo realizado. Al ver el tono azuloso de su rostro limpio, se asustó. Le faltaba oxígeno, dedujo. Con nerviosismo, le abrió la boca y revisó las encías moradas. Sospechó que quizás tuviera una obstrucción en la garganta y con el dedo índice de su mano derecha escudriñó en la minúscula laringe de la recién nacida. Observaba a la bebé y a Ally, que continuaba con los ojos cerrados.

Con rudeza, la comadrona cubrió a la pequeña, que no cesaba de gritar, con una sábana limpia. Solo le dejó el rostro descubierto. La comadrona le apretó los labios y le pasó la recién nacida a Ally como si fuera un ente extraño.

—Es una bastarda de Renania. Has traído a una *mischling* al mundo. Esta niña no es alemana, es negra.

Ally se incorporó y tomó a la bebé en su regazo. Al instante, la recién nacida se calmó.

—Lilith —murmuró Ally—. Su nombre quiere decir luz.

2

Siete años después
Berlín. Marzo, 1938

Anochece.

—¡Lilith, corre, corre y no mires atrás! —gritó Ally, con los ojos cerrados—. ¡Sigue, no te detengas!

Las farolas destellaban hilos plateados sobre los bancos de madera y bronce del Tiergarten. Ally giró con los brazos extendidos, removiendo como un tornado las hojas secas. Por un instante había detenido el mundo, creando una nube protectora a su alrededor. Al abrir los ojos, el parque era lo que giraba; los árboles se precipitaban sobre ella y no encontraba apoyo. Iba a desvanecerse.

De noche, el Tiergarten, en el centro de Berlín, era como un laberinto.

—¿Lilith? —llamó en voz baja.

Su hija había aprendido el juego a la perfección: no podía ser vista.

Con la avenida enfrente y los árboles a su espalda, Ally suspiró. Se sentía sola fuera del haz de luz que emitía la farola, pero cuando se volteó, tenía ante sí a un grupo de jóvenes vestidos de uniforme gris. El terror regresó. Uno puede contener las lágrimas, levantar la comisura de los labios, disimular que las piernas tiemblan, que las manos sudan, pero el pavor persiste y se exterioriza hasta debilitarte. El cazador puede olfatear el miedo. Pero los jóvenes uniformados le sonrieron, levantaron el brazo derecho saludándola. Era la imagen de una alemana lozana y perfecta.

—*Sieg Heil!*

"Si supieran", pensó.

Tras una ráfaga, las nubes se dispersaron. Ahora, la luz de la luna caía sobre ella, sobre su cabellera rubia y su piel de porcelana. Ally brillaba. Uno de los jóvenes se volteó a contemplarla, como si fuera una aparición mágica en el Tiergarten, una valkiria camino a decidir su destino. Los jóvenes siguieron de largo. Ella permaneció sola, en la oscuridad.

—¿Mamá? —La voz de Lilith la sacó de su estupor—. ¿Lo hice bien esta vez?

Sin bajar la mirada, Ally pasó sus dedos por el cabello rizo y esponjoso de su hija, que apareció a su lado en la oscuridad. La luz solo la iluminaba a ella. Lilith era una sombra.

—Regresemos a casa.

—Pero ¿lo hice bien, mamá?

—Claro que lo hiciste bien, Lilith, como todas las noches. Cada día lo haces mejor.

En la penumbra pasaban inadvertidas. Los transeúntes las ignoraban, nadie las miraba con asombro ni tensaba los labios con repulsión, ni bajaba la mirada por compasión. Nadie lanzaba piedras o improperios, y los niños no corrían detrás de ellas, amparados en su pureza, vociferando canciones sobre la selva o los chimpancés.

De noche se sentían libres.

—De noche todos tenemos el mismo color —le susurraba Ally a su hija mientras caminaban, como si recitara uno de sus versos.

Ally siempre estaba escribiendo, no importaba dónde estuviera. No necesitaba lápiz ni papel, su mente iba más rápido que sus manos, le repetía a su hija, para quien declamaba poemas con una cadencia casi musical que hacía sentir a Lilith en éxtasis.

—¿Qué dices, mamá?

—Lo que quiero decir es que la noche nos pertenece a ti y a mí. La noche es nuestra.

⌁

A punto de comenzar la primavera, cuando Lilith cumpliría los siete años, fue que comenzaron las pesadillas que Ally prefería olvidar. "¿Qué madre sueña con la muerte de su hija?". La única culpable era ella, se dijo, por haberla traído al mundo. Por tener que vivir en una huida sin fin.

En el edificio de apartamentos, escondido en una calle en Mitte sombría y sin salida, nunca tomaban el elevador, siempre bajaban y subían por las escaleras, en penumbras, para no tropezarse con los vecinos. Había escuchado lamentarse a los Strasser, que vivían en su mismo piso, siempre con la nostalgia de un pasado triunfal. El mismo día en que se mudó al apartamento, meses antes de que Lilith naciera, la invitaron a un café. En los salones había trofeos de viajes a países remotos, esfinges, rostros fragmentados, brazos de barro y mármol. Adoraban las ruinas. Frau Strasser vivía sofocada en una faja que la tornaba irascible y la hacía rechazar todo lo que no luciera como ella y sus magníficos retoños. Le faltaba el aire al caminar, y hasta en invierno las gotas de sudor la invadían, amenazando arruinar su maquillaje. Los Strasser tenían dos hijas, cada una más perfecta, como soles. El ideal femenino que solía promover la portada de *Das Deutsche Mädel*, la revista de la Liga de las niñas alemanas que todos veneraban.

Desde que Lilith nació, a Ally la evadían. Herr Strasser se había atrevido incluso a escupir a su paso un día que se cruzaron con él en la acera, frente al edificio. La bolsa de frutas de Ally cayó al suelo, las manzanas rodaron por el asfalto y se cubrieron de un polvo oscuro y húmedo.

—Esas manzanas están más limpias que tú —le dijo Herr Strasser después de lanzar el escupitajo que Ally vio caer hasta rebotar cerca de ella.

Nadie ocultaba el insulto. Ally había atravesado el portón de madera y bronce, y entrado al edificio que ya no era su refugio. Vio a sus vecinos, los Herzog, asustados, escabullirse tras el umbral del 1B. Habían sido testigos de la infamia y quizás habían sentido piedad por ella. Ellos también habían sido ultrajados, no una, sino varias veces.

Los Herzog eran dueños de un pequeño almacén de lámparas a la salida de la estación del S-Bahn, en la Hackescher Markt. Una vez, Ally había querido guarecerse de la lluvia helada en su tienda, pero no lo hizo: en las vidrieras vio dibujada una estrella de seis puntas y la palabra más ofensiva con la que uno podía ser llamado entonces, *Jude*. Bajó la mirada y siguió de largo, mojada, temblorosa. La última vez que se bajó del S-Bahn vio a lo lejos lo que quedaba del establecimiento. Habían destruido los cristales y arrasado con las lámparas. "Ya nadie necesita alumbrarse en Berlín", pensó, y giró en dirección contraria. "Supongo que a partir de ahora viviremos en las tinieblas…". Había vidrios por doquier. Era imposible no pisarlos. Su crujir la estremecía; era parte de la sinfonía de la ciudad. La indiferencia de las pisadas los iba triturando, convirtiendo en polvo, hasta hacerlos desaparecer.

Ally ya había perdido la capacidad de asombrarse; nada la ofendía. Las palabras no la amedrentaban; tampoco aquel escupitajo de Herr Strasser, que para ella era apenas un insulso gesto de agravio.

Por suerte, ese día iba sola, como casi todas las tardes. Lilith se había quedado en casa con Herr Professor, su vecino y mentor. Su nombre era Bruno Bormann, pero ambas lo llamaban Opa. Al principio, a él no le gustaba. "No soy tan viejo para que me llamen abuelito", protestaba. Pero ahora, cada vez que el anciano entraba al apartamento anunciaba su llegada diciendo: "Opa está cansado",

"Opa tiene hambre", "Opa necesita que le canten" o "¿No hay un beso y un abrazo para Opa?".

—¿Sabes algo, Lilith? —le decía Herr Professor a la niña cada vez que leían juntos y ella le preguntaba sobre el destino—. Tú eres más anciana que Opa. Tú eres un alma vieja.

Los tres cenaban juntos la mayoría de las noches, a menos que Herr Professor tuviera una cita con sus antiguos colegas de la universidad en la que había enseñado literatura a más de una generación. Ya quedaban pocos. Unos habían muerto, otros huyeron a América para evitar el horror y la vergüenza de lo que sucedía en el país. Antes, Herr Professor era reverenciado. Sus citas literarias eran repetidas por jóvenes que lo seguían con devoción. Cuando fue contratado como profesor, se imaginó frente a sus pupilos, anciano y con bastón, y se prometió que daría clases hasta que se extinguiera su último suspiro. Pero los tiempos cambiaron. Comenzaron el temor y las delaciones, y ya no confiaba en los catedráticos que habían optado por quedarse ni en los nuevos alumnos. Esos jóvenes iracundos ahora tenían el poder de decidir qué se debería enseñar en la sagrada academia alemana y qué debería eliminarse para siempre del currículo. Todos los profesores, los decanos y hasta el rector de la universidad temían, tanto como a una bala extraviada, ser denunciados por un estudiante. Una mañana, al llegar a la universidad, varios estantes de la biblioteca estaban vacíos; primeras ediciones desperdigadas por el suelo, pisoteadas.

—Los libros han dejado de ser útiles en este país —le comentó a Ally—. ¿A quién le importa leer a los clásicos hoy día? ¿Hasta cuándo, mi querida Ally? Tú y yo somos sobrevivientes, pertenecemos a otra era. A la nueva generación solo le interesa escuchar discursos del *Führer*, los gritos del *Führer*.

Con sus modales delicados, una articulación perfecta y una voz que proyectaba, sin alzarla, para que fuera escuchada en cualquier rincón de la casa, Herr Professor era un maestro para Lilith. Gracias a él, la pequeña podía leer y escribir con fluidez y precisión asombrosas desde los cinco años. La niña devoraba libros que no podía entender completamente, y subrayaba palabras en las páginas de los volúmenes que tomaba, sin pedir permiso, de la vasta biblioteca del profesor.

Las puertas de entrada contiguas de los apartamentos de Ally y Herr Professor rara vez se cerraban con seguro.

—Deberíamos derrumbar la pared del pasillo que divide nuestros apartamentos. Así no tengo que salir para visitarlas —había propuesto Herr Professor una vez.

Ante esa idea, Lilith había sonreído, pensando que así tendría acceso a la biblioteca a toda hora, y no solo en las noches, que era cuando estaba autorizada a salir, con precaución, sin que los fantasmas —así llamaba a los vecinos— la hostigaran.

Ally sabía poco de Herr Professor, pero lo suficiente para considerarlo parte de su vida. Sabía que una vez "había tenido un resbalón", es decir, se había enamorado, le había explicado él, aunque ella nunca se lo preguntó.

—Esos resbalones te destrozan el destino, pero por suerte uno no tiende a enamorarse dos veces en la vida. Con una basta —había aclarado el anciano.

Lilith estaba concentrada ahora en un tomo encuadernado en piel, escrito en una lengua indescifrable, que tenía por título *Eugenics*, una palabra que ella no se atrevía a pronunciar. Escudriñaba los dibujos de cuerpos humanos, enfermedades, distrofias, perfecciones e imperfecciones, hasta detenerse en el rostro magnífico de una niña.

—*All that glitters is not gold* —le dijo el profesor.

—Opa, quiero que hoy mismo comiences a enseñarme inglés.

—Si te enseño inglés, no es para que leas ese libro, sino para que puedas entender al Gran Poeta.

A partir de esa noche, comenzaron a leer en voz alta sonetos de Shakespeare en inglés antiguo, sin preocuparse por descifrarlos.

—Para aprender un idioma, lo primero es captar su musicalidad, desenredar la lengua, que los músculos de la cara se relajen —explicaba Herr Professor—. El resto llega por su propio peso.

—Busquemos a mamá para que nos escuche.

—Debemos dejar a tu madre tranquila. Hace falta que escriba, que escriba mucho. Eso le hace bien.

—Es por mi culpa que mamá no duerme.

—No, Lilith. Es por culpa del *Führer*, que se cree Odín. Tú no tienes nada que ver.

—A mamá no le gusta que lo mencionemos…

Desde que se despertaba, Lilith pasaba casi todo el día con Herr Professor. Al mediodía, los tres desayunaban juntos y la niña se deleitaba con las historias que contaba él, y que iban desde las glorias de la antigua Babilonia hasta la mitología griega; las interminables disertaciones sobre los dioses y semidioses, o los templos dóricos de la Acrópolis que podían terminar, sin transiciones, en las Guerras Médicas. Herr Professor le hablaba lo mismo de Afrodita, Hefestos y Ares, y el lugar de estos en el templo de los doce dioses olímpicos, que de las batallas de nubios y asirios.

Una tarde, Herr Professor encontró a Lilith frente al espejo, a la salida del baño, el único espacio de su apartamento en el que no había libros. La niña se acercaba cada vez más al cristal, como si intentara encontrar una respuesta que la sacara de sus dudas, acariciándose el cabello y las cejas con lentitud. Cuando descubrió que Herr Professor la estaba observando, se sobresaltó.

—Mamá es tan bonita.

—Tú lo eres también.

—Pero no me parezco a ella. Yo quiero parecerme a ella.

—Tienes el mismo perfil, los mismos labios, la misma forma de los ojos.

—Pero mi piel...

—Tu piel es hermosa, mira como brilla al lado de la mía.

Ambos se colocaron frente al espejo. Lilith se soltó los rizos. Herr Profesor se retiró las canas de la frente y se pasó la mano por el vientre.

—Voy a tener que hacer algo con esta barriga, está creciendo por días. Estoy viejo, ¡pero al menos tengo todo mi pelo!

Se rieron. Para Lilith, Herr Profesor era como un gigante amable que velaba por ellas.

Los días se hacían cortos cuando Herr Professor abría la escalera de madera que conducía al armario del diminuto cuarto que daba a la cocina, se subía y, desde el último peldaño, comenzaba a bajar cajas forradas de terciopelo rojizo, donde guardaba fotografías familiares que su madre, una mujer alta y robusta, había clasificado durante sus últimos años. A Lilith le fascinaba examinar aquellas imágenes de desconocidos, de quien incluso Herr Professor había olvidado el nombre.

—Al pequeño Bruno le asustaba la oscuridad —dijo una vez apuntando a una foto de sí mismo a los dos años—. A nosotros, no. ¿Verdad, Lilith?

El bebé regordete y calvo sobre un almohadón de encajes en el centro de una fotografía ovalada hacía reír a la pequeña.

—Tenías cara de refunfuñón desde que naciste.

—Todos fuimos bebés alguna vez, y antes de morir regresamos a esa época en que dependemos de que nos lo hagan todo.

—Yo te cuidaré, Opa, no te preocupes.

Pasada la medianoche, Lilith se iba a la cama. A esa hora, Ally y Herr Professor se preparaban un té para huir del sueño. Permanecían callados; no necesitaban las palabras para comunicarse. Pasados unos minutos, Ally se recostaba en su regazo y Herr Professor le acariciaba la cabellera, que en la oscuridad se tornaba de un gris humo.

—Ya encontraremos una solución, la encontraremos —repetía—. Lilith es una niña sabia. Tenemos una niña prodigio. Es muy especial.

—Opa, estamos contra el tiempo —dijo una noche Ally con la respiración agitada—. Lilith ya tiene casi siete años.

—Confiemos en Franz. —A Herr Professor le temblaban las manos.

Franz Bouhler era un antiguo estudiante de Herr Professor. Su madre había insistido en que estudiara ciencias para que trabajara en los laboratorios de su primo Philipp, que había comenzado unas investigaciones que, según Franz, iban a transformar la manera en que verían el mundo. Pero su verdadera pasión era la literatura; escribía poesía, y se había matriculado en las clases de literatura de Herr Professor. Tras salir de la universidad, Franz siguió visitando a Herr Profesor y compartiendo sus escritos.

—Franz es un soñador —respondió Ally.

—Todos lo somos —aseguró Herr Professor—. *When I waked, I cried to dream again.*

Desde que Franz comenzó a visitarlos, se había convertido en el único contacto con el exterior de Ally y Herr Professor. Lilith crecía por día y se hacía notar cada vez más. Una niña *mischling*, una bastarda de Renania, que por ley tenía que ser esterilizada para sobrevivir en la nueva Alemania. Ambos evitaban las noticias de la radio, y en sus casas no entraban los periódicos. Cuando salían en las tardes, bajaban la mirada para evitar la avalancha de carteles triunfalistas blancos, rojos y negros que inundaban la ciudad.

Herr Professor editaba los altisonantes poemas de Franz, siempre esperanzadores, en contraste con el lirismo oscuro y pesimista de los versos de Ally. Fue el aliento fresco y juvenil de Franz, cuatro años menor que Ally, el que la impulsó a cobijarse en él. Las tardes del miércoles eran solo de ellos. Ally se sentía segura atravesando los callejones del barrio con el chico alto, de brazos vigorosos, y movimientos torpes, pero de una dulzura que le daba un aire infantil. Él, siempre de franela gris, y ella, con su gabardina de lana rusa y tonos rojos, que cambiaba de color según la luz del día.

Franz leía los poemas de Ally con devoción. Admiraba la sencillez de sus versos. Él tenía que recurrir a construcciones cada vez más complejas para llegar a una idea que terminaba pareciéndole insulsa veinticuatro horas después. Ally quería entender los textos de Franz, su retórica, y terminaba abrumada, atribuyendo la tormenta de palabras a la inocencia del chico.

Para Lilith, Franz oscilaba entre un Dios griego y un hermano mayor. Cada vez que llegaba, ella corría a sus brazos y se cobijaba en su cuello cuando él la levantaba y la sostenía en el aire.

"¿Qué me tiene para hoy mi Lucecita?", solía decir. "A ver, hazme preguntas".

Ambos podían pasar horas contándose cómo habían consumido el día: para ella, levantarse, lavarse la cara, tomar agua, leer con Herr Professor, acostarse y sonreír; para él, estudiar tomos enormes dedicados a las partes del cuerpo humano y escribir el poema más hermoso que un alemán hubiera jamás creado, el que un día no muy lejano ella podría leer. Para Franz, aquello era lo más cercano a un hogar. Evitaba las cenas en su casa, con su madre, una viuda que se la pasaba dándole instrucciones. Para su madre, escribir poesías era una debilidad que no lo llevaría a ninguna parte.

—Alemania no necesita más escritores —le repetía—. Alemania requiere soldados que la sirvan ciegamente.

La de Ally era la única casa que el joven visitaba en donde no había una imagen del *Führer* sobre la chimenea del salón principal. Y la niña percibía que su madre era feliz cuando Franz estaba con ellas. Con él no les tenían miedo a los fantasmas ni al *Führer*. Nadie podía hacerles daño. Franz era un ejército, una barricada.

Entonces comenzaron los preparativos para el séptimo cumpleaños de Lilith. Ese número los mantuvo en vela. No hubo más sonrisas, ni recitaron más poemas en la penumbra. Las cenas volvieron a transcurrir en silencio.

"Siete", repetía Lilith, como si ese número se hubiese convertido en su condena.

$$\overline{3}$$

Ocho años antes
Düsseldorf. Junio, 1929

—Si sigues demorándote, vamos a llegar tarde —dijo Ally, que estaba ya en la puerta, alzando la voz.

Al ver salir a Stella del cuarto de baño, soltó una carcajada.

—¿De rojo? ¿Y ese escote? ¿A dónde crees que vamos?

—A divertirnos —respondió Stella.

—De rojo solo conseguirás llamar la atención del Vampiro.

Las dos sonrieron y bajaron las escaleras con premura.

A esa hora de la noche la ciudad estaba recogida. Los días habían comenzado a alargarse, pero las lámparas de las esquinas aún estaban apagadas. Atravesaron las calles vacías, evitando los charcos de agua que habían formado las lluvias de un verano indeciso.

Cuando llegaron a la estación del U-Bahn en dirección a Altstadt, no había nadie en el andén. Daba la impresión de que la plaga que había azotado al mundo una década atrás estaba de regreso.

—Todo el mundo les presta demasiada atención a los titulares de los periódicos —dijo Ally.

—Qué miedo, ¡el vampiro de Düsseldorf nos acecha! —se burló Stella—. No creo que nosotras seamos la carnada ideal para él.

—¿Ideal? Yo creo que este vampiro que nos ha tocado no escoge a sus víctimas. La primera con la que tropiece…

—Bueno, nosotras vinimos a divertirnos.

Eran las únicas pasajeras del vagón. En una de las puertas, un aviso ofrecía recompensar la captura del vampiro: diez mil *riechsmarks*. Se miraron sorprendidas y permanecieron en silencio el resto del trayecto. Nunca habían sentido miedo, pero ahora sí estaban asustadas, aunque no se atrevían a reconocerlo. Llegarían a su destino en pocos minutos y estaban convencidas de que en los alrededores del Brauerei Schumacher habría una muchedumbre. Marcus y Tom las estarían esperando a unas cuadras de allí. ¿A quién se le ocurre quedarse en casa un sábado de verano por la noche? Ellas estaban decididas a no dejarse detener por ningún vampiro, real o imaginario. Además, después que el depredador, que agredía sexualmente a niñas, mujeres, ancianas y hasta a hombres en las cercanías del Rin, y luego los apuñaleaba hasta que se desangraban, había ocupado todos los titulares de los periódicos del país, los vecinos, los dueños de negocios y la policía estaban alertas. Ellas también.

La última víctima había aparecido cerca de la estación central, desnuda sobre un diván en la habitación oscura de un hotel. Había sido estrangulada, pero no había otro signo de violencia en el cuerpo ni rastros de sangre. Algunos habían dudado de que fuera obra del mismo asesino.

Desde que se habían mudado juntas de Múnich a Düsseldorf, Ally y Stella se habían prometido ser independientes. Aunque sus familias las ayudaban a cubrir sus gastos, ambas trabajaban por las tardes en una tienda por departamentos del centro, vendiendo perfumes. "Todo el mundo se oculta en los aromas", solía decir Ally. Estaba previsto que Berlín fuese su destino final, pero decidieron quedarse por un tiempo en la ciudad a orillas del Rin por la música. Stella quería ser bailarina; Ally, escritora.

Los sábados en la mañana Ally escribía largos poemas mientras Stella dormía. Les hubiera gustado vivir más cerca del centro, en un departamento con dos recámaras, pero con el tiempo se habían ido habituando a estar juntas. Apenas llegaba del trabajo, Stella se quitaba los zapatos y las medias, y aún con el vestido oloroso a esencias se arrojaba en la cama. Podía caerse el mundo a su alrededor, solía decir Ally, que no había fuerza superior que la despertara. Al abrir los ojos, Stella revisaba los periódicos en busca de noticias sobre el vampiro, que comentaba con Ally a deshora.

Durante la semana, al mediodía, se alistaban a memorizar los ingredientes de los perfumes, que llegaban en frascos elaborados por artesanos obsesionados con la eternidad. Detrás de un mostrador que lucía más bien como el de un boticario, hablaban como expertas de anís y tés del Oriente, el cálamo, las granadas, el mirto, el ciprés y los pétalos marchitos de las rosas búlgaras. Ally jugaba con aquellas palabras y construía versos ajenos.

En la noche del sábado atravesaban la ciudad, hasta llegar al cabaret donde se encontraban con Marcus y Tom, deleitándose con ritmos que sus padres aborrecían.

—Si nuestros padres saben que estamos saliendo con dos músicos negros, nos mandan a matar —bromeaba Stella entre carcajadas.

—Marcus es alemán —aclaraba Ally.

—Y Tom es americano —continuaba Stella—. Pero los dos son negros…

Se abrían paso entre la multitud que hablaba del vampiro. Las paredes de una popular destilería estaban cubiertas con los avisos de la recompensa. "Diez mil" resonaba entre risas y diálogos, como una letanía. Todos querían cazar al vampiro y hurgaban los alrededores tratando de atisbar a un culpable. Algunas mujeres intentaban transfigurarse en carnadas. Entre dos, decían, podrían capturar al hombre más temido y buscado de Alemania.

Los diálogos se mezclaban. Todos hablaban a gritos, mientras Stella apuraba a Ally, que tropezaba con los transeúntes, entre frases que les llegaban como bofetadas.

—Debe ser un judío asqueroso. Hay que salir de los judíos.

—A mí me parece que es uno de los negros que han inundado la ciudad por culpa de los judíos.

—Por culpa más bien de los franceses. Ellos fueron los que llenaron el ejército de negros. ¿Y ahora qué son? ¡Triunfadores!

—¿Qué harías con los diez mil *reichmarks*? —le preguntaba una chica a su pareja.

—Nos iríamos a Berlín —contestó él.

"A Berlín", pensó Ally. "Marcus y yo podríamos irnos a Berlín".

Bajo la tenue luz de la puerta lateral del *Schall und Rauch*, en el callejón, Ally divisó a Marcus y su corazón comenzó a galopar. Él sonrió al verla y le hizo un gesto para que se apresurara. Ally se desprendió de Stella y corrió hacia él.

—Me tienes esperándote hace horas —le susurró al oído.

—Exageras —respondió ella, y lo besó.

Marcus abrió la puerta y le cedió el paso a Stella. Él se mantuvo abrazado a Ally bajo la luz de la entrada. El gesto detenido, en paz.

—Creo que debemos de entrar —dijo ella.

—Ya estás aquí. No me importa que comencemos tarde.

Se separaron un poco, contemplándose uno al otro.

—Me miras como si me fuera a evaporar.

Él sonrió y entraron tomados de las manos por el pasillo a oscuras. Al subir la escalera del escenario, sintieron el bullicio tras bastidores. El humo de los cigarrillos se mezclaba con el olor a levadura. A su paso, Ally golpeaba las pesadas cortinas, y estas despedían partículas de polvo que parecían brillar con luz propia.

La música del escenario del *Schall und Rauch* llegaba disonante. La voz del comediante se imponía con aullidos de protesta sobre las carcajadas del público.

—Ahora irás a calmarlos —le dijo Ally a Marcus, ya en el camerino.

La habitación era pequeña, una especie de desván con ropa acumulada e instrumentos musicales en el suelo de tabloncillo de madera lleno de ranuras. Había jarras de cerveza vacías, una botella de whiskey, vasos por doquier, torres de periódicos. Varias fotos se amontonaban en las paredes. En una de las imágenes se reconocía a Marcus con los brazos extendidos y el saxofón a sus pies. Detrás, la torre Eiffel.

Marcus tomó el saxofón, la besó y la dejó en el camerino. Ally se acercó a la foto de Marcus pegada al espejo y, cuando estaba por tomarla, Stella preguntó:

—¿Te vas a quedar aquí toda la noche, o quieres ir a escucharlos? Anda, vamos.

Al salir del camerino, se detuvieron en un lateral del escenario. Desde allí podían contemplar a los músicos y la audiencia. Aunque el sonido les llegaba distorsionado, Ally, que había descubierto el jazz con Marcus, se deleitaba con aquellas cadencias. Muy pocos prestaban atención. La música era de fondo, una especie de intermedio hasta la llegada del próximo comediante y, más tarde, las bailarinas con el torso descubierto. En el público había mujeres sentadas sobre las mesas. Un par de ellas bailaban en una esquina. Un grupo improvisaba una canción alemana sobre la excelencia, creando su propia letra. En una de las mesas centrales había tres chicos maquillados, con los labios rojo púrpura y el pelo engominado. Extrañada, Ally detuvo la vista en la mesa del fondo, donde se encontraban seis hombres vestidos de traje y corbata negra. Aún llevaban sombrero. Tenían la vista fija en el escenario y el rostro contraído.

—¿Quiénes son? —le preguntó a Stella, señalándolos con sutileza.

—¿Aquellos? —preguntó Stella, extendiendo la mano—. Unos aburridos, puedes estar segura.

Al terminar la música, los reflectores del escenario recorrieron el cabaret de los músicos al público que aplaudía. Ahora la luz caía sobre Ally. Uno de los hombres se quitó el sombrero y fijó la mirada en ella.

Con el escenario a oscuras, se escuchó una voz por los altavoces:

—Señoras y señores, ha llegado el momento que estaban esperando. Nuestro ilustre maestro de ceremonias.

Se escuchó un redoble de tambores y, tras una extensa pausa, la luz iluminó a un hombre maquillado sin pantalones, con camisa blanca desabotonada, ligueros, sostenedor y zapatos femeninos de tacón alto. Se quitó el sombrero de copa e hizo una reverencia, y al golpear de los platillos se dejó caer sobre las tablas, provocando carcajadas en el público. De las sombras salió un perro blanco, con un enorme lazo de *chifón* rosado, y se recostó a él, indefenso.

—¿Es que no puedes ser más discreto? —le reprochó el maestro de ceremonias al perro, y se escucharon otras risas dispersas.

La expresión del maestro de ceremonias mientras acariciaba al perro era macabra. Ambos permanecieron callados a la espera de una señal de la orquesta, de una nota discordante. Luego, el hombre se levantó con desgano, y el escenario quedó a oscuras. Entonces el reflector iluminó un pequeño punto de luz sobre el escenario que se fue abriendo al ritmo de una música estridente, hasta descubrir las nalgas desnudas del maestro de ceremonia. Se podía ver también el trasero del perro. El rugido de una trompeta provocó aplausos y chillidos.

El show continuó, pero para Ally, perdida en sus propios pensamientos, solo había silencio. Pasaron varios minutos, cuando un atronador sonido metálico la despertó y se encontró sola. Intrigada, miró alrededor del teatro preguntándose adónde se habría ido Stella. Los hombres de la última mesa también habían desaparecido. Ally corrió al camerino abriéndose paso entre las bailarinas y, al entrar, la sorprendió el silencio. Encontró a Stella desconsolada en brazos de Tom. Marcus se detuvo al verla, y luego continuó recogiendo sus instrumentos.

—Se llevaron a Lonnie a la estación de Mühlenstrasse —dijo Stella entre sollozos—. ¿Te acuerdas de los hombres que estaban detrás, los aburridos? Eran policías.

—Pero ¿por qué a Lonnie? —preguntó Ally.

Nadie respondió.

—A ver, es hora de irnos. —Marcus la tomó de la mano y salieron del teatro sin despedirse de nadie.

Caminaron cabizbajos durante un largo rato. Ally esperaba que Marcus fuera quien iniciara la conversación, pero se dio por vencida.

—¿De qué acusan a Lonnie? ¿Podrías, al menos aclararme por qué? ¿Vamos a irnos así, sin hacer nada?

—No hay nada que hacer, Ally. Ellos tienen el poder. —Marcus le imprimió a "ellos" un tono de agravio.

—No entiendo —respondió ella.

—No hay que ser culpable de nada para que te lleven a la cárcel. Lonnie es negro, eso lo hace culpable. Mañana tal vez me toque a mí. La semana que viene, a Tom.

—Por alguna razón se lo tienen que haber llevado —insistió Ally.

—No seas ingenua. Porque faltó una semana al cabaret. Por eso se lo llevaron.

—¿Y a la policía que le importa?

—Esa semana que faltó, apareció una mujer muerta al pie del río. Ya sabes, si el vampiro realmente existe, tiene que ser negro. De nosotros es de quienes primero sospechan. Nosotros somos los culpables. Nosotros somos los salvajes, los asesinos. Uno de los músicos blancos también faltó durante esos días. A ese, ni lo interrogaron.

Ally no supo qué responder y se apoyó sobre él con un gesto de consuelo. Su amigo había sido detenido. Como mismo se habían llevado a Lonnie, pudieron habérselo llevado a él. Había tenido suerte.

—Hasta que no aparezca otra mujer u otra niña muerta, no lo soltarán. Para ellos, él es culpable.

No era el primero. En los periódicos, el carnicero de su barrio había ocupado titulares hacía unos meses. Judío y carnicero era la combinación perfecta para levantar sospechas. Las caricaturas del ogro inundaron revistas y periódicos. El carnicero terminó quitándose la vida en la celda. Transformó las sábanas en una cuerda y se colgó. Fue su manera de incriminarse, dijo el juez. Las mujeres, las niñas y las ancianas podrían ya dormir tranquilas; todos podrían regresar al parque, caminar bajo la luz de la luna a orillas del Düssel. Había regresado la paz a la ciudad sumida en el terror. En un editorial, uno de los concejales de la ciudad se atrevió a afirmar que aquella era la señal necesaria para eliminar a los judíos, no solo de aquel pueblo maldito por tantos asesinatos, sino de todo el país. Había que devolverle a Alemania su grandeza. Ni un vampiro más. Entonces, el *Volksstimme* publicó una misiva anónima que había sido enviada a la estación de policía. El vampiro real no quería perder su protagonismo: "Hoy, poco antes de la medianoche, encontrarán a la próxima víctima".

Esa noche, el cuerpo desnudo de una mujer apareció en una plaza. El Vampiro la había violado a orillas del Düssel. Allí fue descubierta por un borracho, que se convirtió de inmediato en sospechoso.

El verano había desatado la furia del Vampiro. A pocas horas del primer incidente, un hombre fue acuchillado mientras leía el periódico sentado en un parque, y una mujer recibió varias puñaladas en las costillas mientras paseaba a la luz del día.

Era solo de noche que Ally y Marcus se atrevían a caminar tomados de la mano, protegidos por las sombras. De día, iba uno detrás de otro, Marcus delante y Ally detrás. Sabían que, si invertían el orden, podían detenerlo a él bajo sospecha de encontrarse a la caza de una mujer indefensa. Ya estaban acostumbrados, era su manera de estar juntos. A Ally no le importaba que la vieran al lado de él bajo el sol. Se hubiera atrevido a besarlo en público, a abrazarlo si él lo hubiera permitido, pero Marcus caminaba delante de ella como si se tratara de una conspiración. Sabía que, para los demás, el negro era culpable, depredador. Ella siempre sería la víctima.

Stella, por el contrario, se citaba con Tom en la pequeña buhardilla donde él vivía, en la que dos personas eran una muchedumbre, como solía decir. No se atrevía a salir con él a la calle, y suponía que Ally se arriesgaba demasiado al dejarse ver con Marcus. Una cosa era que se divirtieran y la pasaran bien en el cabaret, y otra era enamorarse y soñar con hacer una vida juntos. Stella le repetía que nunca aceptarían una relación así en Düsseldorf. Ni en ninguna parte de Alemania.

Pero Ally, con el tiempo, le hizo entender que estaba dispuesta a crear una familia con Marcus. Si algo la cautivaba de él, era su irreverencia, su rebeldía. Con él se sentía protegida. Juntos podían enfrentarse al mundo, pensaba. Como siempre salían de noche y se encontraban en los alrededores del cabaret, sentían que el aire festivo, la música y el humo los protegían. Algunos la censuraban como una chica de vida fácil, como una vez la llamó la casera al verla salir sola de noche a pesar de las advertencias de la policía. Cuando estaba junto a él, las mujeres se asustaban e intentaban descubrir en su mirada si había sido forzada o si se hallaba junto a aquella rara especie por su propia voluntad. Los hombres la desnudaban de una ojeada, ella podía notarlo. Pero a quienes temía era a los camisas pardas. Eran esos quienes la hacían estremecerse, y cada día eran más, como si la plaga maldita hubiera regresado y contaminado de nuevo todo el país.

Al entrar en el apartamento de la Ellerstrasse, Marcus se quitó los zapatos y lanzó su chaqueta sobre el butacón cercano a la ventana. Esa vez no la colgó con cuidado, para que no se ajara, dentro del armario. Se acostó. Ally intentó acercarse y él le dio la espalda.

—¿Quieres que me vaya? —le preguntó Ally con timidez.

—Claro que no. Tenemos que dormir. Ya veremos mañana cuáles serán las noticias.

La calma la hacía sentir incómoda. Ally no hizo más preguntas. Recorrió con la vista la habitación, que cada día intentaba hacer más familiar: la opaca fotografía de los abuelos alemanes de Marcus, a quienes él nunca conoció, enmarcada en bronce; un óleo de la casa familiar, que tampoco visitó en la frontera con Alsacia; un afiche de Chocolate Kiddies, de cuando la orquesta de Sam Wooding se presentó en Berlín, y la única foto de su madre, con ojos lánguidos, en la mesita de noche a la que le faltaba una pata.

Había varios ejemplares de *Der Artist* amontonados en una esquina del cuarto, uno de ellos con un gran titular en letras rojas: *Schesbend*. También había partituras de piano de Dvořák, el programa del *Admiralspalast* de tres años atrás con la firma de Sam Wooding, de cuando Marcus fue a Berlín a ver a la banda americana y escuchó por primera vez la música de Duke Ellington. No había imágenes del padre. La madre de Marcus lo había conocido en Francia y había tenido a su hijo sola, en Düsseldorf, lejos de la familia. Con el bebé recién nacido, había trabajado como empleada doméstica para una familia que vio, desde muy temprana edad, el talento musical del niño. A los cuatro años, Marcus comenzó a recibir clases gratuitas de piano.

De adolescente, Marcus se fue a París, tal vez con la esperanza de encontrar al hombre que para él no era más que una sombra sin rostro: su padre. Allí terminó tocando el piano y el saxofón en cafés a los que la gente iba a conversar, no a escuchar música, y conoció a otros artistas como él. No había un instrumento que cayera en sus manos que no aprendiera a dominar. Un invierno, recibió una carta de la familia con la que había crecido y en la que había sido aceptado: su madre había muerto, víctima de la influenza que azotaba el país. Devastado, regresó a Düsseldorf con un saxofón que había heredado de un músico amigo hastiado de las malas noches, la falta de dinero y el hambre, y dio inicio a su vida nocturna como músico en la ciudad donde había nacido. En el *Schall und Rauch* conoció a Tom y a Lonnie, y se volvieron un trío inseparable.

Ally se sobresaltó cuando Marcus se despertó de repente, se levantó, se sentó en el borde de la cama y dijo con voz grave:

—Yo sé dónde estuvo Lonnie toda esa semana.

—Entonces podemos ir a la policía y salvarlo —respondió Ally.

Marcus negó con la cabeza. Con rostro sombrío fijó sus ojos en los de ella.

—No puedo.

—¿Por qué no? Es la única manera de ayudar a Lonnie.

Marcus la miró de nuevo.

—No hay nada que hacer —sentenció—. Si ellos supieran la verdad, eso solo empeoraría las cosas.

4

Cuatro años después
Düsseldorf. Marzo, 1934

La noche que Lilith nació, Ally tuvo la sensación de que no escribiría más versos. Qué sentido tenía llenar hojas de papel con poemas insulsos, si no podía estar al lado de Marcus y criar juntos a su hija. Lilith iba a necesitar toda su atención de madre. Su cuaderno de notas desapareció en una de las gavetas de la mesita de noche, y antes de dormir ya no jugó con las palabras como antes. Se sentía huésped en su propia casa, hasta que las palabras fueron regresando a ella.

Releía las cartas de Marcus una y otra vez, con la esperanza de que un día él llegara y las sorprendiera.

Tras las elecciones de 1933, que mantuvieron al país en vilo, las noticias de Marcus se esfumaron. Ese otoño sombrío habían ganado los Nazis: Marcus se había convertido, oficialmente, en enemigo. Tras mes y medio sin recibir cartas suyas, Ally decidió recurrir de nuevo a su amiga Stella y le escribió a Düsseldorf. Esperarían juntas el año nuevo. Entonces, un incendio en el Reichstag, en el centro de Berlín aterrorizó a la ciudad. Todos eran sospechosos, hasta las sombras. Otras elecciones, las novenas de una república que ya iba dejando de existir, pero aún Ally tenía esperanzas. "El país recuperará su sanidad mental", se decía, "volveremos a ser nosotros mismos".

Desde que Ally llegó embarazada a Berlín, Düsseldorf era un viaje pendiente. La maleta siempre estuvo lista, la casa, recogida a medias; los libros, aún en cajas cerradas, la máquina de escribir, de espaldas, en una esquina, junto a un aparador vacío. Al principio, la niña dormía en una pequeña cuna rodeada de cintas y encajes, al lado de Ally, que parecía negarse a preparar la habitación de la bebé, como si enviar a Lilith a su cuarto fuera la confirmación de que nunca regresarían a Düsseldorf a formar, con Marcus, una verdadera familia.

El día que Lilith cumplió dos años, Ally le dijo que se irían de viaje en tren para celebrar. La pequeña la miró asombrada. Solo deseaba un bizcocho de crema con dos velas que apagar en la oscuridad.

—Cuidado con lo que pides —le había advertido Herr Professor con un guiño—. Los deseos pueden llegar a ser muy traicioneros…

Las maletas permanecieron preparadas por meses. Ally no se decidía. Cada noche le decía a Herr Professor que se iría, pero al día siguiente postergaba el viaje. Recibía de vuelta las cartas que le enviaba a Marcus sin que llegaran a su destinatario, sin haber sido abiertas, y las guardaba en uno de los estantes del cuarto, en la misma gaveta donde sepultaba sus poemas.

Poco antes de celebrar el tercer cumpleaños de su hija, en un momento en que los tres se hallaban sentados junto a la chimenea apagada, Ally anunció que al día siguiente tomarían el tren.

En la mañana, al verla lista para partir, Herr Professor la observó confundido.

—Le avisé a Stella que vamos, nos estará esperando en la estación —le comunicó Ally.

—¿Estás segura? —respondió él—. Si es lo que quieres, te acompaño hasta la estación.

Al pie del vagón, Lilith se distrajo con el humo de las locomotoras y el silbato de los trenes.

—Cuida a tu mamá —le dijo Herr Professor—. Ella te necesita.

—Vamos a perder el tren —lo interrumpió Ally—. Tenemos que abordar.

—A ver, niña, que solo se van por unos días —la animó él.

Ally fijó los ojos en Herr Professor. En ellos había una súplica.

—Cuidaré de las plantas, revisaré el correo. Si sé de él…

—¿De papá?

—Si hay noticias de papá, las encontrarán en Düsseldorf, no aquí. Arriba, que van a perder el tren.

"Saber de él, no encontrarlo", reflexionó Ally. Subieron al vagón con dificultad. Lilith iba delante, e intentaba ayudar a su madre con la maleta.

—Es muy pesada para ti —escuchó decir Herr Professor.

Lilith estaba determinada a ayudar a su madre. Era obvio que se estaba esforzando. Apretaba los labios y se tensaba cada vez que lograba mover la maleta. Antes de perderse en el vagón, inclinó la cabeza y buscó a su Opa. Le dijo adiós con el brazo derecho extendido y una amplia sonrisa.

Opa le sostuvo la mano y se despidió.

Ally durmió durante todo el viaje. Cuando abrió los ojos, vio a Lilith de pie frente a la ventanilla semiabierta, los ojos irritados por el aire. Había soñado, y quería recordar si había sido una pesadilla. Vivía entre sueños: Marcus estaría esperándolas en el andén, cargaría a Lilith y le diría, "mi pequeño sol". Luego le murmuraría a ella al oído: "¿Qué dice la mujer más hermosa del mundo?". Tomaría la maleta y las llevaría a un apartamento inundado de luz con vistas al Düssel. Cenarían juntos, conversarían sobre música, sobre sus poemas, sobre los amigos. Irían a la cama temprano, y ella se dormiría entre los brazos de él, protegida, aislada de las ráfagas que sacudían la ciudad, el país.

—¡Marcus! —dijo Ally en voz alta y, asustada, miró a su hija—. Estaba soñando con tu padre —y Lilith le sonrió.

Las horas que separaban Berlín de Düsseldorf le habían parecido breves minutos.

Un matrimonio de ancianos observaba a Lilith con estupor. Al ver que su madre se había despertado, la pequeña corrió hacia ella. Los ancianos no le quitaban los ojos de encima, y Lilith, con prisa, escondió sus rizos en el sombrero. Ally le dio un beso y miró hacia la ventana. El tren había disminuido la velocidad; entraban a la estación. Contempló el andén, y a las personas que esperaban. Buscó a Stella en la multitud, y la imagen de los guardias le provocó escalofríos. Parecía una terminal ocupada.

Bajaron en la estación tan familiar para Ally, y de pronto se vio de vuelta en Berlín, como si las distancias se hubiesen borrado. Al igual que en la capital, había banderas con esvásticas por doquier, como si las elecciones no hubiesen finalizado, como si vivieran en una eterna campaña dirigida a consolidar el triunfo del gran seductor. Una banda interpretaba marchas. La música le pareció un ruido disonante, vulgar. Los instrumentos de viento la agredían. "No te queremos aquí", parecían gritarle.

Distinguió a Stella entre la muchedumbre. Todos corrían, menos ella, así que Ally y Lilith se le acercaron con premura. Stella permanecía inmóvil, cubierta con un largo abrigo azul prusia. El cabello recogido, la frente despejada, los labios de un carmín intenso.

—Stella —suspiró Ally, aliviada.

Stella se inclinó y saludó primero a Lilith.

—Supongo que tú debes ser la famosa y brillante Lilith.

Lilith le extendió la mano, seria, con los ojos bien abiertos.

—Puedes darle un beso a la tía Stella. Ella es una gran amiga de mamá.

Stella se sonrojó.

—Tomemos un auto —dijo—. Puede empezar a llover de un momento a otro. Venga, las ayudo con las maletas.

—No es necesario. Nosotras podemos. ¿No es así, Lilith?

Lilith afirmó y sonrió. Ahora estaban cerca de la banda, que finalizaba una de sus marchas victoriosas. Detrás, una imagen ampliada y a todo color del *Führer*. Un grupo de jóvenes cantaba una canción que Ally reconoció. El grupo aceleró el paso y, al escuchar uno de los versos, Ally comenzó a temblar: "*Denn heute, da gehört uns Deutschland / und morgen die ganze Welt* [Hoy Alemania es nuestra, mañana lo será el mundo entero]".

El auto se alejaba ahora del caos festivo, de los carteles, de las frases intimidantes.

—Mira Lilith, por aquí la tía Stella y yo paseábamos antes de que tú nacieras —comentaba Ally, contemplando el pequeño afluente del Rin—. A veces, los días entre semana nos íbamos al valle de Neander. Los fines de semana, no. Esos días eran para escuchar a tu padre en el escenario del *Schall und Rauch*. Pero ahora todo luce tan diferente…

—Todos hemos cambiado —aclaró Stella—. Vivimos en una nueva Alemania, Ally. Es hora de que despiertes. No puedes continuar dormida.

Ally permaneció callada hasta que bajaron del auto. No reconocía a su amiga. De pequeñas, Ally y Stella se habían prometido que irían juntas a estudiar a Berlín, donde vivirían en el mismo apartamento hasta el día en que juntas subirían al altar. Construirían sus hogares uno al lado del otro y sus hijos nacerían al mismo tiempo y, como ellas, serían grandes amigos toda la vida.

—Logré hablar con Tom. —Ally seguía a su amiga por las escaleras.

—Estoy sorprendida de que no se haya ido todavía.

—Va a regresar a Nueva York. Tiene miedo.

—Es lo mejor que hace. Ally, no tiene sentido mirar atrás. No nos conviene.

—Nos vamos a ver. Me va a estar esperando hoy por la noche.

—Tú sabrás a qué te expones. —Stella se encogió de hombros.

El apartamento de Stella estaba en el cuarto piso. El salón principal tenía cortinas de seda oscura que le daban un tono elegante. Al correrlas, entró una luz tenue. Lilith se acercó hacia la ventana.

—Mira, mamá, el río.

—Ustedes pueden usar mi habitación. Yo dormiré en la biblioteca.

—Es un hermoso departamento. ¿Vives con alguien?

—Sí. Pero está de viaje por varias semanas.

—No te preocupes. Nos iremos en un par de días.

—Lo que necesiten, Ally. Pero a estas alturas, no creo que vayas a encontrar muchas respuestas.

—Quiero saber simplemente dónde está.

Stella fijó los ojos en la niña.

—Nos está escuchando.

—Ella sabe que vinimos a encontrarnos con su padre.

—Ally, Marcus se fue hace más de un año. Tú misma me lo dijiste.

—No se fue, Stella. Se lo llevaron. Como una vez se llevaron a Lonnie. ¿Acaso no recuerdas? ¿No lloraste?

—Voy a preparar un té. Lo necesitas.

Se sentaron en la mesa del comedor, muy cerca de un pequeño estante con un retrato enmarcado en bronce del *Führer*. Atada a un ángulo del marco, una cinta roja.

Stella se dio cuenta de que Ally se sintió incómoda al ver la imagen.

—No sé en qué mundo vives —dijo, mientras servía el té y le ofrecía a Lilith una galleta glaseada—. Son deliciosas, Lilith. Nos encantaban a tu mamá y a mí cuando teníamos tu edad.

Lilith tomó la galleta y regresó a la ventana.

Ally bebió el té, sorbo a sorbo, despacio. Estaba frente a una desconocida. La luz de la habitación era opaca y daba la impresión de que una lámina las separaba. Hasta su olor era diferente. Sentía que las palabras se condensaban con el humo del té.

—No sé allá, pero aquí todo ha cambiado —continuó Stella.

—Sí, también en Berlín. Y nosotras ya no somos las mismas.

—Por el bien de tu hija, regresen a Berlín. —La voz de Stella se contrajo—. Aquí no tienes nada que buscar, no vas a encontrar nada… Piensa en Lilith.

—¿Debo tener miedo? —respondió Ally con cierta ironía.

—Sí, ¿por qué no? —Stella subió el tono de voz—. Yo tuviera miedo si estuviera en tu lugar. Con una…

—¿Una bastarda del Rin?

—Sabes a lo que me refiero, tu hija…

—Es mi hija, y es tan alemana como tú.

—Es diferente. Nunca debimos unirnos a los músicos. Nos divertíamos, pero tú…

—Stella, yo amaba a Marcus —interrumpió a Stella con energía; al darse cuenta de que había hablado en pasado, tartamudeó—. Es el padre de mi hija. —Ahora su voz era débil.

—Al menos Lilith no es tan negra como su padre, y tiene tus facciones. El pelo, el problema es el pelo.

—Stella, Lilith es mi hija.

Ally terminó el té y se levantó a buscar en la habitación su abrigo y su bolso. Se acercó a Lilith y se arrodilló.

—Pórtate bien. Te quedarás con la tía por unas horas. A ver, un beso para mamá.

Lilith se lanzó a su cuello, la abrazó y Ally la elevó.

—Ya pesas demasiado. En unos meses, ya no podré cargarte.

—Ve con cuidado. Yo me ocuparé de Lilith, no te preocupes.

Ally bajó las escaleras con precaución. Contaba cada escalón, como si no quisiera llegar a su destino. A la salida, se detuvo y contempló los edificios de ladrillos rojizos y amarillentos. Las cortinas de flores en las ventanas, las puertas inmaculadas, el pulido bronce de los números. Muy diferente al edificio decrépito donde una vez ellas compartieron una habitación húmeda y mohosa.

Tomó el U-Bahn hacia el centro. Los vagones estaban llenos a esa hora de la noche. Ya no había destripadores o vampiros a la caza de mujeres como ella, sino militares por doquier. Vio el rostro de los jóvenes. Todos irradiaban la felicidad del triunfo. Detalló las insignias de uno de ellos y el hombre sonrió, orgulloso. A Ally, la euforia del ganador le provocaba escalofríos.

Subió a la superficie, dejó atrás la estación y caminó hacia la cervecería. Ya no había largas filas, ni parejas que fumaban afuera. Al letrero del cabaret le faltaban luces. La última "L" y la "R" estaban oscuras. Las palabras habían perdido el sonido.

Al entrar, vio que las luces estaban encendidas. Extrañó la penumbra. Un hombre canoso, con el traje arrugado, bebía jarras de cerveza, solitario, en una de las primeras mesas. Dos mujeres estaban sentadas cerca del escenario. El resto de las mesas, vacías. Al atravesar el salón principal, el hombre del bar, de dientes muy pequeños, la saludó con un gesto que le resultó familiar. No lo reconoció. Escuchó los pasos de alguien en el tabloncillo del escenario. Los tacones sobre la madera sonaban como disparos. No había reflectores. El hombre, desganado, se perdía en medio de la utilería. Escuchó el habitual "Señoras y señores", y oró por un milagro.

Pero Marcus no salió al proscenio.

Corrió el dosel negro del lateral del escenario y abrió una de las puertas secretas que conducían a los camerinos. Las bombillas en cada esquina, encendidas, perforaban los telones. No había bailarines apresurados por salir a la escena. Fue hasta el vestidor donde

Marcus acostumbraba a reunirse con los músicos. Tom la estaba esperando. Con un gesto la invitó a pasar y le dio un abrazo furtivo. Ella no reconoció a ninguno de los músicos. Tom era el único negro en el camerino. Nadie se atrevió a saludarla.

En una esquina de la habitación vio el saxofón de Marcus cubierto de polvo, fuera de su estuche, como seguramente lo había dejado. Hizo el intento de acercarse y Tom le cedió el paso, sorprendido. Ally buscaba rastros, huellas, algo que la llevara hasta Marcus.

Se acercó al instrumento y lo tomó. Posó entonces los ojos en Tom, que traía el estuche en la mano. El saxofón era lo único que podría llevarse de él. Tom lo guardó en el estuche con imágenes de la torre Eiffel, la Estatua de la Libertad, la Puerta de Brandeburgo.

En realidad, no tenía nada que preguntar. ¿Qué hacía allí? Tom la abrazó. Ella presintió que se desplomaba y se apoyó en él. Sabía que no iba a encontrarlo. De pronto reaccionó y pensó que, si veían el saxofón, comprenderían que era solo un músico, que hasta había aparecido en una película alemana. Marcus era alemán, tan alemán como ella.

—Marcus necesita su saxofón —dijo entre dientes, aguantando las lágrimas, casi en un gemido.

Tom extendió la mano y le dio un grupo de cartas atadas con una cinta roja.

—Toma, Ally. Te pertenecen. Es mejor que estén contigo.

Ally miró las cartas abiertas. Sosteniéndolas, se sintió desorientada. Era como si hubiesen sido escritas por otra persona. Para Ally, Tom ya se había acostumbrado a la pérdida, como se habituó antes a la de Lonnie. Ahora le tocaba a ella hacer lo mismo.

Tom le explicó cómo la policía había encontrado algunos ejemplares de una revista política clandestina en posesión de Marcus. Una revista a la que supuestamente también estaba asociado su amigo

Lonnie. A pesar de no tener pruebas, determinaron que Marcus era el autor de algunos de los artículos.

Ella sabía que Lonnie y Marcus no eran los primeros ni los últimos que se llevaban para no regresar. Tom sería el próximo, si no abandonaba el país de prisa.

Salieron juntos del cabaret. Él, aún con el estuche del saxofón de Marcus. Se detuvieron bajo la marquesina a oscuras.

—¿Quieres que vayamos a tomar algo?

Ella negó con un gesto e intentó sonreír.

—Marcus siempre supo que nuestra relación era temporal. Sabía que nunca iban a aceptarnos, pero yo tenía ilusiones. No me importaba que me vieran junto a él.

—Él te estaba protegiendo. Se quedó muy preocupado por ti y por el bebé, sabía que tenías que huir de aquí, pero al mismo tiempo estaba emocionado porque iba a ser papá.

El rostro de Ally se iluminó por un instante.

—Él estuvo de acuerdo con que mis padres me enviaran a Berlín.

—No podías seguir aquí, era peligroso.

—¿Y en Berlín no?

—En Berlín tenías un apartamento. ¿Dónde ibas a vivir aquí?

—Con Marcus.

—Nadie iba a alquilarles a una pareja como ustedes…

Ally bajó la cabeza, se desvanecía.

—Estás cansada, debes regresar a casa. No creo que sea bueno que te acompañe. Sola estarás más segura.

—Antes, cuando salíamos Stella y yo solas en la noche, le temíamos al vampiro. Ahora vivo con miedo cada minuto del día, aunque vaya acompañada.

Ally se quedó mirando el saxofón, ensimismada en su terror. Sabía que no vería más a Tom, como un día dejó de ver a Lonnie, y después a Marcus. Al menos, Tom se salvaría, regresaría a su país.

Iban cabizbajos, en silencio, contando los pasos.

Un policía se acercó, la detuvo y le apretó el antebrazo.

—¿Está usted bien? —El hombre dirigió su mirada a Tom—. ¿Qué le ha hecho ese negro de mierda? ¿Le hizo daño?

—¡Es usted quien me está haciendo daño! —respondió con rabia—. ¡Déjeme en paz!

Se desprendió bruscamente de la mano del hombre, y buscaron la estación del U-Bahn sin mirar atrás. Entre lágrimas, abrazó a Tom, le dio la espalda y subió al tren. Fue el último adiós.

Al llegar al apartamento, fue directo al cuarto y se acostó junto a Lilith. Poco antes del amanecer, se levantó, se alistó, preparó la maleta y despertó a la niña. Contempló la ciudad, el rumor de la calma, la fría neblina. En unas horas comenzaría el bullicio de las hordas de jóvenes listos para construir la nueva Alemania en la que ella y su hija no tenían cabida.

Se dirigió hacia la mesa con el manojo de cartas, y las desplegó. Reconoció su letra, pero no lo que había escrito. Las detalló una a una y releyó frases sueltas.

"Espérame, yo volveré".

"Tiene tus ojos y mi sonrisa. Lilith nos servirá de guía".

"Puedo escucharte antes de cerrar los ojos, pero cada día tu voz es más débil. No me abandones".

"¿En qué nos hemos convertido, Marcus?".

"Ven a vernos. Lilith te necesita".

"Aprendió a decir papá antes que mamá".

"La noche, siempre ansío que llegue la noche".

—Mamá… —se acercó Lilith, despeinada.

—Mira como tienes el pelo. Tengo que peinarte, pero no hagamos ruido, que la tía Stella duerme.

En la habitación, abrió el armario en busca de un peine. En la primera gaveta había insignias militares, sellos metálicos con esvásticas y un revólver en su estuche de piel. Suspendidos, vio varios uniformes. Cerró el armario y regresó a Lilith.

—Es hora de recoger nuestras cosas y marcharnos de aquí.

Aturdida, comenzó a desenredar de prisa el cabello de su hija.

—¿Nos vamos a un hotel?

—No, regresamos a casa.

Lilith no hizo más preguntas, no comprendía dónde se había despertado, ni lo que su madre quería decir. Si había encontrado o no a su padre. Quiso llorar, pero contuvo las lágrimas con todas sus fuerzas. No era el momento de ser una niña mimada.

Con solo tres años, Lilith ya había aceptado que había nacido sin padre, y que nunca lo conocería. Su deseo, cuando apagara las velas ese cumpleaños y durante los siguientes, estaría dirigido a su madre. Era ella quien necesitaba encontrarlo. A Lilith le bastaba su escondite. Qué mejor que perderse entre los libros de Herr Professor, o sus andanzas nocturnas por el parque, que a esa hora les pertenecía solo a ellas.

Con Lilith en una mano y la maleta en la otra, Ally abandonó Düsseldorf rumbo a Berlín, sin despedirse de Stella ni de la ciudad. Como si nunca hubiesen sido parte de su vida, como si Marcus nunca hubiese existido. Solo importaba el hoy. La memoria había dejado de ser su escudo. Había perdido su amparo, y Lilith era su presente. Con ese viaje no logró lo que quería, pero sí lo que necesitaba. Aceptó, por fin, que Marcus había desaparecido de sus vidas. Para siempre.

5

Dos años después
Berlín. Agosto, 1936

—¡Mamá, es Jesse! —gritó la niña. Ally y Herr Professor se acercaron apresurados a la radio.

Con las piernas cruzadas, Lilith estaba encogida sobre el suelo de madera, lejos de la alfombra que la incomodaba. Su madre y Herr Professor escoltaban el único contacto que tenían con el exterior: una pequeña caja mágica de madera con ribetes dorados.

A los cinco años, la radio era, para Lilith, una especie de templo sagrado con rostro de mujer. Podía ver los ojos, la nariz, la boca sonriente y, en la parte superior, en forma de óvalo, una corona. En más de una ocasión, la madre la había encontrado conversando con la radio como con un amigo. Lilith solía quedarse dormida con su sonido, cuando las estaciones dejaban de transmitir. Ese chasquido, que para ella era un silbido, se había convertido en su canción de cuna.

"Dos mil quinientas palomas sobre el cielo de Berlín. Ahora se alistan los cañones para dar la bienvenida al símbolo de la grandeza olímpica alemana". La voz de Paul Laven, a quien la pequeña idolatraba, resonó en el edificio. Toda Alemania estaba en vilo.

Lilith soñaba con poder desarmar algún día la caja de madera y descubrir las válvulas y bombillos que hacían el milagro de reproducir la voz a miles de kilómetros de distancia. Tal vez, con su impaciencia, podría descubrir cómo comunicarse con las estrellas, le había dicho a Herr Professor.

"Desde la Reichs-Rundfunk-Gesellschaf, nuestra audiencia es el mundo entero", comentaba energético el locutor. "Hoy, millones nos escuchan, aquí, en la nueva Alemania. Ha llegado el momento más esperado, la carrera de los 100 metros planos".

Ally y Herr Professor se dieron la mano, los ojos puestos en Lilith, que fijaba la mirada en la caja mágica. Todos contuvieron la respiración y cerraron los ojos. Tenían esperanzas. Jesse Owens, el negro americano que había ganado tres medallas de oro en el evento más grande celebrado en Alemania, estaba a punto de romper un récord y ganar la cuarta.

Hacía ya un año de la *Nürnberger Gesetze*. El *Der Stümer* había publicado las leyes raciales acordadas durante un congreso en la ciudad de Núremberg. El mensaje fue claro: la pureza racial debería reinar en Alemania. La supervivencia de un mestizo, un mulato, un *mischling*, un judío, dependería del grado de impureza de su sangre. Gracias a un gráfico que publicó el periódico, podía calcularse si el mestizaje, el error, era de primer o segundo grado. Tomaban en cuenta el color de la piel, las medidas del cráneo, la proporción de la frente, la nariz y los ojos, las habilidades físicas y mentales. El día que se firmó la "Ley para la protección de la sangre y el honor alemanes", se comenzó a definir la raza de cada ciudadano, y el resultado se recogía en un registro. Ese mismo día, Ally comenzó su vigilia. Quienes no fueran puros no podrían casarse ni reproducirse. Tampoco podrían trabajar en el comercio o en la universidad. Violar la ley podía acarrear prisión, multas o trabajos forzados. Abandonar Alemania era imposible, se requería un permiso de salida, una visa, un auspiciante. Ese mismo día, Ally comenzó su vigilia.

—Jesse va a ganar, ya verán —pronosticó Lilith con los ojos cerrados—. Tengan confianza.

—Lilith, ya ha ganado tres medallas —le recordó Ally—. No tiene que demostrar nada más. Es un gran atleta.

—¡La cuarta, necesitamos la cuarta!

Hacía poco, Lilith le había dicho a su madre que quería ser deportista, corredora de largas distancias. Ella tenía la misma sangre de Jesse, agregó, y en unos años alcanzaría su estatura. Cuando, en las noches, iban al Tiergarten, Lilith corría distancias cortas hasta perder el aliento. Una vez se torció el tobillo y hubo que ponerle compresas heladas. Permaneció varias noches sin dormir: corría con los ojos cerrados, imaginaba estrategias y trucos que le permitieran sostener el aliento y conservar la cantidad necesaria de oxígeno en las venas para llegar a la meta: primero la nariz, luego la frente, la cabeza, los hombros y el torso. Sabía que debía comenzar con respiraciones profundas, sostener el aire, mantener el ritmo. Tres zancadas, e inhalar. Tres zancadas, y exhalar.

Pasaba horas escuchando a su madre mientras leía para ella, y a veces la mente de la pequeña se escapaba a parajes lejanos y se perdía en alguna pista de estadios olímpicos vacíos. En esa época, la madre le leía una biografía de Abraham Lincoln escrita por Emil Ludwig. Las noches en vela las llevaron a conocer a Napoleón, a Cleopatra, a Goethe, que cobraban vida en las descripciones de Ludwig. Para la niña, las vidas de estos personajes históricos eran grandes aventuras. Ally no se atrevía a leerle sus poemas, que comenzaban a ser publicados en una revista literaria de la universidad. El día que Herr Professor le trajo varias copias de un ejemplar con sus poemas impresos, Ally palideció.

—Esto nos va a traer problemas, mis poemas no son una oda a la nueva Alemania…

—Vas a estar bien, no creo que esta pequeña revista llegue a manos de mucha gente —la tranquilizó Herr Professor.

—Pareciera que he publicado los poemas como respuesta a las leyes raciales —dijo Ally.

—En la universidad saben que esos poemas fueron escritos hace mucho tiempo. Nada se publica de un día a la noche. No obstante, creo que sería mejor mantener estas revistas lejos de Lilith, e incluso de Franz.

—No debí haber publicado los poemas. Ahora mismo no debería estar llamando la atención.

—No les va a pasar nada. Ni a ti ni a Lilith. No tenemos que preocuparnos, al menos hoy.

Unos días más tarde, Ally y Herr Professor decidieron tomar la precaución de sacar de sus estantes los libros que podrían ser comprometedores. Lilith los ayudaba bajo protesta.

—Los de Emil se quedan —declaró él.

—Un día, Emil escribirá sobre Jesse, ya verán —dijo Lilith.

Emil y Jesse pasaron a ser los nuevos amigos imaginarios de Lilith. Los tuteaba, conversaba con ellos en su cuarto, casi como si ocuparan la butaca principal del salón, o uno de ellos estuviera escribiendo allí, concentrado hasta el agotamiento.

—Quiero una foto de Jesse en mi cuarto —le dijo a su madre, abrazada a la biografía de Napoleón.

—Ten cuidado con el libro —le respondió Ally—. Ve y colócalo en el estante.

—Alguien nos podría conseguir un periódico en el que salga Jesse. Tal vez Franz…

—No creo que sea una buena idea —la interrumpió Ally, y miró a Herr Professor buscando su aprobación.

—Jesse será un héroe para nosotros, pero en su propio país no creo que lo consientan mucho. Corredor, tal vez; ganador de medallas, sí. Pero de ahí a que lo vean como un héroe…

Herr Professor la observaba con ternura. Al ver cuán emocionada estaba con las carreras, le confesó que en su juventud había sido un aspirante a atleta. Practicó campo y pista, y terminó siendo un veloz corredor de fondo. No se acercaba a Jesse Owens, aclaró, pero llegó a participar en competencias entre escuelas de diferentes ciudades.

—¿Y llegaste a alguna olimpiada? —le preguntó Lilith, ansiosa.

—Mi amor por los libros superó el amor por los deportes. Además, Lilith, viendo a Owens ahora me doy cuenta de que lo mío solo fue un amor de juventud. Creo que practicaba deportes solo para complacer a mi padre. ¿Sabes lo que sí amaba? Las vacaciones en el Mar del Norte. Un día iremos a perdernos en las dunas…

La voz profunda del locutor se escuchaba en la radio mientras describía las glorias del centro deportivo.

"El Olimpiastadion, la más grande construcción alguna vez soñada por un hombre, está a plena capacidad. Más de cien mil espectadores están aquí apoyando a nuestros deportistas alemanes. Gracias al *Führer*, nuestro pueblo cuenta ahora con el mejor estadio deportivo del mundo".

—¿Podremos alguna noche visitar el Olimpiastadion?

—De noche lo cierran, pero sí, podríamos verlo desde afuera —respondió Ally.

Había tensión en la audiencia. Se sentía la respiración entrecortada del locutor. De pronto, los gritos de *¡Sieg Heil!, ¡Sieg Heil!* asustaron a Lilith.

—Ahí está —murmuró Herr Professor—. No hace falta que lo presenten.

"Hay solo una raza superior, y aquí va a quedar demostrado", continuó el locutor. "El espíritu olímpico es esencialmente alemán".

—Creo que hoy se podrían llevar una sorpresa —comentó Herr Professor entre dientes, mientras escuchaban atentos al locutor.

Con un gesto, Lilith pidió silencio. Quería concentrarse. La carrera era corta, casi como un suspiro. Una distracción, un pestañazo o un bostezo podían hacer que la perdiera.

—Tres zancadas, inhala —dijo Lilith, para el asombro de todos—. Tres zancadas y exhalas.

"Y aquí van llegando. Podemos ver uno a uno a los corredores entrando a la pista. Ya están en sus marcas. Estos serán los segundos más largos de la historia del deporte olímpico alemán. Podemos sentir el viento. Esperemos que el viento esté a nuestro favor".

Pausa. Otro silencio demasiado extenso en la radio.

"Están listos. ¡Se escucha el disparo! El negro sale primero...".

La ovación acalla al locutor, tan atento que se olvida de describir la carrera. Tal vez no es lo que esperaba. Y ocurrió frente al líder, frente al pueblo. La raza superior nunca puede ser la perdedora, ni siquiera en una carrera. Calma. Un segundo más.

"Es O-ven, Metcalfe y Osendarp".

Paul Laven se queda sin aliento y le pasa el micrófono a otro locutor.

"Es todo lo que tenemos por hoy".

Lilith, Ally y Herr Professor no reaccionan. Los ojos de Lilith se detienen en Ally, y luego en Herr Professor antes de regresar a la radio. Quiere escuchar el nombre de Jesse, sí, O-vens, en la voz de Paul Laven. Nadie ha mencionado que ha sido el ganador. Una cuarta medalla. Solo necesitaba una cuarta medalla para ser inmortal. Los tres se ponen de pie, se toman de las manos, forman un círculo y saltan de alegría.

Se escuchan vítores en la pequeña caja mágica: "¡O-vens, O-vens, O-vens!".

6

Dos años después
Berlín. Octubre, 1938

A los cinco años, Lilith podía demostrar, con suma precisión, el teorema de Pitágoras. Hablaba de los triángulos rectángulos maravillada, como si fuera ella quien estuviera descubriéndolos.

—Tenemos un genio en la familia —había dicho Herr Professor.

Ally ignoraba los razonamientos de la pequeña, que al principio le hacían gracia y terminaron por asustarla. No sabía si aquella destreza terminaría a su favor o en su contra. Para Herr Professor, la sabiduría de la niña era la estocada perfecta contra quienes querían ver en ella a una criatura inferior.

Lilith tenía seis años cuando un día, durante el desayuno, definió la fotosíntesis con la cadencia de quien recita los versos de Heine, el poeta preferido de Ally. Aquel proceso metabólico de células y organismos autótrofos bajo la luz solar podía aplicarse en reverso a la vida que llevaban, dijo. Según Lilith, ella era la prueba de que la luz de la luna era una fuente de energía y alimentos tan válida como la del sol.

—¿Debemos controlar los libros que esta niña lee? —preguntó azorado el profesor.

—La culpa es tuya. O más bien, de tu biblioteca —le respondió Ally con una sonrisa.

—A nadie se le debe negar un libro —interrumpió Lilith—. No existen libros inapropiados. De cualquier libro se puede aprender.

Ante aquellas ocurrencias de Lilith, Ally y Herr Professor se miraban, se mordían los labios y contenían la risa. Ella, que nunca había entrado a una escuela, era la evidencia de que no existían razas superiores o inferiores, quería pensar Ally en medio de las noticias que la alarmaban.

A menudo se sentía culpable. Le había negado la niñez a su hija, la había obligado a crecer, a madurar como si los días expiraran por segundos en el calendario. No había tiempo que malgastar. Hubo momentos en que quiso regresar y devolverle la infancia perdida, pero ahora sabía que era necesario sacarle partido a la erudición de la pequeña. Era la carta de triunfo.

Con la ayuda de Franz, había asegurado una cita en el número 4 de la Tiergartenstrasse, donde él trabaja con un primo, experto en las nuevas leyes raciales. Si Lilith lograba pasar la inspección de la comisión que determinaría que no era inferior, no tendría que ser sometida a rayos X para ser esterilizada. Era el momento de demostrar que Lilith era especial, que el color de su piel, la textura de su pelo, las proporciones de su cabeza y de su rostro no eran un impedimento para triunfar. Del brazo de Herr Professor, Ally tocó la puerta en la entrada de la villa. Cuántas veces había pasado por el palacete sin detenerse. Siempre ensimismada en el parque, ahora veía el Tiergarten como un diminuto jardín que adornaba los ventanales de la mansión.

—Aquí vivían unos amigos de mis padres y me traían de niño —le comentó Herr Professor—. Recuerdo que era como entrar a un museo. No me permitían correr ni tocar nada. Cualquier gesto imprudente podía provocar una catástrofe. Luego se convirtió en una casa de anticuarios, creo.

Herr Professor tenía la esperanza de que, con sus historias, la tensión desapareciera del rostro de Ally, pero no lo logró. La mujer que abrió la puerta, sin preguntarles el nombre ni a quién buscaban, les pidió que la siguieran. Al parecer, no recibían muchos invitados.

Los salones estaban vacíos, como si nadie más ocupara la villa. Las oficinas parecían estar ubicadas en los pisos superiores. A un lado vieron el comedor, con un enorme candelabro de lágrimas colgando en el centro. Llegaron a la puerta de la biblioteca. Con un gesto, la mujer les indicó que entraran y se retiró. La habitación estaba vacía. Tomos de piel, todos del mismo tamaño, ocupaban los estantes, adosados con esquineros de bronce. Sobre una mesa rectangular de mármol verde oscuro había figuras egipcias: bustos, jarrones, esfinges. Herr Professor detalló cada imagen, como si quisiera preservarlas para siempre. Ally fijó la mirada en la entrada, a la espera de Franz. Se sentaron con los abrigos puestos, como si intuyeran que la visita sería breve.

Entre esas paredes se decidiría el futuro de su hija.

—Tenemos suerte de poder contar con Franz —aseguró Herr Professor.

Ally reaccionó y tornó su cabeza hacia los tapices de paisajes bucólicos, escenas de Arcadia con adorables querubines. Advirtió unos pasos, y sus mejillas se llenaron de color. Sonrió. Tenía esperanzas. Cuando Franz entró, Ally sintió que la biblioteca se iluminaba. Se levantó y lo abrazó. Él le dio, distante, un par de palmadas en la espalda.

—A ver, Ally, que Franz está en su trabajo.

—El de mi primo —rectificó Franz con firmeza—. Mi primo Philipp es el que trabaja aquí. Ya podemos irnos.

Philipp Bouhler estudió filosofía, y había escrito para el periódico *Völkischer Beobachter*. "Un humanista en busca de la perfección", ironizaba Herr Professor cada vez que Franz exaltaba a su primo. Desde el día en que se volvió un *Reichsleiter*, había recibido la orden de implantar las leyes de higiene racial que no todos los médicos cumplían con exactitud. Ahora, el programa T4, que había tomado el nombre de la dirección donde se ubicaba la villa, pretendía llegar a todos los hospitales de la nación. En sus inicios concebida para la prevención de descendencia con defectos hereditarios, que abarcaba imperfecciones físicas y mentales, la ley terminó extendiéndose a la llamada impureza racial.

—Siento mucho haberles pedido que vinieran, pero desafortunadamente mi primo no puede recibirnos ahora —dijo Franz sin mirarlos—. No hay nada que podamos hacer para evitarlo. Lilith tiene que pasar el examen de la comisión.

Franz había recorrido los enormes salones con la seguridad de un inquilino. Supo cómo accionar el picaporte antiguo, lo abrió y salieron en silencio. Tenían delante el Tiergarten, inmenso, las cúpulas de los árboles disolviéndose en las nubes como estaño. Se avecinaba lluvia, y el crujir de las ramas trajo de regreso a Ally. Solo necesitaba que Franz le dijera qué hacer. Lo seguiría al pie de la letra. No había otra vía de escape.

Las mujeres empujaban los coches donde dormían sus hijos inmaculados por aceras alineadas a la perfección. Las banderas oscilaban triunfales. A su alrededor, los tranvías recorrían la ciudad como cualquier otro día apacible de diciembre. Para ella, ya había comenzado la inminente tormenta.

—Una comisión la puede condenar —dijo en voz baja.

—Lilith va a pasar la comisión —trató de calmarla Herr Professor.

Franz se mantuvo en silencio. Ally tenía esperanzas de que la relación cercana de Franz con Philipp, y la admiración que este sentía por su primo, la liberarían de su tormento. Aún así, Lilith tenía todas las cualidades para salvarse. Había nacido en Alemania, de madre alemana, bajo la cultura y las tradiciones alemanas. Nunca tuvo contacto con su padre ni los familiares de su padre, tampoco sabía con exactitud quién era ni cuáles eran sus costumbres. Lilith era la hija de un fantasma, de una ilusión.

—No van a encontrar a una niña más inteligente y sabionda que nuestra Lilith —proclamó Herr Professor con entusiasmo.

—Lilith es brillante —afirmó Ally con una sonrisa—. ¿Sabías que antes de aprender a leer y escribir dibujaba números? Parecía que estaba descifrando fórmulas complejas. Lilith aprende lo que se proponga.

—Tienen que comprobar que Lilith no tiene rasgos deformes —dijo Franz.

—¿Deformes? —preguntó Ally, sin aliento.

—Me refiero a la forma de su cabeza. Que su nariz no sea desproporcionada, ni sus labios. Su piel, por suerte, no es cuarteada ni brillosa. No es demasiado negra, pero sí lo suficientemente oscura como para ser rechazada. Y el pelo... Lo que también la delata es el pelo.

Herr Professor y Ally permanecieron en silencio. Ally tragó en seco. Necesitaba aire fresco. No quería entender lo que escuchaba. Sentía que hablaban de un ejemplar que estaba por ser sacrificado en una caballeriza, un animal herido que habría que ultimar para mitigar su dolor. Su hija era un eslabón perdido en un zoológico, una muestra, un espécimen que tenían que estudiar.

—Hay tres comisiones que vencer —explicó Franz—. Ellas certifican si eres un bastardo de Renania. Analizan qué por ciento puedes transmitir a tus descendientes. En dependencia de ello, determinan si es necesario esterilizarte o no.

—Franz, eso lo sabemos. Mi hija no va a ser esterilizada.

—No estoy diciendo...

—Vinimos aquí a salvar a mi hija, con la esperanza de que tu primo pudiera hacerlo, no a que la sometamos a que una comisión la pueda condenar. —Ally lo interrumpió con una dureza que ni

Herr Professor ni Franz reconocían—. ¿Qué diferencia hay entre su sangre, la mía, la tuya?

— *"Some rise by sin, and some by virtue fall"* —recitó Herr Professor, abatido.

Desesperanzada, Ally sintió el peso de las nubes sobre ella. Una comisión no aprobaría a su hija, intentaba explicarle por enésima vez a Franz. A los ojos de los comisionados, la pequeña, aunque brillante, sería considerada una mancha en la raza alemana y en el futuro del país. Para detener el daño que Lilith pudiera causar, ellos se proponían esterilizarla para que su vientre impuro no diera frutos.

Caminaron hacia la Puerta de Brandeburgo. Ally comprendió que la ayuda no iba a provenir de la villa número 4 de la Tiergartenstrasse. La salvación no estaba en manos de Philipp Bouhler. En la Aktion T4 estaba la condena de su hija.

Comenzó a llover. Las gotas heladas la sacaron de su laberinto mental. Necesitaba dejar de pensar. Quería estar junto a su hija, que nada ni nadie las pudiera separar.

Atravesaban la Unter den Linden en dirección al río Spree cuando Herr Professor los detuvo.

—¡Los Herzog! —exclamó.

—No creo que nos puedan ayudar —dijo Ally—. Acaban de perderlo todo. Están en la ruina.

—¿Quiénes son? —preguntó Franz.

—Nuestros vecinos judíos —respondió Ally—. Del primer piso, a la izquierda de la entrada.

—Nunca los he visto.

—Desde que les destruyeron la tienda de lámparas, viven encerrados —le explicó el profesor—. A su único hijo se lo llevaron a Sachsenhausen, y no lo han vuelto a ver.

—No los conozco bien —dijo Ally, con tono de arrepentimiento—. Qué pena. No sabía lo del hijo.

—Lo han perdido todo y ahora no saben cómo huir —continuó el anciano—. Esperaron demasiado. No querían irse y dejar a su hijo. Están buscando un país a donde marcharse, bien lejos de aquí.

—Lilith —dijo Franz.

—¿Qué tiene que ver Lilith con los Herzog? —Ally estaba confundida.

—Podríamos ayudar a los Herzog, y Lilith podría irse con ellos —aclaró Franz—. Ella podría pasar como judía, ¿no creen? Tiene la piel oscura, pero no tanto. Si le cubrimos el pelo… Yo podría ayudarles a conseguir pasajes en un barco que saldrá pronto de Hamburgo.

—¿A dónde? —preguntó Herr Professor, esperanzado—. He escuchado que algunos se han ido a Palestina. Incluso Inglaterra ha aceptado a muchos…

—¿Qué están diciendo? ¡No voy a abandonar a mi hija!

—¿Qué prefieres, Ally? —Herr Professor había perdido el aliento—. ¿Que la sometan a radiaciones que podrían matarla? Si solo fuera a quedar infértil. Esos rayos…

Franz y Herr Professor dejaron de hablar al ver a Ally con los ojos encendidos y la respiración entrecortada. No sabían si lloraba o si sus lágrimas eran gotas de lluvia.

Después de una larga pausa, Ally reaccionó.

—Sigamos, que Lilith nos espera —dijo y tomó a Franz del brazo mientras comenzaba a andar—. Pronto llegará el invierno.

No aceleraron el paso, siguieron sin rumbo bajo la llovizna. Habían dejado sola a Lilith, que ahora debería estar al pie de la ventana, esperando a que llegaran y contemplando las gotas caer. "Siete años", se repetía Ally. "Siete años…". Al doblar la esquina de Anklamer Strasse, divisó su apartamento, que le pareció distante. Desde lejos pudo distinguir el rostro feliz de su hija.

Lilith y Ally esperaban ansiosas los días de lluvia como quien espera la primera mañana soleada y cálida después de un largo invierno. Se sentían libres bajo las gotas frías, mientras los demás huían en busca de cobijo. Era el único momento en que el día les pertenecía por completo. Con su impermeable con capucha, Lilith saltaba sobre los charcos de los adoquines de Mitte, y Ally corría detrás de ella; sin aliento, pero libre. Se lanzaban ensopadas sobre los bancos del Tiergarten, y sus carcajadas se disolvían en el rugido de la tormenta, los chasquidos de quienes corrían despavoridos y el tráfico entorpecido de los autos. Los guardias desaparecían: no había nada que velar. ¿Quién se atrevería a increparlas? Todos huían, menos ellas.

Abrieron el portón, y los tres dirigieron la mirada al 1B. En el marco de la puerta había, hacia la derecha, un cilindro inclinado. Era la primera vez que Ally notaba la mezuzá. Se detuvo.

—¿Quieres que hablemos con los Herzog ahora? —le preguntó Herr Professor—. No tenemos que tomar una decisión en este preciso momento. Podemos decirles que queremos ayudarlos, y dejar esa puerta abierta. Es una posibilidad que no debemos descartar.

—Más tarde. No hagamos esperar a Lilith, ya nos vio.

Franz cerró el portón, y quedaron bajo la luz densa, a la entrada del elevador.

—Yo subiré las escaleras —dijo Ally.

—Te acompaño —repuso Franz, y la tomó del brazo.

—Los veo más tarde —dijo Herr Profesor—. A mis años, mientras menos use mis piernas, mejor.

Antes de subir, Ally acarició la mezuzá de los Herzog sin que Franz la notara. Herr Professor sonrió.

Cuando llegaron al tercer piso, Lilith los esperaba en la puerta.

—¡Arriba, es hora de divertirnos! —exclamó Ally, animada.

Lilith abrazó a Franz, que sacó del bolsillo interior del sobretodo una pequeña muñeca de trapo.

—¿Para mí? —preguntó la niña.

Franz la abrazó.

—Se llama Nadine —le dijo al oído.

La pequeña observó la muñeca. Tenía trenzas amarillas de estambre, y un vestido azul. En el delantal blanco, con letras diminutas, tenía bordado con hilo rojo su nombre.

Lilith abrazó a la muñeca y se la devolvió a Franz. Ahora iba a correr bajo la lluvia. Bajó las escaleras corriendo.

—Me quedo con Herr Professor —dijo Franz, mirando a Ally—. Nos vemos en un rato.

Le dio un beso en la mejilla a Ally, y ella lo abrazó. Permanecieron así hasta que las puertas del elevador se abrieron.

—Ya Lilith debe estar en la acera —los interrumpió Herr Professor—. Esa niña está impaciente por salir bajo la lluvia.

7

Tres meses después
Brandenburg–Görden. Enero, 1939

Al amanecer, Ally se despertó fatigada. Tenía la sensación de que el mañana había sucedido. Uno puede perder la noción del tiempo como se pierden la vista, el olfato, el paladar. Se levantó, se vistió, se puso carmín y vio a Lilith a su lado. Pero la veía en la distancia, tan lejos de ella que no podía ni definir su perfil. Llenó los pulmones de aire y no le llegó ni una partícula del olor de su hija. Había perdido todos los sentidos.

Lilith estaba lista, siempre lo estaba. Algunas veces Ally hubiese preferido tener una hija a quién reprender, sermonear, obligar a hacer las tareas, insistirle que leyera o que siguiera los buenos modales en la mesa, que dijera "buenos días" y "adiós". El adiós era primordial.

Tomaron el tren y bajaron a plena luz del día en la ciudad jardín de Brandeburgo, donde las minúsculas gotas heladas se disolvían antes de caer del cielo. Se sintieron sofocadas por la densidad del aire y de la luz. Un fuerte olor a aceite quemado cubría los edificios adosados, pequeños palacios con jardines simétricos escondidos en la niebla. "Tan cerca de Berlín, y tan diferente", pensó Lilith. Una ráfaga de viento las separó. Lilith se sintió perdida, corrió hasta su madre y la abrazó.

—¿Por qué no viajamos de noche? —preguntó temblorosa.

—Como ves, aquí no hay mucha gente —le respondió su madre, tratando de ubicarse.

Cruzaron la avenida principal. A esa hora de la mañana, vieron a una anciana de pie en una esquina. Un auto aceleró el paso frente a ellas. La anciana hizo un gesto de desafío.

—¿Dónde están todos? —preguntó la pequeña, desconfiada.

—El 90-C de la Neuendorfer Strasse —dijo Ally en voz alta, sin dirigirle la mirada a Lilith—. Necesitamos buscar el primer edificio. Franz se ha encargado de todo. Vas a ver, solo te harán preguntas, te van a auscultar como cuando vas a la consulta del doctor.

Ally no podía ni creer sus propias palabras. Al final, había terminado haciendo lo que ella misma le dijo a Franz que nunca haría: someter a su hija a una comisión para que la juzgara. Seguía las orientaciones de Franz con una parsimonia que angustiaba a Lilith. La niña sentía que debían haberse quedado en Berlín, al acecho, pero seguras, entre libros, con las cortinas cerradas. La penumbra era su aliada. ¿Qué hacían ahora en plena luz del día, en una ciudad extraña?

—Espero que estos médicos necios no tengan las manos frías —intentó bromear Ally, tratando de animarla.

—No le temo al frío.

La pequeña se repuso, le dio la mano a su madre y cruzaron la calle desierta.

La ciudad estaba aún dormida. No había militares ni banderas. Tampoco cristales rotos. No había marchas ni cánticos victoriosos. No habían visto ni un solo saludo, ni un *"Sieg Heil"*. La armonía las turbaba. Desde que bajaron del tren, atravesaron el campo abierto y se internaron en la llamada ciudad jardín como si hubiesen penetrado en una dimensión desconocida. Franz tenía la certeza, le había dicho a Ally, de que si la comisión evaluaba a Lilith, la niña quedaría exonerada, de que sería incluso reconocida como un logro de la limpieza racial. "Limpieza", esa palabra desvelaba a Ally, a quien Lilith encontraba a menudo organizando los libros de los estantes, tras haber removido las partículas de polvo que penetraban las murallas de su reino, cada día más frágil.

La comisión especializada que evaluaría el físico y la inteligencia de la niña radicaba en una prisión que habían convertido en hospital. Los doctores deberían estimar la pureza y el desarrollo mental de la niña que se encontraba en su séptimo año. Ally representaba, además, la prueba de su pureza. En los Keller, su familia, no había una gota de sangre judía, negra o de cualquier otra raza. Tampoco había alcoholismo, ni adicción de ningún tipo. Nadie fumaba, habían dejado de comer carne hacía mucho tiempo, y no había trastornos como esquizofrenia, epilepsia o depresión en ninguna de las dos ramas de la familia. La sangre germana se remontaba a varias generaciones. Además, eran católicos que nunca se habían unido al protestantismo luterano al que la mayoría había descendido. Todo ello indemnizaba a Lilith de cualquier pecado. Ally le daba, por su lado, la pureza que muy pocas alemanas podrían demostrar por esos días, cuando un error, un mínimo desliz o un pasado incierto, podía anular o cerrar las puertas a un trabajo digno en la nueva Alemania.

—Deberíamos mudarnos para acá, mamá.

—No creas todo lo que ves. No hay mucha diferencia entre Brandeburgo y Berlín. Es lo mismo, mi querida Lilith.

El complejo, aparentemente deshabitado, estaba conformado por cuatro edificios similares de color amarillo verdoso con ventanas pequeñas, todas cerradas. En uno de ellos, una columna de humo blanco se alzaba de una de las chimeneas. Subieron una pequeña colina y divisaron a un oficial con casco, armado con un rifle. El hombre se les acercó. Ally, todavía absorta en el humo blanquecino, inodoro, que la rodeaba. Lilith no quitaba los ojos del arma del hombre, y con un tirón de la mano hizo reaccionar a su madre.

Ally saludó, y le extendió al soldado un documento. El hombre estudió el rostro y el cabello de la niña.

—Síganme —ordenó.

Dejaron atrás los edificios principales. Lilith se volvió hacia el bloque del que salía la columna de humo que se alzaba hasta convertirse en una nube, como si alimentara al cielo. El guardia las condujo a un edificio solitario de dos plantas con una puerta roja. Se detuvo en la entrada, y al instante apareció un hombre con una bata blanca abotonada. Podían distinguirse, debajo, la corbata negra, los pantalones de pana gris, los pulidos zapatos de piel.

—Bienvenidas —dijo, y le extendió la mano a Ally.

Las manos blandas le provocaban escalofríos. La voz del hombre era grave y placentera. Tenía el pelo oscuro engominado y la tez pálida. Ally reparó en sus ojos fatigados. Al entrar, el hombre se colocó las gafas de montura negra que llevaba en el bolsillo, y con ansiedad de investigador observó a la pequeña como si fuera un espécimen único, una muestra singular que debía tratar con sumo cuidado.

Entraron al vestíbulo, donde una mesa de centro acomodaba un arreglo floral de rosas blancas, cada una compitiendo por la perfección. Vencieron una segunda puerta, cuyo sonido de bisagras reverberó en la oscuridad del salón, sumándose al crujir de la madera. Al fondo, tres doctores de pie, también con batas blancas y estetoscopios colgados al cuello, alzaron al unísono la vista, manteniendo los brazos apoyados en el escritorio de madera negra. La luz de la lámpara de mesa, de base dorada y pantalla de cristal verde, difuminaba sus rostros. Frente a ellos, en el centro, del otro lado del escritorio, un haz de luz marcaba el punto donde Lilith debería colocarse, como en una coreografía. Ally y Lilith se sintieron turbadas por la vastedad del salón.

—Doctor Heinze —dijo una voz desde el fondo.

El médico de la extrema derecha se adelantó y les indicó el camino hacia el haz de luz.

En la habitación, el techo se confundía con el cielo, las lámparas de bronce se perdían en lo alto, y la luz no era más que sombras que se proyectaban en las cortinas de terciopelo de color rojo amaranto, cuyos destellos de óxido daban la impresión de sangre seca. ¿Dónde estaba? "Frente a un tribunal de guerra que estaba por ajusticiar a su hija", pensó. Y ella era el único testigo de la defensa.

Ally caminaba despacio detrás del doctor Heinze, que guiaba a Lilith.

—No es necesario —dijo la misma voz a sus espaldas.

Ally entendió que la frase iba dirigida a ella, pero no podía definir quién hablaba. Sentía que las palabras descendían del cielo, como una orden de Dios.

—Espere ahí —ordenó la voz sagrada.

Una mujer le indicó que se sentara en la esquina opuesta. El gesto era más bien una orden.

Había una butaca en la oscuridad, y Ally se dirigió hacia el único lugar en el que le estaba permitido esperar. Sí, había recibido una orden. Su hija debería pasar los exámenes a solas. Lo sabían, y estaban preparadas.

Otra mujer, también cubierta con una bata blanca y varias hojas de papel en la mano entró en la habitación con pasos que perforaban la madera. Al verla, Lilith sonrió, intentando un gesto amable hacia ella. La mujer no hizo contacto visual con la niña.

—Doctor Hallervorden —dijo la mujer, y le entregó los documentos al médico que parecía el de mayor edad y más experiencia, tras lo cual abandonó la habitación.

Con los ojos cerrados, Lilith podía viajar a lugares remotos. En un segundo se transportaba a bosques o jardines soleados, en plena luz del día. Si se lo proponía, podía alzarse y verse desde arriba, y recorrer la ciudad escondida entre las nubes. Así le había enseñado Opa, al principio, cuando comenzó a leer. "Con los ojos cerrados podemos crear nuestra propia muralla, impenetrable. Con los ojos cerrados no hay fuerza que pueda aniquilarte". Lilith sabía que, si lo intentaba, podía vencer el hambre o el frío. No necesitaría ir al baño ni tomar agua. Con los ojos cerrados, en la habitación rodeada de gigantes de bata blanca, ella desafió la inmensidad.

Uno de los hombres la despojó de su abrigo, con extrema delicadeza. Le hicieron levantar un pie, luego el otro. Ahora estaba descalza. Unas manos torpes intentaron desabrochar su vestido. Sintió cómo, uno a uno, los botones de nácar abandonaban los ojales. El vestido se abrió y cayó al suelo, a sus pies, como si se hubiese derretido. Alguien la levantó por los brazos. Su cuerpo estaba inerte, sin fuerzas, sin peso. Lentamente la bajaron, y percibió de nuevo la calidez de la madera sobre la planta de los pies.

Con los ojos cerrados no existía la posibilidad de derramar una lágrima, de lanzar un suspiro. Estaba desnuda en medio del salón, a la vista de los desconocidos. ¿Y su madre? Era mejor olvidarse de ella. Lilith se sentía más fuerte que todos los que la rodeaban. El tiempo se había detenido. Ella estaba ausente.

Ally observaba a su hija en la distancia, un punto minúsculo bajo el haz de luz. Al verla desnuda, comenzó a temblar por ella. Era todo lo que podía hacer para acaparar el frío y el miedo, el dolor y el espanto. Lilith continuaba firme, estática, y por un instante Ally creyó que la habían dejado suspendida en el aire.

Mientras desnudaban a la niña, uno de los médicos comenzó a leer un informe. Ally escuchó fechas, libras, onzas y una hora marcada por los minutos. Eran los detalles del nacimiento de su hija. Hubiera sido más preciso decir que Lilith había nacido en Berlín durante la noche más oscura de la temporada. Que su hija era hija de la noche. "Una bastarda del Rin", escuchó en el informe de la comadrona.

Uno de los doctores se acercó a la pequeña con un instrumento puntiagudo de madera, y comenzó a calibrar su cráneo. Se detuvo en la frente, luego pasó a la nariz. El médico, que aún no se había acercado a Lilith y permanecía detrás del buró, tomó una tijera plateada, y se levantó. Con el arma en la mano, se dirigió hacia ella y, alzando la esquiladora, examinó la cabeza de Lilith y cortó un mechón de cabello de la zona de la nuca. Lilith se estremeció levemente al sentir el chasquido del metal.

El doctor Heinze tomaba nota, alerta a cada movimiento. "Solo basta un milímetro para separarnos de los otros". Ally vio al doctor Hallervorden empujar la cabeza de Lilith hacia atrás, como si esta se hubiese desprendido.

—Abre los ojos —le ordenó.

Lilith permanecía inmutable. Ahí, desnudo, estaba su cuerpo. Ella se había alejado en medio de la noche, en el Tiergarten.

Con la cabeza inclinada y la luz sobre el rostro, el médico forzó el párpado derecho de la niña. El iris, que había estado escondido, reaccionó. El médico acercó una cartulina llena de imágenes de ojos de diferentes tamaños, formas y colores, y los comparó con el de Lilith.

La luz hizo que su ojo se llenara de lágrimas. Una de ellas corrió por su mejilla cuando le regresaron la cabeza a su posición inicial. Pudo ver que otro médico se dirigía hacia ella con un instrumento punzante. Creyó que la perforarían para analizar si sus órganos eran humanos o de ascendencia animal, y cerró los ojos. No quería ver el dolor.

El instrumento recorrió su espalda. Bajó desde el cuello hasta la cintura, luego pasó de un omóplato a otro. La marca que dejó sobre su piel tenía forma de cruz. Lilith pudo sentir que el médico se había colocado frente a ella. Abrió los ojos. Él estaba tomando notas.

—Ya puedes vestirte —le dijo el médico, tras una larga pausa.

Lilith no reaccionó. A medida que sus ojos abiertos comenzaban a percibir, comenzó a sentirse cada vez más agitada. Tomó el vestido, se cubrió. Al volverse, vio a Ally inclinada en la butaca, con las manos en el rostro. Quiso decirle que no había llorado, que la lágrima había sido una reacción involuntaria a la luz.

Al sentir un portazo, Ally se recobró. El haz de luz había desaparecido, y con él su hija y los cuatro doctores. Estaba sola en la inmensidad del salón. ¿Debía gritar? No tenía energías. ¿Llorar? Por quién, para qué. ¿No era lo que siempre había deseado?

Se dejó caer al suelo, pero ya su cuerpo había perdido su peso. No hizo ruido, ni gestos de desesperación, solo un golpe vacío y un aullido prolongado, más bien un quejido que no pudo controlar. Así estuvo por varios minutos, ovillada, a la espera de un puntapié, de un golpe que la sacara de su inercia. Un segundo más y se quedaría ausente. Era todo lo que ansiaba. Quedarse dormida hasta que finalizara la pesadilla. Estar despierta la condenaría al delirio.

Al abrir los ojos —¿cuánto tiempo estuvo tendida en el suelo?—, vio a la mujer que había llevado el informe de la comadrona.

—Puede esperar afuera —dijo, y le dio la espalda.

Al ver que Ally no reaccionaba, continuó.

—Ahora la niña tendrá que hacer unos exámenes físicos, de resistencia. Luego responderá varias preguntas.

—¿Cuánto más va a tardar? —preguntó Ally, reponiéndose.

—Todo depende de ella. Hay niños que quedan liberados en la primera ronda. Otros logran pasar a la segunda etapa. En muy raras ocasiones vencen la tercera y la cuarta. Ella tiene solo siete años, y no va a la escuela. No creo que sepa leer o escribir bien.

Ally se puso de pie y salió sonriente al vestíbulo. Cuanto más tardara su hija en salir, más etapas habría vencido. No tenía dudas, Lilith iba a sorprender a cada uno de los doctores con su inteligencia. Esa era, por ahora, su única garantía. Sabía que, si su hija era liberada tras la primera ronda del panel, como había dicho la mujer, significaría que había sido condenada.

Se sentía como una larva cuando salió al vestíbulo. Las rosas eran demasiado perfectas, pensó, y abrió el portón. La luz la cegó por un instante, y respiró. El olor a aceite quemado la mareaba. Se alejó del edificio y subió la colina. Hacia la extrema derecha, en uno de los laterales del complejo, distinguió un grupo de médicos con batas blancas junto a una hilera de hombres y mujeres desabrigados. Observó a los doctores. Ninguno de ellos había estado en el salón con su hija. Comenzó a bajar la colina y, a medida que se acercaba, pudo detallar los rostros de los otros, muchos de mirada perdida. Unos cojeaban, a una mujer le faltaba un brazo, a una anciana le temblaba la cabeza, un joven no dejaba de rascarse la frente, un hombre se chupaba el dedo, otro escupía. Se dirigían, con lentitud, hacia el edificio de cuya chimenea escapaba la columna infinita de humo blanco.

Ally se dejó caer en el pasto helado. Era lo mejor que podía hacer para esperar, y comenzó a contar a los desabrigados. Uno, dos, tres, cuatro… ¿A cuántos milímetros de distancia estaban ellos de la perfección? Un desacierto, una sombra, un desequilibrio, una asimetría. Bastaba un error para pasar al bando de los otros.

—No puede permanecer aquí —le escuchó decir al soldado que las había recibido en la mañana.

Ally extendió su brazo derecho y el soldado la ayudó a incorporarse. Por primera vez, lo vio sonreír.

—¿Pasará la noche en el pueblo?

Alguien la había identificado desde que llegó. No era un espectro más, ni uno de los desabrigados en busca de refugio al pie de una chimenea de humo blanco.

—Regresaremos en el último tren, antes de que anochezca.

—Cada vez hay menos gente en los alrededores. Siempre es agradable ver a una chica hermosa por aquí.

—Gracias —respondió, sonrojándose.

Estaba viva, deseó creer.

El soldado le aconsejó el restaurante junto al hotel. Era donde mejor podría cenar. Hasta la estación de trenes la caminata era larga. Tal vez sería mejor que regresara mañana. ¿Quién sabe cuánto tarden ahí? Él necesitaba un interlocutor. Era muy probable que hubiese pasado largas horas controlando que los desquiciados no se desviaran del camino que tenían destinado.

Ella permanecía en silencio.

—Los médicos siempre se toman su tiempo. —El soldado esperaba escucharla, que se quedara con él un rato más.

—Sí, a veces es bueno que se tomen su tiempo.

—¿De dónde es la negra?

A partir de ese momento, Ally solo pudo escuchar palabras sueltas; su rostro se contrajo, e intentó recuperar la sonrisa.

— No sabes cuántos entran aquí que se hacen llamar afro-alemanes. ¿A quién se le ocurre? Un alemán no puede ser de origen africano. Es una contradicción.

—Es mejor que regrese al vestíbulo, por si preguntan por mí.

Ally se alejó de la colina, del soldado, del edificio de la columna de humo blanco. Abrió el portón rojo como si fuera su casa, y se sentó al lado de las magníficas rosas. Las contempló una a una.

"¿Qué te hace mejor que las otras flores? Total, pronto todas van a marchitarse", se dijo en silencio.

Detalló sus manos llenas de pecas, sus uñas sin arreglar. Se llevó una de las palmas frías al rostro. A solas, siempre terminaba enumerando las probables soluciones. Solo se negaba a considerar el abandono, aun cuando hubiese una lejana esperanza de reencuentro.

Sabía que desde que su hija había cumplido siete años, la única posibilidad para que se integrara a la sociedad era la esterilización. De ese modo, nunca sería considerada un daño, un parásito contaminante. Pero ¿cómo iba a someter a su hija a un procedimiento tan agresivo? Sí, ya le habían explicado que los rayos X eran reversibles, que en América se usaban para esterilizaciones temporales, que todo dependía de la dosis. Ella podría encontrar un médico compasivo, que se apiadara de ella y certificara, mintiendo, que ya Lilith había sido bombardeada con rayos X suficientes para esterilizarla de por vida. Era más fácil con los varones. Bastaba con cortar un conducto. Pero ¿radiaciones? ¿No terminarían esas ondas electromagnéticas mutilando a su hija?

Había escuchado que podrían separarlas. Que podrían llevarse a su Lilith a un asilo de dementes y enfermos del alma, imbéciles, como los llamaban los periódicos que amplificaban otra realidad, argumentando que era necesaria una limpieza de raíz en Alemania.

La mujer de la bata blanca, ahora con un vestido azul oscuro y un pequeño collar de perlas, parecía más amable. Traía a Lilith de la mano, sonriente.

—Tu hija se ha portado muy bien —le dijo.

Había pasado la prueba, habían comprendido que Lilith era tan alemana como ellos, tan inteligente y articulada como ellos; más madura que cualquier otra niña de su edad. Ally quiso escucharlo de la mujer. Esperaba un documento que certificara que Lilith no era un daño para la sociedad, un "cáncer", como vociferaban las leyes de Núremberg.

Lilith y Ally salieron sin despedirse, sin voltearse. Lilith quería olvidarse del edificio, de la puerta roja, de la ciudad, de los doctores, de las preguntas que le habían hecho. En su mente, aún estaba desnuda a la vista de todos.

El soldado las vio salir. Al pasar por su lado, Ally abrazó a su hija y le dio un beso en la cabeza. Estaban a salvo. Su hija había pasado la primera, la segunda, la tercera, y sabe Dios cuántas pruebas más. Su hija era mucho más inteligente que aquel soldado perfecto y virtuoso, cuyo perfil clásico y cuyos ojos azules lo hacían supuestamente superior. Ese soldado la encontró hermosa a ella, pero no a su hija, en quien veía el error.

Atravesaron apresuradas las calles cercanas al complejo de edificios.

—Estoy cansada, mamá. Ya no tenemos apuro.

Al llegar a la estación, el tren que las llevaría de regreso a Berlín estaba casi listo para que abordaran. Ally no reparó en la hora, ni tenía idea de cuándo llegarían. Tan pronto como el tren se puso en movimiento, se quedó dormida. Entonces Lilith comenzó a detallar, extasiada, el esplendor del rostro de su madre en reposo. La caminata apresurada le había devuelto los colores. Lilith descubrió el rosa de las mejillas, el rojo, intenso aún, de los labios. A esa hora, los grises se borraban. Imaginó a su madre antes de que ella naciera. Debería haber sido aún más hermosa.

Ally abrió los ojos.

—Va a ser un viaje largo. Duerme, Lilith, duerme.

La niña despertó cuando el conductor anunció que habían arribado a su destino. Abrió los ojos y lanzó un grito de pánico. Aún era de día.

—¿Mamá?

Conmocionada, Ally estiró con fuerzas el gorro de lana de Lilith sobre sus rizos, la tomó de la mano y ambas bajaron, agitadas, los escalones del tren. Nadie se fijaría en ellas. Eran un par de sombras, transparentes. A quién le importarían una madre y su hija. Al salir de la estación principal, se dejaron envolver en el rumor de la ciudad, como si pertenecieran a ella. Estaban a salvo, se repetía. Nadie podía atentar contra ellas. No tomarían el S-Bahn, no ocuparían un espacio dedicado a los impecables. Caminarían hasta la casa, evitarían la Unter den Linden, los hoteles de lujo, los restaurantes abarrotados. ¿No debería ser de noche? Los días en el otoño habían comenzado a acortarse.

A lo lejos, el Tiergarten, denso y ruidoso. Cruzaron la Rosen-thaler Platz y notaron en el extremo opuesto a un grupo de jóvenes escandalosos que se les acercaba. "Borrachos, deben haber estado bebiendo todo el día", murmuró Ally, y estrechó la mano de su hija con fuerza. La pequeña alzó los ojos. Ally apresuró el paso en el instante que sintió el aliento en la nuca.

"Es mejor desviarse, o quizás ampararse en un café". Nadie se iba a meter con ellas en presencia de otros comensales que disfrutaban la quietud del atardecer. ¿La dejarían entrar? Nadie mediaría por ellas. Los negros y los judíos no podían ir a la escuela, comprar el perió-dico, usar el teléfono, escuchar la radio. No podían sentarse en los bancos del parque. Solo podían usar el vagón del S-Bahn designado para ellos. Algunas líneas ni siquiera tenían vagones disponibles. Ally conocía las leyes. Las repetía, intentando descubrir un desliz, alguna posibilidad donde pudieran encajar sin ser consideradas culpables.

—A ver, ¿cómo hacen los monos? —preguntó una voz que re-tumbó en cada terminal nerviosa de su cuerpo.

Ally se volteó, y vio al joven de camisa parda. De pronto, un chico de cachetes rosados y mirada angelical se había convertido en un ejército.

—Yo creo que esta negrita no sabe ni hablar. —La voz del camisa parda era musical.

El chico abrió los brazos, e hizo un gesto como si fuera a darles un discurso a sus compañeros.

Ally se apresuró, arrastraba con ella a Lilith, que parecía sofocada.

—Se los he dicho, es una raza inferior. Si nos seguimos contami-nando, nos van a dejar caer a todos con ellos.

En su prisa, Ally tropezó y cayó de bruces en la acera. Al intentar incorporarse, uno de los jóvenes se interpuso y terminó rodando ha-cia la calle. Ahora, Ally estaba sobre los adoquines. Un matrimonio les pasó por el lado, sin mirarla, sin importarles que había una mujer, tan blanca como ellos, tirada en medio de la avenida. Ally buscó a Lilith con la mirada. No la encontró.

—Es la primera vez que veo a una negra —escuchó a lo lejos.

Lilith estaba junto a una farola, atenta a cada gesto, cada palabra, sin temor. Ally hizo otro esfuerzo por levantarse.

—¡Mamá!

—¿Así que te gustan los negros? —le susurró el camisa parda a Ally al oído, tan cerca que pudo sentir sus labios húmedos en la cara, en el cuello, en todo el cuerpo.

Ally trató de detectar alcohol en su aliento. No lo había.

—¿Gozaste?

Por fin se levantó, titubeante. Otro de los chicos extendió la pierna para impedirle el paso, y como en un descuido, aparentando un tropiezo, volvió a lanzarla a la calle. Ally se contrajo y escondió la cabeza entre los brazos. Entonces el chico la pateó en el vientre. El dolor le hizo contraer los músculos del abdomen. Rememoró las instrucciones que le había dado a su hija en caso de un ataque: protégete siempre la cabeza.

—Oh, disculpa —dijo el chico, con una sonrisa—. ¿Vas a llorar? Quiero ver a la puta de un negro llorar.

Necesitaba otro golpe, en la nuca o en la frente, uno que la dejara inconsciente, que la durmiera, que la sacara del horror. Le ardían los ojos y se le nubló la vista. Los adoquines ahora estaban sobre ella. Otra vez alzó la cabeza para buscar a Lilith, y solo vio a un joven, como una muralla, a contraluz. Tenía el cabello recortado a ras de piel. Los labios finos, la nariz proporcionada en una línea perfecta. No había visto a nadie más simétrico en su vida. El chico sonrió. Sus ojos azules no podían ser más penetrantes. Ally se dio cuenta de que la belleza germana la asqueaba.

Por fin divisó a Lilith en la penumbra, cerca de la farola de hierro. Sobre los adoquines percibió el polvo húmedo del pavimento en los labios. "Corre, Lilith, corre", quiso implorar, pero el lodo era un veneno que la paralizaba. Tal vez había llegado la hora de su muerte. "¿Cuántas veces puede uno morir en la vida?", se preguntó. Se hallaba ante una, tenía esa corazonada. Mejor no despertarse jamás, así de simple.

El chico corrió hacia la pequeña. De prisa le quitó el sombrero tejido, y la tomó por el pelo.

Lilith gritó y Ally reunió todas las fuerzas que tenía, se levantó y se abalanzó contra el chico dulce y sonriente de la camisa parda.

—Está bien… —dijo el joven, a punto de perder el equilibrio—. La negra es tuya.

Se escuchó un silbato a lo lejos. Los chicos corrieron en dirección contraria.

Ally abrazó a Lilith, ocultándola. Quiso volver atrás, al tiempo en que la mantenía protegida en su vientre. No quiso mirarla a los ojos. Esperaba otro golpe, ser devorada. Sintió vergüenza de no poder proteger a su hija. Si una madre no puede defender a su cría, pierde su esencia. Era hora de desaparecer, dispuso, amparada por el crepúsculo. Era el ocaso.

—Ya está oscureciendo, estamos a salvo —dijo Lilith.

Solo Ally podía escucharla.

—Tú puedes ver la noche antes que los demás —le respondió, y levantó la vista al cielo. Aún había destellos de luz—. Falta poco, Lilith. Dentro de unos minutos, ya nadie nos verá.

—Lo siento, mamá. —Lilith comenzó a llorar—. Es por mi culpa. Lo siento…

—Ay, Lilith. Qué te he hecho, mi vida…

Esperaron a que se difuminara el último rayo de luz. Poco a poco fueron recuperándose. Ally sintió una contracción en el vientre, como las que la hicieron por un instante renegar de su existencia durante la noche más oscura de Berlín. Pero el espasmo de ahora la hacía feliz. Se vio de nuevo en su cama, con la comadrona junto a ella y el dolor abandonándola, como si volviera a dar a luz a su hija. Si ella no la protegía, quién iba a hacerlo.

Sí, había llegado la hora.

—Ya conocerás a los Herzog —le dijo a Lilith como si ya estuvieran en casa, junto a la cama, a solas—. Ellos te salvarán. Crecerás lejos de aquí, irás a la escuela, aprenderás otro idioma y podrás seguir leyendo. Y un día, tal vez no muy lejano, nos volveremos a encontrar en un mundo sin alemanes. ¿Te imaginas?

Lilith la escuchó, aterrada, pero no quiso contradecirla. Cerró los ojos. Su madre encontraba seguridad en esa ilusión. Al abrirlos, vio ante sí a una anciana llena de arrugas, con el pelo encanecido y pequeña, tan pequeña como ella. La abrazó. Ahora era ella quien protegía a su madre.

—Ya podemos irnos —dijo Lilith, y se incorporó.

Ella no necesitaba de la luz.

8

Un mes después
Berlín. Febrero, 1939

Los miércoles habían pasado a ser sus días, los únicos en los que no se sentía perseguida, en los que podía pasar horas sin sentirse obligada a dar protección, en los que las horas eran tibias aunque estuvieran en invierno. Los miércoles se extasiaba en los brazos de Franz. Hubo muchos miércoles en los que su cuerpo se confundía con el suyo, en los que soñó con la huida perfecta, los tres en una isla en medio del Pacífico, lejos de vampiros y fantasmas. Ellos, entonces, pasarían a ser los otros, y olvidarían todo lo demás en su isla, rodeados de agua, sin fronteras.

Hubo miércoles todas las semanas, hasta un día. Ally había regresado al atardecer de los brazos de Franz, y al abrir la puerta del apartamento encontró a Lilith, trémula junto a Herr Professor. Pudo ver el terror en sus ojos.

—Estuvieron aquí —dijo él.

Desde que tuvo a su Lilith, Ally había aprendido a vivir bajo una amenaza constante. Con cada año que pasaba, el peligro se hacía más inminente. Era su castigo, lo sabía, pero no podía calcular la escala de su pena. ¿Hasta cuándo debería seguir pagando haber traído al mundo a una hija diferente?

Se había ido acostumbrando a la terrible decisión que la acechaba. Lo que antes no era siquiera una opción, ahora se presentaba como la única salida. Se había aclimatado al horror. Cada día se sorprendía más de sí misma. Ese miércoles, al ver los ojos de Lilith, puso fin a sus dudas.

Cuando entró en el apartamento, Lilith no corrió hacia ella. Desde el rincón en que se encontraba, comenzó a describir lo que había sucedido. No jugaba con las entonaciones, ni dilataba las palabras. Hablaba como si recitara poemas banales. Lilith también se había cansado de vivir en el peligro.

Lo primero fue un golpe ensordecedor en la puerta. Lilith acababa de llegar del apartamento de Herr Professor y se quedó paralizada, escuchando, intentando descifrar quién podía ser. Otro golpe seco, un sonido diferente al que estaba acostumbrada a escuchar. Cada vez que venía, Herr Professor se anunciaba con tres toques suaves. A los pocos segundos, él mismo abría la puerta y se anunciaba ya en el umbral. Solo Lilith lo escuchaba, porque casi siempre estaba atenta a la puerta, esperándolo. Cada vez que Ally escribía, era como si se encerrara en su propio mundo, no era capaz de percibir ni los suspiros a su alrededor, solía decir Herr Professor. El del señor del correo era un redoble ligero; introducía las cartas por debajo de la puerta y se marchaba. De hecho, los pasos del hombre del correo eran más fuertes que su toque. Y Franz, después de llamar, apoyaba su puño en la madera, como si quisiera detener el fragor.

El tercer golpe fue como una detonación. Al escucharlo, Lilith corrió hacia la habitación de su madre. Se llenó los pulmones de aire y calculó dónde pisar los tablones de madera del suelo para no hacer ruido.

En el cuarto de su madre se sentía segura. Estando ahí, era imposible que la pudieran escuchar en el pasillo. Expulsó todo el aire que tenía retenido y respiró con un poco más de calma. Podía sentir los latidos del corazón, y se llevó la mano al pecho para mitigarlos al escuchar el crujido de la bisagra de la puerta de entrada. El único que se atrevería abrir y entrar sería Herr Professor. Eran los otros, estaba convencida. Venían a llevársela.

Para aquietar el miedo, Lilith solía susurrar canciones o recitar los poemas de su madre, los viejos, escritos mientras paseaba por el Düssel detrás de su padre, siempre detrás. Nunca se lo había revelado a su madre. Se disgustaría al saber que ella rebuscaba en la caja de papeles a los que nunca se vuelve. Pudo sentir los pasos en el salón, e intuyó que estaban cerca de la chimenea. Era más de uno. Dos, quizás tres. Caminaban como si estuvieran al acecho. Sabían que la presa estaba cerca, a su alcance. El miedo no solo se siente. Se puede ver y olfatear.

No había tiempo que perder. Su madre la había entrenado. Si estaban en el parque, lo único que tenía que hacer era correr, como aprendió de Jesse Owens. Cuántas veces había estudiado su salida, su arranque, su primera posición. Todo está en el inicio. Te descuidas, y pierdes. Si ya la acechaban o los tenía a su alrededor, debía convertirse en un ovillo y protegerse la cabeza con los brazos. Es importante proteger la cabeza. Si llegaban a entrar a la casa, tenía que deslizarse, sin hacer el más mínimo ruido, hasta el dormitorio. Allí, debía abrir la puerta del armario al ritmo de la respiración. Detrás de los trajes suspendidos, debía abrir la pequeña puerta secreta. Debía recordar no mover los vestidos de lugar, para que estos cubrieran el escondite, solo dejando ver la pared de ladrillos. Una vez dentro, debía volverse un punto, protegiendo siempre su cabeza. No debía olvidarse de respirar despacio, llevando la mayor cantidad de aire a los pulmones, y luego expirar hasta vaciarlos. Así se iría calmando, olvidándose del espanto. Ni los perros cazadores podrían olfatear el miedo en ella.

Un solo hombre entró al cuarto. Le dio una vuelta a la redonda y se dirigió a la ventana. Lilith lo sintió correr la cortina. Pudo contar uno, dos, tres, muchos segundos, hasta que se acercó al armario y se detuvo, como si se estuviera contemplando en el espejo. Era un soldado, y Lilith quiso pensar que solo buscaba un espejo porque necesitaba verse, apreciar su perfección, su impecable uniforme, pero el armario de su madre había perdido la luna mucho antes de que ella naciera. En su casa no había espejos en las habitaciones, solo uno pequeño en el estante sobre el lavamanos del baño. Sintió pena por el hombre que buscaba su reflejo. El soldado abrió la puerta del armario y la luz perforó los listones de cedro. Lilith se creyó iluminada por la línea divisoria de la puerta del escondite secreto.

Escuchó voces. El hombre dejó el armario abierto, las cortinas corridas. No le importaba que lo descubrieran. Eran tiempos en que nadie necesitaba ampararse en la ley para desafiar. Ellos eran el orden. Ella, el desorden. No pudo descifrar lo que hablaron. Su corazón palpitaba a una velocidad tal que los latidos terminaron convirtiéndose en una sola resonancia. Ella hubiera querido silenciarlo, detener el eco, lograr que su corazón se paralizara de una vez y por todas. De pronto notó que alguien más había entrado al salón. ¿Era su madre? A los latidos de su corazón se sumó el ruido de las pisadas sobre la madera.

No era su madre: Lilith escuchó a los soldados preguntar por ella. Entonces, para su alivio, reconoció la voz de Herr Professor, y se supo a salvo. Fräulein Keller vivía sola, les aseguró. No había ninguna niña. ¿*Mischling*? Él nunca había visto a una niña de otro color en el edificio. Ally Keller era una chica joven. Había sido su estudiante, les aclaró. Los estaba persuadiendo. Fue un alivio saber que en su casa no había fotografías enmarcadas. ¿Pero por qué no se iban? Lilith sudaba. El cuerpo le temblaba. Si seguía tiritando, la descubrirían.

Otro silencio, aún más dilatado. Se imaginaba una batalla de miradas y gestos, tratando de establecer en silencio quién tenía poder sobre quién. De pronto, llegó la quietud. Se habían terminado las negociaciones e iban hacia ella. Sabía que debía seguir las instrucciones de su madre. Si no, de qué habrían servido tantos ensayos, tanto correr sin rumbo entre los árboles del Tiergarten. Tenía que protegerse la cabeza. Los brazos formarían un escudo perfecto, las rodillas contra el vientre. Era un ovillo invencible, minúsculo, detrás de una puerta invisible que solo su madre y su Opa podían distinguir.

—¿Lilith?

La voz de Herr Professor siempre la calmaba. Abrió la puerta, aún con dudas. Al ver el albornoz rojo vino, salió de su cueva y se lanzó hacia él, abrazándolo.

Ally escuchó sosegada el relato de su hija y se dirigió al dormitorio. Se sintió aturdida. Aún estaba impregnado del olor de los soldados. Un extraño había palpado sus cortinas y abierto su armario. Miró a la cama y se lo imaginó rozando las sábanas. Estaba asqueada. Regresó al salón y abrazó a Lilith.

—Lo hiciste muy bien —le dijo a la pequeña, que estaba a punto de llorar—. Ya todo pasó. Ahora vamos a preparar la comida. Los Herzog vienen a cenar con nosotros.

Albert y Beatrice Herzog llegaron media hora antes de sentarse a la mesa. Ally les abrió la puerta con la esperanza de que eran la única salvación para Lilith. La pareja se detuvo en la entrada, parecían atemorizados. Ally sabía que Herr Professor les había explicado el plan ideado para salvar a Lilith junto con ellos, pero aún no sabía si aceptarían. Paralizados en la entrada, los percibió pequeños, como dos sombras. Detrás de los cristales gruesos de las gafas montadas al aire de Alfred, Ally pudo ver el desamparo en los ojos del hombre que había perdido toda posible esperanza. Era la primera vez que los Herzog recibían la invitación de un vecino. Durante los últimos años, sus vecinos habían comenzado a mirarlos con recelo. Una vez, sus vecinos habían iluminado no solo el barrio sino —Ally estaba segura— toda la ciudad. Las lámparas, las bombillas, los candelabros y hasta los cirios de los vecinos habían sido comprados en la tienda de los Herzog. Incluso, Ally había visto un día al hijo de los Herzog instalando bombillas en la marquesina del Friedrichstad-Palast.

Ahora los Herzog eran vistos como gusanos apestados, una vergüenza y un peligro. El día que se llevaron a su hijo dejaron de saludarla, y se concentraron en sus frágiles lámparas. Todos tenemos necesidad de luz, pensaban esperanzados. Desde que les destrozaron la tienda, los Herzog se enclaustraron. Solo salían al mercado, o a la estación de policía a indagar sobre el paradero de su hijo. Un día recibieron una carta desde Sachsenhausen: una neumonía lo había matado. Cuando vieron el cuerpo, había sangre seca en sus muñecas, tenía una línea morada alrededor del cuello, los labios inflamados y la lengua reducida a un trozo de carne seca. A partir de entonces, se sumergieron en el delirio.

—Pertenecemos a los animales que se comen a su propia especie —dijo Albert ahora, con la mirada fija en la sopa humeante que Ally había colocado ante él.

—Y lo peor es que llegamos a acostumbrarnos… —respondió Ally, en un tono de voz casi imperceptible.

Habían vivido bajo el mismo techo, se habían cruzado infinitas veces por los pasillos, y ahora, en una cena, bajo la luz temblorosa de las velas, compartían el mismo rostro contraído por la angustia y la desesperanza. Ally se dio cuenta de que los Herzog no mencionaron el nombre de su hijo en toda la noche y, consternada, se aseguró a sí misma que Lilith siempre sería recordada por su nombre, no importa adónde la mandara. Siempre sería Lilith, para ella y para los demás.

La niña permaneció en su cuarto, vistiendo y desvistiendo a Nadine. Le deshacía las trenzas y los nudos de estambre, como si quisiera reconstruirla de manera diferente, más parecida a ella. Aún se recuperaba del trauma de la visita de los soldados. Le daba instrucciones a la muñeca sobre cómo protegerse de los otros, repitiéndolas una y otra vez.

Los Herzog habían visto a Lilith en escasas ocasiones, sabían que era diferente, tan diferente como ellos a los ojos de los demás. Cada vez que Herr Professor se refería a ella, no dejaba pasar la ocasión para hablar de su extrema inteligencia, su habilidad para los idiomas, su obsesión con los números, la riqueza de su vocabulario…

—Un pequeño genio. Berlín se le ha quedado pequeño —les dijo.

Los Herzog se miraban entre sí en silencio, sentían que el profesor exageraba como un abuelo. Cómo una niña tan pequeña podría ser tan brillante.

Ya habían terminado de cenar cuando Franz entró al salón. La voz les llegó primero: fuerte, redonda, las palabras marcadas con condescendencia.

—Espero que la hayan pasado bien —les dijo, sonriente.

La luz solo le llegaba al rostro, tornando sus ojos azules de un gris placentero. A pesar de haberse presentado con su uniforme, Franz transmitía sosiego. Albert y Herr Professor se pusieron de pie. Beatrice tomó nerviosa la servilleta de hilo y se dedicó a detallar cada puntada. Con la seguridad del hombre de la casa, Franz se sentó en la cabecera de la mesa. Al otro extremo, Ally lo observaba. Al no haber escuchado nada aún sobre el resultado de la comisión especializada, cada vez se convencía más de que enviar a su hija a otro continente era la única vía para salvarla. Lilith no había pasado los tres niveles de escrutinio. Aunque su inteligencia era un arma eficaz, una gota de sangre impura había sido suficiente para condenarla.

Sus pensamientos la turbaron, su vientre se contrajo. Estaba a punto de vomitar, y se excusó. Corrió al baño, se detuvo frente al lavamanos y alzó los ojos hasta el pequeño y único espejo de su hogar, un cristal ahumado, sin el baño de plata, sin el poder del reflejo. Encendió la lámpara, y las sombras asaltaron su rostro una vez más.

Había envejecido. Ante sus ojos, se había convertido en una anciana despreciable. La desesperación la hacía miserable. El miedo corrompía. Era una más de esos, de los ya sin cerebro.

Con ojos cansados regresó a la mesa. Franz sonreía. Franz era la única esperanza. Franz era el salvador. A él tendría que agradecerle durante toda su vida, sin importar cuán corta o larga fuera.

—Estuvieron aquí —dijo Ally—. Franz, vinieron a buscarla. Querían llevarse a Lilith.

—Hay una posibilidad —comenzó a decir Franz —. Hay un país…

—Ya no es seguro ni salir de noche —lo interrumpió Ally—. Me la pueden arrebatar.

—Cuba —dijo el joven militar.

—¿Cuba? ¿A Cuba? ¿De qué estás hablando?

—Ya tienen los permisos de desembarque emitidos por el Departamento de Trabajo de Cuba. Con esos permisos tramité el pasaporte de Lilith. Estará listo en unas semanas.

—¿Así de simple? Yo había pensado, tal vez, en Inglaterra…

—A una isla —insistió Franz, intentando serenarla—. Es un lugar seguro.

El océano sería la frontera, los muros de la fortaleza. El océano era invencible. El barco atracaría en el puerto y un faro luminoso les daría la bienvenida.

—Después de lo de hoy, y de lo que les pasó hace un mes… —Para Herr Professor, Franz estaba siendo indiscreto.

Todos se mantuvieron en silencio. Franz se dirigió a los Herzog.

—Zarparán del puerto de Hamburgo. El viaje va a durar unas dos semanas. Tendrán comodidad en el barco, camarotes de primera clase… —la voz de Franz iba perdiendo intensidad.

—¿Un barco cubano? —fue lo único que Albert se atrevió a preguntar.

Franz se demoró unos segundos en contestar. Antes de responder, miró uno a uno a todos los comensales.

—Un barco de bandera alemana, pero no se preocupen.

—¿Cómo piensas que van a estar seguros en un barco alemán? —preguntó el profesor—. ¿Qué interés tendrían en salvarlos?

Silencio. Nadie tenía una respuesta. En la mirada de Ally había resignación.

El barco ya tenía fecha de salida. Zarparían en tres meses, la noche del sábado 13 de mayo.

—Dos meses después de que mi hija cumpla ocho años.

Ally tomó, temblorosa, la fuente de sopa de la mesa.

—Les va a tocar un poco de frío en altamar —agregó—. Lilith va a necesitar un abrigo —dijo y se retiró.

Beatrice la ayudó a terminar de recoger la mesa. Colocaba uno sobre otro los platos de porcelana con extremo cuidado. No intercambiaron palabras. Beatrice seguía a Ally, y ordenaba en la cocina los cubiertos y las copas, en una cadena de gestos mecánicos. Ally se detuvo a observarla, y se vio en ella. ¿Sobreviviría sin su hija, como Beatrice? ¿Cada día se despertaría y contaría los segundos hasta que llegara la cena, recogería la mesa y volvería a la cama, a dormir, hasta el otro día? No habría ayer, hoy o mañana. Había comenzado a perder su reino.

Le tomó las manos a Beatrice. Estaban frías, sudorosas.

—Franz nos está ayudando. Puedes confiar en él. Es un buen hombre. Beatrice, aún quedan alemanes con decoro.

Con el rostro desencajado, la mujer asintió.

Ally volvió a la sala. Beatrice la siguió, con una sonrisa helada. Ambas se despidieron del profesor. Ally abrazó y besó al anciano como si se estuviese despidiendo. Herr Professor se fue a su casa cabizbajo, consciente de que el final se acercaba. ¿Cómo serían sus días sin Lilith? Franz se levantó de la mesa y se tiró en el sofá.

Cuando Ally regresó al salón, ya los Herzog estaban en la puerta. Beatrice se volvió hacia ella y la abrazó.

—Paul, su nombre es Paul —le dijo Beatrice a Ally en el oído.

Al hablar de su hijo, los ojos se le iluminaron y tomó del brazo a su marido. En el momento que los Herzog se marcharon, Ally corrió hasta el cuarto de Lilith con la urgencia de los que han perdido algo muy preciado y buscó a su hija, desesperada. Allí estaba Lilith, dormida, con la luz encendida.

Regresó al salón, con la tranquilidad de saber que su hija dormía protegida en la habitación de al lado. Ahora, a solas con Franz, Ally se dejó caer en el extremo opuesto del sofá, lejos de él. Cerró los ojos y, perdida bajo la manta azul que una vez había sido de su madre, intentó recordar cuándo había dejado de dolerle la pérdida de Marcus, intentando calcular si le tomaría el mismo tiempo recuperarse de haber abandonado a su única hija. Sentía que la joven osada que había deambulado a orillas del Düssel junto a un hombre con quien hubiera escapado, a quien habría besado y abrazado en público, era un fantasma.

Franz apagó la lámpara de la sala y comenzó a desvestirla con gentileza. A oscuras parecía translúcida, ella sintió que debía ser agradecida. La bondad se paga con bondad. Había cierto placer en sentirse apetecible, de alguna manera amada. Se dejó llevar por las caricias y los besos húmedos y cálidos de Franz. Cada vez que él la estrechaba contra sí, su mente viajaba a toda velocidad. Se veía en medio del océano, a oscuras, flotando a la deriva. Entre las aguas turbias, podía olvidarse de Marcus, de Lilith. Era el único instante en que dejaba de existir, y en ese momento era feliz.

9

Un mes después
Berlín. Marzo, 1939

Había un pastel y ocho velas blancas.

Los Herzog, Franz, Herr Professor y Ally se hallaban a un lado de la mesa ovalada, todos miraban a la pequeña. Lilith estaba del otro lado, sosteniendo su muñeca de trapo con los ojos fijos en las velas, esperando a que las encendieran. El resto de la habitación estaba en penumbras.

Había un pequeño sobre de color rosa, sin dedicatoria.

—¿Al apagar las velas puedo pedir un deseo? —preguntó Lilith, ensimismada.

Los deseos que había pedido antes no se habían cumplido, necesitaba intentarlo una vez más.

Había también un cofre azul añil, del tamaño de su puño.

—Claro que puedes —le dijo Beatrice—. Que cumplas hasta ciento veinte años más de alegría.

—Prueba uno esta vez, uno que esté a nuestro alcance —sugirió Herr Professor—. No nos pidas la luna, ya sabes, porque es de todos. ¿Como voy a permitir que te ilumine a ti sola?

—Un perro… ¿entonces pudiera tener un perro? Es fácil, ¿no? —dijo Lilith.

—Dime qué tipo de perro quieres. ¿Un pastor alemán? — sugirió Herr Professor.

—¿Para qué querría un perro alemán? —interrumpió Albert—. Mejor un gato. Un gato cualquiera.

—Sí, es buena idea. —El profesor continuó el juego—. Los gatos hacen menos ruido, son menos demandantes. Se dejan o no querer, no necesitan que estés encima de ellos.

—¡Yo quiero ser un gato! —exclamó Lilith.

—No es mala idea. ¡Convirtámonos todos en gatos! Arriba, Ally, a partir de ahora todos seremos gatos. Venga, Lilith, cierra los ojos y pide ese deseo ya.

Ally se había mantenido callada toda la noche, pensando en cómo podría acostumbrarse a vivir sin su hija.

Los seis se mantuvieron por un tiempo en penumbras, con los ojos en las velas humeantes. De pronto, el teléfono comenzó a timbrar. Hacía tiempo que nadie llamaba. Ally no reaccionó. Beatrice se sobresaltó. Permanecieron inmóviles hasta que el timbre desapareció, como si el sonido hubiese venido de otro apartamento.

Después que Lilith sopló las velas, tomó a Franz de la mano y lo sacó de la habitación. En el pasillo se detuvo y lo miró a los ojos.

—No tienes por qué preocuparte —le dijo Franz, y le despejó los rizos rebeldes de la frente.

—Quiero ver mi pasaporte.

—Lo tiene tu madre, y pronto se lo entregarán a Albert.

—Muéstramelo —le ordenó.

—Claro, regresemos y se lo pedimos a tu madre.

—No. Búscalo y me lo enseñas aquí, por favor.

Franz se mostró sorprendido y regresó al salón. La luz se había tornado cenicienta. Lilith lo esperó, como si hubiese comenzado a vivir en una dimensión opuesta. Se sintió sola.

En su cumpleaños número ocho, Lilith quiso sentir que había vuelto a nacer. Comenzaba la partida, la única manera de que su madre respirara en paz. No podían vivir escondidas para siempre, lo sabía. Si había aceptado someterse a todas las pesquisas, interrogatorios y exámenes médicos, había sido para no contradecirla a ella ni a Opa, pero desde el día que cumplió los siete años Lilith había visto su destino. Comenzaba su primera muerte. ¿No había escrito su madre en un poema que uno nace para morir muchas veces? Un gato. Hubiera querido dormir y despertarse como un gato.

Sí, ocho años eran ya una eternidad para ella.

Nunca había entendido por qué no podían encontrar un país que los acogiera a todos. Junto a su madre, a Franz y a su Opa podrían comenzar una vida nueva, lejos de la perfección germánica. Aprenderían una lengua diferente, o todas las que hicieran falta, y si quisiera podría olvidarse de la suya. ¿Para qué necesitaría el alemán? Ya podía pronunciar bien en inglés el apellido del que una vez había sido su héroe, *Owen* y no *O-ven* como lo habían aclamado en el estadio olímpico.

Ahora, le había dicho a Herr Professor, en vez de continuar siendo una Keller, se uniría a una tribu diferente. De la noche a la mañana se había convertido en una Herzog. Ya no era un "negro" alemán más, ahora era una judía. ¿Por cuál de las dos culpas podría ser condenada al castigo mayor?

Viviría en una isla, con una nueva identidad y una nueva familia. Aprendería un nuevo idioma, se insertaría en una nueva cultura y borraría por completo su pasado. El mañana había dejado de existir para Lilith, y a partir de esa noche comenzó a elaborar un plan secreto. No quiso soñarlo para no impedirlo, un descuido la delataría.

—Aquí lo tienes. —Franz interrumpió y le entregó el pasaporte con la esvástica sobre el águila sagrada.

Ella lo abrió con delicadeza, como si se tratara de un documento falso cuya tinta, de solo rozarla, pudiera desaparecer. No se reconoció en la fotografía sobre las hojas verdes. Leyó el día, la ciudad y el país donde había nacido, y por último leyó su nombre: Lilith Herzog. Debajo, había estampada una enorme letra roja: "J".

Le devolvió el pasaporte a Franz con una sonrisa, tan amplia como la de la fotografía, y lo abrazó. Ahí estaba la confirmación: las tres comisiones debieron haber decidido que pertenecía a una raza inferior.

—Mi lucecita —murmuró él.

—Es hora de cortar el cake —dijo la pequeña, le dio la espalda y regresó al salón.

Lilith tomó un plato, dio un pequeño mordisco a la torta de crema, la saboreó y le pareció insípida.

Llegó entonces la hora de abrir los regalos. Eso esperaban de ella, pero hubiese preferido hacerlo a solas. Frente a todos, tendría que sonreír, hacer gestos amables, agradecer con un beso y un abrazo.

Tomó con las dos manos la caja azul añil y tardó algunos minutos antes de abrirla. Todos los ojos estaban sobre ella. Sacó de su interior una cadena de oro con un crucifijo. En el centro de la cruz había un rubí. Detrás, una inscripción: Lilith Keller. Era un regalo de Opa.

—Para que no te olvides nunca de quién eres.

—A veces es mejor olvidar —lo interrumpió Ally.

—Creo que no debería llevarlo el día que nos vayamos —dijo Albert—. Ni creo que en Cuba…

—Lo guardará en su bolso —aclaró Herr Professor—. Será tu amuleto —le dijo a Lilith.

La niña colocó de nuevo la cadena dentro de la caja y abrió el sobre rosado. Leyó el título: *La viajera nocturna*. Volvió a doblar la página, la devolvió al sobre y guardó ambos regalos en uno de los bolsillos de su vestido.

Se acercó a su madre, la abrazó y la besó.

—Leeré el poema al acostarme —le dijo al oído.

Ally intentaba encontrar sosiego yendo y viniendo de la cocina. Evitaba mirar a los ojos a Beatrice. En el rostro de Beatrice, Ally veía la pérdida.

"Sí, el abandono ya tenía asignados día y hora", pensó.

Junto a Beatrice recogió la mesa y organizó la cocina. Lilith se había ido al sofá con Herr Professor. Albert se despidió y bajó a su apartamento.

—Deberíamos caminar un rato —le sugirió a Franz mientras buscaba su abrigo.

—¿Y Lilith?

—Está entretenida con su Opa. Sabe Dios de qué estarán hablando.

Bajaron con Beatrice, y Ally se despidió de ella.

—Te voy a estar siempre muy agradecida —dijo Ally.

—Hay que agradecerle a Franz —respondió Beatrice.

Beatrice cruzó el umbral de la puerta de su apartamento con la mirada fija en la mezuzá, que no acarició. Nada ni nadie podía ya protegerla en su partida ni su regreso. Había perdido su hogar.

—Ahora necesito un poco de aire puro. —Ally se adelantó y abrió el portón.

Bajo el cielo de Berlín aún pesaba una nube de humo. El aire estaba cargado de pólvora, ceniza, cuero y metal. Las calles de la ciudad permanecían cubiertas de cristales rotos. Se apoyó en el brazo de Franz. Junto a él se sentía libre. Al final, ella era su propio enemigo, se dijo. Fue suya la decisión de enviar a su hija a una isla con dos desconocidos, con la esperanza de que se apiadaran de ella.

Cabizbajos, Franz y Ally atravesaron la Oranienburgerstrasse, envuelta en neblina. Había un humo perenne, como si el fuego provocado en uno de sus majestuosos edificios se negara a extinguirse. Ally percibió la ciudad en ruinas, bajo cerco, en guerra. Tenía la intención de comenzar su despedida, que había devenido en una especie de claudicación. Bajo el cielo de Berlín había nacido su hija, bajo los árboles del Tiergarten se había ocultado. La noche siempre les había pertenecido, ya no más.

—¿No crees que debemos regresar? —le preguntó Franz con ternura.

—¿Dónde más lejos podríamos ir? —respondió ella con una sonrisa triste.

De repente, Ally sintió el impulso de ir hasta la casa de la madre de Franz, la estoica viuda Frau Bouhler, en Weissensee, y decirle que su hijo estaba a salvo, que su novia ya se iba a deshacer de su error, que su hijo ya no tendría que preocuparse ante la posibilidad de ser expulsado de la universidad, o rechazado, o condenado al bando de los otros, que Lilith ya iba a dejar de existir. La tarde que habían ido juntos a conocer a María Bouhler, Ally había visto el regocijo en el rostro de la mujer, que la había aceptado desde el instante en que había entrado al salón de muebles oscuros y tradición luterana. Su hijo estaba enamorado de una mujer aria que podía producir soldados heroicos para servir al *Führer*.

Durante la cena, los ojos de Frau Bouhler resplandecían ante la presencia de su hijo. La señora recordó cuando habían ido juntos, seis años atrás, al Berlin Sportpalast, y habían visto por primera vez, en vivo, al hombre destinado a sacar a su país de la miseria, a salvar a Alemania. Bastaba con estar un segundo frente a Él, para quedar seducida para siempre, había dicho. Él había hablado con ella, la había mirado los ojos, como un amigo de toda la vida que está de visita, como si le estuviese hablando la conciencia, como si otro hubiese ordenado sus pensamientos. Frau Bouhler podía recordar la ropa que llevaba puesta ese día. Sí, hacía frío, pero enseguida su cuerpo recuperó la calidez al verlo. Habían estado horas esperando, entre vítores y marchas. Había sido una noche emocionante. Su primer discurso como canciller, un momento histórico inolvidable.

Los verdaderos alemanes, los que votaron por Él, el pueblo, había escuchado al *Führer* ese día. Frau Bouhler incluso recitó de memoria frases del discurso: "Hubo un tiempo en el que un alemán solo podía estar orgulloso del pasado; cuando el presente causaba vergüenza".

—¿Ve, Fräulein Keller? ¿Tenía o no tenía razón? Hoy estamos orgullosos de la nueva Alemania, y mi hijo es parte de ella.

Ally se había llevado un pedazo de pan a la boca, y se dispuso a distinguir sus ingredientes: la cantidad de harina, de grasa, de levadura. Había querido recordar dónde estaba ella ese 10 de febrero, qué vestido llevaba. Dedujo que estaría leyendo algo para Lilith, una leyenda, alguna historia de duendes y bosques encantados. Pero no recordaba. Su mente era solo bruma.

Frau Bouhler, por el contrario, podía reproducir cada instante. Se había vuelto a ver en medio de la euforia, entre los miles de personas que llenaban el Sportpalast, estáticos, siguiendo cada frase, cada gesto. Dijo que los gritos llenaban las pausas. Que cuando Él se detenía, ellos alzaban el brazo con un ¡*Heil*! Que en el escenario relucía la esvástica negra sobre un círculo blanco en una bandera rojo sangre. Que era el pueblo protegido por los soldados, que los soldados eran el pueblo, que Él había prometido que no habría más división, que ya no había nada que temer. Que nadie iría a quitarles a sus hijos, a ocupar sus negocios, a robarles sus fortunas. Que se acabaría el hambre, y todos podrían construir un hogar. Que las mujeres estarían dispuestas a procrear el mejor fruto de sus vientres puros y saludables.

A Frau Bouhler nunca le había interesado la política. Nunca había asistido a un mitin ni a una manifestación. Nunca había escuchado en su totalidad el discurso de un líder. Si hubiera sido joven, había dicho, si pudiese volver a empezar, repetía, dejando la frase en el aire, los ojos cristalinos. Pero al menos tenía a su hijo. Era la gran oportunidad para toda una generación. Aquella noche, Frau Bouhler no había podido dormir. Quería saborear cada segundo y grabarlo para siempre en su memoria.

—Sueño con que mi hijo siga los pasos de su padre —dijo Frau Bouhler—. Sueño con que se convierta en un soldado aguerrido, en un miembro honorable del partido. Es lo menos que podemos hacer por el hombre que ha salvado a Alemania —continuaba la mujer, y Franz tomó la mano de Ally.

Franz se dio cuenta de que Ally, durante la cena, se había ido lejos. Parecía adormilada. Sus gestos eran lentos, calculados.

En ese instante, ella se imaginó junto a Marcus, abrazados, sin necesitar palabras para comunicarse con él. "¿Marcus?", lo llamó en silencio. ¿Cómo hubiese sido su vida con Marcus si hubieran conseguido un permiso para abandonar el país, una visa…?

Estaban malditos. La cuota de refugiados disponible era para judíos. Solo los judíos recibían permisos para abandonar el país, aunque había pocos países que los acogieran.

—Yo te quiero, Ally. —La voz de Franz la hizo regresar al presente.

Ally lo observó con ternura. ¿Era la primera vez que le decía que la amaba?

—Yo también te quiero —le respondió—. ¿Como podría no quererte?

Admiraba a aquel joven que se arriesgaba a salir con una mujer que tenía una *mischling*, pero tenía el presentimiento de que Franz jamás tendría un futuro a su lado, y ella no tenía futuro sin su hija.

❦

En solo dos meses, cuando llegara el momento de la partida, Ally imaginó que se bañaría en agua de jazmín; las esencias perduran más en la memoria. Viajarían en autos separados. Los Herzog y Lilith en uno, ella y Herr Professor en otro. Desde el auto la verían partir. Lilith se volvería hacia ella con una sonrisa. Así la vería por última vez, de la mano de Beatrice, con su pequeña maleta casi a rastras. Lilith llevaría todo lo necesario para atravesar el océano: la cadena y el crucifijo, el poema de su madre y Nadine, la muñeca de trapo.

En el momento de subir por la rampa de abordaje, ella no resistiría, saldría del auto y correría hacia su hija, sabiendo que no podría abandonarla. Lilith se voltearía feliz, agradecida. Romperían el pasaporte donde una vez fue una Herzog, y lo lanzarían al mar. Sí, se despedirían de Beatrice con un abrazo y un beso. Albert ya estaría en la cubierta. Beatrice dudaría por un instante. ¿Debería marcharse, o quedarse donde reposan los restos de su único hijo?

Ally y Lilith regresarían juntas al auto. Se sentarían detrás, junto a Herr Professor. Volverían a ser una familia, lejos del espanto. Tomarían un tren que atravesaría ríos y montañas, lejos del país al que una vez habían pertenecido. Si podían, cruzarían el canal de la Mancha. Necesitaban que el mar los emancipara del terror.

Pero la niña de esa historia no tenía el rostro de Lilith. Y el anciano no era Herr Professor. No había trenes. Ally era una más en la turba de desconocidos.

"Uno sueña la libertad como mismo sueña a Dios", se dijo. "Al soñar a Dios, lo único que uno pretende es encontrar aliento. El abandono, como las heridas, sana con las horas". Era su única esperanza.

Pero los sueños y Dios habían dejado de tener sentido para ella. Su hija partiría. El barco se alejaría del puerto. Ella regresaría a Berlín en el auto junto a Herr Professor. No habría abrazos ni besos. Nadie derramaría una lágrima.

10

Dos meses después
Hamburgo. Mayo, 1939

La noche. Los reflectores sobre los tres oficiales que estaban detrás de una mesa, al pie de la rampa de embarque. Albert Herzog extendió, uno a uno, los documentos: el pasaporte, el permiso de desembarque cubano, el recibo de las maletas, los pasajes, los tres billetes de diez *reichsmarks*. Bajo los reflectores, las cejas de Albert se distinguían gruesas, los ojos se esfumaban. Era imposible detallar si estaban llenos de lágrimas. Lilith tenía la cadena y la muñeca de trapo. Nadie preguntó por el poema que llevaba escondido en el bolsillo derecho del abrigo de lana. No necesitará ese abrigo en Cuba. Para Lilith, el poema tenía vida, latía. Podía sentirlo a través de la tela.

Nadie se percató del tono de su piel. "De noche, todos tenemos el mismo color", se repitió, para calmarse. Sabía que el miedo la podía delatar. El hoy podía disolverse a causa de un error. Con el pelo recogido y cubierto por un gorro de estambre negro, ninguno de los oficiales dudó de ella. Lilith siempre se había mantenido en la sombra. Era una Herzog. De nuevo, la estampa roja en la página principal del pasaporte: la "J". Estaba condenada, llevaba la culpa sobre ella.

Lilith tarareó una melodía indescifrable y tomó la mano fría de Beatrice. La sintió quebrada, como si todos los huesos del cuerpo se fracturaran a cada segundo. Alzó la vista, y vio como comenzaban a brotar manchas rojas en el cuello de la señora Herzog. "Va a reventar", pensó. "Va a llorar. Se va a desvanecer".

—Mamá. —Era la primera vez que Lilith la llamaba así—. ¿Cuándo nos dan nuestro camarote?

Quiso parecer una niña obediente, de buenos modales. Una niña dulce que acababa de aprender a leer. Llevaba bajo el brazo su muñeca blanca, rubia, vestida de azul, con su nombre, Nadine, bordado en rojo sobre el delantal blanco. La muñeca era tan perfecta que los soldados quedarían hechizados, se había dicho. La señora Herzog no la escuchó. Permaneció recogida en su propio terror.

—Es el barco más grande que he visto en mi vida —continuó la pequeña.

El oficial de ojos transparentes le entregó los pasaportes a Albert, sin detenerse en la mujer y la niña. Ellas eran su sombra. A veces el miedo te hace invisible. Es una manera de borrarse.

Ahora tenían que avanzar, alejarse de los ojos inquisidores. Lilith contó los pasos, uno a uno. Seguían sin percibirla. Lilith ascendía detrás de Beatrice. El oficial podía escuchar su voz, su acento de alemana, sus frases ilustradas. Un error, debería cometer un error gramatical, hablar como una niña pequeña y tonta para no despertar dudas. Sí, tenía sobre ella los ojos de los otros.

"Un paso, el primero, con el pie derecho, hacia el tobogán", calculó Lilith. "¿Qué verso citaría en esta ocasión Herr Professor?".

Ya estaba cruzando la línea divisoria, eterna y movediza, y de pronto advirtió que los seguían. No pudo identificar a quienes iban detrás. Pero ellos sí podían detectar a una bastarda de Renania, una asquerosa *mischling*, quizás por su manera de caminar o por sus gestos. Los oficiales la habrían reconocido, a ella, la impostora, la negra. La luz seguía siendo escasa. Lilith se escudó en la penumbra hasta llegar a la cima. Estaba a solo unos pasos del país donde el miedo desaparecería.

Su corazón palpitaba a una velocidad sonora. Quienes la rodeaban podían percibir su espanto, distinguir de una vez y por todas
el verdadero tono de su piel, su maldita cabellera escondida bajo un
estambre tan oscuro que hacía a su rostro lucir más claro de lo que
realmente era. Todo había sido estudiado, hasta el más mínimo
detalle, por sus salvadores, los mismos que decidieron lanzarla al
abismo. Al final, las máscaras no habían sido suficientes. Cualquiera
que se lo hubiese propuesto, que se hubiera detenido un segundo en
ella, podría haber comprobado sin el menor esfuerzo que ella no era
una Herzog. Los ojos agónicos de Beatrice, el desgano de Albert y
la distancia que Lilith proyectaba hacia sus padres ficticios eran las
pruebas que los oficiales necesitaban.

Si la isla estaba bajo un sol perenne, allí encontraría su verdadera
sombra. Buscaría un árbol grande, y lo convertiría en su eterna
morada.

Al llegar a la meta y pisar cubierta, Lilith se volteó y se dio de
bruces con el capitán. El hombre, gallardo, vestido de blanco y
negro, se quitó la gorra y le hizo una reverencia. Era un capitán
distinto al de la historia que su madre y Opa le hacían antes de
dormir. Este capitán no raptaba a los niños perdidos, ni ataba a
las princesas a una roca junto a la laguna, ni los haría saltar en
altamar.

—Bienvenida al *Saint Louis* —dijo con voz grave el capitán sin
garfio.

Lilith suspiró y ubicó al enemigo. Los oficiales permanecían en el
punto de control, acuñando la "J" roja en los pasaportes como una
cicatriz indeleble. Otras familias subían por el tobogán.

¿Mamá? Quiso gritar cuando miró hacia el puerto. Abajo quedaban los otros, perpetuados en el abandono. Observó a quienes
decían adiós en la plataforma, ondeando las manos con parsimonia,
convencidos de que nadie los veía, de que ya habían sido borrados

de la memoria de quienes se salvaban, de quienes huían en el trasatlántico hacia la isla prometida.

La noche anterior se había sentado en el sofá entre su madre y su Opa. Los tres con los ojos fijos en la chimenea apagada.

—Nos volveremos a ver —dijo Opa con la voz quebrada—. En cualquier lugar del mundo.

Lilith tenía el presentimiento de que no lo volvería a ver, que esa sería su última noche juntos. Lo abrazó para calmarlo.

—Mi niña… —comenzó a decir Herr Professor, y Ally rompió a llorar.

—Mamá…

Lilith se quedó otra vez en silencio. No tenía fuerzas para consolar. Los labios le comenzaron a temblar; sintió frío, miedo.

Esa noche no durmió. No volvería a dormir hasta que el barco estuviera en altamar.

Abrió los ojos y se vio al borde de la cubierta. Abajo, hombres y mujeres perdidos en un gesto. "Se despedían de ella". Lilith trazó un último adiós con su mano derecha, pero ahora era a ella a quien no distinguían. Se había perdido en la masa uniforme que ocupaba la cubierta. Ondeó con intensidad la mano una vez más, con la vana esperanza de que su madre la viera.

Estaba sola. Los Herzog le habían dado la espalda. Era el momento de ejecutar el plan, uno de ellos. Quién se iba a fijar en una niña. Todos estaban ocupados despidiéndose de los seres que perdían. Iría hacia estribor, donde menos pasajeros había. Allí buscaría un lugar, lejos de los botes salvavidas. Con los brazos tendidos al cielo, contaría hasta diez al ritmo de los latidos de su corazón, y se lanzaría al vacío. La fuerza de la caída la obligaría a sumergirse. El impacto la haría descender hacia donde las aguas son más oscuras. Comenzaría entonces a soltar todo el aire retenido en los pulmones y, al ritmo de las burbujas, saldría a la superficie. Nadaría hasta el embarcadero, lejos del punto de control donde aún quedaban pasajeros por ser registrados. Recuperaría el aliento y esperaría por el disparo que marca la salida, en la carrera más importante de tu vida. Como Jesse, se pondría en las marcas, lista para salir, primero la frente, luego los hombros y el torso, y con la ayuda del viento correría, sin mirar atrás para no convertirse en una estatua de sal. El único problema era que no sabía nadar. Se dejaría entonces hundir hasta el infinito, hasta donde no llega ni la luz de la Luna, de espaldas a la superficie.

Su madre debería ser ya un punto lejano, tan distante como lo era ya su vida en Berlín. Para Ally, el trasatlántico negro, blanco y rojo era una gran necrópolis. Las lápidas tenían talladas las dos fechas, las fronteras que delimitaban el encierro: el día que uno nace y el día que muere. Todo transcurría en ese espacio limitado. La necesidad de compadecerse del dolor del otro para mitigar el suyo era real. "Siempre hay alguien que está peor que uno", se decía. "Entre más larga la distancia, más el desinterés".

Lilith no pudo reproducir la despedida, si es que hubo alguna. Para ella, la última vez que había visto a su madre había sido en la cama, leyendo con ella historias para dormir. ¿Para qué querría recordar su imagen en el puerto? Ally y Opa se fueron disolviendo poco a poco en su memoria.

En lugar de lanzarse, Lilith caminó hacia otro abismo, el de los camerinos, abriéndose paso entre quienes no se atrevían a separar sus miradas del puerto. Entonces vio que el cielo estaba despejado: las nubes, las estrellas y la luna también la habían abandonado.

—Ahora solo quedamos la noche y yo.

Las palabras comenzaban a ahogarse en el río.

Ya en el camarote, los Herzog escucharon el silbato prolongado que anunciaba la partida hacia la mayor de las Antillas. Se acostaron, aún tomados de la mano. Al acercarse a la escotilla abierta del camarote, Lilith sintió el perfume del jazmín. Estaba mareada. El barco había comenzado a moverse con lentitud. El puerto comenzó a ser un punto lejano. Sabía que primero navegarían sobre un río, luego saldrían al mar, y por fin, al océano.

—Del Elba al Mar del Norte —dijo en voz alta, y se imaginó a Opa, de niño, en las dunas de un mar infinito.

En el Mar del Norte, el golpe de las olas sobre el casco metálico rociaba la cubierta de salitre. Alzó la mirada al cielo y divisó una estrella solitaria. Cerró los ojos con fuerza, como cuando, al final del teatro, el telón cae por su propio peso sobre el escenario. Se había salvado.

Ella era la noche.

ACTO SEGUNDO

11

Tres años después
La Habana. Noviembre, 1942

—Están aquí, están en todas partes. —Lilith le escuchó decir a su madre, mientras bajaba las escaleras—. ¿Dónde nos vamos a esconder?

—Ya lo fusilaron. Nada nos va a pasar. —La voz de Albert sonaba firme.

Cuando Lilith entró en la cocina, ambos sonrieron y apagaron la radio.

—Fusilaron al espía nazi —dijo Lilith, para demostrar que sabía de lo que estaban hablando—. Escuché las noticias. El presidente se negó a ofrecerle un indulto.

—Estamos rodeados de submarinos alemanes… —Beatrice temblaba—. ¿Cuántos otros espías habrá por ahí escondidos?

—Los encontrarán a todos —afirmó Albert.

—¿Y por qué se acercó a nosotros? —dijo Beatrice—. Enrique…

—Su nombre es August —rectificó Lilith—. Me parecía raro que cada vez que hablábamos alemán él se volteara a vernos. Un espía nazi…

August Luning acostumbraba a visitar el negocio de los Herzog para comprar rollos de tela, y en ocasiones se quedaba con ellos tomando un café y conversando en perfecto inglés. El español de los Herzog era muy limitado. Luning les había dicho que era hondureño y que había dejado España para abrir un negocio familiar en la Isla, cada vez más próspera. Dijo también que había vivido en Alemania e Inglaterra. En efecto, a los pocos meses de su llegada, había abierto una tienda de confecciones, La Estampa, en la calle Industria. De gestos suaves y hablar pausado, el señor Luning era un hombre alto, de cara redonda, pelo oscuro y tez bronceada. Los Herzog nunca hubieran pensado que el comerciante impuntual y desorganizado, que no llevaba el control de las compras y ventas ni tenía habilidades para negociar un buen precio, fuese en realidad un alemán.

Hacía un año que Cuba había declarado la guerra, primero a Japón y luego a Alemania, y enviaba barcos de ayuda a los aliados. Dos de esas embarcaciones habían sido destruidas en las costas orientales cubanas por submarinos alemanes, según la prensa de la Isla, que Albert evitaba que llegara a manos de su esposa. En medio de la contienda bélica, el negocio de las telas prosperaba, y los Herzog abastecían a los grandes almacenes de la capital.

Unos meses antes, La Habana había quedado en la oscuridad. Ese día del apagón obligatorio, Beatrice y Lilith se escondieron en el despacho de Albert acurrucándose en un rincón, cubiertas con almohadones. Así durmieron esa noche, en la que, hasta el faro del Castillo del Morro, a la entrada de la bahía, se mantuvo apagado por primera vez. Alemania había amenazado, a través de Radio Berlín, con bombardear la capital. El estado de alerta se extendió por la ciudad, y las autoridades ordenaron mantener a oscuras el litoral habanero.

Habían regresado los días de terror para Beatrice.

—Hasta aquí llegarán —repetía, temblorosa—. Nunca podremos librarnos de ellos…

Desde entonces, Lilith se encerró junto con Beatrice en el despacho, sin poder salir ni al patio, hasta que llegó la noticia de que habían detenido al espía nazi que se había atrevido a hacer contacto con ellos.

Albert había visitado una vez al señor Luning en su residencia en el segundo piso de una casa de huéspedes de la calle Teniente Rey. Vivía rodeado de jaulas de pájaros de muchos colores, colocadas estratégicamente en cada ventana de las dos habitaciones que ocupaba. Al entrar, Albert tuvo la sensación de estar en una pequeña selva, en parte debido al calor y la humedad que emanaba de las paredes despintadas. Había telarañas en los techos de puntal alto y polvo en cada esquina, como si se tratara de un cuarto deshabitado, acomodado a última hora para recibirlo. Mientras cerraban varios pedidos de tela y Luning entregaba parte del pago, Albert se compadeció de aquel hombre sin familia, un refugiado igual que él, que hacía todo cuanto podía para sacar su negocio adelante. Quiso incluso invitarlo a cenar cuando se mudaron a la casa del Vedado, pero nunca llegó a hacerlo.

Gracias a uno de los empleados de Luning, la señora Herzog había podido recibir una carta desde Berlín. En realidad, era un documento, y tardó más de tres meses en llegar a La Habana. Antes de la guerra, el empleado había hecho negocios con una empresa textil alemana y aún conservaba buenos amigos por allá, por lo que Beatrice le había pedido ayuda tras escuchar en la radio las noticias del avance alemán sobre los países de Europa. Beatrice le dijo que quería conocer el destino de sus hermanos, así como el de la madre de Lilith y del profesor Bormann, a quienes también identificó como su familia. La señora Herzog había perdido comunicación con sus hermanos. Sabía que habían sido deportados, pero no sabía a qué país habían sido enviados. En cuanto a Ally, Beatrice no entendía por qué no respondía a sus cartas, por qué había dejado de comunicarse con ellos, abandonando a su hija, aunque a veces ella misma se decía que el abandono y el olvido eran otros artilugios de la supervivencia.

Desde su llegada a La Habana, la señora Herzog le escribía cada mes una carta a Ally, en la que le contaba sobre los progresos de la niña. Que el español se le hacía fácil; que se había vuelto una experta en tafetanes, franelas, tules, brocados, gabardinas y, por supuesto, todas las variedades de lino, tan populares en la Isla; que había hecho dos amigos, Martín y Oscar, de muy buenas familias, que en la nueva escuela americana la habían adelantado de nivel; que se habían mudado a una nueva casa, lejos del negocio, en un barrio donde Lilith podría crecer segura. La niña se había adaptado al sol y al calor, pero a ellos les era más fatigoso, contaba. Se sentían cada día más viejos, y los días les parecían meses, y los meses, años que caían sobre ellos. Lilith, en cambio, tenía un futuro en la Isla, y algún día, cuando la guerra llegara su fin, Ally podría viajar y reencontrarse con su hija. Beatrice le contó que Lilith había heredado sus gestos y expresiones. La veía crecer y convertirse en una señorita cada vez más parecida a su madre. Fue justo mientras escribía esa carta, en la trastienda, que el empleado del señor Luning se apareció, taciturno, con el documento.

—Lo siento —le dijo, por primera vez en alemán.

Beatrice tomó el documento y lo abrió delante de Albert, que vio el horror en su rostro. Le entregó el papel a su marido, buscó la carta que hacía días escribía y la rompió como si, al hacerlo, pudiera anular lo que acababa de leer.

En el documento encontraron cuál había sido el destino de Ally y el profesor. Ally Keller y Bruno Bormann habían sido enviados el 17 de junio de 1939 a Sachsenhausen. El señor Bormann había sufrido un infarto al poco tiempo de llegar. No sobrevivió. Ally habría muerto siete meses después, desangrada.

—Creo que no debemos decirle nada a Lilith —dijo Albert, mientras caminaba de un lado al otro de la habitación.

—¿Y qué ganamos con mentirle?

—Ella lo va a saber —respondió Beatrice, enfática. Los labios le temblaban—. Si no se lo decimos ahora, nunca nos lo va a perdonar.

—Al menos, esperemos un momento adecuado.

La noticia del espía recorrió la Isla; Beatrice y Albert sabían que sería solo cuestión de tiempo antes de que surgieran las preguntas sobre su vínculo con el espía nazi. Cuando Luning fue capturado, los Herzog se sentaron frente a Lilith y, tras un largo silencio, Beatrice decidió contarle sin rodeos. Albert no dejaba de mirar a su esposa, no podía entender cómo podía decirle a una niña que había perdido a su única familia. Quiso maldecir, dar un golpe sobre la mesa, gritar de rabia. Sentía que iba a explotar, y sus ojos se llenaron de lágrimas.

—Lilith —Beatrice hizo una pausa—, al poco tiempo de irnos de Alemania, tu madre y el profesor fueron enviados al mismo campo de trabajo forzado donde mataron a mi hijo —otra pausa—. Ambos están muertos.

Lilith no dijo una palabra o hizo preguntas, ni siquiera quiso saber cómo Albert y Beatrice habían tenido acceso a la noticia. Solo lloraba, inmóvil. Por primera vez, Beatrice la besó y la abrazó. Albert, cabizbajo, abandonó la habitación.

—Sobreviviremos, pero el dolor siempre va a estar ahí —continuó Beatrice—. Tu madre nunca se olvidó de ti. Te tuvo presente hasta el último aliento. Así somos las madres…

Lilith permanecía sentada en el comedor, en silencio. Se apretaba las manos con fuerza. Tenía el pecho contraído y percibía la mirada de Beatrice. Quería estar a solas; no podía. Comenzó a sollozar, el cuerpo le temblaba sin control.

A su madre ya la había perdido años atrás, cuando abordó el barco en Hamburgo. Ahora estaba desconsolada porque presintió que había olvidado su rostro para siempre.

⌒〜⌒

Durante el juicio del espía, de quien se decía que había confesado sus crímenes, un investigador de la policía apareció en la tienda y pidió revisar el libro de entrada y salida de mercancías, en el que aparecía registrado como Enrique Augusto Luní. El investigador sudaba dentro de la tienda, y las gotas caían sobre el mostrador. Mientras tomaba notas, Beatrice le entregó el documento llegado de Alemania.

—Un empleado del señor Luning nos lo hizo llegar hace un tiempo —dijo. Al darse cuenta de que el investigador no entendía el alemán, le advirtió—: es la confirmación de la muerte de nuestros familiares en un campo de concentración.

Beatrice quería dejar claro que ellos no tenían ningún vínculo con el señor Luning, ni la más mínima intención de ayudar a Alemania. Ellos eran también víctimas.

Las revistas y periódicos dedicaron un centenar de páginas a las andanzas del espía en Cuba y el Caribe. Su fusilamiento, en los fosos del Castillo del Príncipe, ocupó la portada de una de las publicaciones más populares del momento. No hubo fotógrafos presentes, pero un dibujante recreó la escena. En una imagen, aparecía el espía frente al pelotón de fusilamiento; en otra, podía verse su cuerpo sin vida.

Durante esos días, Beatrice dejó de ir a la tienda, que se había convertido en una mueblería. Recluida, ocupaba su tiempo escuchando la radio, descifrando el español que cada vez entendía más, pero que jamás iba a poder usar en una conversación extensa. Por las tardes escuchaba radionovelas románticas y de aventuras, y en las noches, una estación de música clásica.

Se desató un furor contra los alemanes, y para evitar prejuicios contra su familia, el señor Herzog retiró su apellido de la mueblería. Había escuchado en la radio que, en Palm City, un pueblo del norte de Camagüey que ni siquiera aparecía en los mapas de la época, había una próspera comunidad alemana, y que a todos los hombres los habían llevado a La Habana y estaban recluidos en el Castillo del Morro.

—A partir de mañana, la tienda se va a llamar Mueblería Luz —comunicó en la cena el señor Herzog, sonriente—. La llamaremos Luz por ti, mi querida Lilith.

❧

El día que inauguraron la Mueblería Luz, en la calle Galiano, Martín y Oscar, los mejores amigos de Lilith, la acompañaron.

Los tres chicos recorrieron el almacén, se acomodaron en los muebles aún con olor a barniz fresco y se escondieron dentro de los armarios de caoba, mientras los mayores brindaban con champaña para celebrar la apertura. Martín tomó de las manos a Lilith, que se dejó llevar hasta el desván. Los muebles eran de madera pesada y oscura, algunos tenían ribetes dorados, espejos biselados, láminas nacaradas, marqueterías de palo rosa y violeta, motivos de ramos y guirnaldas, tableros de mármol o piel, detalles en bronce…

—Estos muebles… Solo de verlos, me sofoco —dijo Lilith—. ¿Ustedes sabían que el espía nazi vino una vez a la mueblería?

—¿Entonces, tú conociste al espía? —la interrumpió Oscar.

—Era un hombre muy extraño, no parecía alemán.

—Tú tampoco pareces alemana, y eso no te hace espía.

—Siempre tuve la sensación de que nos entendía cuando yo hablaba alemán con mis padres —explicó Lilith—. Su mirada era extraña.

—Podríamos dedicarnos a cazar a espías —dijo Martín—. La ciudad debe estar infestada de nazis. Tú sabes alemán, ayudarías a desenmascararlos…

—¡A cazar espías! —gritó Oscar, y salió corriendo.

Detrás de él corrieron Lilith y Martín, entre carcajadas.

La cinta estaba lista. Lilith se adelantó, se acercó a sus padres y tomó la tijera con la mano izquierda. Al voltearse, vio a Martín junto a ellos. El flash del fotógrafo la cegó al cortar la cinta.

Fue un día feliz.

12

Un año y medio después
La Habana. Abril, 1944

El día que Lilith cumplió trece años, Martín Bernal entró a la casa con sigilo y la sorprendió por la espalda, en la cocina. Le cubrió los ojos con las manos y le dijo que pidiera un deseo.

—Pero pídelo para ti, no quiero escucharlo, para que se te cumpla.

Lilith se volteó. Tenía a Martín sobre ella. Un gesto, y terminarían abrazados. Nervioso, él se adelantó y acercó los labios a la mejilla de Lilith. Se fue moviendo con cautela, hasta que ella alzó el rostro y lo besó.

Desde que se convirtieron en vecinos, Lilith y Martín nunca le habían hecho caso a la frontera entre sus casas. Saltaban por encima de la verja metálica que separaba los patios hasta terminar cortando la cadena y el candado entre las dos residencias. Una pared de bloques de piedra separaba los pasillos laterales de las propiedades. Desde lo alto, Martín podía comunicarse con Lilith a través de la ventana del cuarto de ella. Cada vez que Martín quería ver a su amiga, se lanzaba del muro a la verja, y descendía con la ligereza de un lince. Martín soñaba con volar. Un día, a escondidas de su padre, derribaron el portón y los patios quedaron comunicados para siempre. El señor Bernal no castigó a su hijo porque sabía que, de lo contario, Martín acabaría estrellándose al lanzarse desde el muro.

—Estos niños van a terminar casados —decía Helena, la señora que ayudaba a los Herzog con los quehaceres de la casa, cada vez que los veía conspirando en el patio.

Lilith y Martín crearon un universo entre los árboles de mango, los flamboyanes, las plantas de ricino de hojas amarillas, la cerca de flores de pascua rojas y blancas, que brotaban con furia fuera de temporada.

—Las tenemos confundidas —dijo un día Martín—. Nosotros estamos de navidades todo el año.

Al desembarcar en La Habana, cinco años atrás, Lilith y los Herzog vivieron un tiempo en el Hotel Nacional, desde donde se podía divisar el faro del Morro. Lilith recordaba que su habitación en el hotel daba al mar, y cuando abría las ventanas en las mañanas le venían náuseas. Sentía que su vientre iba a reventar, y solo se calmaba imaginando que un día, en uno de aquellos barcos que atracaban en el puerto, llegarían su madre, Franz y su Opa y la sorprenderían. La habitación del hotel le producía la misma sensación que la del camarote en altamar.

Durante la travesía en el *Saint Louis*, embriagada por las amargas píldoras contra el mareo y con el estómago reducido por los vómitos, Lilith pensaba que llegaría a una isla de plantas carnívoras que se disponía a estudiar, y de animales salvajes que tendría que evitar. Estaba convencida de que, con esmero, apaciguaría el ardor de las plantas, y adoptaría alguna especie mamífera, de esas que crecen devorando todo cuanto haya a su alrededor, pero que ella, gracias a su dedicación y a un proceso exhaustivo de domesticación, lograría humanizar. Estaba dispuesta a demostrarlo, y así poner fin a la barbarie sobre la faz de la tierra. Pero, al llegar, se tropezó con una hermosa ciudad construida a orillas de un mar apacible; una ciudad limpia, con gente de todos los colores, vestidos con elegancia, cubiertos de pies a cabeza para protegerse de los rayos del sol. En lugar de una isla indómita, como había imaginado, la habían lanzado a una ciudad europea, tan anodina como cualquier otra urbe alemana, pero mucho más soleada, y habitada por gente de todas las razas.

Por esa época, Lilith se refería a sus nuevos padres como "Herr y Frau Herzog". Luego pasaron a ser Albert y Beatrice. Solo cuando compraron la tienda de telas en la calle Muralla y la familia decidió mudarse al apartamento de los altos hasta que el negocio prosperara, se convirtieron en mamá y papá. Con el negocio de la mueblería encaminado, los Herzog adquirieron una casa en un barrio apartado, próximo al mar. Lo habían escogido porque se hallaba cerca del colegio bilingüe St. George, donde querían que la niña estudiara para que dominara el inglés y se insertara mejor en la sociedad habanera, al tiempo que trabajaba para suprimir de su español el acento alemán.

Por primera vez vivía en una casa rodeada de espejos, y poco a poco se fue acostumbrando a los reflejos. Lo que una vez su madre había evitado en su casa en Berlín —que Lilith descubriera que lucía diferente—, ahora era un reto. No se parecía en lo más mínimo a sus nuevos padres, pero fuera de los muros de la fortaleza donde vivían, protegidos de la luz y el calor, ella era una más. Su piel no llamaba la atención en una isla donde todos vivían expuestos al sol.

Al llegar al trópico, Lilith ya no tenía que demostrarle a nadie su inteligencia, su capacidad para los idiomas ni su pasión por los números. Ninguna comisión analizaría su capacidad de asociación y memoria. Durante un tiempo, se había propuesto alejarse de los libros, pero no pudo prescindir de ellos, sobre todo en las noches en las que conciliar el sueño se le hacía una pesadilla.

Desde que se mudaron a la casona del Vedado, Helena comenzó a vivir con ellos de lunes a viernes. Lilith conversaba más con ella que con sus padres adoptivos. Helena, con H, como siempre aclaraba cuando la presentaban —"una extravagancia de mi madre, obsesionada con las novelitas románticas del siglo pasado"—, era una mujer curtida por el abandono. Su madre la había enviado a la capital para sacarla de la miseria. Había dejado atrás su barrio en la bella y tranquila Cienfuegos, a la que nunca más regresó, por una ciudad que se hallaba en constante ajetreo. Se casó con un gallego y, a los pocos años, su marido subió a un barco en busca de mejor fortuna en el norte, según dijo, y nunca más se supo de él. El destino la llevó a cuidar familias ajenas, que sentía como suyas a falta de una propia. "Es terrible ser hija única, mi niña, porque terminas quedándote sola cuando tus padres ya no están", solía decirle a Lilith. "Mírame a mí, sin marido y sin hijos, en esta ciudad que no será mía jamás".

Helena caminaba sofocada, como si tuviera los orificios nasales cerrados, como si no pudiera obtener suficiente oxígeno con cada bocanada de aire. Tenía el rostro de una plañidera, siempre a punto de llorar. Odiaba las multitudes, porque decía que la dejaban sin aire, que los demás absorbían todo el oxígeno alrededor de ella, y que terminaba siempre en un espacio más árido que un desierto.

Con su tos característica, como aclarándose la voz, Helena deambulaba por la casa en una agitación constante, deteniéndose a menudo para tomar aire. "En mi familia todos nacimos con los pulmones estropeados", explicaba.

—Mi madre, e incluso mi abuelo, murieron ahogados por enfisemas que los estuvieron consumiendo por años. Ese será mi destino, qué le voy a hacer —le había contado a Beatrice—. Por lo visto, heredé de mi madre sus pulmones débiles, y de mi padre, la artritis. Mis dedos andan torcidos desde que tengo uso de razón.

Al principio, las crisis de tos eran tan intensas que Beatrice bajaba las escaleras corriendo, asustada, suponiendo que Helena se habría ahogado, para encontrársela en una nube de humo, con un cigarro en una mano y una taza de café negro en la otra. Andaban por la casa una apoyada en la otra, compartiendo achaques y balbuceando, porque ninguna entendía lo que hablaba la otra, pero reaccionaban como si se comprendieran. Parecían dos hermanas que se acompañaban al final de sus vidas.

Helena instruía a Lilith que se protegiera del sol con sombrillas y sombreros que solo usaba a regañadientes. Los fines de semana, le rociaba el cabello con aceites de coco y oliva, y la hacía pasarse peines metálicos que antes calentaba en las hornillas. Luego, le embadurnaba el pelo con una crema casera que ella misma preparaba, a base de aguacate, yemas de huevo y miel. "Esos rizos hay que cuidarlos y organizarlos", decía. Lo peor era cuando había alguna gala en la escuela. Helena se empecinaba en usar una plancha de hierro, que calentaba en el patio con carbones encendidos, para estirarle el cabello a Lilith. De su cabeza emanaba un humo acre que la dejaba mareada durante toda la semana.

—¡Me has convertido en una chimenea! —le decía Lilith entre risas a Helena, mientras Beatrice las contemplaba, desde lejos, asombrada.

Con el tiempo, Lilith se fue olvidando de la calidez de los pisos de roble, y comenzó a apreciar la frialdad de las losas. Ante la quietud de las tardes en la Isla, se refugiaba en los libros de caballería que habían heredado con la casa o acompañaba a su madre al cementerio judío de Guanabacoa, a colocarles piedras a almas ajenas y mantener limpio y pulido el espacio reservado para Beatrice y Albert, que recientemente habían adquirido. Lilith no tenía cabida allí. Ambas sabían que su tumba estaría en el cementerio de Colón, junto al resto de los mortales que, en vez de piedras, eran honrados con cruces y flores.

El mismo día que la matricularon en la escuela donde estudiaría inglés y español, Lilith fue sometida a varios exámenes para decidir en qué grado la colocarían. Nunca antes, en Alemania, había asistido a una institución para aprender. La semana siguiente volvieron, y la directora, una americana de rostro alargado y con una sonrisa perenne, las recibió.

—Entrará directamente en la escuela intermedia —le dijo la directora en inglés a Beatrice, ignorando a Lilith, que estaba a su lado—. No podemos avanzarla más.

Todo lo que Beatrice deseaba era insertar a Lilith en el sistema educacional, por lo que asintió con un gesto. El inglés le iba a ser más útil que el español, pensó, y ya era hora de que la niña comenzara a relacionarse y conocer a otras familias, para que algún día pudiera formar la suya propia.

—Con lo que sabe, está lista para ir a la universidad —continuó la directora, como si estuviera hablando de otra persona—. Pero yo no puedo tomar esa decisión. La niña es alta, así que nadie va a notar la diferencia en la clase. Parece de mayor edad.

Mucho antes de comenzar las clases, ya Lilith había tomado la decisión de no destacarse en la escuela, de no querer aprender más que lo que le enseñasen. La obsesión de su madre y su Opa porque fuera la más brillante había quedado atrás, bien lejos, en Berlín. Ya había aprendido todo lo que iba a necesitar en la vida.

Una tarde, al verla taciturna, Beatrice se acercó a Lilith, que había terminado los deberes de la escuela. Se sentó a su lado, le tomó la mano y le dijo que la enseñaría a tejer.

—El dolor nunca se nos va, siempre va a estar ahí, pero a mí tejer me ha hecho mucho bien —le dijo.

Helena, siguiendo las instrucciones de Beatrice, comenzó a llenar la casa de ovillos de estambre de diferentes colores, y agujas de metal, largas y cortas que compraba en las tiendas de la calle Muralla.

Después de cenar, Beatrice y Lilith se ponían a tejer bufandas que se negaban a terminar, mezclando diferentes colores y texturas.

Beatrice le contaba historias familiares que a ella se le hacían lejanas, y le hablaba de los panes que su madre horneaba para las noches de *shabat*. Era como si su única historia fuese la del pasado, como si el presente o el futuro no tuviesen lugar para ella. A su hijo nunca lo mencionaba.

Cuando Lilith se despedía para irse a la cama cada noche, después de tejer, Helena le llevaba un vaso de leche tibia.

—Beatrice te quiere, aunque no te lo demuestre como yo —le decía a la niña, mientras la cubría de besos y abrazos.

***

El primer día de clases, Martín se le acercó.

—Así que tú eres la polaca —le dijo en inglés.

—No soy polaca, soy alemana.

—Eres una alemana un poco oscura.

Martín se cruzó de brazos, y con un gesto de aprobación le hizo saber que, por ser diferente, le gustaba. A partir de ese momento se hicieron inseparables. Al terminar las clases, regresaban por el camino más largo, recorriendo las calles arboladas del Vedado, tratando de postergar el momento de llegar a casa y tener que separarse. Se comunicaban en inglés, y ella lo corregía y le enseñaba palabras nuevas. Al poco tiempo, Lilith pronunciaba con confianza algunas frases en español con un marcado acento cubano.

—Hablas como una americana —se burlaba Martín.

Ella practicaba el acento isleño con él todos los días y, a los pocos meses, Lilith dialogaba con la cadencia habanera.

—Ahora pareces más cubana que yo.

Al escucharlo, Lilith rebosó de alegría.

—Es que tú eres el que no pareces de aquí —le respondió, y cruzó los brazos, como él acostumbraba a hacer.

—¿Y de dónde parece que soy?

—Pareces alemán. Sí, diría yo que de bien al norte…

Martín movió la cabeza y sonrió.

—No, chiquita… Lo que tú no sabes es que los cubanos somos de todos los colores. Aquí hay rubios, trigueños, negros, mulatos, chinos, chinos-mulatos, en fin… Y mira, nuestro presidente tiene tu mismo color de piel.

Martín era más alto que ella, con el cuello largo, y cuando le hablaba la miraba a los ojos. Cada milímetro de su rostro parecía participar de la conversación. Ella se sentía cautivada, y no podía hacer otra cosa que escucharlo con atención. Con él, Lilith se sentía protegida, sabía que había encontrado a un aliado, alguien que la entendía sin juzgarla ni preguntarle por su pasado. Además, Martín era la única persona en toda la Isla que se esforzaba en pronunciar su nombre correctamente. Desde el día en que había puesto un pie en La Habana, todos la llamaban Lili. Menos él.

Al igual que ella, Martín era un soñador. En cuanto se conocieron, le confesó a Lilith su amor por los aviones. Era un experto en el movimiento de las aves, y hablaba del diseño de sus alas como si las palomas y los gorriones fueran especies creadas y perfeccionadas en un laboratorio.

—Algún día te enseñaré la Isla desde lo alto. En unas horas se puede recorrer de punta a cabo. Verás lo hermosa que es.

Lilith nunca le confesó que tenía fobia a las alturas. Desde el momento en que se vio en la cubierta del *Saint Louis*, observando a quienes se despedían en el puerto como si fueran hormigas, el mundo se desestabilizó para ella. Cualquier movimiento, por sutil que fuera, o incluso una perspectiva desde lo alto, le provocaba náuseas.

Esa primavera, Martín se convirtió en su mejor amigo. En la escuela circulaban los rumores de que Martín vivía solo con su padre, un ministro de cartera del presidente Fulgencio Batista al que llamaban El Hombre, porque la madre del chico había abandonado a su padre por un aristócrata europeo, con quien se había ido a Suiza. Otros decían que la mujer había muerto durante el parto. En realidad, ya Lilith sabía que Martín había perdido a su madre cuando era pequeño.

—Una enfermedad se la llevó —le dijo, sin dar más detalles, y ella quedó conforme con una confesión que lo hizo permanecer taciturno por el resto del día.

Lilith sabía que hay desconsuelos que nunca terminan.

Para alentarlo, ella le contó que también su padre había desaparecido antes de que ella naciera, pero aún no estaba lista para hablarle de su verdadera madre y su Opa. La pérdida los unió más, como si ambos hubiesen aprendido a sortear las mismas curvas del dolor.

Juntos exploraron la ciudad. Él la llevó a conocer el río Almendares, las playas rocosas y la academia de vuelo donde aspiraba a entrar. Durante los fines de semana, iban juntos al cine para ver películas de ciencia ficción, de indios y *cowboys*, de caballeros en *tuxedo* y damas en vaporosos trajes de seda y de batallas campales con finales felices. Los días de semana, desarmaban las radios familiares para entender su funcionamiento antes de volverlas a armar con precisión de relojeros.

Nadie tenía acceso a sus conversaciones ni a sus paseos. Merendaban juntos en el patio del colegio, lejos del bullicio escolar, hasta el día en que el inquieto Oscar Ponce de León, a quien Martín conocía desde pequeño, se atrevió a sentarse entre los dos, tomarlos de la mano como un hermano mayor, y sacarlos de la escuela para cruzar juntos la avenida Línea, llena de pasquines políticos. Era época de elecciones.

Oscar asistía a una escuela católica para varones, de la que algunas veces se escapaba para estar con su amigo. Si no podía convencer a Martín de que lo acompañara en sus aventuras, regresaba a sus clases sudoroso, con la recurrente justificación de que tenía el estómago revuelto. Los maestros lo daban por incorregible. Había vivido unos años en París con sus padres, que habían sido diplomáticos durante el gobierno anterior, y se habían exiliado en Nueva York por unos meses durante un cambio presidencial que, como de costumbre, había dejado al país sin riendas hasta que, por rutina, regresaban el orden y la serenidad. Martín le contó a Lilith que, cuando Oscar retornó del exilio, tenía un acento más fuerte que el de ella. Oscar hablaba el francés con entonación británica, el inglés con deje castizo, y el español con la cadencia de los desquiciados.

—Ustedes son como el día y la noche —solía decirles Oscar, porque Lilith era de pelo oscuro y tez morena, y Martín tenía la piel muy blanca, y rizos que se tornaban dorados bajo el sol.

Oscar tenía el cabello negro y las cejas espesas. Para ella, la diferencia entre los dos, además del color del cabello, era temperamental. Martín vivía ensimismado en sus ideas; Oscar, en cambio, daba discursos que, al principio, ella seguía con preocupación, pero que terminaba ignorando, porque para Oscar el mundo estaba llegando a su fin, y ella no tenía paciencia para comenzar de nuevo.

—Las islas son una especie de cloaca —le había dicho Oscar—. Aquí solo termina lo que no sirve en el mundo. Estamos llenos de españoles maleducados, africanos analfabetos, chinos desnutridos, judíos desterrados.

—No le hagas caso, Lilith —lo interrumpió Martín—. Es un amargado.

—Suma también vagos comunistas, prófugos de la justicia, estafadores y asesinos —continuó Oscar—. Los unes a todos, los mezclas en una gran cazuela, y de ahí sale el cubano. De la miseria, el cubano renace cada día como el ave fénix, y casi por inercia se vuelve a estrellar, pero se levanta y renace de nuevo, en un círculo vicioso del que no escapa. De las islas no sale nada bueno, Lilith, no esperes un milagro. De las islas lo mejor que uno puede hacer es escapar.

Oscar hablaba de política como un rey sin trono. Era anarquista, y creía que las democracias no eran reproducibles. Decía que uno no puede ser lo que no es.

—A mi abuela le gustaba repetir: el mono, aunque se vista de seda, mono se queda.

Oscar citaba esa y otras frases con grandilocuencia.

Él sabía que Martín y su padre eran grandes admiradores de Fulgencio Batista, el actual presidente al que todos se referían como El Hombre. Oscar, en cambio, veía a El Hombre como un guajiro autodidacta que se había convertido en militar para paliar el hambre, y que había devenido en político porque era la ruta hacia un poder aún mayor. La política lavaba el cerebro de las masas, y ni siquiera la Iglesia podía manipularla a su antojo desde que la Revolución Francesa declaró que todos éramos libres e iguales ante la ley.

Para Oscar, lo único bueno que había hecho Batista, fue darles espacio a los otros, los comunistas, los sindicalistas. No porque creyera que tenían derecho a gobernar, sino para aparentar que Cuba era una verdadera democracia. Martín lo interrumpía entonces para enumerar los logros del momento. Gracias al Hombre, el salario mínimo era uno de los más altos en la historia de la república, y la moneda tendría un valor envidiable una vez que su padre, siguiendo las instrucciones del presidente, adquiriera varios millones de dólares en lingotes de oro como garantía. Oscar se encogía de hombros.

—No cantes victoria —le decía a Martín—. La época de las vacas gordas está llegando a su fin. Ya verás cómo tu hombre recoge sus maletas y su dinero, y se larga. Esto aquí no va a haber quién lo aguante.

Cuando Lilith conoció a Oscar, se imaginó que era mucho menor que Martín. Por el tamaño, le calculaba unos diez o doce años, pero al escucharlo hablar, con su coreografía de gestos, se daba cuenta de que debería ser uno o dos años mayor. Oscar era el chico más articulado que había conocido. Un verano en que su familia lo mandó por tres meses a una escuela en Suiza dio un estirón tal que les ganó en tamaño a ella y a Martín, aunque permanecía tan delgado y lánguido como antes.

Tras ese viaje a Suiza Oscar decidió que, después de la guerra, le gustaría estudiar en La Sorbona, lejos del calor del trópico y de sus políticos.

—Ustedes también terminarán yéndose, ya verán.

Los tres amigos competían en sus lecturas: Lilith en inglés, Martín en español y Oscar en francés. Comenzaron con historias de caballeros andantes, continuaron con biografías de caudillos militares, y terminaron ojeando grandes romances, de los que siempre Oscar se burlaba.

—¿A quién se le ocurre tomar vinagre para lucir demacrada? Solo a una francesa burguesa, aburrida e infiel.

En casa de Martín, Lilith probó platos cubanos, entre ellos algunos postres como el arroz con leche, la natilla, los budines y los flanes, cuyas recetas habían cruzado el Atlántico hacía más de cien años. En su casa, Helena se había adaptado a los hábitos alimenticios de los Herzog, y evitaba aquellas comidas típicas que Lilith soñaba con probar. Para consternación de Beatrice, Helena experimentaba e insistía en bañar las papas hervidas con ajo, cebolla y comino, freía las carnes, y anegaba el pollo en salsas atusadas de bijol y laurel.

Lilith no era de "buen comer", se quejaba siempre Helena. Lo que la niña disfrutaba, junto a Martín, era el café después de la cena. Le fascinaba la taza pequeña con su concentrado negro, denso y aromático, dulzón y amargo a la vez, y su sabor intenso a quemado. Y más aún le gustaba tomarlo junto a Martín en el patio de una de las dos casas. En la Isla, hasta los recién nacidos tomaban café con leche antes de acostarse. Esa era la razón, llegó a pensar Lilith, por la que los cubanos vivían en una alerta constante.

Martín idealizaba una Cuba que, según Oscar, no era más que un vago espejismo. Oscar sostenía que a las islas no les sentaba la democracia, que vendría a ser como pedirle nieve al trópico. La política era un vicio para los dos amigos, pero Oscar sentía que Martín vivía en las nubes, motivado por la pasión y el ansia de su padre porque Cuba fuera un país democrático y desarrollado: la Suiza de las Antillas.

Desde que Lilith llegó a su vida, Martín había reducido su universo. Dejó de visitar a los hijos de los amigos de su padre: los Mena, los Menocal, los Zayas Bazán, lo cual preocupó un poco al señor Bernal, aunque sabía que su hijo no era un solitario. Tenía dos buenos amigos, estaba dedicado a sus estudios y soñaba con convertirse en aviador.

Algunas veces, Martín aceptaba las invitaciones a casa de los Lobos, una familia que controlaba la industria azucarera, la principal fuente económica del país. En ocasiones llevaba a Lilith, a quien una vez presentó como su novia sin antes habérselo advertido. Aún así, Martín se aburría en aquellas reuniones. Oscar, en cambio, sabía sobrellevar con parsimonia la rutina social. Lilith no entendía como aquel chico tan inquieto, rebelde e inteligente soportaba sin ironizar conversaciones que solo aludían a dónde pasar las navidades en Nueva York, o qué nuevo central azucarero era oportuno comprar o desarrollar.

—Tiene sangre diplomática en las venas —dijo una vez Martín—. Solo se desahoga con nosotros.

Lilith evitaba a las hijas del señor Lobo, que competían todo el tiempo por el amor y la aprobación de su padre, conocido en el mundo como el rey del azúcar. En cambio, le fascinaba escuchar las historias del magnate cada vez que adquiría una nueva pieza para su colección de artefactos que habían pertenecido Napoleón Bonaparte, el caudillo más grande de la historia. Lilith no salía de su asombro al ver que, en una isla insignificante en medio del Caribe, alguien poseyera miles de objetos personales, muebles, armas, y hasta la máscara mortuoria del emperador francés.

—Un día tú me vas a ayudar a conseguir el telescopio del Gran Corso —le dijo el señor Lobo al señor Bernal en una ocasión—. No tiene sentido que esté en manos del Hombre.

El señor Bernal esbozó una sonrisa, se excusó y dejó a su hijo, acompañado de Lilith y Oscar para que continuara conversando con el señor Lobo. El padre de Martín le había explicado a Lilith que Batista era rechazado por muchas de las grandes familias de la Isla, que no podían aceptar que el hombre más poderoso del país fuese hijo de campesinos de la zona oriental, solo tuviera grados de sargento y, peor aún, fuera mulato.

La primera vez que Lilith vio al presidente fue en casa de los Bernal. Martín y Lilith estaban en el patio, y un guardaespaldas los detuvo en el pasillo.

—No te preocupes —le dijo Martín a Lilith en el oído—. Eso es que debe estar El Hombre en casa.

El guardaespaldas lo reconoció y los dejó pasar.

En la biblioteca estaban el señor Bernal, El Hombre y Martha, que a pesar de ser la esposa de este último no era aún primera dama, pues el divorcio de él era todavía muy reciente. Lilith no sabía cómo actuar frente a un presidente. No tenía idea de cuál era el protocolo más adecuado o qué reverencia hacer.

—Así que esta es tu novia —dijo El Hombre.

Martín corrió hacia él y lo abrazó.

—Es terrible lo que está pasando con los judíos —continuó—. Aquí tienen las puertas abiertas. Nadie como ellos para el negocio. Eso es lo que necesitamos en Cuba.

Lilith quiso aclararle al presidente que no era judía, pero no se atrevió. No sabía si agradecer que aceptara a más refugiados en Cuba, o explicarle que ella había llegado en el *Saint Louis,* un barco con más de novecientos judíos que habían sido devueltos a Europa, rechazados por el presidente de turno. Ella y los Herzog habían estado entre los pocos afortunados que desembarcaron en La Habana.

Lilith fijó la vista en el libro que Batista tenía en la mano.

—Emil Ludwig, el mejor biógrafo que existe, y es alemán, como tú. Tal vez puedas ayudarme cuando venga a La Habana. Vamos a necesitar un traductor.

—De niña, leí esa biografía de Napoleón —respondió Lilith, sorprendida de la familiaridad con que se dirigía a ella un presidente al que muchos temían.

—Tu español es muy bueno.

—Su inglés es mejor —lo interrumpió Martín.

La segunda vez que Lilith se encontró con el presidente, fue en su residencia de las afueras de La Habana, una casa de arquitectura modernista, rodeada de palmas. Martha, que ya se había convertido en primera dama, los recibió con un bebé dormido en brazos.

—En esta familia siempre serás bienvenida —le dijo a Lilith.

Lilith vio allí a muchos hombres con camisa blanca y tirantes negros, y militares que no parecían armados. A lo lejos, divisó vacas que pastaban en un verde exuberante. En su inmovilidad, parecían animales domésticos, casi decorativos.

Las palmas alineadas marcaban el camino hacia la residencia principal. El sol brillaba sobre ellos, como si los persiguiera. A Lilith siempre le había sorprendido la confianza que le tenía el cubano al sol. Ella, en cambio, vivía buscando la sombra, sin importar la hora del día. En las islas del Caribe, la noche es un anhelo. La luz del sol perfora las rendijas, vence las cortinas más densas, penetra los espacios, calienta los interiores y no se marcha nunca. Todo está expuesto al sol. Lilith sintió sed.

Al llegar, fueron directo a la biblioteca de la finca. Allí estaba el presidente. En una esquina, Lilith divisó un telescopio: "Ese debe ser el que quiere el señor Lobo". Sobre el escritorio había planos de edificaciones, un teléfono dorado y, en cada esquina de la habitación, bustos en bronce de próceres y héroes que ella era incapaz de reconocer. De una pared colgaba un mapa de Cuba con las cordilleras a relieve.

El aire era limpio en la habitación llena de sombras. "Al sol, allí, no se le permitía penetrar", pensó Lilith. Alguien abrió la puerta de las habitaciones contiguas, y se escuchó música sacra. En la finca había una capilla con un órgano, le habían comentado. Vio a un hombre de uniforme sentado en una esquina, inmóvil. Solo movía los ojos, vigilante. Dos mujeres con delantal blanco entraron con vasos de limonada rebosantes de hielo en una bandeja de plata. Se los ofrecieron a los chicos, y salieron del salón principal sin levantar la vista, tratando de hacerse invisibles. Había maletas por doquier, y cajas vacías. En los estantes faltaban libros, como si alguien hubiese estado vaciando la biblioteca poco a poco. Lilith quería acercarse a ver los libros que aún ocupaban la biblioteca.

Estaba ensimismada en las estanterías cuando el presidente se acercó a ella.

—Si te interesa algún libro, solo tienes que decírmelo.

Lilith notó el cansancio en los ojos del presidente. Su mandato estaba por terminar. Martín le había comentado que la familia Batista se mudaría a la Florida, en Estados Unidos.

Martín le había dicho que El Hombre tenía facilidad de palabra, y ella pudo comprobarlo. Entre sorbos de limonada, le habló sobre batallas perdidas, estrategias de ejércitos antiguos, caudillos venidos a menos. Habló también de una ciudad que debía renacer de las cenizas. Iba del pasado al futuro como si el presente no existiera. "El tiempo era su enemigo", le dijo. Batista le mostró a Lilith las edificaciones que quedarían a medias en toda la Isla, y le manifestó su temor de que, al llegar cualquier otro político al poder, lanzara por la borda su legado. Quería convertir a La Habana en la ciudad más civilizada del hemisferio.

—Una utopía, quizás.

Lilith, sorprendida por la erudición de aquel hombre que no había tenido una educación formal, se sintió identificada desde ese momento con él. El problema es que el sol todo lo destruye en esta isla, quiso decirle al presidente, pero no se atrevió.

La tercera vez que se encontró con Batista, le sirvió como traductora. Unos días antes, Martín, Oscar y ella habían asistido a la charla de Emil Ludwig en la Escuela de Filosofía y Letras de la Universidad de La Habana, que fue traducida por Gonzalo de Quesada, un distinguido profesor del Seminario Martiano. El presidente había querido que ella asistiese a la conferencia de su biógrafo alemán favorito para que más tarde fuera su traductora en una recepción que tendría lugar en la residencia del presidente de la Sección de Literatura del Ateneo de La Habana. En la conferencia, el señor Ludwig se refirió a los héroes nacionales con devota admiración. Habló de Martí, el Apóstol, y dijo que, aunque Alemania era mundialmente conocida por su disciplina, carecía de un espíritu heroico, y predijo que en unos años ese gran país desaparecería.

Aquella noche, Lilith y el autor alemán escucharon cantar a la soprano Esther Borja, acompañada por un piano. La diva cubana era pequeña, y cerraba los ojos al vocalizar, además de dibujar una sonrisa sutil e inclinar la cabeza al tiempo que elevaba los brazos a la altura del pecho, como las vírgenes de mármol blanco de la casa de los Lobos. Al principio, la voz era suave, en tonos bajos, hasta volverse aguda, penetrante y llenar el salón, embelesando a todos.

Al terminar el pequeño concierto, Herr Ludwig se acercó a la cantante.

—Hace varias décadas planté un árbol de laurel en mi casa en Suiza —le dijo en alemán, que Lilith tradujo—. Siempre llevo conmigo algunas hojas, que a veces les regalo a artistas u hombres de estado. Son una especie de talismán para mí. Si usted cree en los talismanes, me gustaría ofrecerle una. Usted es una artista maravillosa.

Al igual que la cantante, Lilith estaba conmovida. El presidente los observaba de lejos, maravillado.

Ella cerró los ojos y volvió a verse niña, junto a su madre y Herr Professor, que se turnaban para leerle alguno de los libros de Ludwig. Fue un instante de paz. Le hubiera gustado escuchar sus voces. Tras el concierto de aquella tarde, cuando el chofer presidencial los llevaba a casa, Martín vio los ojos de Lilith llenos de lágrimas. Tomó sus manos heladas y las besó, sin saber qué más hacer para consolarla.

13

Cuatro años después
Varadero. Diciembre, 1948

Lilith siempre tenía las manos frías. Martín le decía que, desde el día que había llegado a La Habana, el invierno estaba en ella. A veces usaban bufandas y hacían como si tiritaran, fingiendo que las temperaturas bajaban vertiginosamente.

Lilith soñaba con huir con él una noche de invierno.

—En el trópico no se puede pensar —acostumbraba a decir Martín—. El calor solo invita a estar tirado en la arena, a la orilla de la playa, bajo el sol. Del calor no sale nada bueno. Aquí nunca seremos nada.

—Y en el frío terminamos matándonos unos a otros —rebatía Lilith.

—¿Y aquí no?

Desde que El Hombre se había marchado del país, Martín se había tornado tan pesimista como Oscar.

Ya ni siquiera iban al cine, decía, porque era posible que un líder estudiantil atacara a tiros a otro en la sala oscura para evitar que le usurpara el poder. Cada vez con más frecuencia asaltaban a los policías y los tiroteos proliferaban en La Habana, donde los atentados se convirtieron en la orden del día.

Martín y Oscar habían dejado la universidad en medio de la vorágine de los estudiantes intentando derribar a presidentes elegidos democráticamente. Martín tomaba clases de cálculo y geografía por las noches, y estudiaba mecánica de aviación en la Inter American Aviation School, muy cerca del Malecón y de su casa. Fue en esa época que comenzó a acumular horas de vuelo, con la esperanza de ser aceptado en un centro de estudios en Estados Unidos, y así huir del país "que una vez El Hombre había metido en cintura". Oscar había dejado la carrera de derecho, y se había dedicado a leer y a viajar con su padre, seguro de que este lo enviaría a estudiar a una universidad europea. Pero aún se sentían los estragos de la guerra en el viejo continente, y la madre de Oscar temía que aún anduvieran nazis sueltos. La guerra había dejado una secuela de odio que costaría trabajo erradicar. Lilith, en cambio, seguía tomando clases de literatura y filosofía, aunque la aburrían. A menudo, los disturbios le impedían subir la escalinata universitaria. Los estudiantes se lanzaban piedras y la policía disparaba al aire, a riesgo de herir a alguno de muerte, como una vez sucedió. Por eso prefería quedarse leyendo en casa, mientras Martín piloteaba avionetas desvencijadas.

— Un día ese niño va a desaparecer como Matías Pérez en su globo —decía Helena.

En las mañanas despejadas, Martín manejaba hasta el pequeño aeropuerto de El Chico, en las afueras de La Habana, para acumular horas de vuelo. A su regreso, les contaba a Lilith y a Oscar cómo desafiaba la gravedad en el avión Piper de dos plazas en el que apenas cabía, pero que era capaz de atravesar el Golfo a ochenta millas por hora y aterrizar en los cayos de la Florida.

El padre de Martín, obsesionado con restablecer la estabilidad en el país, le insistía a Batista en que abandonara la comodidad de su hogar en la tranquila Daytona Beach y aspirara a un escaño político en el senado. La gente decía que, aunque aislado, Batista se mantenía al tanto del descalabro del país, de los nuevos partidos políticos y de los más recientes comicios, sin el más mínimo interés en interferir.

Habían sido meses terribles, no solo por las matanzas gansteriles, sino por el ciclón que acababa de atravesar La Habana de sur a norte, dejando decenas de muertos a su paso.

En los comicios de 1948, en un giro que sorprendió a muchos, El Hombre fue elegido senador *in absentia* por la provincia de Las Villas, representando a un partido del que Lilith nunca había oído hablar. Batista regresó a Cuba sin aspavientos, y Lilith deseó volver a tener acceso a la exquisita biblioteca de la finca del recién electo senador, que había permanecido cerrada por años. El señor Bernal se veía agotado tras haber pasado días sin dormir viajando a la Florida. Tenía la misma edad de Batista, y este podía pasar por su hijo. Martín suponía que el regreso del Hombre le traería un descanso a su padre.

Martín y Lilith se dieron cuenta de que pasaban menos tiempo juntos, así que hicieron un pacto para aprovechar al máximo cada oportunidad de encontrarse. A veces, a solas con su amigo, Lilith era tan feliz que la invadía la tristeza. No quería perder al único ser en el mundo en quien confiaba, pero la vida le había enseñado a no creer en la permanencia. A Oscar lo quería también, pero sabía que pertenecía a otra dimensión, como él mismo acostumbraba a decir. Oscar se iría, solo. Necesitaba independencia. Martín, en cambio, la necesitaba, y ella a él.

Lo que más amaba Martín de Lilith era su osadía. Con ella podía discutir de política, de grandes personajes de la historia, o hacer cálculos de vuelo: hablaban de números y de mecánica, de los estragos de la guerra, de los nacionalismos y del comunismo. Las otras chicas de la escuela, las hijas de los amigos de su padre, solo pensaban en casarse y tener hijos, en vestirse a la última moda, en ser invitadas a las fiestas de sociedad. Frente a él, sonreían y lo miraban con admiración; pero con Lilith, lo que había comenzado como una amistad había ido cambiando con los años. Ella era algo más para él. Lo supo cuando la vio del brazo de Oscar, a quien consideraba su hermano. Lilith tenía que ser suya y de nadie más.

Desde ese día no pudo sacar de sus sueños la imagen de Oscar y Lilith juntos, hasta que una mañana su estómago se deshizo, tuvo escalofríos, sus piernas se debilitaron y tuvo que regresar a la cama. Su padre entró a la habitación extrañado, se sentó a su lado y le tocó la frente.

—Tienes fiebre —le dijo—. Olvídate de volar hoy.

Él quería pedirle a Lilith que fuera su novia, pero temía que ella lo interpretara de otra manera y se riera de su infantil cursilería o le dijera algo así como "¿para qué quieres que sea tu novia, si me tienes todo el día? Tú eres como un hermano para mí". Por temor al rechazo, prefirió el silencio.

Lilith no necesitaba ninguna confesión suya. Ya se había dado cuenta de que Martín estaba enamorado de ella.

Ese invierno fue uno de los más fríos de la década, según Helena, que había enfermado con la gripe que abarrotaba las salas de emergencia de la capital, y que había puesto en peligro, una vez más, sus débiles pulmones. Helena solía decir que debido a la fiebre escarlata que la había mantenido postrada durante meses, al tifus que la había dejado casi calva, y al sarampión que le había marcado la piel, se había vuelto vulnerable a todas las enfermedades que llegaban a la Isla, pero aseguraba que, batallando contra ellas, su cuerpo había aprendido a resistir lo que viniera.

—Yo soy un hueso duro de roer —le dijo a Lilith cuando llamó al doctor Silva para que la atendiera—. Si no fuera por mis pulmones, y este cigarro que no se separa de mí, te aseguro que habría Helena para rato.

Lilith no entendía por qué a la primera brisa, en la Isla todo el mundo se recogía, empezando por Helena. La gente parecía temerle al frío incluso antes de que llegara. No dejaba de sorprenderse ante la aprensión que la gente del trópico sentía ante las corrientes de aire, la neblina, la llovizna, incluso el rocío. Permanecer al sereno podía ser causa de un resfrío. Había que protegerse el pecho de cualquier brisa, no se debía salir con el cabello húmedo, las ventanas debían permanecer cerradas después de una ducha tibia. Los cubanos parecían adorar el sol con la misma intensidad con que les temían a la luna y a las ventiscas. Lilith, en cambio, vivía siempre en armonía con la noche, expuesta al sereno y a la luna.

Al ver que Martín se había restablecido, Oscar le pidió que lo acompañara a Varadero por un par de días. Se había comprometido con su padre a dejar lista Villa Ponce, la casa familiar de veraneo, para la temporada de invierno.

—Voy con ustedes —dijo Lilith.

Cuando se lo anunció a Helena, esta dio un grito y salió a buscar el apoyo de Beatrice.

—Lilita, ¿a quién se le ocurre ir a Varadero en diciembre? —rezongaba—. ¿Con dos muchachos y sin chaperona? Ustedes están locos. Señora Beatrice, ¿usted la va a dejar ir?

Beatrice no le respondió. Ni siquiera levantó los ojos del libro. Sabía que Lilith era una chica madura y confiaba en ella. Lo que opinaran los demás no le importaba.

Helena se horrorizaba cada vez que Lilith se encerraba en su cuarto con Martín y Oscar, pronunciando frases en idiomas que ella no podía entender y que de solo intentar descifrar le producían dolor de cabeza. En esas ocasiones, Helena abría la ventana de par en par para evitar malentendidos, y la habitación se inundaba del olor del jazmín de noche, con el que siempre Martín identificó a su amiga. Cada media hora, Helena los interrumpía para ofrecerles vasos de limonada, frutas, tostadas con mantequilla, o con cualquier pretexto, solo para hacerles entender que podía entrar en el momento más inesperado, y así obligarlos a mantener la compostura. Si Lilith salía a ver a Martín a altas horas de la noche, Helena se ponía a rezar su rosario.

—Eso, en Alemania, tal vez sea normal y bien visto —solía decir, contrayendo los labios—. Pero aquí, en Cuba, deja mucho que desear de una señorita.

Al ver a Lilith preparando su neceser azul para irse a Varadero, Helena se llevó las manos a la cabeza.

—Todo va a estar bien, Helena. Ellos son mis amigos.

—Los hombres, si lo tienen todo fácil, se acostumbran y no quieren luego pedir la mano. ¿Para qué? Mira a ver cómo haces para que Martín te dé un anillo, Lilita. Así es como único voy a estar tranquila. Tú estás sola, mi niña. Necesitas casarte y tener hijos.

Lilith le dio un beso de despedida, y se marchó. Sabía que irse con un hombre, en medio de la noche, podía espantar a la mayoría de las chicas de su clase, y que por eso podía ser rechazada en círculos a los que no tenía la más mínima intención de pertenecer. No necesitaba más amigos. Tenía suficiente con Oscar y Martín. Y si se quedaba solterona, bienvenido sería ese destino.

Antes de partir hacia Varadero, Oscar y Martín habían planeado ir al Barrio Chino de La Habana. A Lilith le molestó un poco que sus amigos fueran a tener una aventura sin ella.

—No te preocupes —le dijo Martín a Lilith—. Pasaremos a recogerte más tarde.

—Ni lo sueñen —dijo Lilith—. Al Barrio Chino también iremos los tres.

—A ninguna chica respetable se le ocurre ir allí, Lilith —le aclaró Oscar.

—Puedo pasar por una turista americana, ¿no?

—Tú luces más cubana que nosotros —respondió Oscar.

—Podría hablarles en inglés o alemán.

—Lilith, no creo que las mujeres se acerquen a ese barrio —insistió Martín—. Solo las que trabajan, y se les puede distinguir a una legua.

—¡Pues me pondré un traje de ustedes!

Oscar y Martín se miraron sorprendidos. Fue Oscar quien primero asintió.

—Está bien, hagámoslo. Nos vamos a divertir.

Sería una aventura de tres. Todo lo que Lilith sabía del Barrio Chino era que había luces rojas y amarillas, mujeres semidesnudas, hombres borrachos. Según Helena, el Barrio Chino, y los barrios de San Isidro y Colón eran versiones tropicales de Sodoma y Gomorra. Si hubiera estado en sus manos, los habría hecho desaparecer del mapa de la Isla. Lilith imaginaba un almacén con cuerpos tirados uno junto a otro, fumando cigarrillos, opio y todo lo que tuviesen a su alcance. Una oda al desenfado y al placer carnal. Rostros maquillados, ojos enrojecidos, alientos trasnochados. Usaría un traje de Oscar, que era más delgado que Martín, y le sería fácil acomodarse en él.

A las nueve de la noche, Oscar y Martín la esperaron en el Buick al doblar la esquina, a unos pasos de la bodega del gallego Ramón, de quien Lilith decía que siempre la miraba con ojos libidinosos. El auto estaba encendido, con las luces apagadas y las ventanillas bajas. A esa hora de la noche, las aceras del vecindario se encontraban desiertas. La única luz encendida era la del viejo Ramón, que estaría contando el dinero y anotando a quiénes debía cobrarles al día siguiente las mercancías fiadas.

—A ti, lo que quieras. Gratis —le había dicho una vez a Lilith.

Oscar y Martín estaban impacientes. Lilith nunca llegaba tarde. Ellos sabían que tendría que escaparse, pero no sería difícil. Sus padres se acostaban temprano, y Helena se marchaba siempre los viernes al crepúsculo, para evitar el sereno.

—Aquí no pueden estar detenidos.

Martín, al volante, escuchó la voz ronca, forzada, y dio un salto. Una carcajada de Oscar lo hizo reaccionar. Con los brazos en la ventanilla, vio el rostro de Lilith, que traía el pelo recogido bajo un sombrero de ala ancha. Llevaba el traje de Oscar.

—¿No me van a dejar entrar? —dijo, ahora con su voz.

—Vaya, vaya, la alemanita. —Oscar bajó del auto.

Lilith se colocó delante de las luces, ahora encendidas, con una mano en un bolsillo del saco. En la otra cargaba el neceser. Alzó los brazos para que la evaluaran, y sonrió.

—Aunque te bañes en loción de afeitar, yo sigo sintiendo tu olor a jazmín de noche —dijo Martín, ruborizándose.

Lilith subió al auto y le dio un beso en la mejilla.

—Tengan cuidado ustedes dos —interrumpió Oscar, que se acomodó junto a Lilith en el asiento delantero—. Recuerda que ahora ella va vestida de hombre.

Los tres iban nerviosos. Si los descubrían, llamarían a sus padres. Pero ¿a quién le importaba que una chica se disfrazara de hombre? Era tal vez un atentado contra la moral, pero Lilith estaba convencida de que muchos de los que iban ahí no eran solo marineros, turistas o jóvenes curiosos. Sabía que también visitaban el Barrio Chino hombres casados, que se cuidaban bien de no ser descubiertos.

Estacionaron el auto en la avenida Zanja y caminaron hasta la calle Manrique. Lilith observaba los anuncios lumínicos de las pequeñas farmacias con los letreros en chino y los restaurantes abarrotados. En la esquina, un lumínico anunciaba el Teatro Shanghai, que esa noche presentaba dos películas y un show picaresco. Cada uno pagó su entrada. Oscar entró primero. Ella lo siguió, decidida. Martín iba tras ella, de guardaespaldas. A Oscar le temblaban las piernas. Atravesaron un pasillo hacia el palco de platea, y de reojo vieron revistas suspendidas de un cordel, con mujeres de pechos desnudos en la portada. Oscar y Martín se quitaron los sombreros. Lilith continuó cubierta.

La sala estaba a oscuras. El humo de los cigarrillos ascendía hasta las luces apagadas del techo. Tenían que sentarse juntos. El escenario se iluminó y encontraron espacio en la última fila. Tenían la garganta seca. Primero sonó la percusión, luego se escucharon unos violines, un piano. Cuatro mujeres con capas de un rojo intenso caminaban con dramatismo, descalzas. Tenían las cejas marcadas, las pestañas pesadas, los labios de un carmín casi negro. Todas tenían el mismo rostro y la misma estatura, pero el color de la piel era diferente. Una tenía piel de porcelana, otra, de azabache; la tercera, de un rosado intenso. Parecían pintadas. Tras el sonido de una trompeta, dejaron caer sus capas, que la luz hizo lucir como si se derritieran. Quedaron entonces con los senos al aire, y al instante se cubrieron la pelvis con abanicos de plumas, que movían en una torpe coreografía. Lilith observó a sus amigos, que parecían tan azorados como fascinados. Quiso hacer un comentario, una broma, pero los chicos estaban hipnotizados. No había manera de distraerlos. Los movimientos pélvicos de las muchachas no armonizaban con la percusión, como si batallaran contra un ritmo que les era ajeno. El público permanecía hechizado. En el instante en que las chicas lanzaron al aire los abanicos, se apagaron los reflectores. La sala quedó de nuevo a oscuras. Tras unos segundos de pausa, la multitud lanzó un bramido.

Comenzaron los silbidos. Un hombre sentado cerca de ellos vociferaba obscenidades. Escucharon a un grupo hablar inglés. Un locutor anunció el próximo show: *Amores de Varadero*.

—Es hora de irnos. —Lilith no estaba de humor para fingir una voz masculina.

—Disculpa por haberte traído aquí —le dijo Martín, sin atreverse a mirarla a los ojos.

El corazón de Martín galopaba, y temía que sus amigos notaran su exaltación. Tomó la mano de Lilith, que se dejó llevar, y se fue acercando hasta casi besarla. La miró a los ojos y sonrió, nervioso.

Oscar los interrumpió al pasar y les hizo una seña para que lo siguieran.

Caminaron hasta el auto sin pronunciar palabra. Martín, al timón, aceleró y se alejó del lugar.

—En esta misma esquina hubo un tiroteo la semana pasada —dijo Oscar.

—Gánsteres —confirmó Martín.

Lilith se quitó el sombrero, se soltó el cabello y se sintió libre.

Dejaron La Habana atrás, sintiéndose culpables y avergonzados, sentimientos a los que ninguno de los tres estaba acostumbrado. Aunque habían salido del Shanghai, sentían que todavía eran parte de la audiencia. Lilith sospechaba que Martín y Oscar estaban mucho más avergonzados que ella.

Atravesaron la Carretera Central sin obstáculos. La ciudad parecía estar bajo un perenne toque de queda. Llegarían a Villa Ponce antes del amanecer. Permanecían en silencio, percibiendo las curvas de la carretera, el olor a salitre. Hacían el recorrido con las ventanillas bajas.

Al entrar a Varadero, la pequeña ciudad surgió ante Lilith de manera inesperada. Vio las casas ordenadas con poco espacio entre ellas, como si se necesitaran unas a otras para evitar que un viento fugaz las borrara del paisaje. Parecía una maqueta a orillas de una playa solitaria. Manejaron despacio, atravesando el pueblo hasta dejarlo atrás. Bordearon el mar por el lado izquierdo de la península hasta divisar un peñasco. Entonces tomaron una carretera sin pavimentar. A lo lejos, podía verse una mansión iluminada sobre la colina.

—¿Estás seguro de que es por aquí? —preguntó Lilith, como si ya hubiese olvidado a las mujeres de los abanicos—. Creo que nos perdimos.

—Conozco este camino de memoria —le aclaró Oscar, con voz cansada—. Siempre me guío por la Casa de Dupont. Está justo antes de llegar allí. Qué, ¿ahora tiene miedo la alemanita?

Cada vez se acercaban más al mar. Al dejar atrás el manglar divisaron las palmas y un camino de uvas caletas. Al final de la vereda estaba la casa, escondida en la vegetación que resistía las inclemencias del Golfo. A la derecha, a lo lejos, la mansión Dupont, blanca y de varios pisos, parecía una colina dormida.

Los reflectores del auto iluminaron un lateral de la casa. Lilith bajó y corrió hacia la orilla. Oscar fue tras ella y la abrazó. Luego se sumó Martín, que los cubrió a los dos, como protegiéndolos.

—¿Quién se atreve a meterse en el mar? —dijo Lilith.

—Estás loca —le respondió Oscar.

—En esta época nadie se baña —confirmó Martín.

—Nosotros no somos nadie. ¡Arriba, al agua!

—Se ve que no eres cubana —le dijo Martín—. Aunque nos estemos asando del calor, en esta isla nadie se mete al mar en invierno.

—¿Invierno? ¿Quién dijo que en este país hay invierno?

Entraron a la casa, a oscuras. Oscar encendió una lámpara de mesa y abrió la puerta de aluminio que daba a la terraza. Desde allí, el mar parecía metálico.

—Los cuartos de ustedes están a la derecha —dijo Oscar—. Si quieren, nos metemos al agua.

Lilith tomó la delantera. Dejó los zapatos en el salón. En la terraza, como en un ritual, se quitó la chaqueta, el pantalón, la camisa, despojándose del disfraz. Se volteó a mirarlos, y continuó desvistiéndose hasta quedar desnuda. Se hallaba a contraluz. El reflejo de la luna estaba sobre ellos. Oscar la siguió y, temeroso, comenzó a desvestirse. Martín se mantenía detrás, con la mirada fija en el traje de Oscar que Lilith había dejado en el suelo. No se atrevía a alzar la mirada. Por primera vez, la vería desnuda.

Martín y Lilith habían estado antes muy cerca, bajo las tiendas de campañas que improvisaban con telas brocadas que encontraban en los armarios de los Herzog, algo que enfurecía a Helena. También solían abrazarse en el patio, esquivando los rayos de sol que llegaban sinuosos, pero agresivos, a través de las ramas. Recién llegada, cuando aún no leía y el tiempo parecía detenido, Lilith les había puesto nombres alemanes a los árboles del patio: Ekhardt, Georg y Gunther.

—Aquí deberíamos hibernar a la inversa —le dijo un día a Martín—. Dormir todo el sórdido verano hasta que nos despierten las primeras ráfagas de octubre.

Si algo extrañaba Lilith de Berlín, en ese entonces, eran las noches y los inviernos en un parque que había convertido en su jardín privado.

Se había acostumbrado a los ojos que la condenaban antes de mirarla, a la inminente posibilidad de perder a las personas que amaba. Al llegar a la Isla y verse más alta y más lista que las chicas y que la mayoría de los chicos de su clase, Lilith había comenzado a sentir que, por primera vez, tomaba el control de su vida. Desnudarse delante de sus amigos le dio una confianza nueva.

En la penumbra, Martín y Oscar se quedaron observando la silueta de Lilith, como esperando que alguien les dijera qué hacer. Pero Lilith no miró hacia atrás. Caminando despacio, se dirigió hacia la orilla, y entró en el agua apacible, densa por la oscuridad. Era una sombra plateada que se disolvía al moverse sobre el mar de estaño.

—¡Qué esperan! —gritó sobre el hombro.

Oscar, desnudo, continuaba hipnotizado, mirando hacia la orilla sin interés de alcanzarla. Deseaba que Lilith no se volteara. Quería cubrirse hasta el cuello, pero finalmente se aventuró. Avanzaba, y el agua aún seguía a la altura de sus rodillas. A los pocos minutos, también Martín entró al mar, pero se detuvo. Las olas, tímidas, formaban una espuma a su alrededor, y sentía como si el agua salada estuviera penetrando en sus poros. El nerviosismo los hizo olvidarse del frío. Lilith los miraba temblar.

—Mientras más se alejen de la orilla, más tibia van a sentir el agua.

—¡Está helada! —exclamó Oscar.

Martín observaba a Oscar en la distancia, cada vez más cerca de Lilith, y de nuevo sintió dolor en el vientre. Lo único que le faltaba, temía, era que le regresara la fiebre y pasar enfermo los días en la playa mientras Lilith y Oscar se divertían. Poco a poco fue acercándose a Lilith, que flotaba. Los rayos de plata iluminaban sus pechos.

A lo lejos, se veían algunas casas a oscuras, distantes unas de otras.

Oscar rozó a Martín con un brazo, pero este no reaccionó: tenía la mirada fija en los pechos de Lilith. Nervioso, Martín se volvió hacia Oscar y sonrió, apenado. Oscar hizo un movimiento rápido y sus labios casi se encontraron con los de Martín.

—Creo que debemos salir, si es que mañana no queremos pasar todo el día en cama, enfermos —dijo Oscar y comenzó a nadar hacia la orilla.

Martín se quedó observando a Lilith, cada vez más de cerca. Ella levantó la cabeza, e intentó mantenerse a flote.

—Aquí ya no doy pie.

—Si quieres, puedes sostenerte de mí —respondió Martín sin dejar de temblar.

—Nademos los dos hasta la orilla, y así entramos en calor.

Lilith vio que Martín seguía de pie, atento al vaivén de las olas, con los brazos cruzados. Se apoyó en sus hombros, se acercó a su amigo, cerró los ojos y lo besó en los labios por primera vez. Fue apenas un instante, pero para Martín duró una eternidad. Lilith dio un salto y regresó nadando a la orilla. Él permaneció en el mismo lugar, lleno de dudas.

En la terraza, Oscar, ya vestido, esperaba a Lilith con una enorme toalla. Ella se acercó y él cerró los ojos. Luego le hizo una señal con el brazo a Martín para que regresara. Martín avanzaba lentamente. Se detuvo en la entrada de la casa, avergonzado. Oscar lo cubrió con una toalla.

—Te vas a resfriar —le dijo, y comenzó a secarle la espalda, con suavidad, pero Martín le arrebató la toalla. Oscar se sonrojó y ambos entraron a la casa.

Amanecía.

Sin cruzar miradas, se dieron las buenas noches y se dirigieron a sus cuartos. Oscar se quedó dormido al instante. Lilith esperaba que Martín la buscara para pasar horas despiertos, en silencio, como cuando eran niños y desaparecían bajo las tiendas de campaña. Con esa ilusión, cerró los ojos y soñó que vivían juntos, que habían creado una familia, que se iban en barco a recorrer islas. Martín estuvo desvelado, y en más de una ocasión se levantó de la cama con la intención de ir a la habitación de Lilith. Cada vez se detenía ante la puerta, hacía un ademán de llamar y al final se retiraba en silencio a su habitación.

Entrada la mañana, Lilith fue la última en despertarse. Se dio una ducha, se alistó y, con el cabello aún húmedo, buscó a sus amigos, que estaban en la cocina, tomando café junto a la radio.

—Va a comenzar —dijo Oscar.

Lilith comprendió enseguida. La isla entera estaba paralizada con una radio novela que había estado ya ocho meses en el aire. Trataba de una joven que había abandonado a su hijo, y cuando el padre de la chica descubre el pecado cometido, se dedica a buscar a su nieto con desesperación. La estrella de la serie era el personaje de una mujer negra muy popular, Mamá Dolores, cuya influencia cambió hasta la manera de hablar de los políticos. En el capítulo que transmitían ese día, la mujer iba a conocer a su hijo.

Transcurridos unos diez minutos del episodio, atentos a las lágrimas de Mamá Dolores, el timbre del teléfono los interrumpió. Oscar se apresuró al pasillo a contestar. Unos segundos más tarde, se detuvo en la entrada de la cocina. Al fondo, se escuchaba *El derecho de nacer.*

—Martín, tenemos que regresar. A tu papá le dio un infarto.

14

Dos años y medio después
La Habana. Junio, 1951

Habían transcurrido siete años desde el fin del mandato del Hombre como presidente electo de Cuba. De vuelta al país como senador, se había refugiado en su finca, aparentemente poco interesado en campañas políticas que le permitieran retomar el poder ejecutivo. Su regreso había transformado la dinámica de la familia Bernal. El papá de Martín, postrado en una silla de ruedas desde su ataque al corazón, pasaba más tiempo en casa y en su bufete de abogados que en el palacio presidencial. Se ocupaba, según Oscar, de diseñar triviales campañas políticas para tratar de convencer al senador Batista de que se postulara como candidato presidencial.

Aunque la guerra mundial había terminado seis años antes, en La Habana no cesaban las explosiones, los atentados y las batallas campales entre grupos gansteriles. "Una guerra lleva a otra guerra", le decía Lilith a Oscar moviendo la cabeza. "No sabemos vivir en paz". La democracia de la Isla le parecía irrisoria.

Para ella, el fin de la guerra no había tenido sentido: ya había perdido a quienes más amaba. Hablaba en alemán con sus padres, y evitaba cualquier noticia sobre los exterminios masivos, los campos de concentración, las montañas de cadáveres y calaveras que proliferaban en las revistas de La Habana. Hubo festejos por doquier, pero ella no tenía nada que celebrar. La guerra había aniquilado a su familia, y le había dado otro nombre, otro país, otro idioma, otra madre. No tenía a dónde regresar, aunque Beatrice no cesaba de escribir cartas a la Cruz Roja y a grupos de ayuda de refugiados en Europa. Beatrice quería hacerle saber al mundo que tanto ella como su marido y Lilith continuaban varados en una isla del Caribe, desierta para ella. Esas cartas eran señales de humo que se perdían en el camino, pensaba Lilith. Cuántas cartas debieron haberse cruzado, todas añorando un encuentro imposible. Que ahora supiera que nadie le escupiría la cara en el país donde nació, donde antes había tenido que vivir a escondidas, era un consuelo que llegaba a deshora.

Cuando la guerra mundial terminó, una chica en la escuela le preguntó a Lilith si se iría de Cuba.

—¿A dónde piensas que deba irme? —le respondió.

—Lilith no se va a ninguna parte —intervino Martín—. Es tan cubana como tú y como yo.

A cinco años de finalizar la guerra, la economía de la Isla parecía florecer. Los tranvías dieron paso a autobuses relucientes y se respiraba un aire de modernidad. Los periódicos afirmaban que, según Estados Unidos, Cuba estaba entre los países que pagaba a tiempo su deuda externa. Sin embargo, lo que más transformó la vida de los Bernal fue la llegada del aire acondicionado. Martín y su padre sellaron herméticamente la casa, y colocaron una caja de metal en cada habitación. Los motores hacían vibrar la vivienda; Villa Bernal parecía una fábrica en constante producción. Desde fuera, daba la impresión de que la casa lloraba. Los equipos de aire goteaban desde las ventanas y formaban un río de lágrimas que corría hacia el patio de los Herzog, y hacían que Helena maldijera las cajas eléctricas porque, temía, si a todas las familias ricas se les ocurría instalarlas, el Vedado pronto se convertiría en un pantano.

Con el fin de la guerra, la dinámica en la casa de los Herzog también cambió. Albert comenzó a liquidar su negocio; pasaba todo el tiempo en su despacho, leyendo viejas noticias de ultramar, como llamaba a todo lo referente a Alemania.

—Ya no hay guerra. ¿Para qué continuar, si de aquí, si nos vamos, es al cementerio? —dijo—. Tenemos más que suficiente para vivir.

Albert aún llamaba a Lilith "la niña", lo que siempre hacía que ella se remontara al recuerdo amable que tenía de él a bordo del *Saint Louis*. La vez que se sintió febril en medio de la travesía, él se le acercó en el camarote y le dijo al oído: "Eres una niña sabia. Sabrás salir adelante. No solo por ti, sino también por tu madre". Y la besó en la frente. Albert siempre la apoyaba, poniéndose de su lado ante las protestas de Beatrice y Helena, para quienes Lilith era demasiado independiente y decidida. "Ella sabe lo que hace, déjenla tranquila", solía decir.

Con su marido encerrado en la oficina, Beatrice comenzó a ir en las tardes a La Habana Vieja, a tomar té en el Hotel Raquel. Cada día llegaban más refugiados de Europa al país. En su mayoría, los sobrevivientes de la guerra se negaban a hablar de lo sucedido. Al hotel, en la esquina de las calles Amargura y San Ignacio, arribaban familias que habían logrado salvar algún dinero y posesiones. Beatrice albergaba la esperanza de encontrar a un vecino, a alguien proveniente del pueblo donde había vivido su familia. Día tras día, desanimada, regresaba a casa y se encerraba en su mutismo.

El calor, en esa época, era sofocante, y pasaban la mayor parte del tiempo en la cocina, donde podían abrir todas las ventanas hacia el patio, protegido por las sombras de los árboles con nombres alemanes. La sala era un infierno en la tarde, con el sol que entraba en picado, devorando el color de los tapices y los cuadros de las paredes. Lilith comenzó a quejarse del calor, con la ilusión de convencer, primero a Helena y luego a su madre, de que un aire acondicionado les haría la vida más placentera.

Oscar se fue de viaje a Europa con sus padres y a su regreso, meses más tarde, sorprendió a Martín y a Lilith con una nueva amiga, que había conocido en el trasatlántico que lo trajo de vuelta desde Barcelona. Ofelia Loynaz tenía dieciocho años, y provenía de una de las familias más antiguas y distinguidas de la Isla, que contaba tanto con héroes de la guerra de independencia como con presidentes de la república, un legado del que se vanagloriaba el padre de Oscar. Poco a poco, Ofelia comenzó a formar parte de las andanzas de los tres amigos.

Un día, Martín llevó a Oscar con él a unas prácticas de vuelo y dejaron a Ofelia en casa de Lilith. Pretendían que las dos se conocieran mejor. Martín sabía que Lilith tenía miedo de las alturas, y que los movimientos bruscos le revolvían el estómago. Solo de imaginarse en subir a una de aquellas ruidosas avionetas, sentía los mismos mareos y vómitos que la habían mortificado durante su travesía de Hamburgo a La Habana. A Ofelia ni le ofrecieron participar, porque la veían tan pálida, tan pequeña y frágil, que pensaban que podía deshacerse al primer intento de despegue del avión.

Al principio, Lilith no comprendía cómo Oscar había terminado con una mujer tan callada y delicada. La voz de Ofelia era tan débil que a Lilith le costaba trabajo entenderla, una sensación que se hacía peor por la candencia lenta de su español, que pronunciaba separando palabras, introduciendo silencios en las oraciones y absorbiendo las eses. Oscar no la llamaba por su nombre, se refería a Ofelia como "ella" cada vez que la mencionaba.

Lilith sospechaba, desde hacía tiempo, que de quien Oscar realmente estaba enamorado era de Martín. Tanto a Oscar como a ella les cautivaban las historias de Martín sobre la velocidad y las alturas, y a veces había visto a Oscar contemplar extasiado las manos fuertes y venosas de Martín. Pero, como una vez le había dicho Helena, nadie sabe por dónde nos guía el corazón.

A solas, y después de saborear una taza de café por más de media hora, Ofelia le reveló a Lilith que el matrimonio nunca había estado en sus planes porque ella no tenía vocación para fiestas ni para atender a un marido. Su vida había sido diseñada para adorar a Jesús, le confesó. Ofelia hablaba de Jesús con tal familiaridad —él era el único en quien confiaba, y a él dedicaba toda su devoción— que Lilith tenía la seguridad de que ni en sueños la joven desvalida podría tener un romance con el intrépido Oscar, que siempre había insistido en que su destino estaba fuera de la Isla.

Después del café, Ofelia le pidió que la acompañara a hacer una donación a la iglesia. Remontaron la avenida Paseo a la sombra de su arboleda, hasta el edificio neogótico que ocupaba toda una manzana. Hacia una de las esquinas la construcción se tornaba más románica, como si el arquitecto se hubiese ido aburriendo mientras se erigía la iglesia, que Ofelia identificó como el Convento Santa Catalina de Siena. Subieron la discreta escalinata y, al entrar al recinto, Ofelia sumergió la punta de los dedos en una pila de agua bendita y se persignó con una sutil reverencia.

Mientras caminaban, Ofelia le confesó a Lilith que desde niña había querido ser monja. No una monja cualquiera, le aclaró, secándose a ratos el sudor con un pañuelo de encaje rosa. Desde que nació, había estado destinada a la contemplación y la oración, dijo, y en silencio, una noche, había hecho un voto de clausura a perpetuidad, tan válido como el que podría haber hecho junto al Señor en su recinto. Sus padres creían que eran arrebatos de la infancia, hasta que la vieron involucrada en el trabajo con Sor Irene, una de las monjas principales del Convento, cuidando leprosos y buscándoles hogar a niños abandonados. Ofelia hacía sentir egoístas y frívolas a las amistades de familias honorables que visitaban su casa si al final no hacían una donación a las causas de la Iglesia. Su padre la observaba acosar con insistencia a las esposas de sus amigos, y comprendía que, a pesar de sus gestos sumisos, Ofelia era un poco rebelde. Había iniciado una batalla en todos los frentes a favor de un ser omnipresente, decía.

—Un día vas a llegar cubierta de lepra, y vas a infectar a tus hermanos y a tu madre —le gritó una vez.

—Perdónalo, señor —respondió Ofelia, elevando los ojos al cielo.

Mientras esperaban por Sor Irene, Lilith se quedó extasiada con los rostros en penumbra que podía distinguir tras las rejas de una ventana cercana al altar. "Esas deben ser las monjas de clausura", pensó.

Sor Irene era una mujer alta y corpulenta. Lilith había imaginado que todas las monjas devotas eran como su nueva amiga, pequeñas y dóciles; ahora tenía delante a una mujer firme, aunque afable y cariñosa, que se mantuvo abrazada a Ofelia por varios minutos, mientras hablaban de las novedades. Ofelia le entregó el sobre con dinero en efectivo, y la monja hizo la señal de la cruz en el aire.

Cubierta de pesados paños blancos y negros que solo dejaban ver unos toscos zapatos, Lilith no podía entender cómo la religiosa soportaba aquella armadura bajo el calor tropical. Se la imaginó siempre a la sombra, iluminada por los vitrales, durmiendo en celdas adornadas solo con una cruz desnuda sobre la cama, como en novelas que había leído, en las que las heroínas se encerraban con la culpa a cuestas tras un desaire amoroso y se despedían de la vida terrenal.

Ofelia y Sor Irene musitaban sobre un recién nacido sin hogar. La madre había muerto en el parto, y Ofelia se comprometió a hacer todo lo que estuviera a su alcance para conseguirle una buena familia que lo acogiera. Sor Irene tenía una relación casi maternal con Ofelia, y Lilith comenzó a distinguir el mundo por el que su nueva amiga se sentía tentada. Pasar todo el día leyendo, orando y meditando no le resultaba ajeno a Lilith. Le pareció desafiante memorizar la Biblia palabra por palabra, aprender latín y deambular por los vericuetos de una religión que le era ajena, pero que sabía que, de alguna manera, le pertenecía. Al menos, por la parte de su madre.

Desde aquel encuentro con la monja, Lilith se propuso convertir a Ofelia en una amiga cercana. La dejaba hablar sin intentar entender cada palabra que murmuraba. Lo importante era captar una idea, se convenció, no entender cada oración de la chica piadosa que absorbía las consonantes como si, dejándolas ir, fueran a llevarse sus energías.

Durante la semana, iban juntas a la calle Obispo, y pasaban horas hojeando libros en La Moderna Poesía, donde terminaban comprando novedades de autores cubanos. Salían a caminar sin rumbo, y todos los meses iban juntas a encontrarse con Sor Irene para entregarle la donación a la que Lilith se unió, depositando también en manos de la monja una cantidad que nunca supo si era adecuada, o si se acercaba a lo que Ofelia entregaba. Lilith nunca había conocido a una chica tan joven y devota, una vocación que ella nunca había tenido. Suponía que, si existía Dios, obviamente se había olvidado de ella y de su familia.

Pasaron los meses y Ofelia se convirtió cada vez más en parte del grupo. Sus padres le concedían una libertad que ninguna otra chica de sociedad hubiera podido anhelar, ni en sueños. No le imponían chaperona en sus salidas con Oscar, y hasta le dijeron que le permitirían ir con él, Lilith y Martín a Varadero. Confiaban en que su hija tenía a Dios siempre presente y, por tanto, su virginidad no corría peligro, pues su devoción al Señor era un infalible cinturón de castidad. El viaje a Varadero, pensaron también, quizás ayudaría a sacarle de la cabeza la idea del claustro, que para sus padres significaba la pérdida de su única hija, ya que los hijos varones, al casarse, se iban y no regresaban más. Si Ofelia se convertía en monja de clausura, ¿quién los cuidaría cuando fueran ancianos?

Oscar y Martín se sentían felices porque Lilith, que no hacía amigos con facilidad, había entablado una excelente mancuerna con Ofelia. Y a Martín le había traído cierta paz ver a Oscar con una novia. Ya no tenía por qué sentirse incómodo con los largos abrazos de su amigo. Eran como hermanos, y serían inseparables para toda la vida. Martín contaba con que su amigo tuviera la certeza de que él estaba consagrado a Lilith, con quien sabía que se casaría y tendría hijos.

Una tarde, en la cocina de los Herzog, Oscar anunció que se iba con sus padres a Estados Unidos. Ofelia palideció. Lilith se acercó a ella y le tomó la mano. Oscar, sin mirar a Ofelia, anunció que primero irían a San Francisco, y después a Nueva York, donde Cuba, como miembro fundador de la Organización de las Naciones Unidas, había abierto un consulado. Ya Oscar había estado un par de veces con su padre en Manhattan, a la que llamaba una "verdadera" isla, y había regresado obsesionado con un nuevo baile, creado por un cubano, que comenzaba a hacer furor en todo el mundo. Helena preparaba sus limonadas cuando en la radio, después de las noticias, se escuchó una música.

—¡Mambo! —gritó Oscar, y comenzó a bailar descontrolado.

Tomó de las manos a Helena, y le enseñó unos pasos, que ella reprodujo casi a la perfección. Daban dos pasos, llevando la punta del pie y un brazo hacia adelante, y después hacia atrás, combinado con el movimiento sincopado de las caderas. Lilith lo intentó, y Martín comenzó a reírse. Con excepción de Lilith, todos, incluso Ofelia, seguían la cadencia. Lilith apenas podía memorizar los movimientos.

—Me han dejado sin aliento —dijo Helena sonriendo, y se fue a terminar de preparar la limonada.

Oscar sacó a bailar a Ofelia que, de inmediato siguió el ritmo. Oscar los dirigía en una coreografía en que los cuatro hacían una cadena y Lilith se dejaba llevar. En la Isla, pensaba Lilith, bailar era parte de la idiosincrasia. Los gestos, el fraseo, el caminar, la manera de sentarse, de encogerse de hombros, todos tenían una musicalidad innata. Martín tomó a Lilith de las manos para que pudiera marcar el ritmo. Entonces tocaron a la puerta.

Helena cerró los ojos, lamentando detener el inusual momento de diversión, y fue a ver quién llamaba. A la cocina llegó el eco de una conversación. Era la voz de un hombre, hablando alemán. Lilith corrió hasta el salón y vio a un anciano de rostro asolado, con los hombros caídos y los ojos perdidos en las cuencas, vestido con un traje y unos zapatos que parecían ajenos. El desconocido llevaba un maletín de piel negra con broche de bronce.

—Tú debes ser Lilith —dijo con la voz rasgada cuando la vio—. Yo fui alumno del profesor Bruno Bormann.

Lilith se dio cuenta de que el hombre no era un anciano. Helena regresó de la cocina con un vaso de agua y una taza de café que el visitante no había pedido. El hombre bebió sin respirar. Poco a poco fue recobrando los colores, aunque aún sonaba fatigado.

—Esto es para ti —dijo, y le extendió a Lilith un sobre amarillo, sin una arruga.

Lilith lo abrió, y encontró dentro un pequeño cuaderno de notas, sucio, gastado, con las puntas carcomidas, que contrastaba con la impecable envoltura en que había sido transportado.

—Te pertenece —continuó el hombre, sin quitarle los ojos de encima.

Beatrice, recién llegada al salón, observó la escena en silencio, temerosa de que el hombre le contara a Lilith más detalles sobre la muerte de su madre.

Martín, Oscar y Ofelia llegaron hasta el salón y el hombre se presentó.

—Señor Abramson —dijo—. Un viejo amigo de la familia de Lilith.

—¿Está todo bien? —le preguntó Martín a Lilith.

Ella le contestó con una sonrisa, sin mirarlo a los ojos. No podía dejar de contemplar el pequeño libro de notas.

Sus dedos tocaron la línea escrita en alemán en la portada: *Para Lilith, mi viajera nocturna*. Lilith abrió con extremo cuidado el libro y vio dentro un sinfín de palabras sueltas, una colección de ideas dispersas, la mayoría, borrosas, difíciles de descifrar.

Lilith alzó los ojos para mirar al hombre, queriendo preguntarle mucho más: por su madre, por Opa, por Franz. Luego regresó a las páginas, escritas con una tinta que había perdido su fuerza. Se llevó el cuaderno a la cara para olfatearlo, y se sonrojó al ver que todos tenían los ojos puestos en ella. El libro de su madre debió haber atravesado fronteras, ríos y montañas antes de cruzar el Atlántico y llegar a sus manos. ¿Qué huellas de Ally podía tener?

—Mamá tenía una letra hermosa —dijo Lilith, y se estremeció al escuchar sus propias palabras.

Hacía mucho tiempo que no llamaba mamá a su verdadera madre, mucho menos delante de Beatrice. De reojo, observó que su madre adoptiva tenía la sonrisa helada. Quería escuchar al hombre, que hacía pausas eternas relatando una historia que no tenía ni comienzo ni fin.

—Traerte este pequeño libro era una deuda que tenía que saldar —dijo en un español con acento castizo—. Ahora puedo morir en paz.

Herr Professor había sido su mentor. Cuando lo expulsaron de la universidad, durante la primera limpieza racial, Herr Professor siguió leyendo los versos y ensayos del señor Abramson y, al saber que su familia había sido despojada de sus negocios, lo ayudó a costear la huida de Berlín, primero hacia el sur y luego a España. Sus padres terminaron en un campo de concentración, y él en un tren que atravesó los Pirineos. Había llegado a España durante los últimos estertores de la guerra civil, y después comenzó la otra, la grande, en el resto de Europa, por lo que él permaneció varado en un pueblo sin fronteras. Tan pronto como tuvo una primera dirección, comenzó a escribirse con Herr Professor. Las cartas entre ellos, dijo, llegaban siempre a destiempo y sin orden.

Antes de que enviaran a Herr Professor a Sachsenhausen, este le había hecho llegar el cuaderno de notas. Es "lo único que se pudo salvar de la hoguera", le había escrito, suplicándole que lo cuidara como a su propia vida. Era todo lo que quedaba de una escritora a quien él admiraba. Ese cuaderno de notas, y un viejo poema que aún debería estar en manos de su hija, en Cuba, había agregado.

Al escucharlo, Lilith se estremeció, asaltada por una culpa a la que no estaba acostumbrada. Se había negado, desde que llegó a la Isla con los que ahora llamaba padres, a mirar atrás. El poema con el que había viajado, su amuleto, había terminado perdido en una gaveta de la mesita de noche, junto a una cadena y un crucifijo que nunca se atrevió a llevar por respeto a su nueva familia. No había regresado a las palabras de su madre, y ni siquiera sabía si las letras se habrían desvanecido como las del cuaderno de notas. Las únicas coordenadas que Herr Professor le había dado al señor Abramson eran el nombre de Ally, el de Lilith y el de la familia que la había acogido, con quienes la pequeña había viajado a La Habana.

El señor Abramson había podido hallar a la familia Herzog gracias a las tantas cartas que Beatrice había enviado a diferentes partes del mundo en busca del paradero de algún sobreviviente de su propia familia.

—Los caminos por los que nos lleva el destino… —comenzó a decir el hombre.

Al escuchar una voz desconocida que hablaba en alemán, Albert bajó de su despacho y permaneció en el umbral, al pie de la escalera, alejado de la vista de todos. No quería ser parte de una historia que, sabía, tenía que ser trágica. Qué más le podía pasar a su familia. Había perdido a su hijo y su negocio familiar, y ahora venía un forastero a atormentar a Lilith, que había logrado rehacer su vida lejos del infierno.

Lilith esperó, ansiosa, que el hombre mencionara el nombre de Franz. Hasta que conoció a Martín, nadie la había hecho sentir tan segura y protegida como Franz. Estar cerca de Franz era como tener un ejército a su disposición. Al principio lo había imaginado en medio de militares malvados, esquivando balas, venciendo trincheras del bando al cual nunca debió pertenecer. En un sueño lo vio dormido en un bosque, y lo interpretó como una señal de que había muerto en paz, con el rostro sin desfigurar por una granada, como una vez también había soñado. Solo había quedado grabada en su memoria la imagen de Franz regalándole la muñeca de trapo. Para ella, esa había sido su despedida.

Un tío de Abramson había ido a parar a Panamá, continuó diciendo el hombre. Allí había instalado un negocio de comercio con Cuba, y después de la guerra se había trasladado a La Habana porque, decía, no había un lugar más próspero en todo el continente. Su tío respondió a la invitación de un viejo amigo que se había ofrecido a ayudarlo a montar un canal de transmisiones en vivo a partir de una bombilla en una caja de madera, de donde emanarían las imágenes. Cuba sería el segundo país del mundo en tener televisión.

Sin familia, sin casa y sin dinero, en medio de un continente devastado, el señor Abramson decidió unirse a su tío en La Habana, y así cumplir la promesa que le había hecho a su mentor. Ya podía morir en paz, repitió. Apenado y cabizbajo, el señor Abramson abandonó el salón, en apariencia más enjuto aun que al llegar, como si con cada mensaje que transmitió hubiera ido perdiendo masa muscular.

Sin despedirse, Lilith corrió a su habitación para evitar que la vieran con lágrimas en los ojos. Impaciente, se sentó en la cama sosteniendo aún el cuaderno de notas, sin atreverse a abrir la gaveta para comprobar si el poema con el que había salido de Alemania hacía más de una década se había borrado.

Volvió a leer las palabras sueltas en el cuaderno de notas, e intentó unirlas para darles sentido. Alteró el orden, comenzó por el final, regresó, y al darse por vencida abrió al fin la gaveta. Lo primero que vio fue el pequeño cofre. Debajo, estaba el sobre rosado con la hoja de papel doblada en dos. Abrió la caja, y el crucifijo le trajo el recuerdo de frases sueltas y el ruido de pisadas sobre cristales rotos en las aceras. Leyó el texto grabado en la pequeña cruz: *Lilith Keller*. Debajo, un número: *siete*. Tomó con delicadeza la hoja de papel, y leyó un verso: "El día que naciste, fue la noche más oscura de Berlín...". Cuando terminó de leer el poema, volvió al inicio, deteniéndose en cada línea. Memorizó cada palabra, cada pausa, cada espacio, los trazos de las letras, los descuidos de la tinta. No quería dejar nada en el olvido: el pasado había regresado a ella.

Con el poema, la cruz, la muñeca de trapo y el cuaderno de notas en el pecho, se acostó y se quedó dormida.

15

Nueve meses después
La Habana. Marzo, 1952

Amanecer.

—Quédate en casa, no salgas —le advirtió la voz de Martín—. No puedo seguir hablando.

El teléfono la había despertado. Sobresaltada, pero aun soñolienta, levantó el auricular sin pronunciar una palabra. Hubiera querido preguntarle si se verían más tarde, si él pasaría a recogerla, pero ya él había colgado. Se sentó en el borde de la cama, y el temor se apoderó de ella.

Lilith adoraba la entereza de Martín. ¿Por qué la habría llamado con ese tono de voz tan agitado? En los momentos difíciles, él acostumbraba a mirarla a los ojos, tomarle las manos y, con la seguridad de los ancianos, decirle: "Hay solución para todo". Pero el diez de marzo de 1952, Martín la dejó confundida.

La última vez que la había sorprendido había sido un momento mucho más feliz. Dos meses antes, justo después de las celebraciones de fin de año, Lilith estaba en el patio que unía las dos casas y Martín se le acercó con sigilo por detrás. Le cubrió los ojos con las manos. Ella lo sentía respirar, agitado como cuando eran niños y jugaban entre los árboles con nombres.

—Ya es hora de que todos sepan que te quiero —le dijo, como en un suspiro.

Ella se volteó y lo besó. Estuvieron abrazados por varios minutos. Beatrice y Helena los observaban desde la ventana de la cocina. Se separaron, él le tomó la mano y le colocó un anillo. Ella mantuvo los ojos cerrados.

Pocas horas después, ambas familias celebraban el compromiso en la sala de los Herzog. Albert fue el que abrió la botella de champán y brindaron. Oscar se mantuvo en silencio.

Lilith veía su boda como algo muy lejano. La ceremonia tendría que ser después de que Martín se graduara, había insistido. Ahora, a punto de comenzar la primavera, habían ido a cenar a Río Mar. Hablaron sobre el próximo viaje de Martín a Estados Unidos, el tiempo que estarían separados y cuándo iría ella a visitarlo. El entrenamiento en Tulsa, Oklahoma, en el mismísimo centro del país del Norte, duraría dos o tres meses.

En la cena, Lilith había ordenado dos copas de champán. Martín había pasado la mayor parte de la velada taciturno y callado, pero ella no le había dado importancia: era comprensible que estuviera preocupado tras haber sido aceptado en la Spartan School of Aeronautics.

Los viajes frecuentes de Martín a Daytona Beach, en la Florida, no la habían sorprendido. Sabía que debía acumular horas de vuelo. Aunque el padre deseaba que su hijo hubiera seguido sus pasos de abogado y se insertara en el mundo de las finanzas, como él, Martín desde pequeño conocía su destino. "Mi mundo está entre las nubes", decía, y el señor Bernal miraba al cielo, pero al final se sentía orgulloso de su hijo: se había convertido en un genio de los números y hablaba el inglés con fluidez, mientras que, a él, a pesar de haberse graduado de una universidad americana, le era casi imposible pronunciar las consonantes al final de las palabras. Después de todo, sabía que ser piloto de aviación no era una profesión despreciable.

Hacía tres años que el señor Bernal había sufrido un infarto que lo había convertido en un anciano precoz. La insuficiencia cardíaca lo había dejado en una silla de ruedas. Desde entonces, asistía, casi sin aliento, a cenas con senadores, empresarios e incluso con el presidente, siempre acompañado de su hijo. En esas ocasiones al lado de su padre, había aprendido que el silencio era un arma poderosa, le había repetido Martín a Lilith más de una vez.

Lilith, con el corazón acelerado por la llamada alarmante de la mañana, intentó comunicarse de nuevo con Martín, marcando esa vez el número de la oficina de su padre, pero nadie contestó. Llamó a Ofelia y tampoco recibió respuesta. Debería estar en el convento, supuso.

Tomó una ducha, se vistió y bajó apresurada a la cocina. Era lunes, y en su casa aún todos dormían. Corrió las cortinas de la sala y vio las calles desiertas, como si hubiera alerta de huracán, de esos que cada año hacían volar los techos de las casas con la precisión de ráfagas de balas. Ya fuera por las inclemencias del tiempo o por las batallas campales en medio de la ciudad, se vivía siempre en un estado de guerra. En La Habana, se habían puesto de moda los ataques gansteriles, que cobraban más de una vida inocente a causa de riñas de poder.

Antes de prepararse un café, subió al cuarto de sus padres. Al apoyarse en el pasamanos de mármol, se estremeció. Sintió que estaba viviendo en otra dimensión, el sueño recurrente de estar encerrada en un barco que naufraga.

Contó los escalones y detalló una a una las imágenes con marcos de caoba, algunos con ribetes dorados, que cubrían la pared que conducía al segundo piso. Se vio de niña, de la mano de Albert y Beatrice, en el puerto de Hamburgo, subiendo la rampa de abordaje el día que huyeron de Alemania. La fotografía que colgaba en la pared era un recorte de periódico de Nueva York. Un distribuidor de telas había aparecido un día con ella en la tienda de los Herzog, en la calle Muralla, y antes de mostrar los rollos de tafetán y seda la había extendido en el mostrador.

—¿Esos no son ustedes? —dijo, y señaló el rostro del hombre con sombrero y espejuelos, y el de la mujer. Luego se dirigió a la adolescente que estaba detrás de la caja registradora—. Y tú aún tienes los mismos ojos asustados de cuando eras niña.

No se reconocía en aquella niña, ni recordaba las dos semanas que había pasado en altamar, saliendo a cubierta solo de noche.

Albert había mandado a enmarcar la imagen, que trajo de su despacho en la mueblería a la pared de la escalera el mismo día que se retiró y se deshizo de todos sus negocios en La Habana.

Cada vez que Lilith pisaba un escalón se detenía en la foto de la boda de Albert y Beatrice. Tenía la impresión de que los jóvenes de la imagen habían muerto hacía años, y los ancianos con los que vivía eran sus parientes lejanos.

—Fuimos jóvenes y felices —le había dicho Beatrice una vez que la vio mirar embelesada la imagen.

En otra fotografía estaba la familia Herzog reunida alrededor de una mesa cubierta de encajes: los abuelos, los padres, los hermanos, los niños, todos con la sonrisa congelada ante la cámara. Todos desconocidos para Lilith. Beatrice albergó la ilusión de encontrar a algunos después de la guerra, hasta que se convenció de que nadie había sobrevivido, y ella tendría que seguir viviendo a solas con la condena del recuerdo y la culpa.

Una de las preferidas de Lilith era la foto de la inauguración de la Mueblería Luz. Ahí estaba ella, cortando la cinta, y a su lado Martín, observándola hechizado.

—Desde ese día supe que estaba enamorado de ti —le había comentado Beatrice el día que los jóvenes celebraron el compromiso.

Aunque desde su llegada a La Habana habían dejado atrás sus tradiciones, Beatrice encendía todos los viernes un par de velas y, al terminar la guerra, de vez en cuando se reunía con amigas y clientas de la mueblería en una comunidad hebrea del Vedado, siempre con la esperanza de encontrarse con algún refugiado de la que fuera su ciudad, que al final de la guerra había sido borrada de la faz de la tierra. Se dormía cada noche con la ilusión de que un día, no muy lejano, sabría cuál había sido el destino de sus hermanos y sobrinos.

En la pared había estado también la fotografía de Paul, el único hijo de Beatrice, pero un día ella la retiró y Lilith no la vio nunca más. Era terrible para Beatrice no poder imaginar cómo envejecería el rostro del joven; la única transformación de la imagen consistía en tornarse sepia con los años. Lilith lo recordaba recostado en la puerta de entrada de la tienda de lámparas que los Herzog tuvieron en Berlín. "Le dábamos luz a toda la ciudad", solía decir Albert, "pero la gente terminó prefiriendo las tinieblas". En la pared de la escalera había quedado una huella oscura donde una vez estuviera la foto de Paul.

—En ese espacio colocaremos la foto de tu boda —le había dicho Beatrice a Lilith, acariciándole un hombro.

Por último, había una fotografía de Lilith junto Martín, vestidos ambos con el uniforme blanco y el corbatín negro del Colegio Saint George, la tarde de su graduación del instituto.

En el peldaño superior de la escalera, Lilith dirigió la vista hacia el pasillo que daba a la habitación y el despacho de su padre, una especie de caverna con paredes forradas de libreros de madera oscura, y ventanas con cortinas que impedían la entrada del más mínimo rayo de sol.

Se detuvo ante la puerta del despacho, y un presentimiento terrible la estremeció. Entró, y vio que el butacón de piel donde su padre solía pasar horas bajo la luz verdosa de la lámpara de bronce estaba vacío. Bajó la cabeza, suspiró y se dirigió hacia la habitación de sus padres. "Es imposible que se hayan quedado dormidos", pensó. "Tal vez salieron desde temprano. Tal vez…".

Lilith dejó atrás las conjeturas y dio dos toques en la puerta. No recibió respuesta, y decidió entrar, con los ojos cerrados. Le llegó una ráfaga de aire gélido y un fuerte olor a naftalina. Su madre estaba obsesionada con conservar la ropa de lana que había llevado en el barco. En el ambiente flotaba también una esencia de manzanilla. Su padre siempre tomaba té de flores secas, con la esperanza de tener un sueño profundo que nunca lograba, repetía cada día al despertar. Las conversaciones matutinas de sus padres siempre giraban en torno a que, aunque ambos cerraban los ojos para dormir, estaban convencidos de que la capacidad de soñar los había abandonado la noche en que huyeron de Alemania. Qué sentido tenía dormir, si no se podía soñar.

Si sus padres hubiesen estado en la habitación, habrían respondido a su llamado, o habrían reaccionado cuando ella abrió la puerta. En cambio, la quietud de la habitación le provocó escalofríos. Era hora de abrir los ojos.

La luz del pasillo iluminó el respaldar de caoba de la cama matrimonial, los montantes forrados en seda gris y el dosel con las cortinas transparentes, recogidas. Sobre la cama, Albert y Beatrice yacían en penumbras. Lilith dio un paso hacia la izquierda, y la luz cayó sobre los cuerpos de sus padres, tomados de las manos, boca arriba. Entre ellos, la foto de Paul. Lilith sintió un nudo en la garganta. Reconoció el vestido azul oscuro y el cinturón ancho de piel negra con los que Beatrice había abordado el *Saint Louis*. Albert vestía su traje de pana gris de tres piezas, y su corbata anudada parecía asfixiarlo. Tenía los hombros levantados casi hasta la altura de las orejas. Lilith no podía definir sus rostros, saber si tenían los ojos abiertos o cerrados. La luz solo revelaba los cuerpos inertes. Quizás se habían quedado dormidos, vestidos, listos para salir, se repetía. Entonces vio que ambos calzaban sus gastados, viejos zapatos de piel. Ante sus ojos tenía la misma imagen del camarote del *Saint Louis* la noche que embarcaron, una noche de mayo casi doce años atrás. Ese día, el tiempo se detuvo para ellos.

Lilith quiso acercarse, acariciarles la frente, abrazarlos por última vez, pero no se atrevió. Se desplomó, de rodillas, sobre las losas frías del cuarto.

Cuando al fin pudo reponerse, Lilith salió de la habitación evitando hacer ruido, como si no quisiera despertarlos del sueño profundo que al fin habían logrado. Dejó la puerta abierta para que circulara el aire. No supo a quién llamar primero, si al doctor Silva, el médico de cabecera, o a la policía, para reportar la muerte. ¿Cómo murieron? Solo entonces se hizo esa pregunta. No pudo haber sido una muerte natural. Sus padres habían decidido quitarse la vida, esa mañana o la noche anterior, mientras ella no estaba en casa. El doctor Silva determinaría cuántas horas habían pasado en la cama tendida. "Una autopsia, les harán una autopsia", pensó.

—No puedo permitirlo —dijo en voz alta.

Beatrice le había dicho una vez que ellos jamás podrían ser sometidos a una autopsia, iba en contra de sus creencias. Lilith nunca preguntó por qué.

Por fin logró hablar con el doctor Silva, que no se sorprendió. Era como si hubiera estado esperando esa llamada durante las últimas semanas.

—Me va a tomar más de dos horas llegar —dijo—. La ciudad está paralizada.

El doctor Silva había emigrado a Cuba desde Portugal y nunca se había adaptado a los males del Caribe, solía decir. Además de su lengua materna, el médico desgarbado hablaba con fluidez español, inglés, alemán y francés, por lo que su consulta se abarrotaba de almas perdidas.

—La ciudad está paralizada —repitió con voz agitada.

—Lo esperaré.

Lilith dio vueltas por la casa, desorientada, sin saber qué hacer, pero con la certeza de que tenía que salir. Se detuvo afuera, en la acera, sofocada. La casa le parecía ahora distante, como si nunca hubiese vivido ahí. Era la casa de los Herzog, no suya, una extraña a quien ellos habían amparado con generosidad.

El doctor Silva arribaría en dos horas. Y ¿después? Se llevarían los cadáveres, que serían sepultados en el cementerio de Guanabacoa, como ellos habían previsto desde su llegada a Cuba, y ella dejaría piedras sobre ambas tumbas y los visitaría en cada aniversario. Al menos, tendría un lugar donde recordarlos e ir a colocarles piedras. De su madre, de Franz y su Opa solo conservaba un vago recuerdo, un poema, el cuaderno de notas, una muñeca de trapo, un pequeño crucifijo dentro de una caja azul que con el tiempo se había tornado gris.

¿Qué debería conservar de los Herzog? Solo las fotografías familiares, decidió. Vaciaría los armarios, dejaría que Helena se llevara los rollos de telas que Beatrice había conservado cuando vendieron el almacén.

"¡Helena! ¿Dónde está Helena?", pensó. "Siempre llega los lunes temprano en la mañana, prepara el desayuno…". Sabía que debía llamarla, pero antes tenía que encontrar a Martín. ¿Por qué no le había contestado el teléfono?

Usualmente, cada vez que iba a ver a Martín, accedía por la parte trasera de la casa, pero esta vez se dirigió a la entrada principal, como si fuera una desconocida. Tocó a la puerta. Nadie respondió.

Al regresar, encontró a Helena en el portal, con dos bolsas de comida.

—Creí que no iba a poder llegar —dijo secándose el sudor y sosteniendo un cigarrillo en la mano—. Hoy todo está cerrado. Es una locura…

—Están muertos… —la interrumpió Lilith.

Helena no entendió.

—No hay ningún muerto, por ahora… Pero quién sabe.

—¡Están muertos!

—¿Quiénes están muertos, Lilita?

—Helena, mis padres…

Helena vio la mirada de desesperación de Lilith, dejó caer las bolsas, abrió la puerta y entró a la casa de prisa. Primero buscó en la sala, y después se dirigió a la escalera. Con su tos perenne, dejó el cigarrillo encendido en un cenicero, y subió corriendo. Lilith escuchó un grito. No se atrevió a seguirla. Esperaría a que bajara, y le explicaría que ya se había comunicado con el doctor Silva, y que solo quedaba esperar. No había nada más que hacer.

Con la mirada perdida en la calle aún desierta, Lilith sintió que Helena se le acercaba. En silencio, la abrazó con fuerza.

—Pobre Beatrice… —dijo pálida, entre temblores—. No hay nada más terrible que perder a un hijo. De eso nadie se recupera. Por mucho que quieras rehacer tu vida, ese dolor siempre va a estar ahí. Al fin los dos van a descansar.

Con los ojos llenos de lágrimas, Lilith se dejó mecer en el abrazo.

—¿Ellos te mencionaron algo? Es como si lo hubiesen estado planeando…

—Esas decisiones se toman y ya. Aguardaron a que fueras una mujer, a que te comprometieras… ¿Qué más podían esperar esos dos viejos? Todos estos años aquí y todavía malamente podían hablar español. Bastante aguantaron con el corazón roto. ¡Pero Dios mío, qué día escogieron…!

—¿Qué quieres decir? ¿Qué pasa? —preguntó, intrigada, Lilith y de pronto recordó la llamada de Martín.

—¿No has escuchado las noticias? Hoy, ellos… ¡Mira!, ahí viene el doctor.

El doctor Silva salió del auto y tomó su maletín del asiento trasero. Antes, se puso la bata blanca. Estaba un poco despeinado y le faltaba el aire.

—Lo siento —dijo, quitándose las gafas para limpiarlas con un pañuelo—. ¿Arriba?

Sin esperar réplica, se adentró en la casa. Helena lo siguió, al ver que Lilith continuaba, inmóvil, esperando noticias de Martín.

Por primera vez desde que llegó a la Isla, Lilith se sintió desvalida. ¿Cómo podría afrontar la muerte de sus padres sin Martín? Se había acostumbrado a tomar las decisiones junto a él. Alguien tenía que ayudarla con los trámites, asegurarse de que no les hicieran una autopsia. El doctor Silva firmaría el reporte necesario para la policía, y entonces organizarían los servicios fúnebres. Sus padres habían resuelto morir solo después de asegurarse de haber cumplido su promesa a Ally Keller, cuando tuvieron la certeza de que la hija que habían adoptado tenía garantizada su existencia. Solo entonces decidieron morir, con la esperanza de rencontrarse con el hijo que los nazis les habían arrebatado.

Escuchó los pasos del doctor, que bajaba las escaleras apresurado, y corrió hacia él.

—Cianuro —dijo el doctor Silva mientras llenaba unos documentos, apoyado sobre el maletín de piel.

Lilith abrió los ojos sorprendida. Se volvió hacia el doctor en busca de una explicación, pero él parecía apurado.

—¿De dónde sacaron el cianuro? —le preguntó Helena, asombrada.

—En esta isla se puede encontrar de todo —dijo el doctor, extendiéndole la mano a Lilith para despedirse. Le entregó los documentos firmados a Helena—. Ya avisé a la morgue, pero hoy es un día un poco complicado para hacer trámites. Veremos qué logramos.

Helena tomó a Lilith de la mano, y la guió a la cocina.

—Un cocimiento de tilo nos hará bien a las dos.

Lilith se dejó llevar. Tomó el tazón de agua hirviendo, donde flotaban las flores de tilo, e intentó beber. No pudo. Comenzó a llorar. Su cuerpo temblaba sin control. Pero, al ver a Helena, ahogada entre la tos y las lágrimas, se calmó y trató de consolar a la anciana que se había convertido, de pronto, en su única familia.

Una hora más tarde, Lilith escuchó el timbre de la puerta, y tuvo la esperanza de que fuera Martín. Eran los empleados de la morgue. Helena les indicó el camino.

A los pocos minutos, bajaron con los cuerpos en camillas, cubiertos por una sábana blanca. No hicieron contacto visual con Lilith, y esta no se atrevió a preguntarles adónde se llevaban a sus padres.

Helena sostuvo la mano de Lilith y salieron de la casa.

—Es como si aún estuvieran dormidos —dijo Helena—. Ahora pude verles bien el rostro. No había un ápice de dolor en ellos, Lilith. Se fueron en paz.

El auto se marchaba con el cuerpo de sus padres, y Lilith vio el Buick negro de Martín estacionarse frente a la casa.

Corrió hacia él y se refugió en su pecho. No pudo contener el llanto.

—Ya se los llevaron —dijo, componiéndose—. Me desperté cuando llamaste esta mañana y me encontré a mis padres…

Se detuvo. Helena se acercó a Martín y le contó al oído.

De vuelta a la casa, Martín no tenía ánimos para hablar con ella, pero intentó consolarla con un abrazo. Tenía los ojos enrojecidos, el rostro cansado.

—Todos tenemos que mantener la calma —dijo por fin.

Lilith continuaba apoyada en su hombro.

—Batista tomó el control del ejército. El Hombre ya está en Columbia. Mi padre está con él. No hubo un disparo.

Lilith lo miró, extrañada. Lo escuchaba hablar de acciones militares sin entender a qué se refería. Acababa de perder a sus padres. Albert y Beatrice se habían quitado la vida, quiso repetirle.

—No hubo un disparo —repitió Martín—. No hubo muertos ni derramamiento de sangre.

—¿Qué va a pasar con nosotros? —preguntó Lilith, angustiada.

—Todo va a estar bien, mi amor. Tenemos un nuevo presidente. El Hombre ha regresado para poner todo en su lugar.

La misma tarde en que dieron sepultura a los Herzog, Helena se mudó a la casa del Vedado y se instaló en una habitación en la esquina opuesta a la de Lilith.

—Todo lo que poseo cabe en esta maleta de madera —dijo—. Uno no debe acumular nada material en esta vida. El peso, luego, nos impide caminar en paz, dando tropiezos.

Tras la muerte de los Herzog, Helena llevó a Dios, a la virgen y a todos los santos del panteón católico a la cocina.

—Antes, por respeto a los señores, tenía a mis santicos encerrados. Ahora ya pueden respirar en paz y protegernos, mi niña, porque yo sé que tú no eres judía —le dijo Helena a Lilith—. ¿Crees que yo soy boba? Ningún converso guarda un crucifijo con su "verdadero" nombre grabado.

Lilith quiso reprocharle haber fisgoneado en sus gavetas, pero se dio cuenta de que, a esas alturas, ella no tenía nada que ocultar.

El luto de Helena fue cediendo; el dolor le había infundido una energía volcánica que le provocaba limpiar con furia, como si quisiera borrar la tragedia de las paredes de la casa. Con el rostro contraído, hacía las tareas domésticas con tenacidad: vació las gavetas, removió los drapeados de las cortinas, levantó alfombras, trasladó los muebles a la habitación contigua, intentando borrar de cada poro de la madera, las losas de cerámica y las paredes de estuco la presencia de Beatrice y Albert. Parecía querer demostrar que nunca habían vivido allí. Después de cada limpieza, encendía cirios para que el rastro del espíritu desapareciera de sus vidas para siempre. Los muertos tenían su lugar, y esa morada final no debía ser la casa de casi medio siglo que habitaban los vivos.

—Avemaría santísima —decía.

Lilith sentía paz al ver a Helena balbuceando padrenuestros con obstinación y rezándole a Dimas, el santo de las cosas perdidas, y a la virgen de la Caridad, la patrona de Cuba, a cuyos pies había tres pescadores de cara sufrida que imploraban la salvación en medio de las olas.

16

Cuatro años después
Arroyo Naranjo. Diciembre, 1956

Tras la muerte de sus padres, Lilith pospuso la boda. Estaba abrumada con tantas pérdidas. Desde niña, todo aquel que fuese cercano a ella desaparecía. En Berlín había perdido a su madre, a Herr Professor, a Franz. En La Habana, a Albert y a Beatrice. Martín esperó pacientemente hasta un día, en que ella fijó la fecha de la boda. Lo que se había proyectado como una gran celebración, terminaría siendo una fiesta discreta en la casa de descanso de El Hombre.

Unos meses antes de la boda, Oscar les propuso a Martín, Lilith y Ofelia ir a la casa de su familia en Varadero, lejos de las preocupaciones, como si fuesen otra vez adolescentes. Lilith agradeció su gesto de amistad y esperaba que esa fuese la oportunidad para que Martín y Oscar se reencontraran. Antes del viaje a Varadero, Martín y Lilith habían ido a la plaza de la Catedral, y paseaban al lado de Ofelia, huyéndoles a las mujeres oráculos, como las llamaba Oscar. Cada vez que visitaban la Catedral, una de las tantas negras viejas que merodeaban el lugar, vestidas de blanco, llenas de collares de colores y con un ramo de albahaca en una oreja y un tabaco encendido en la boca, insistía en hablar con Lilith y la perseguía. Lilith intentaba ser amable y sonreír, pero siempre terminaba escapando de ellas, espantada. Aquella vez, una la tomó de la mano y Lilith comenzó a temblar. Ofelia, asustada, se persignó.

—Ay, niña —le dijo la mujer oráculo a Lilith—. ¿Qué haces tú en esta isla? Tú nunca debiste desembarcar.

—No le hagas caso —le dijo Martín, e intentó separarlas.

—Piensa, a ver, ¿por qué tú, y no los demás? —La mujer tenía un tono solemne, y los ojos se le llenaron de lágrimas—. Tú sabes a lo que me refiero.

Lilith había tratado de olvidar su llegada al puerto en pleno día, con ocho años, bajo un sol que fustigaba a quienes entre gritos de desesperación reclamaban a sus familiares en el barco. Solo habían permitido desembarcar a 28 pasajeros. Ellos habían estado entre los afortunados. Los demás fueron devueltos a Europa, donde a los pocos meses estalló la guerra.

Palideció. Sí, era cierto que en las noches veía cuerpos sin rostros, y el barco hundiéndose en altamar sin que nadie gritara o reaccionara. Nunca había querido hablar de esas pesadillas recurrentes.

—¡Vete, vete de aquí! —chilló la mujer.

Del bolsillo del delantal sacó un ramo grande de albahaca y se lo pasó por la cabeza a Lilith, que se cubrió el rostro.

Martín la abrazó.

—No pasa nada —trató de calmarla Martín, mientras le daba una moneda a la anciana—. ¿Le vas a hacer caso a una vieja loca?

Ofelia la miraba con compasión. Ahora era ella quien debía proteger a Lilith, y ese sentimiento las unió aún más.

La noche que llegaron a la casa de Varadero, que tenía tres habitaciones, Oscar sugirió que las chicas compartieran el cuarto principal, y que él y Martín tomaran, cada uno, los otros dos, en alas diferentes de la casa. Sin embargo, Lilith lo interrumpió y, para asombro de todos, dijo que le dejaría la habitación a Ofelia, para que estuviera más cómoda. Se la había imaginado rezando al pie de la cama por horas antes de dormir. Tras una pausa, tomó a Martín del brazo. Ella estaba decidida. Esa noche, por primera vez, dormirían juntos.

En la habitación, Lilith se desvistió y se mostró frente a él sin pudor, lista y deseosa de que su amigo de toda la vida la abrazara y, al fin, poder experimentar lo que ya había ensayado en sueños.

A la mañana siguiente, para su sorpresa, vieron salir a Ofelia del cuarto de Oscar.

Ofelia y Lilith nunca mencionaron la noche que habían pasado en Varadero. A Lilith le costaba trabajo entender por qué Ofelia había tomado la decisión de acostarse con Oscar. Sentía que su decisión de haberse ido al cuarto con Martín, la había hecho sentir obligada a tomar la misma decisión. Ofelia parecía resignada al destino anhelado por sus padres y estimulado por sus nuevos amigos, y se dejaba llevar por la corriente. Sus padres la querían ver casada y lejos del convento, y para ellos Oscar era el candidato ideal. O quizás, como ya se acercaba el momento de tomar los hábitos, quería experimentar el sexo antes de dejar para siempre ese lado de su vida terrenal. Así haría su sacrificio por Dios con pleno conocimiento de aquello a lo que renunciaba.

Cada día Ofelia estaba más pálida, y cuando salían juntas llamaba la atención no solo por su blancura, sino también por la sombrilla de flores que siempre llevaba en combinación con sus vestidos, incluso por la noche, como si necesitara protegerse hasta del reflejo de la luna. Una vez, al salir de un teatro en el Paseo del Prado, vieron un letrero pintado con trazos nerviosos que decía "Abajo Batista". La tinta roja estaba aún húmeda, y un olor penetrante a aceite quemado los envolvió. Martín les pidió acelerar el paso hasta el auto, para huir antes de que llegara la policía. Todo el público que salía de la sala corría, temeroso, al percibir el letrero rojo.

No hacía mucho que un grupo de bandoleros, como los llamaba Helena, había asaltado un cuartel en Santiago de Cuba, en el oriente del país, dejando varios muertos en ambos bandos. Los asaltantes que sobrevivieron terminaron en la cárcel de Isla de Pinos, al sur de La Habana, pero al final El Hombre les redujo la condena. En el juicio, su líder había pronunciado un discurso que se convirtió en el manifiesto del movimiento político que recién surgía para oponerse al Hombre. Aunque Batista había tomado el poder a través de un golpe militar, el señor Bernal les había explicado que se celebrarían elecciones. La votación terminó con la reelección de Batista, aunque Oscar insistía en que los comicios habían sido fraudulentos.

Oscar le había pasado a Lilith *La historia me absolverá*, el manuscrito del líder, y su lectura le trajo recuerdos de Alemania. Al leer las páginas escritas desde la cárcel por el joven furibundo, Lilith sintió que regresaban sus pesadillas de niña en Berlín. Volvió a escuchar a su madre y a su Opa discutir sobre el *Mein Kampf*, también escrito en la cárcel por el hombre que tenía entonces el país en vilo.

En esa época, Ofelia se recluyó en las misas del convento, o pasaba el tiempo ayudando a Sor Irene a atender a los leprosos en el sanatorio El Rincón, en las afueras de la ciudad. Oscar pasó un día entero con Lilith y Martín, y no fue hasta la noche que les anunció que se iba a vivir a Nueva York por largo tiempo para terminar sus estudios de leyes y ocuparse de las inversiones de su padre. Era una despedida, y Martín no hizo preguntas. Sabía que Oscar estaba huyendo, no solo de la vorágine que atravesaba el país, en parte debida a los encolerizados estudiantes que atacaban cuarteles militares y ponían bombas a diestra y siniestra en la capital, sino también de Ofelia, que se interponía en sus planes. Oscar no quería atar su futuro a la chica que sus padres habían dispuesto para él.

La vez que Oscar se marchó a Nueva York, Lilith sintió pena por Ofelia, y fue a buscarla al convento donde su amiga pasaba la

mayor parte del tiempo, con el pretexto de llevar donaciones. Sor
Irene la recibió, y la condujo hasta su amiga, que se hallaba rodeada
de incienso y plegarias. Habían pasado solo un par de meses desde
la última vez que se habían visto, y Ofelia estaba aun más delgada
y demacrada, los ojos hundidos en las cuencas oscuras. Su piel era
tan transparente que se podía ver el camino que trazaban sus venas
verdosas del cuello a la frente. Al ver a Lilith, Ofelia corrió hacia ella
y la abrazó. Pero pronto se apagó su energía. Caminaron por el patio
interior del templo, y Lilith tuvo la impresión de que Ofelia caminaba con el ritmo y la cadencia de las monjas de clausura, siempre
cabizbajas. Al despedirse, Ofelia le confesó, con una sonrisa, el por
qué de su ausencia.

—Estoy embarazada —dijo, y bajó la mirada.

En ese instante, Lilith se imaginó a su madre embarazada en
Berlín.

—Ofelia, escúchame, todo va a estar bien. Puedes venir a vivir
conmigo, no tienes que encerrarte o quedarte con tus padres.

—Aquí, en el convento, es donde debo estar.

—Puedo escribirle a Oscar. Estoy segura de que, cuando sepa…

—No es su culpa, no es culpa de nadie. —Ofelia la interrumpió,
y Lilith vio una inmensa paz en el rostro de su amiga.

Se tomaron del brazo, y caminaron hasta un banco debajo de
un flamboyán. Allí se sentaron, y permanecieron en silencio hasta
que Ofelia, haciendo un gran esfuerzo para respirar, se recostó en el
hombro de su única amiga.

—Será un niño hermoso y saludable, ya verás. Pero quiero que
me prometas algo, este será nuestro secreto. No quiero que lo sepan
ni Martín, ni Oscar, y mucho menos mis padres. Yo sé que tú eres
la única que me puede entender.

Un canto religioso las sacó del silencio. Por los pasillos del segundo piso desfilaba un grupo de monjas. Un perro comenzó a

ladrar. Detrás de la fuente, el animal, escuálido y sin pelos, daba vueltas, alterado por el cántico.

—Ya encontraremos un hogar para este niño —jadeó Ofelia—. No será ni el primero ni el último que ayudaremos aquí.

Lilith sintió que Ofelia hablaba del bebé que venía en camino como si no le perteneciera, como si el niño que crecía en su vientre fuera otro de los recién nacidos que las madres abandonaban en una canasta en la entrada del convento o dejaban en los hospitales donde los habían parido, sin siquiera inscribirlos en el Registro Civil. De regreso a casa, Lilith le escribió a Oscar a Nueva York, y al poco tiempo recibió esa y todas las siguientes cartas de vuelta, sin abrir. Asimismo, todos los viernes por la tarde iba a visitar a Ofelia al convento.

Lilith se sentía cautivada por aquellos que, como su amiga, tenían una gran fe, que a ella le faltaba. Le intrigaban las personas que habían crecido con el temor de Dios; ella había crecido con el temor a un hombre real: el *Führer*. Pero lo que más le atraía de la vida religiosa era la ociosidad del misticismo: vivir arrodillado ante un altar, orando, lejos del ruido.

Ofelia permanecía en el convento y un viernes, tres meses más tarde, Lilith se cruzó con sus padres a la salida de la iglesia: iban deshechos en llanto. Cuando se encontró con Ofelia, vio que su embarazo ya era imposible de ocultar. Los señores Loynaz abandonaron el convento convencidos de ser culpables de haber lanzado a su hija al pecado. Sabían que no había otro camino que entregar el bebé en adopción y aceptar que su hija tomara los hábitos, como había sido predestinado.

Pero Ofelia no pudo resistir el peso de su nombre. Un día, ante los ojos de Sor Irene, salió del convento y, tras una larga caminata y un interminable soliloquio con Dios, el único que la escuchaba, se lanzó al río Almendares cubierta de flores.

—*There's rosemary, that's for remembrance. Pray you, love, remember. And there is pansies, that's for thoughts...* —recitó Lilith, rememorando las lecturas de Shakespeare junto a su Opa, cuando leyó la nota necrológica en el *Diario de la Marina*, que omitía que Ofelia había ahogado a su hijo con ella en las aguas turbias del río.

Lilith lloró esa noche como no había llorado nunca a ninguno de sus muertos. Una vez más, fueron la firmeza y la devoción de Martín las que la ayudaron a salir de su desconsuelo.

Una semana antes de su boda, Lilith regresó al convento para hacer una donación a nombre de Ofelia. No la recibió Sor Irene, sino una anciana que no vestía hábitos. La mujer tomó el sobre, lo abrió y contó el dinero delante de ella. Lilith supuso que Sor Irene estaría enclaustrada, sumida en una profunda depresión tras la muerte de la aspirante a novicia, y que para mitigar el dolor se dedicaba a rezar, día y noche, sin ver a nadie.

Lilith no había encontrado consuelo en las oraciones. Decidió que, en honor a su amiga, llevaría una guirnalda de flores en el cabello el día de su boda.

Helena estaba rebosante de felicidad sabiendo que su niña se casaría en una capilla, como Dios manda. La boda fue organizada con prisa, y Martha, la esposa del Hombre, la tomó como si se estuviera casando una de sus hijas. El padre de Martín era un leal amigo de su marido, y Lilith una víctima de la guerra que además había perdido a sus padres, su hogar, su propia identidad. Martha sabía que Lilith y El Hombre amaban las biografías de caudillos de Emil Ludwig. La boda sería simple, una pura formalidad. No habría curas, ni servicio religioso, pero Helena se tranquilizó al saber que sería al menos en una capilla y en la casa de descanso de El Hombre, a quien ella idolatraba.

Lilith había escogido su vestido en un viejo catálogo que encontró en la casa de Martín. Era de color azul cielo, ceñido a la cintura, de cuello abierto hasta los hombros y con mangas tres cuartos. La costurera copió a la perfección su diseño. Lilith le había dicho a Helena que no quería usar velo. Llevó un tocado blanco en forma de luna, con tres perlas y una delicada corona de flores blancas. Helena le pidió que la dejara plancharle el pelo, nada más.

Ya vestida, Lilith se sentía disfrazada. La palidez del vestido le daba un bronceado luminoso a su piel, y al verla bajar del auto, Martín corrió a besarla.

—Estás más hermosa que nunca —le susurró al oído, y ella se sonrojó—. Hoy me vas a hacer el hombre más feliz del mundo. ¿Qué sería yo sin ti?

Todo duró lo que un suspiro. De pie frente al altar de la pequeña capilla, firmaron el acta matrimonial ante el secretario del Hombre, que fungió como notario. Luego, se pusieron de rodillas y rezaron ante la cruz desnuda mientras Helena se persignaba.

—Ahora sí están casados ante los ojos de Dios —dijo la anciana en voz alta.

Al final de la ceremonia, intercambiaron alianzas de oro y platino, y al salir de la capilla los niños les lanzaron arroz y liberaron dos palomas blancas. Helena estuvo todo el tiempo secándose las lágrimas, y al ver las palomas alzó los brazos en forma de cruz e imploró al cielo que protegiera a su niña hasta el último día de su vida.

Hubo también un coctel en la biblioteca del Hombre, el lugar favorito de Lilith. Ella bebía un daiquirí y conversaba muy animada con Martha, cuando el padre de Martín le hizo un gesto para que se acercara.

—Mi querida Lilith, me tienes que sorprender con un nieto lo antes posible, porque no creo que me quede mucho tiempo en este mundo.

Al oírlo, El Hombre, que se encontraba junto a Martha, los interrumpió.

—No hables boberías. Aquí hay Bernal para rato.

Lilith buscó a Helena y la encontró arrodillada en el altar del lateral derecho de la capilla, esta vez delante de la virgen de la Caridad del Cobre, concentrada en su plegaria y tosiendo.

—Necesito un cigarro, ya verás como me compongo —se disculpó Helena casi sin aliento—. Tú sabes que tu madre estaría feliz si te hubiese visto hoy, casándote.

Lilith contrajo los labios. En ese instante no pensó en Beatrice, a quien se refería Helena, sino en su verdadera madre. Pronto ella también se convertiría en madre y sintió en su interior que esa había sido la razón por la que Ally la había salvado.

Lilith vio a Martín, taciturno, salir de la biblioteca. Ella sabía cuál era su pesar. Su único amigo, Oscar, no había estado en el evento más importante de su vida. Desde su partida, Oscar no le había contestado ni una sola de sus cartas. Una amistad que había comenzado desde la infancia se había borrado en un abrir y cerrar de ojos, le había dicho Martín, con la voz rota, la noche antes de la boda, después de semanas sin pronunciar su nombre.

❧

La noche de la boda, Lilith y Martín se marcharon de la finca Kuquine en el Buick, con una rara sensación.

—No va a haber nada que pueda separarnos —dijo Martín tras un largo silencio—. Siempre voy a estar a tu lado.

Lilith abrió la ventanilla del auto y la brisa le trajo una sensación de calma. Vivirían juntos por el resto de sus vidas. Tendrían hijos, y las aventuras con Oscar y con Ofelia quedarían en un pasado lejano, parte de la infancia perdida. Se habían convertido en adultos.

Llegaron al Hotel Capri al anochecer y, al entrar, Lilith divisó el Hotel Nacional, donde había vivido los primeros meses al llegar a La Habana, después de la travesía en el *Saint Louis*, cuando comenzaba para ella una de sus tantas vidas.

A medianoche se dieron cuenta de que habían estado una hora eterna contemplándose, explorando sus cuerpos. Se besaron como si iniciaran un diálogo en silencio. Martín se sentía protegido en los brazos de Lilith, como perdido entre las nubes, el único lugar donde se sentía seguro. Querían detener las horas y, por un momento, lo hicieron.

La mañana siguiente, los rayos del sol los despertaron; Lilith se dio vuelta en la cama hacia Martín y le dijo:

—Nuestro primer hijo será una niña, ya verás.

Lilith la había soñado una noche de desvelo y angustia, en que vio el rostro amable de su madre alemana y a su Opa diciéndole adiós.

—Y se parecerá a ti —le contestó Martín acercándola más hacia él.

Tendido en la suite matrimonial del hotel, con su cuerpo atado a la tierra, como solía decir Martín de sí cuando no estaba volando, su marido le pareció vencido.

—¿No crees que crecimos demasiado rápido? —le preguntó.

—No, Martín, hace rato que no somos niños.

—Oscar se fue porque…

—Tú sabías que la vida de Oscar estaba en otra parte. Ahora nos toca vivir la nuestra. Ya aparecerá. Un día lo veremos regresar.

Durmieron abrazados, desnudos.

⁓

Al atardecer del último día del año, un auto los llevaría al cabaret Tropicana, donde esperarían el 1957. Era parte de la luna de miel que Martha y El Hombre les habían obsequiado como regalo de bodas.

Martín quería dejar atrás aquella década. Tenía esperanzas de que, con el nuevo año, la calma regresara a la Isla.

Bajaron al lobby y, mientras esperaban al chofer, vieron llegar un flamante Cadillac El Dorado descapotable. Martín reconoció al señor y a la señora Fox, los dueños de Tropicana que subían las escaleras del hotel, Martín se acercó a la señora Fox y le deseó un feliz año nuevo.

—Ustedes aquí, y nosotros vamos para Tropicana —le dijo.

Martín y Lilith habían ido con el presidente y su mujer a una cena de caridad en el cabaret, ocasión en que habían conocido a los dueños.

—Pues, tocayo —dijo el señor Fox—, nosotros hemos venido al Capri a ver el show que acaban de estrenar.

—Él está aquí, pero siempre pendiente de lo que pasa allá —lo interrumpió la señora Fox.

—Nada va a superar nuestro cabaret bajo las estrellas —continuó el señor Fox, con voz ronca—. Ahora este está de moda, pero ya sabes, Martín, las modas vienen, hacen ruido, pasan y luego quedan en el olvido.

Lilith y Martín llegaron a Tropicana cerca de las ocho de la noche, y se dirigieron a la mesa que tenían reservada, cerca del bar. Cenarían antes de que comenzara el show. En una esquina de los arcos del escenario, alguien colocaba los fuegos artificiales que dispararían a medianoche. Había varias mesas a su alrededor aún vacías, y eso le pareció extraño a Martín. Lilith contemplaba extasiada la vegetación. Un cabaret bajo las sombras de las ramas. Desde el bar, un hombre los observaba, impaciente.

Martín se disponía a llamar a un camarero para que los atendiera, y una explosión a pocos metros lo cegó; la mesa y el suelo se estremecieron. Al principio creyó que se trataba de un accidente, que uno de los fuegos artificiales se había disparado a destiempo, cuando escuchó a alguien gritar: "¡Abajo Batista!". De un tirón, Martín arrastró a Lilith debajo de la mesa.

—Quedémonos quietos —le dijo al oído, con la voz quebrada.

Desde allí pudieron escuchar los quejidos de una chica. Lilith, en posición fetal entre los brazos de Martín, abrió los ojos y vio a una jovencita desmayada delante del mostrador del bar, con el brazo destrozado. Dos camareros la levantaron.

—¡Abran paso! —dijo alguien.

A lo lejos, una pareja también permanecía tirada sobre las losas frías. Martín les preguntó si estaban bien, y el hombre afirmó con la cabeza. La mujer tiritaba. El polvo y la humareda la hacían toser sin control. Entre los gritos y sollozos, una voz aguda se interpuso de nuevo gritando: "¡Abajo Batista! ¡Viva el 26 de julio!".

Lilith se había mantenido en calma en el suelo, Martín la ayudó a levantarse. Su vestido de tafetán rosado estaba arrugado y manchado, y Lilith comenzó a sacudirlo con nerviosismo. No quería que Martín la viera asustada, pero lo estaba.

Entre la muchedumbre que se amontonaba a la salida, Martín vio al chofer, buscándolos con desespero. Le hizo una seña con la mano.

—Es mejor que nos vayamos —dijo el chofer, sin aliento—. Tengo el carro listo. Un camarero me dijo que pensaba que la muchacha iba a dejar la bomba en el bar, pero le detonó en las manos. La gente está desquiciada.

Se abrían paso entre la turba desesperada. Martín miró a Lilith a los ojos, y le dijo, con la convicción de los que se sienten derrotados:

—Este país se va a la mierda.

17

Un año y medio después
La Habana. Junio, 1958

—La señora Helena murió —escuchó decir en el auricular.

Lilith enmudeció, no sabía qué contestar. Se sentía triste y culpable a la vez. Debería comenzar a hacer llamadas, dar la noticia… Pero Helena no tenía familiares. Lilith solo sabía de un antiguo marido, que un día había tomado un barco en busca de fortuna y terminado en otro país, quién sabe si con otra mujer. No tenía a quién avisar. Sería una noticia que terminaría con ella y con Martín. ¿Debería regresar al sanatorio? No podía viajar en su condición, con las náuseas, los vómitos, y las sudoraciones que la mantenían lejos de la intemperie. Un viaje de toda una noche podría ponerla en riesgo.

—Lo siento mucho, señora Bernal —dijo una enfermera llamada Rosa, que por los últimos cuatro meses había cuidado a Helena—. Nadie sufre en el reino del Señor.

En lugar de consolarla, esas frases distantes la desorientaban. Helena no regresaría. Una vez le había contado a Lilith que, desde que nació, su madre la había educado para cuidar de otros. Primero, de los ancianos de la casa; luego, de su padre enfermo. De su madre no había tenido que cuidar porque un rayo la había fulminado mientras recogía la ropa colgada en la tendedera de alambre en medio de una tormenta. Más tarde, de su marido, y cuando él la abandonó, comenzó a cuidar de desconocidos. Helena ya no estaba, era un hecho.

Mientras la enfermera Rosa le hablaba, Lilith no derramaba ni una lágrima. Imaginaba a Helena sonriente, al fin en paz, sin la tos que la había ido consumiendo, encorvando, robándole la voz.

—La señora Helena dejó todo previsto —le comunicó la enfermera.

Lilith escuchó en silencio. Helena no había querido servicios fúnebres. Ya se había despedido de Lilith, la única a quien hubiera podido decir adiós. Para qué velarla veinticuatro horas, había calculado, si su cuerpo, aunque ella quisiera, no se iba a despertar. Que la bañaran con jabón de castilla, la envolvieran en una sábana blanca, la perfumaran con agua de violetas y la dejaran en la que sería su última morada, la pequeña bóveda familiar del cementerio de Cienfuegos. Ese había sido su deseo, que todos sus ahorros fueran dedicados a un modesto entierro. Helena no había querido que Lilith se sintiera agobiada por su muerte.

Lilith intentó recordar todas las señales del deterioro de la salud de Helena, que la habían obligado a internarse en el sanatorio. Una noche, recordó, Helena se había despertado sobresaltada. Abrió la puerta de la habitación de Lilith, sin antes tocar, y como un espectro se detuvo en la entrada, recuperando el ánimo.

—¿Pasa algo? ¿Te sientes mal? —le preguntó Lilith mientras se acercaba a la anciana.

—Me queda poco.

—No digas tonterías. Lo que tienes que hacer es dejar de fumar.

Helena había dejado de pensar en las pesadillas, a las que solo les permitía molestarla si sentía añoranza por el pasado. De tanto soportar la tos, dejó de temerle. "Que venga lo que Dios mande", repetía, acostumbrada al dolor.

Desde que la tos se volvió constante y casi era su manera de respirar, Helena comenzó a descuidar la casa. Daba vueltas en el patio, evitaba subir las escaleras, dejaba las ollas con agua al fuego y se olvidaba de lo que debía cocinar. El agua se secaba y volvía a llenar las ollas, y de nuevo el vapor cubría las paredes, llenándolas de lágrimas.

Una mañana, cuando Lilith bajó por su taza de café, encontró a Helena en la cocina comunicándose por señas con una señora regordeta de ojos asustados y pelo rojo recogido en la nuca. Helena gritaba y exageraba los gestos.

Al ver a Lilith desconcertada en la entrada de la cocina, Helena se sintió incómoda. Había querido entrenar a la nueva sirvienta antes de que Lilith bajara a tomar el desayuno.

—No te preocupes, que no es sorda ni muda. Pero no habla español. Me la recomendaron porque es polaca como tú.

—Helena, ya sabes que no soy polaca.

Lilith se acercó a la señora, le tendió la mano y dijo una frase en alemán. Helena asumió que se estaban presentando. La mujer mantenía su cartera bajo el brazo.

—A ver, mientras yo esté aquí, solo está permitido hablar español. Yo sé cómo entenderme con ella. El día que me muera, tú le hablas en el idioma que quieras.

Tras una pausa, Helena le habló al oído a Lilith.

—Ella dice que no habla español, pero en esta vida yo ya no confío en nadie. La confianza hay que ganársela. Mira como lleva la cartera, no la suelta, como si fuésemos a robársela —le dijo.

La mujer no era polaca ni alemana, sino de un pequeño pueblo fronterizo de casas de adobe, que había pertenecido a Hungría y luego a Alemania, y que después de la guerra había desaparecido del mapa. Lo que pasó durante la guerra la mujer prefería callarlo, si es que no lo había olvidado o sepultado en su cabeza como una terrible pesadilla, le dijo a Lilith en un alemán primitivo mezclado con yiddish y húngaro. Gracias a que las bombas no la mataron y a la Cruz Roja sueca, había terminado en un barco sin destino, dijo.

No le quedaba nadie en este mundo, no tenía un lugar al que regresar, y aunque sus documentos la identificaban como alemana, no lo era. El barco que la sacó de Europa era pesquero, y anduvo de puerto en puerto, cocinando y limpiando las bodegas, hasta que un día se cansó de estar mareada y se bajó en el siguiente puerto, no porque le interesara el país, sino porque el antiguo faro del morro de piedra carcomida que protegía la entrada a la ciudad la había fascinado, dándole la impresión de haber llegado a la antigua Constantinopla. Desde que puso un pie en La Habana, todo el mundo había sido amable con ella, pero nunca se habría imaginado que el alemán, un idioma que aborrecía, le fuera a servir para algo.

Una mujer de la nueva Comunidad Hebrea de la calle Línea que le había dado amparo a la refugiada, se había acercado a Helena en la bodega del viejo Ramón, y le había preguntado si trabajaba con una alemana. A continuación, le dijo que tenía a una buena cocinera, de brazos fuertes, para lo que necesitaran en la casa, pero que había un pequeño problema: solo hablaba alemán. De hecho, conocía una que otra palabra en español, además de húngaro, checo y yiddish, pero eso no le serviría para nada.

El nombre de la mujer era Hilde.

—Si su nombre empieza con H, es una buena señal —le dijo Helena a la extraña.

Desde el día que llegó a sus vidas, Hilde se dedicó a la casa con una energía que desconcertaba a Helena. Lo que a ella le ocupaba el día entero, Hilde lo terminaba en menos de una hora. ¿De dónde sacaba esa mujer, que nunca descansaba, aquella fuerza?, se preguntaba Helena, habiendo escuchado en la bodega de Ramón que había sobrevivido torturas, trabajos forzados y un hambre de mil demonios en los campos de concentración. Lo único que no le gustaba a Helena de Hilde era tener que compartir su cuarto con ella, pero se fue acostumbrando; la mujer caía rendida al anochecer y se levantaba antes de que ella abriera los ojos. Lilith le había ofrecido su antigua habitación, pero Helena la había rechazado. Pronto necesitarían ese cuarto para un bebé, le respondió.

Helena no se atrevía a probar un bocado de los platos que preparaba Hilde, pero al ver que ni Martín ni Lilith protestaban, la dejó hacer, asumiendo que su sazón era más afín al paladar europeo —para Helena, Martín, aunque cubano de nacimiento, era también de otro país, siempre vivía en las nubes. Hilde salaba las carnes y las cortaba en trozos grandes que, si no hervía, asaba hasta convertir en trozos de carbón. Helena no podía entender cómo todos en la mesa devoraban sin pestañear lo que Hilde les sirviera.

—A la nueva hay que tenerla vigilada —le repetía a Lilith durante los primeros días—. ¿Te imaginas que no se desprende de la cartera ni para dormir? ¿Y sabes por qué siempre anda con mangas largas? Esconde unos números tatuados en el brazo. Se los vi cuando salía del baño.

La nueva inquilina vivía con el televisor de la cocina encendido. Lo habían comprado porque se puso de moda *El derecho de nacer*, que Helena solo escuchaba, sin mirar directamente las imágenes, pues sostenía que la luz que proyectaba el tubo de pantalla causaba ceguera. A Helena no le molestaba que Hilde trabajara atenta a telenovelas, porque así la "polaca", como siguió llamándola, podía aprender español.

Desde que Hilde llegó a la casa del Vedado, Helena parecía un fantasma detrás de ella, vigilándola hasta quedarse sin fuerzas y terminar balanceándose en el sillón de mimbre de la terraza.

Poco a poco, Helena se fue consumiendo hasta quedar reducida a un manojo de huesos y pellejo. Solo su rostro mantenía una expresión apacible, dando la impresión de que su torso, sus brazos y sus piernas eran una carga que no le pertenecía. Su mirada aún era penetrante, pese a que las cuencas se habían tornado amarillentas.

Fue el día de la boda de Lilith y Martín que El Hombre notó la tos persistente que aquejaba a Helena y le recomendó el sanatorio. Él mismo encargó a su secretario que hiciera las llamadas pertinentes para conseguirle una cama con la mejor vista a "la buena Helena", como la llamaba, quizás por ser una mujer de campo, una guajira, como él.

Al llegar al Sanatorio de Topes de Collantes, Helena se sintió como si hubiera regresado a casa. El centro asistencial era un orgullo para los pobladores de la zona, y Helena estaba muy agradecida por lo que El Hombre había hecho, no solo por ella, sino por cualquier otro cubano que tuviera los pulmones marchitos.

Helena había apoyado al Hombre desde la revolución de los sargentos. Batista había salido airoso de una batalla campal contra los oficiales acuartelados en el Hotel Nacional, allá por los años treinta. Fue entonces cuando El Hombre que llegaría a ser el más poderoso del país comenzó a construir su leyenda, y a ganar tanto seguidores como detractores. Para Helena, sin embargo, él siempre sería el "mulato lindo", sin importar cuántos años tuviera. Su devoción y lealtad intrigaban a Lilith, que veía a Batista solo como un político inteligente y apasionado por la lectura, además de un segundo padre para Martín.

—Si el mulato lindo decía que íbamos por buen camino, había que creerle —le dijo Helena un día—. Mucha envidia le tenían todos los ricachones, porque el mulato lindo había salido del pueblo, de soldado a sargento, y de ahí a coronel. Se dice rápido, pero son muchos años de trabajo y dedicación. A él lo sigue y lo quiere el pueblo, porque salió del pueblo. Él es como nosotros. Y lo logró solo, sin conexiones y sin fortuna.

"Con mi presidente no se metan", insistía cada vez que alguien comenzaba a argumentar que se había enriquecido, que abusaba del poder, que era un dictador sanguinario, que la policía de su gobierno torturaba a los estudiantes del Directorio Revolucionario, que por su culpa no habían desembarcado los judíos refugiados del *Saint Louis*.

—Créeme, mi niña, si a los que venían con ustedes en ese barco maldito los mandaron de vuelta a casa, no fue por culpa de él —le había dicho con vehemencia a Lilith—. No, eso no se lo permito a nadie. El único culpable de esa vergüenza con la que ahora todos tenemos que cargar por los siglos de los siglos es, fue y será el descarado de Laredo Brú. Y los americanos. ¿Tú crees que Roosevelt quería más judíos en Cuba y en Estados Unidos? Para nada, ese sí terminó lavándose las manos como Poncio Pilatos, y nosotros, jodidos con esta culpa. Mira a cuántos judíos se les ha dado la bienvenida aquí. Si te pones a ver, Batista fue quien se puso los pantalones y mandó a cazar al descarado espía nazi que andaba por La Habana haciendo de las suyas. Y lo mandó a matar, como se merecía.

Los fines de semana, Martín sobrevolaba la Isla de oriente a occidente en encargos presidenciales que a Lilith le daban mala espina. El letargo de los domingos hizo que pasara más tiempo con Helena. Su vieja sirvienta le contaba entonces episodios de la historia de Cuba, llena de asaltos, explosiones, mártires y apóstoles más legendarios que reales. A los ojos de Lilith, los personajes históricos de las Isla, narrados por Helena, eran caricaturas. Cuando caía el sol, hacía rato que ambas descansaban agotadas. Y al amanecer estaban de nuevo en pie, con una taza de café en la mano, contando las horas para que Martín regresara sano y salvo, como siempre pedía Helena, persignándose frente a las vírgenes y los santos de la cocina.

Fue fácil convencerla de que aceptara ingresar en el sanatorio. Guardaba una postal de la inauguración del edificio, como si hubiera previsto que allí terminaría sus días. Era la obra maestra, decía, del hombre que más admiraba en el universo, y si al final su destino era morirse, nada mejor que hacerlo cerca del lugar donde había nacido y donde estaban enterrados sus padres.

Cuando por fin Helena empacó sus pocas pertenencias en una maleta de cuero, Lilith vio por primera vez una foto de sus padres y del marido al que, a pesar de los años de abandono, se mantuvo fiel.

—Uno se casa para toda la vida, no importa lo que suceda en el camino —le dijo a Lilith al salir de la casa, mirando hacia el interior a manera de despedida—. Cuídame a ese bebé que está por llegar.

Lilith se estremeció y se llevó las manos al vientre. Sabía que podría estar embarazada, pero no quería decírselo a Martín ni a nadie antes de ir a la clínica y tener la confirmación del doctor Silva.

—Va a ser una niña grande y hermosa —dijo Helena mientras se dirigía al Buick donde la esperaba el chofer.

Se abrazaron. Helena se dejó caer en el asiento trasero del auto. Al ponerse en marcha, Lilith vio cómo la anciana se alejaba sin mirar atrás.

Sin Helena, la casa del Vedado se hacía cada vez más enorme, y los rincones se iban llenando de fantasmas que Lilith hacía todo lo posible por ignorar. Llovió mucho por esos días, e Hilde mantuvo la casa cerrada, como le había indicado Helena. A veces, Lilith se sentía aturdida. En la casa a oscuras, cada vez que escuchaba a Hilde hablar en alemán, no sabía si estaba en La Habana o de vuelta en Berlín. Al pasar los días, las náuseas fueron disminuyendo, como había pronosticado el doctor Silva al confirmarle el embarazo. Además, anunció que el bebé nacería para fin de año.

—Vaya fecha que ha escogido este chico travieso —dijo el médico, sonriendo—. Fiestero nos va a salir.

Una mañana, recibieron una carta de Oscar. El tono era como si nunca hubiese desaparecido. La enviaba desde Nueva York, y contaba que se había hecho abogado. Sus padres habían dejado La Habana porque estaban cansados de explosiones y atentados, y temían la masacre que se avecinaba, decía, como si sus antiguos amigos también hubiesen huido y estuvieran a salvo.

Oscar auguraba que ya era demasiado tarde para las elecciones que Batista había anunciado para el mes de noviembre. Con la democracia no se juega, decía, y que el "cuartelazo" era insostenible por un año más. Los americanos no querían ya saber de él. El nuevo Hombre ahora se llamaba Fidel Castro, escribía Oscar. En cartas siguientes, le explicaba a ella, "porque sabía que Martín era un testarudo", que el futuro estaba en manos del Movimiento 26 de julio, que Batista tenía los días contados y que sus padres, como muchas otras familias cubanas que vivían en Nueva York, estaban colaborando con los rebeldes de la Sierra Maestra. Y no solo los cubanos, aclaraba: los americanos también les habían abierto sus chequeras a los rebeldes.

Lilith no se atrevió a contarle aquellas noticias a Martín. Solo llegó a insinuarle que deberían mudarse a Nueva York, y a preguntarle si no estaba cansado de vivir en un verano eterno.

—No hay nada como los cambios de las estaciones…

Martín reaccionó con exasperación:

—¿Cómo voy a dejar atrás a mi familia y a nuestro presidente? Ellos nos necesitan aquí.

Y agregó:

—Creo que debes tener esto cerca, por si acaso —le dijo, entregándole un pequeño revólver con culata de madera y cañón plateado.

Ella no sabía cómo sostenerlo. Martín le explicó el funcionamiento del mecanismo del seguro y cómo cargar las balas en el tambor, advirtiéndole que el revólver debía estar siempre descargado. Entonces subieron a la habitación, y Martín lo guardó en la primera gaveta de la mesita de noche, al lado del cofre gris que resguardaba la cadena y el crucifijo.

En ese instante, Lilith comprendió que Oscar tenía razón: nada sería como antes. Un día, quizás no muy lejano, iba a amanecer en una isla que sería de nuevo desconocida para ella. La última carta que recibió de Oscar, a inicios del verano, la sobrecogió. "Voy a regresar a La Habana. Quiero ser parte de la revolución", decía.

A Martín, que después de la boda pasaba más tiempo en las nubes que en la tierra, lo mantuvo alejado de las noticias de Oscar. No necesitaba saber que él y su antiguo mejor amigo habían terminado en bandos opuestos en la inminente batalla por el futuro de Cuba. Lo que sí se atrevió a decirle, sin preámbulos, era que estaba embarazada.

—El bebé debe nacer a principios del año que viene.

Se aferraron uno a otro y, con los ojos bien cerrados, intentaron imaginar el futuro.

18

Siete meses después
La Habana. Enero, 1959

Como predijo el doctor Silva, Nadine decidió nacer el día de año nuevo. El 31 de diciembre de 1958, Lilith se despertó con las sábanas húmedas, y se asustó al no sentir ningún dolor. Llamó al doctor, y este le indicó que tomara un baño de agua caliente, caminara, se mantuviera de pie y evitara ingerir alimentos sólidos. Le dijo que él llegaría al atardecer. Lilith no sabía cómo podría mantenerse calmada todo el día junto a Martín, que era un manojo de nervios, diciendo frases indescifrables y haciendo cálculos matemáticos, como si el nacimiento fuera a suceder en medio de las nubes. Hilde le pidió que las dejara solas, y se dedicó a subir y bajar las escaleras con Lilith, despacio, midiendo cada paso.

—Esto te va a ayudar —le dijo.

Lilith no se atrevió a preguntarle a Hilde si ella también era madre. De serlo, sus hijos estarían perdidos, y no quería recordarle ese dolor. En cualquier caso, Hilde se comportaba como una experta, como si hubiese parido no una, sino muchas veces.

El doctor llegó sobre las siete de la noche, revisó a Lilith y auguró que aún faltaban varias horas.

—Este niño no quiere nacer este año, por lo que veo —dijo y se fue a la cocina con Martín, que estaba cabizbajo, como si guardara un secreto.

—¿Cómo sigue El Hombre? —le preguntó el médico, pero no obtuvo respuesta.

A los pocos minutos, Martín se incorporó y se atrevió a preguntarle al médico:

—¿Qué vas a hacer con tu familia?

La pregunta se debía, pensó el doctor, a que Martín no sabía cuál sería el destino de la suya.

—Mira, Martín, de aquí hay que irse. Este fin de año no hay nada que celebrar. Tú, al menos, vas a ser padre. Mi mujer y yo ya lo decidimos; nos vamos al Norte.

Las agujas del reloj de la pared del cuarto se acercaban a la medianoche, Lilith soportaba sus últimas contracciones, pujando con las fuerzas que le quedaban, los ojos inyectados en sangre y mordiéndose los labios para no gritar. De pronto, sintieron que el techo de la casa se estremecía. Un avión sobrevoló tan bajo que Martín temió que se estrellara contra la barriada segundos antes de que naciera su hija.

Martín tuvo un presentimiento. Todos estaban concentrados en el parto, Lilith perdía mucha sangre. Hilde cambiaba las sábanas alrededor de ella para que el rojo, al nacer el bebé, no fuera intimidante. Desde la ventana del cuarto, Martín miraba al cielo.

—Una noche despejada —dijo en voz baja, y sintió unas profundas ganas de llorar.

Cuando escuchó el timbre del teléfono, salió del cuarto y subió al despacho. Contestó llamadas que lo dejaron musitando, debatiéndose entre sus propias dudas. Sospechó entonces que debieron haber tomado un avión mucho antes del fin de año, viajado al Norte, y tenido al bebé en un hospital en Daytona Beach. Incluso si hubiese nacido en el aire, en medio del vuelo, hubiese sido mejor que abrir los ojos en una isla sin futuro. De ese modo, su hijo hubiese pertenecido a las nubes, como él. Pero no podía traicionar al Hombre, a quien le debía su carrera. No podía irse y dejarlos, como un cobarde. El Hombre había ordenado alistar dos aviones en el campamento de Columbia, contando con que Martín piloteara uno de ellos. Pero Martín tuvo que negarse. Hubo una pausa, y El Hombre le envió bendiciones desde el otro lado del auricular. Martín lloraba. Sintió miedo de que ya fuese demasiado tarde. Se quedaría solo en la Isla, rodeado de salvajes. ¿Quién iba a restaurar el orden, si es que alguna vez había existido?

Su padre estaba junto a Batista en la Ciudad Militar. Estaba dispuesto a irse y dejar el caos tras de sí. Más tarde, su hijo se le uniría en Florida. Pero al hablar con su padre por teléfono, Martín no lo escuchó muy persuadido.

El llanto del bebé lo sacó de su estupor, y bajó corriendo a la habitación. Sabía que, al abrir la puerta, entraría a una dimensión diferente, a otra atmósfera, como cuando tras perder celaje e intentar ganar altitud, el avión por fin se estabiliza, y ya no hay viento que pueda derribarlo. Solo entonces podía respirar en paz. Esperó en la puerta, tembloroso, con la mano en el picaporte, preparando la sonrisa con que su hijo lo vería por primera vez. Dudó por un instante antes de entrar. No quería que el recién nacido percibiera temor en él. Ante la puerta que lo separaba de su hijo, había un hombre aterrado.

—Feliz año nuevo, papá —le dijo el doctor Silva con el maletín en la mano, listo para irse a casa.

El médico le dio dos palmadas en la espalda.

—No pierdan tiempo, váyanse —le dijo en voz baja.

La cama estaba tendida con sábanas limpias. La luz tenue de la lámpara de pie, en una esquina del cuarto, se reflejaba en el rostro de Lilith, que sonreía, ya peinada y con un toque de carmín en los labios. El bebé estaba envuelto en una manta tejida, de un amarillo suave.

—¿No le vas a dar un beso a Nadine? —le preguntó Lilith con voz redonda, pausada.

Como habían predicho Helena y ella, era una niña. Hilde parecía más agotada que Lilith. Estaba de pie junto a la cama, atenta a la reacción de Martín. Recogió en silencio las sábanas ensangrentadas tiradas en una esquina, y salió de la habitación.

Martín se sentó en la cama, y en ese instante se sintió feliz. Tenía a su lado todo lo que más amaba. Extasiado, le acarició la frente a la bebé, besó a Lilith y se acostó con ellas. Con la mirada en la oscuridad del techo, la habitación se le hizo enorme, y vio desde lo alto a su propia familia como en un retablo.

—Nosotros tres siempre vamos a estar juntos —repetía Martín con los ojos fijos en la pequeña—. Nada ni nadie nos podrá separar.

En el barrio no se escuchaba el tradicional barullo de fin de año. Reinaba, en cambio, una calma sobrecogedora. Martín comenzaba el nuevo año en un país que se hundía, en el que estaría condenado a vivir ahogado.

Lilith aferró a la bebé como si fuerzas mayores quisieran arrebatársela. La protegía no solo con sus brazos y su cuerpo, sino también con la mirada. Al amamantarla, sentía que nunca antes el dolor había sido tan placentero. Quién protegía a quién, se preguntó, y presintió que aquel minúsculo amasijo de carne enrojecida, sin pelos en la cabeza, con dos ojos como luces, había llegado para salvarla. Había tenido una hija. ¿No había sido para eso para lo que la había salvado Ally, su verdadera madre?

Sintió los párpados pesados. Tenía a Martín a su lado y, entre ellos, dormía la bebé. Lilith se dejó vencer por el sueño, sintiendo que caía en un abismo oscuro, libre de pesadillas. Más tarde, escuchó la voz de Martín. Estaba con Nadine en el sillón. Él, embelesado; Nadine, con la mano prendida a un dedo de su papá, como si no quisiera dejarlo ir.

—Un día volaremos juntos, tú y yo solos, porque a tu mamá le dan miedo las alturas. A ti no, porque desde pequeña te enseñaré las nubes. Desde allá arriba todo nos pertenece, todo es minúsculo. Y viajaremos a lugares remotos, lejos del ruido y del polvo. Tú y yo solos.

Al ver a Lilith despierta, Martín le sonrió.

—Es hermosa… —le dijo.

Lilith oró porque el tiempo se detuviera, porque las ventanas y las puertas se mantuvieran cerradas. No quería saber nada del exterior, ni del año que comenzaba. Tuvo la rara sensación, por un instante, de ser feliz.

Tras el nacimiento, vivieron unos días que parecieron semanas, velando el sueño de una bebé que se prendía al pecho de Lilith nada más acercarla, y había que esperar a que se durmiera para separarla. Martín contaba una y otra vez los dedos de la pequeña, revisaba y memorizaba cada parte de su cuerpo, sus arrugas, sus pliegues, sus diferentes tonos de rosado, sus sombras, sus movimientos.

En la casona del Vedado, donde permanecían las ventanas cerradas y las cortinas corridas, vivían en penumbras. Afuera, el sol era agresivo, y hasta en las noches el aire era denso y sofocante. Pero en la casa reinaba la calma; un refugio del caos exterior.

—Las revoluciones son como los tornados, solo traen destrucción —decía Hilde en alemán—. Lo único que dejan en pie es la basura. Lo único que sobrevive siempre es la mala hierba.

Martín y Lilith escuchaban a Hilde hablar como un lejano rumor. Querían disfrutar cada instante de Nadine. Afuera todo era un mar de confusión. Hilde les decía que las avenidas se habían llenado de cráteres por el paso de los tanques de guerra con que los rebeldes entraron en La Habana, que habían destruido los semáforos y los parquímetros, que habían ocupado los hoteles, que los vecinos abandonaban el país en alguno de los pocos vuelos que salían del aeropuerto y que otros se marchaban en sus yates, dejando atrás a sus mascotas. Pero lo más aterrador era que muchos criminales estaban rompiendo puertas y ventanas de las casas cuyos dueños habían dejado personal de servicio a cargo, y las estaban saqueando. De seguir así, ninguno encontraría nada al regresar, ya fuera en unos días o unas semanas, tan pronto como el orden se restableciera.

—Creo que debemos dar señales de vida, de que esta casa no está abandonada —dijo Hilde, a cuya memoria había vuelto el olor a pólvora y neumáticos quemados. Le provocaba escalofríos ver los cristales rotos de las ventanas de los vecinos.

Hilde abría la puerta principal para ir a la bodega de Ramón y escuchaba los vítores y cantos de quienes celebraban. Lilith se imaginaba la ciudad como una gran hoguera donde quemaban libros, con jóvenes que marchaban con banderas rojas y negras con el número 26 al centro, como la esvástica, gritando consignas sobre un mundo nuevo en el que el pueblo y solo el pueblo tendría el control. Una vez más, la turba marchaba al compás de los militares como música de fondo. Las marchas y los himnos le causaban angustia.

Dedicada a amamantar a su hija, Lilith pretendía ignorar las premoniciones de Hilde, aunque las escuchaba con pavor y sin decirle nada a Martín, que había encontrado refugio en la pequeña. Hasta la noche en que tocaron a la puerta. Fue un golpe seco.

Martín abrió la puerta. Un desconocido traía la silla de ruedas del señor Bernal. Martín miró la silla, después al hombre, y después el Buick negro estacionado frente a su casa, antes de volver a mirar la silla.

—Pensé que debía traérsela —dijo el hombre en voz baja.

Lilith, con la bebé en brazos, se acercó a la sala. El cuerpo de Martín no le permitía ver al hombre. La silla estaba desencajada. Tenía una rueda torcida, el freno desprendido y el cuero del espaldar colgaba a un lado. Lilith encendió la luz de la habitación, y se acercó a Martín, para protegerlo del terror.

"Llegó la hora". Lilith alzó la vista, y reconoció al mensajero. Lo había visto en la finca Kuquine, era uno de los guardaespaldas del presidente. No venía a llevarse a su marido. Tal vez El Hombre lo había enviado para salvarlos. Sonrió para transmitirle esperanzas a Martín, pero ya él había recibido el aviso. Su padre estaba en problemas. No se había ido en el avión con Batista.

—Se arrepintió a última hora. Nadie tuvo tiempo de convencerlo.

Martín y Lilith se mantenían en silencio. Nadine comenzó a moverse, intranquila, como si sintiera la tensión de sus padres.

—Yo tampoco pude irme —continuó el mensajero—. ¿Cómo iba a irme y dejar a mi familia? Somos muchos, y todos dependen de mí. Al señor Bernal le dio tiempo a pedirme que les avisara, pero temí que vinieran por mí. Esperé a que las cosas se calmaran un poco, y solo ahora me atreví a traerles la silla de ruedas. Esto se va a poner muy mal. Están fusilando.

El hombre les dio la espalda, y se fue sin despedirse. Martín no tuvo tiempo de preguntar nada, ni siquiera de darle las gracias.

A la mañana siguiente se llevaron a Martín.

Habían pasado la noche en vela. Dejaron la silla de ruedas en la sala, al pie de la ventana que daba a la calle, como recordatorio. Su padre estaba en problemas. Martín pasó horas sopesando salidas. Las que pudo haber tomado, las que ignoró, las que debía encontrar ahora. No se había despedido de su padre; no habían concebido un plan para enfrentar la posible caída del gobierno de Batista. Caer o huir nunca habían estado entre las posibilidades. Batista había sido no solo el hombre fuerte del país, sino también el amigo de su padre desde que tenía uso de razón. ¿Cómo alguien con todo el poder del mundo podía quedar desamparado de la noche a la mañana? Las fuerzas rebeldes avanzaban, pero el ejército tenía bajo control la mayor parte de la Isla. En un viaje a Daytona, Batista había mencionado que los americanos estaban apoyando a los rebeldes, que les estaban enviando dinero y armas como rescate para liberar a los ciudadanos norteamericanos que los rebeldes habían tomado prisioneros. Pero ¿huir?, esa posibilidad no la había contemplado ni en sueños.

Al retirarse el mensajero, Martín tuvo el presentimiento de que no vería más a su padre. Con su hija en brazos, recorrió la casa. Subió y bajó las escaleras, se detuvo en el despacho, fue a la cocina, haciendo tiempo hasta que fuera la hora de amamantarla. Entonces la colocó sobre el pecho de Lilith, y se acostó junto a ellas, con los ojos abiertos, tratando de encontrarle un sentido a las pérdidas. Con la bebé adormilada en brazos volvió a recorrer su fortaleza.

Hasta que volvieron a llamar a la puerta. Ese momento, Martín lo había presentido.

Hilde les abrió la puerta a cuatro barbudos vestidos de verde olivo, con el pelo largo y el brazalete rojo y negro del Movimiento 26 de julio en el brazo derecho. Comenzaron a hablar. Hilde les sonreía como si los entendiera. Lo único que pudo descifrar fue "Bernal". Su corazón se aceleró hasta dejarla sin aliento, pero mantuvo la sonrisa congelada, para esconder su miedo. Estaba entrenada.

Martín bajó, recién afeitado. Le dio unas palmadas en la espalda a Hilde, tratando de calmarla.

—Pensamos que habías huido como un cobarde, como tu jefe —dijo uno de los soldados, al parecer el que comandaba.

Martín advirtió tras de sí la presencia de Lilith y la bebé. Se volteó y las abrazó.

—Tienen que irse —le ordenó a su mujer—. Váyanse con Hilde a donde sea.

Lilith increpó con la mirada a los cuatro militares, esperando una explicación.

—El juicio va a ser en Santiago de Cuba, señora —le dijo el soldado—. Tendrán que pagar por todas las bombas que nos lanzaron en la Sierra.

Cuando se marcharon, llevándose a su marido, Lilith cerró la puerta. Nadine dormía en sus brazos. Hilde comenzó a llorar.

Lilith se concentró por unos segundos y se dirigió a Hilde:

—Necesito que a partir de ahora te ocupes de la bebé. En algún momento tendré que viajar a Santiago y no sé cuántos días estaré fuera.

Después de haber permanecido aislada del ruido revolucionario, Lilith volvió a estar atenta a las noticias de la televisión. Mostraban al pueblo cantando consignas, y al nuevo líder barbudo vistiendo el mismo traje verde olivo con el que había llegado a la capital desde la Sierra Maestra en una caravana de tanques de guerra. Se le veía siempre arengando a las masas, sembrando hostilidad contra quienes pensaran diferente.

De pronto, ella se había convertido una vez más en el "otro". Quienes no estaban con él en las plazas, quienes no pertenecían a la nueva, única clase, eran enemigos. En medio de gritos y de un discurso interminable, ante una muchedumbre sudorosa y servil, una paloma blanca se le había posado en el hombro al nuevo Hombre, el único, a quien muchos comenzaron a adorar con devoción religiosa. Las iglesias comenzaron a ser sospechosas. Los curas y las monjas fueron expulsados del país, acusados de ser adversarios de la patria. También fueron ocupadas las sinagogas. La religión había pasado a ser el opio de los pueblos, como comenzó a repetir el líder hasta el cansancio en sus discursos diarios. Solo un Dios imperaba en la Isla, un Dios que vestía traje verde olivo.

El día después que los rebeldes se llevaron a Martín, Lilith recibió la noticia de la muerte del señor Bernal. Tuvo que retrasar su viaje a Santiago de Cuba para preparar el funeral. Fue entonces que recibió la llamada de Oscar. Lilith sintió su voz distante. Le prometió que la acompañaría a Santiago de Cuba.

Oscar había llegado a La Habana el 2 de enero, junto a sus padres. A su padre lo habían nombrado diplomático en Estados Unidos, y se estaba preparando para viajar a Nueva York con Fidel, le dijo cuando la llamó por teléfono, a pocos días del nacimiento de Nadine. No mostró ningún interés en hablar con Martín.

—Confiaba en que ustedes se habrían ido con Batista a Santo Domingo —le dijo.

—No pudimos irnos, yo estaba de parto —balbuceó Lilith.

—¿Y el bebé?

—Aquí, conmigo. Se llama Nadine.

La conversación era lenta, como entre dos desconocidos. La distancia era real.

No supo nada más de Oscar hasta ese día de la segunda llamada.

—Ayer detuvieron a Martín, y su padre está muerto —dijo Lilith y guardó silencio. Oscar podía escuchar el llanto de la bebé—. Lo mataron.

Ahora, juntos en el cementerio, se detuvieron frente a la bóveda de los Bernal. Lilith, devastada, con Nadine en brazos, se recostó en el hombro de Oscar. El sol se reflejaba en el mármol y la cegaba. Sobre la lápida, Lilith colocó unas rosas amarillas marchitas, las únicas que pudieron comprar en la entrada. Con la llegada de los rebeldes a La Habana, hasta los vendedores ambulantes habían desaparecido. Y con ellos, las flores.

Los fusilamientos eran la orden del día. Se calculaban cientos de muertes en La Cabaña. El nuevo gobierno, instaurado a la fuerza con el apoyo popular, decidió televisar juicios sumarios, y hasta ejecuciones.

Al padre de Martín Bernal lo fusilaron tras un juicio sumario. Lo habían detenido la noche de fin de año, en la Ciudad Militar.

Pudo haberse ido en el avión en que partió Batista, confiado en que su hijo y el nieto que estaba por nacer huirían en otro avión. Pero, al pie de la escalerilla, el señor Bernal se arrepintió. Una vez que los aviones hubieron despegado, se preguntó quién lo llevaría de vuelta a su casa. Era el primero de enero de un año sin número para él.

—¿Dónde está tu hijo? —le preguntó un coronel que había estado en la cárcel de Isla de Pinos, cumpliendo una condena por colaborar con los soldados rebeldes.

El señor Bernal no contestó. El hombre pensaba que Martín, el piloto de confianza del Hombre, conducía uno de los aviones en los que el presidente y sus más cercanos aliados habían huido.

El anciano escuchó al coronel hacer llamadas, hablar con sus superiores. Supuso que habían abierto las cárceles y que los presos habían abandonado sus celdas, inundando las calles de convictos. El campamento de Columbia, en la Ciudad Militar, estaba ahora bajo control de los rebeldes *verdeolivos* y de algunos que aún vestían, sin honor, el uniforme del poder que terminaba.

—Así que tu hijo te abandonó —le dijo uno de los nuevos militares.

Levantaron al señor Bernal de la silla de ruedas, y lo lanzaron en la parte trasera de un jeep del ejército. No se quejó. Oprimió con fuerzas el crucifijo de oro que colgaba de su cuello, y rezó en voz baja.

—¿A quién le estás rezando? ¿Al Dios de los ricos? —ladró un rebelde con olor rancio a monte.

Trasladaron al señor Bernal a un fuerte en las afueras de La Habana. Allí lo colocaron en un calabozo sin ventanas, con una cama de piedra. Un recorrido eterno hacia el final, pensó.

Oscar se ocupó de recuperar el cadáver del señor Bernal y organizar el entierro. Él y Lilith, con Nadine en brazos, fueron los únicos dolientes. El ataúd estaba cerrado, Lilith no pudo ver a su suegro por última vez. Otro del que nunca llegó a despedirse, otro ser querido que moría solo.

Oscar la vio aturdida y la sacudió con suavidad.

—Puedo ayudarte a salir del país.

—No me voy a ir sin Martín. Él solo me tiene a mí.

—Veré lo que puedo hacer.

En el camino de regreso a casa, Oscar no se atrevió a mirar a Nadine, a quien Lilith amamantaba cada media hora para mantenerla calmada. Con solo un mes y medio de nacida, era una bebé fuerte, rolliza, calva y con ojos grandes, que bajo la luz irradiaban un azul intenso.

—Cada día se parece más a su abuela —le comentó Lilith—. Con ella he ido recuperando el rostro de mi madre. —Oscar sonrió—. Tal vez salga poeta, como ella.

Al regreso del cementerio, en casa la esperaba una carta de Martín.

Santiago de Cuba
15 de febrero de 1959
Mi querida Lilith:

No he recibido noticias de papá, pero no tengo esperanzas. Todos los que de una manera u otra estuvimos al lado de Batista, vamos a ser condenados. ¿A cuántos años? No lo sé. No quiero preocuparte, pero tampoco quiero que mi hija crezca rodeada de miedo, avergonzada de su padre, condenado como un traidor, en la cárcel. Yo lo único que quise fue volar. Ahora tengo que pagar por eso.

Antes de dormir, veo a nuestra Nadine crecer por minuto. Anoche la vi caminar, decir sus primeras palabras. Tal vez hoy, cuando me duerma, ya sea una adolescente. Pronto la veré en la universidad, casada, con hijos, feliz. ¿Ves? Es fácil ser feliz. Nosotros lo fuimos.

Desde que llegaste a esta isla, mi vida comenzó a tener sentido. Qué hubiera sido yo sin ti, mi Lilith. Ahora, ayúdame a que Nadine crezca y sea una niña feliz. Yo no puedo hacer ese sueño realidad. Tú, sí.

Prométeme que nuestra hija crecerá lejos del infierno que se avecina. Prométeme que pronto estará a salvo. Es de la única manera que podría resistir los años de condena.

Todo mi amor para ti. Me duermo cada noche abrazándolas,

Martín

La letra nerviosa. El papel arrugado y con manchas oscuras. De tanto leer la carta de Martín, Lilith la memorizó. Iba a escribirle de vuelta con la noticia de la muerte de su padre, pero creyó que sería mejor esperar la condena del juez. Tal vez tuvieran la suerte de un fiscal piadoso, que entendiera que ellos solo eran aviadores, que Martín no era un piloto de guerra, ni un militar.

El día que voló a Santiago de Cuba, no se despidió de su hija. La dejó en la cuna. Nadine se despertaría en los brazos de Hilde. Cuando el avión despegó, comenzó a sudar. Cerró los ojos y pudo ver cómo el mundo se venía abajo, una vez más. Ahora viajaba al atardecer; ella, que siempre había sido una viajera nocturna. "De noche todos tenemos el mismo color…", escuchó la voz de su madre.

19

Dos meses después
Santiago de Cuba. Marzo, 1959

Tras las persianas del balcón del Hotel Casa Granda, los gritos que venían de la calle desbordaban la habitación: "¡Esbirros!", "¡asesinos!", "¡fusílenlos a todos!". Un grupo de jóvenes se había reunido en el parque, frente a la catedral de Santiago, y aullaba consignas revolucionarias que Lilith solo podía entender a medias. Sintió que, de pronto, había olvidado el español. Bajó la cabeza, con los ojos cerrados, y la oscuridad le provocó náuseas. Sentía que flotaba en medio de una atmósfera densa y pesada. Al abrir los ojos, la acera se le hizo lejana, infinita, y tuvo la sensación de que se lanzaba al vacío. No había fondo, caería hacia la eternidad, confió.

Desde que se llevaron a Martín, los días se le hacían más cortos. Lilith sentía que las horas se iban amamantando a su hija y cuidando de ella. Llegó a su habitación, y de inmediato se cambió de ropa para dirigirse al tribunal. Al bajar al lobby, sus ademanes dejaron de ser los de la gente de la Isla. Uno de los empleados del hotel se dirigió a ella en inglés.

—¿Necesita ayuda, señorita?

—Voy hacia el tribunal —contestó Lilith, también en inglés.

De la noche a la mañana, había vuelto a ser una extranjera. El hombre comenzó a darle indicaciones, cuando divisó a un grupo de mujeres vestidas de negro. Eran las madres y las esposas de los aviadores, supuso. Lilith llevaba una gabardina ligera de color rosa pálido. Dejó al hombre explicándole cómo llegar al tribunal, y se acercó al grupo de mujeres. Juntas, atravesaron una muchedumbre que hacía ondear banderas rojinegras. Al ver a las mujeres, se hizo silencio en la plaza y los que protestaban les abrieron paso. Una ráfaga de viento dejó ver el vestido azul celeste que Lilith llevaba bajo la gabardina, que contrastaba con el negro de las demás mujeres.

Solemnes, subieron las escaleras del edificio gris que tenía el escudo de Cuba en la entrada. Lilith se dejó llevar por la congoja de las mujeres. Algunas lloraban como si supieran de antemano la condena que los pilotos recibirían. Una anciana se sujetó del brazo de Lilith, y la obligó a caminar más despacio.

—A mi edad, no estoy para este ajetreo —dijo la mujer, mirando hacia adelante—. Acabo de cumplir 75 años, y estos revolucionarios creen que a estas alturas me van a decir cómo pensar y cómo vivir. ¿Y tú, a quién tienes aquí? ¿A tu marido?

—Soy la señora Bernal.

—Ah, tu marido sí se las va a ver negras...

Lilith reaccionó molesta, y la anciana lo percibió.

—Todos, quise decir, no solo tu marido. El problema es que Martín Bernal, además, era amigo del Hombre. Tú no eres de aquí. ¿No eres americana? Lo mejor es que regreses a tu país.

—Sin Martín, no me voy a ninguna parte.

—Lo entiendo, es lo mismo que me pasa a mí. Mis tres hijas se fueron con sus maridos, y se llevaron a todos mis nietos. Yo tengo aquí a mi único hijo varón, esperando una sentencia, y en Colón están los restos de mi marido y de mis padres. Yo sí que no puedo irme. Si alguien se tiene que ir de aquí es él, y toda su camarilla.

Dijo "él" con desprecio y una mueca de asco. La anciana medía sus pasos, como si temiera caerse y rodar por las escaleras.

En el interior de la audiencia, un salón improvisado con las ventanas cerradas, los magistrados ya se encontraban sentados frente a una mesa rectangular, sobre la que había un único micrófono. Las primeras cinco filas de bancos de madera estaban reservadas a los acusados. Un oficial les indicó a las mujeres que se colocaran en el lateral opuesto al de la prensa. Detrás de los bancos de los acusados se sentaría "la voz del pueblo"; así le explicó el oficial con un acento que era nuevo para ella.

—¿Tú crees que nos los dejarán ver? Ay, Dios mío. ¿Por qué a este muchacho le dio por ser piloto? ¿Te imaginas si hubiese sido médico, como su padre? Ya estaríamos en Miami, lejos de estos salvajes.

Se sentaron, la anciana bajó la redecilla de su pequeño sombrero, se cubrió parcialmente el rostro, y le dijo:

—Hiciste bien en ponerte un poco de color. Tú no eres viuda. Así tu marido te puede reconocer desde lejos. Nosotras parecemos auras tiñosas con estos trajes negros, pero yo sí soy viuda, así que no tengo otra manera de vestirme. Puedes llamarme Carmen, a estas alturas ser señor o señora te puede llevar a la cárcel. Ahora nos hemos convertido de la noche a la mañana en compañeros.

La anciana hablaba y se persignaba.

—Mi nombre es Lilith —le contestó, para hacer sentir a la mujer más cómoda, aunque sus propias manos temblaban.

El salón se fue llenando poco a poco. Solo quedaban vacías las sillas delanteras. Entonces todo el público comenzó a ponerse de pie, intentando ver qué sucedía en la entrada.

—¡Ahí los traen! —gritó alguien.

En medio del rumor ensordecedor se escuchó otro grito.

—¡Asesinos!

A las cuatro de la tarde entraron a la audiencia los veinte pilotos, quince artilleros y ocho mecánicos. Se fueron sentando en medio de los aullidos del público, que pedía que los fusilaran. Lilith, sosegada, dejó de escuchar a Carmen, que no cesaba de quejarse. También cerró sus oídos a las arengas políticas y el llanto de las mujeres. Martín entró y se sentó en la primera fila, aún con la camisa a cuadros con que se lo habían llevado; Lilith se puso de pie y se abrió la gabardina. Martín reconoció el azul celeste.

Por fin, el fiscal dio comienzo a la causa 127 de 1959. Tras la retórica legal de la presentación, el secretario del tribunal leyó uno a uno los nombres de los acusados. Martín, de pie, miró al fiscal, y Lilith se sentó. Al escuchar las acusaciones de genocidio, en las que se repetía el nombre de Martín Bernal, Lilith sintió que las manos le temblaban sin control. No había nada que hacer. Estaban condenados desde antes del juicio, tal y como le había dicho Carmen, que había sacado unas largas agujas de ganchillo y tejía con estambre rojo que salía con lentitud de su bolso de charol negro.

Lilith tenía miedo. Le sonrió a Martín, y él regresó a ella. Bajó la mirada a los brazos de Lilith, como preguntándole por Nadine. Ambos cerraron los ojos. Por un instante, se sintieron solos, como si hubiesen huido. Ella se dejó llevar a ese lugar que solo a ellos le pertenecía.

—Date vuelta, mi amor —le escuchó decir a su esposo en un susurro.

—Martín —le respondió con una sonrisa.

No necesitó voltearse para saber que lo tenía a su lado, como antes. El ruido del motor y las hélices la estremeció. Nunca le había provocado tanto placer la posibilidad de estar en el interior de un avión. Se hallaban en medio de las nubes. ¿Cómo pudo Martín convencerla de que se montara en ese pequeño pájaro de metal?

—¿Ves? No era tan difícil. Aquí nada se mueve. Aquí estamos a salvo. Tú y yo podríamos vivir aquí… —Martín dejó la frase inconclusa mientras el avión descendía.

Lilith no podía escucharlo. El ruido ensordecedor los separaba una vez más. Las hélices se detuvieron, y el avión se acercó a las aguas plácidas del océano. A través de la ventanilla, la noche descendía y sintió que Martín la sostenía en un abrazo. Junto a él podría dejar que las aguas oscuras la arrastraran. No había luna ni estrellas. Unas nubes dispersas se movían lentamente. No había horizonte. Donde ellos estaban, el cielo y el mar se unían. La invadió una paz que había olvidado desde el nacimiento de Nadine.

Una vez más gritaron el nombre de Martín Bernal en la audiencia. Lilith no quería despertarse, quería seguir a su lado. Si abría los ojos, regresaría a aquel infierno.

El llanto de una testigo la hizo volver en sí. La joven mostraba quemaduras en los brazos, y repetía su historia como versos aprendidos. Lilith cerró los ojos en busca de Martín. Ignoró las declaraciones de los acusadores. Quería volver a soñar, pero no podía acallar la voz angustiada de la testigo.

Los pilotos de Batista habían sido acusados de bombardear a mansalva las montañas donde operaban los guerrilleros, diezmando a poblados enteros en la zona oriental de la isla. El fiscal exigía la confesión de los pilotos, pero nunca la obtuvo. A las dos de la madrugada dio por terminada la sesión. Primero salieron los acusados. Luego, los periodistas. Las mujeres de negro comenzaron a abandonar la audiencia, y el público las acosó.

De regreso en la habitación del hotel, Lilith se desnudó y se ovilló en la cama, como su madre alemana le había enseñado. Estuvo despierta toda la noche, o quizás se durmió con los ojos abiertos, aún consciente de cada minuto que pasaba. No lo supo. Al otro día se dio una ducha fría, y se vistió con el mismo vestido azul celeste y la gabardina rosa. Abajo la esperaba Oscar.

—Solo hoy fue que pude volar —le dijo, nervioso.

Llevaba varios folios en su maletín abierto. Fueron juntos hasta el tribunal. En el camino, él le explicaba, sin que ella lo escuchara, que había podido recopilar los registros de vuelo de Martín durante los últimos meses.

Al llegar a la audiencia, Oscar se unió al equipo de abogados defensores. Martín lo reconoció y miró a Lilith. Sería otro día largo. Lilith vio como Martín y Oscar se abrazaban. Ella estaba lejos, tan lejos que no podía sentir su presencia. Martín sonreía junto a su amigo, como cuando eran niños.

Los abogados defensores eran los únicos letrados que vestían traje, corbata y camisa blanca. El presidente del tribunal era un comandante, escudado en su uniforme *verdeolivo*. En un momento, el fiscal hizo una pausa y, para asombro de todos, comenzó a leer las encíclicas del Papa Pío XII que hacían referencia a la conciencia, la culpa y el castigo. Así, apoyándose en las encíclicas, exigió que los pilotos fueran condenados a muerte por fusilamiento.

Una de las mujeres de negro comenzó a llorar e inundó la sala con sus quejidos.

—¡Malditos todos! —gritó la mujer—. Malditos los fiscales y los abogados. Malditos los miembros del tribunal, y maldito Fidel Castro.

La familia de la mujer la sacó de la audiencia a rastras. Un hombre gritó "Cuba sí, yanquis no". A lo lejos, aún se escuchaban los sollozos desesperados.

—¡No me pueden matar a mi marido! Van a dejar a mis hijos huérfanos. ¡Cabrones!

El domingo recesaron las sesiones en el tribunal. El lunes, también. Otro juicio, en La Habana, contra uno de los "esbirros" de Batista, tenía al país en vilo. Oscar pasó esos dos días trabajando con los abogados defensores en una estrategia que, para Lilith, no los llevaría a ninguna parte.

Lilith se refugió en la catedral de Santiago, donde oraba a un Dios que no era suyo. Escuchó plegarias y misas dominicales que no entendía, y deambuló por la ciudad aplastada por un sol que esquivaba con su gabardina rosa. En ella ya estaba el aire helado.

Se perdió en las calles ruidosas de Santiago y, cansada, entró a un edificio de unas seis plantas. El portón de rejas estaba abierto y lo atravesó, indecisa. Llegó a un patio interior cubierto de banderas roji-negras con el número 26 en el centro. Alzó el rostro hacia el sol, cerró los ojos y respiró profundo. De pronto, regresó la calma. Había logrado huir de los ruidos, de la gente. Vio a militares que la esquivaban al pasar. Se sintió invisible. Permaneció así varios minutos, abrumada por las marchas. Sintió que las gotas de sudor la bañaban. Perdió la noción del tiempo. Ella, ahora, era la Isla. Al abrir los ojos, se dio cuenta de que estaba dentro de un cuartel ocupado por el nuevo ejército.

En la siguiente audiencia se respiró un aire de esperanza. Los abogados defensores habían logrado que un testigo del fiscal, un piloto que se había pasado al bando de los vencedores, declarara a favor de los acusados.

—Si hay algún culpable, serían los 29 pilotos que huyeron con Batista —dijo el testigo, cabizbajo—. Por algo huyeron. Esos son los culpables.

Por las mañanas, antes de dirigirse al tribunal, Lilith llamaba a La Habana. Hilde esperaba al lado del teléfono todos los días a las nueve. Antes de que sonara el primer timbre, Lilith escuchaba su voz relatarle la crónica de un sinfín de hechos y cifras. Cuántas tomas le había dado a la niña durante el día, cuántas veces le había cambiado los pañales, cuántos baños le había dado, de sol y de agua tibia con hojas de manzanillas para aliviar el calor, cuántas gotas de anís estrellado para aliviar los cólicos le había hecho tomar, cuántas veces había dormido. Nunca preguntaba por Martín ni por su regreso, y eso angustiaba a Lilith.

Cada noche, en el teléfono, Lilith le cantaba a Nadine canciones de cuna en alemán, que la ayudaban a ella también a conciliar el sueño. A veces le parecía que dormía cuando lograba sentir la piel suave de su hija sobre ella, y la presión en los pechos, todavía cargados de leche. El día que regresara, le iba a ser imposible seguir amamantándola, reconocerla. Estaría vacía, seca. Temía que Hilde huyera con la niña en un barco, de regreso a su hogar, y que se perdieran en medio del mar.

Durante la novena vista del juicio, el fiscal estuvo arengando por cinco horas. Cada día desfilaban más testigos de la fiscalía: un panadero, un campesino, una madre, una joven lisiada, un hombre que había perdido el brazo derecho, un minero, un comerciante, un soldado, un sargento, un sacerdote capuchino, un ingeniero civil, el compositor del himno del 26 de julio. Todos coincidían en que los aviones de Batista bombardeaban poblaciones civiles en las que no había rebeldes. Un veterano de la guerra de independencia pidió al presidente del tribunal la pena de muerte por fusilamiento. Se fueron acumulando imputaciones contra los acusados, una sola culpa para todos; el individuo borrado por la colectividad.

En un momento, Oscar se levantó del estrado y se dirigió al tribunal. En su voz había paz. Su discurso parecía una plegaria. Quién podía probar que esos pilotos habían sido los atacantes, y no los 29 que habían huido con Batista, dijo.

—Si hubieran cometido un delito, si se hubieran sentido culpables, todos los que están aquí tuvieron la posibilidad de huir. Ninguno lo hizo. No existen pruebas contra ellos. Ustedes deben declarar, a cada uno de los acusados, inocente.

Hubo aplausos y gritos en contra. Cuando en la sala predominó de nuevo la calma, alguien gritó: "¡Fusílenlos!".

—Es muy difícil perder a un esposo, al padre de tu hija —le dijo Carmen, entre lágrimas—. Te convertirás en una viuda, y tu hija, en huérfana… Pero yo perderé a mi hijo.

Aún así, Lilith evitaba llorar.

Hacía solo unos meses que Martín se había convertido en padre de Nadine, y apenas dos años antes, en su esposo. Pero siempre había sido su mejor amigo. Perder al amigo era todavía más doloroso que perder al esposo, quiso decirle Lilith a Carmen.

Era la última audiencia en pleno, y Lilith no quería descuidar ningún detalle. Quería prestar atención a cada gesto de los fiscales, listos para condenar. Pero Carmen la desconcentraba. Las frases contenían una retórica legal que le era difícil entender. Tal vez habría comprendido mejor si hablaran en alemán o en inglés. Eso le confirmó, una vez más, que en realidad estaba prestada en esa isla, que un día, ilusionada, había considerado suya.

Tras dos semanas de proceso judicial, el tribunal revolucionario dictó fallo absolutorio: los veinte pilotos, los quince artilleros y los ocho mecánicos fueron declarados inocentes.

A Lilith le tomó varios minutos entender el resultado del juicio, en medio de tanta verborrea legal. Oscar se le acercó, nervioso. Parecía dudar que el nuevo gobierno fuera a aceptar la sentencia. Había guardado sus papeles en el maletín de cuero, y puso una mano sobre el hombro de Lilith. Oscar necesitaba toda su atención.

—Salgo para La Habana en el primer avión —le dijo.

—¿Me entregarán a Martín ahora?

—No, se los llevan de nuevo.

Lilith pensó que se iba a desvanecer. Cada segundo que pasaba se quedaba sin fuerzas.

—¿A dónde?

—A una cárcel de alta seguridad.

—No puedo seguir en Santiago. Mi hija…

Mientras hablaba con Oscar, los acusados, absueltos, eran sacados a empujones de la audiencia.

—Espera mi llamada desde La Habana. —Oscar la interrumpió, y abandonó el salón con el grupo de abogados defensores.

Una ola de protesta inundó las calles de Santiago. A Lilith, una vez más del brazo de Carmen, le fue difícil atravesar el parque Céspedes rumbo al hotel. Iba al paso de la anciana, que no hacía otra cosa que maldecir. Al pasar frente a un grupo de jóvenes que pedía la pena de muerte para los pilotos, Carmen lanzó un escupitajo al suelo.

Un chico sin camisa, que enarbolaba la bandera rojinegra, se interpuso entre Lilith y Carmen.

—Burguesa hi-ja-de-pu-ta —le dijo a la anciana casi al oído, marcando cada sílaba. Carmen comenzó a temblar.

Al día siguiente, Lilith salió por la tarde de su habitación. Por primera vez desde que había llegado a Santiago, se había cambiado el vestido azul celeste, y lo había guardado en la maleta. No lo iba a necesitar más. Era mejor que no la vieran. Ahora era el momento del negro. Había comenzado su luto.

Los días de espera se hicieron cada vez más largos. Los periódicos arengaban al pueblo a rechazar la liberación de los aviadores. Fidel Castro llamó a los pilotos "criminales serviles a Batista" en la televisión nacional, y calificó de traidores a los miembros del tribunal. El comandante rebelde que había presidido el juicio había pasado de ser considerado un héroe a convertirse en un paria. Voló a La Habana, y en el campamento de Columbia se suicidó con un tiro. Las mujeres de negro aseguraban que lo habían matado.

—Se irán devorando unos a otros, como bestias —dijo una de ellas.

Solo tres días después de haber sido absueltos, se recibió la repentina noticia de que el juicio se reanudaría en la noche de ese jueves. La prensa mostraba titulares escalofriantes. Lilith escuchó los gritos de las madres en los cuartos aledaños. El dolor recorría las paredes del hotel Casa Granda, atravesaba los pasillos de losa fría, cruzaba los ventanales, perforaba los vitrales multicolores y llegaba hasta el parque Céspedes. Allí continuaban los cantos de la turba: "Los pilotos de la tiranía batistiana no van a ser liberados". El pueblo tenía el poder, no el tribunal. El tribunal era el pueblo. El pueblo era Fidel.

Los pilotos se negaron a participar en el nuevo simulacro de justicia. Lilith prefirió quedarse en el parque. Tal vez iría a la catedral y se arrodillaría una vez más a pedir por él, por su hija, por ella, por todos. Sin su marido en el juicio, con el vestido azul celeste en la maleta, nadie necesitaba de su presencia. Era un juicio sin defensa. ¿Qué más tendría que escuchar? No necesitaba asistir a un juicio sumario donde, en contra de las leyes, juez y fiscal eran el mismo. Todos serían imputados por genocidio. Los declararían criminales de guerra, y el castigo sería la pena de muerte por fusilamiento, o cadena perpetua y trabajos forzados en una isla pequeña al sur de la gran Isla. Allí irían a una cárcel de edificios circulares, en cada uno de los cuales reinaría una jerarquía del mal, como en los círculos del infierno, alejados de la luz y la razón. A ella y a Martín deberían condenarlos juntos. Así los dos caerían en el último círculo, el de la noche, le imploró con los ojos cerrados a la virgen. Pero la virgen estaba sorda tras los muros impenetrables donde iban a recogerse las familias de los pecadores para pedir en vano por su salvación.

En el pleno del tribunal, al escuchar la condena, varias mujeres de negro se desmayaron. Lilith alzó los ojos a la virgen milagrosa con furia desatada. Su cuerpo temblaba, las manos le sudaban. La catedral era el vestíbulo del infierno; el tribunal, el acantilado. Había conocido el infierno de niña, y su madre la había salvado en un viaje nocturno. Había vencido los círculos hasta descender al noveno y último. Y en ese instante se sintió culpable por haber aproximado el infierno a Martín.

Quiso soñar despierta, y dirigió una última súplica a cada uno de los santos y vírgenes inertes de la catedral. Nadie más podía controlar sus sueños y oró por Martín y por ella, por volver a ser los niños que se conocieron entre los muros de la escuela Saint George. Juntos habían recorrido las calles del Vedado, que se había convertido en la tierra del Nunca-Jamás, porque "el país del Nunca-Jamás es siempre una isla". "Todos los niños crecen, excepto uno. ¡Por qué no podrás quedarte así para siempre!", escuchó la voz de su Opa, y comenzó a llorar como se llora a los muertos.

Al anochecer, Lilith regresó en tren a La Habana, protegida por su gabardina rosa, convencida de su condena, lista para descender a la cuarta y última ronda del noveno círculo del infierno. Sentía que había perdido el poder sobre sí misma. Llegaría al día siguiente, pasada la medianoche. Ya Oscar habría aterrizado en La Habana. Martín estaría camino a la fortaleza de El Príncipe, hacinado en la parte de atrás de un camión junto al resto de los condenados. De ahí lo trasladarían en un ferry a la isla pequeña de los edificios circulares, donde se entraba al olvido.

20

Tres años después
La Habana. Marzo, 1962

En una isla donde el único verde permitido era el de los uniformes, hasta el viejo flamboyán del patio interior del convento se había secado. Esa tarde, el silencio era particularmente profundo. Antes, al menos, se podía escuchar algún que otro rezo, o el rumor de las ramas. En el interior del convento quedaban rezagos del invierno. Sobre la ciudad, el calor persistía, salado y viscoso. Lilith vencía el bochorno protegiéndose con su gabardina. Nadine sudaba y se le enrojecían las mejillas.

Al sentir un portazo, Nadine se asustó y corrió hacia donde estaba su madre, detenida en la sombra de uno de los pasillos laterales. La niña miró alrededor, comprobó que estaban solas, y continuó saltando y dando volteretas en el patio, que parecía abandonado, como si hasta las monjas de clausura hubiesen huido.

—Todos se van —repetía Hilde.

Cada vez se conseguían menos visas. Habían suspendido los vuelos y, según Hilde, la única vía de escape de la isla era a través de la Iglesia católica, pero sobre la institución religiosa pendía el nuevo gobierno como una espada de Damocles. Hilde había llegado a la conclusión de que su propio destino estaba en otra parte, y todos los días le recordaba a Lilith que se le hacía tarde.

"Tienes que salvar a nuestra hija", Lilith escuchaba la voz de Martín, como si ella no lo supiera.

Si al menos pudiera contar con Oscar, se decía Lilith, deseando que su amigo, no el abogado que defendió a Martín en Santiago, sino el joven que jugaba con ella y con Martín a ser adultos en la casa de Varadero, regresara y le tendiera la mano. Pero Oscar había logrado lo que Martín no pudo hacer: perderse en las nubes.

El pequeño avión que despegó del aeropuerto de Santiago de Cuba con destino a La Habana llevando a bordo a tres abogados defensores de los pilotos de Batista nunca llegó a su destino. Se dijo que había sido derribado por los rebeldes que ocupaban el poder cuando cruzaba la Isla con rumbo norte. Ante el temor de ser también condenados, los abogados habían abandonado la causa 127 de 1959 y dejado en el limbo a los aviadores, declaró la madre de uno de los acusados en un programa de televisión nacional. Otros se alegraron de la desaparición de los abogados, a quienes llamaron traidores y contrarrevolucionarios. Los más cautos la atribuyeron a un accidente. Había mal tiempo, comentó un locutor con voz temerosa.

A los pocos meses, otra avioneta, que esa vez llevaba a Camilo Cienfuegos, uno de los líderes *verdeolivos* a quien el pueblo adoraba, también se perdió en altamar. Hilde decía, en voz baja, por miedo incluso a que las paredes pudieran oírla, que en la bodega de Ramón todos rumoreaban que Él, el nuevo Hombre, lo había mandado a asesinar movido por los celos. De ninguno de los dos aviones se recuperaron restos. Ambos desaparecieron sin dejar huella alguna. A los pasajeros de uno se les llamó traidores, al del otro, héroes. El gobierno impuso que cada mes de octubre, los niños de la Isla lanzaran flores blancas al mar, en un acto de expiación. Quizás pensaría que las flores mitigarían, con el tiempo, la culpa.

Lilith tenía a su hija en brazos cuando recibió la noticia de que Martín había sido fusilado. Habían pasado seis meses de su traslado de La Habana a Pinar del Río, y de ahí a Isla de Pinos, donde lo encerraron en el infierno: los cinco bloques de cemento circulares del Presidio Modelo. Hilde adivinó la noticia en los ojos de Lilith; no fue necesario que se lo dijera en alemán. Desde ese momento, Hilde comenzó a preparar las maletas, y a buscar un barco que la salvara del martirio.

A Martín lo sacaron de su celda solitaria, desnudo y descalzo, y lo llevaron al paredón: una pared carcomida, a prueba de balas, llena de manchas oscuras y húmedas. Antes de que le cubrieran los ojos con una banda mugrienta, aún húmeda por las lágrimas del fusilado anterior, Martín se detuvo frente a los verdugos y observó, uno a uno, los rostros de quienes le quitarían la vida. Percibió la hierba fría. El sol se fue alejando. Una nube se interpuso. "Si lloviera", deseó. Quiso dedicarle una sonrisa a Lilith, a Nadine, a su padre. Olvidó los fusiles que tenía delante, y a los soldados, nerviosos, cuyo oficio era dar muerte, y que apuntaban sin entender bien por qué cada uno de los condenados que les colocaban enfrente merecían una bala en el pecho. La orden era que todo el que había estado cerca del Hombre, que lo hubiese ayudado a escapar con maletas desbordadas de dinero del pueblo, con lingotes de oro de las arcas del país, debía pagar con su vida. No hacía falta un juicio o un tribunal para sentenciarlos. El pueblo tenía la última palabra. El pueblo, ahora, era el verdugo.

Comenzó a llover, y Martín alzó el rostro. Con los ojos cerrados logró subir hasta las nubes, una vez más, y allí se vio aislado y protegido por el ruido de los motores de su avión. Nunca se había sentido más seguro. La tormenta, cada vez que lograba altitud, se intensificaba. El reto era mantenerse estable, hacia el infinito. Un paso, otro, uno más y estaría lejos de la atmósfera, donde ni el viento se agita. Escuchó los disparos. Solo necesitaban una bala para hacerlo descender. Lo dominó un profundo ardor en el pecho, y sus piernas se tambalearon. No pudo sostenerse. Alzó los brazos, llenó sus pulmones de aire frío y se dejó caer.

Con la muerte de Martín, Lilith comenzó a vaciar la casa. Cuba nunca había sido un presente, sino una isla de tránsito, una muerte más.

Una mañana, Hilde tocó a la puerta de su habitación. Llevaba en las manos la bolsa con lo poco que había podido comprar en la bodega de Ramón.

—Es hora, Lilith. Las dos sabemos que solo hay una vía.

El alemán de Hilde sonaba ahora imperativo: el nuevo gobierno iba a adoctrinar a los niños, los *verdeolivos* iban a eliminar la patria potestad, todos los niños que nacieran en la Isla pertenecían al gobierno del pueblo.

—Y al niño que no cumpla, lo convertirán en carne rusa que envasarán en latas —dijo Hilde, y sacó de la bolsa una lata etiquetada en ruso, con el dibujo de la cabeza de una vaca negra.

Lilith no entendía. Pensaba que el pobre español de Hilde distorsionaba las palabras que había escuchado en la bodega de Ramón.

Según Hilde, ya habían cerrado las vías de salida del país. La única esperanza era a través de la Iglesia católica. Los curas y las monjas, los pocos que quedaban, podían facilitar documentos a familias desesperadas y a quienes corrían riesgo de persecución.

—A ti te fusilaron a tu marido; ellos te podrían ayudar —decía.

Lilith aún no entendía lo que le proponía. Dejó a la niña en la cama, y abrió la ventana de la habitación. Estaba nublado. Las sombras le daban paz. Sintió, de pronto, que había estado antes allí, con el vientre contraído, angustiada, enferma, en medio de la desolación. La habitación se convirtió en el camarote de un trasatlántico a la deriva, y Lilith tuvo la sensación de no haber abandonado nunca el *Saint Louis*, de que ella no había sido uno de los 28 pasajeros a quienes les fue permitido desembarcar en La Habana. ¿Qué diferencia había entre quienes fueron devueltos y aquellos a quienes la isla aceptó? Desde que salieron de Hamburgo, los 937 pasajeros nunca más tuvieron futuro.

—Tu amiga, la monja, es la única que puede ayudarnos. —Hilde intentaba convencer a Lilith subiendo el tono de voz—. Tienes que demostrarle a Sor Irene que Nadine es católica, como su padre, como sus abuelos… Como tú.

Hilde comenzó a hablar del centenar de niños que huían de La Habana en aviones holandeses, sin sus padres, y que eran recibidos por curas en Miami, con la esperanza de que una familia caritativa los acogiera. Una vez más, Lilith se vio en Ally, su madre. Había llegado el momento de hacer lo mismo que ella había hecho: elegir lo imposible. Su destino estaba trazado.

—Nos queda poco tiempo. Estas bestias solo están permitiendo que los niños se vayan porque así hacen lucir a las madres como desalmadas, pero un día de estos cierran esa vía y terminan de expulsar a todos los curas y monjas del país. La historia se repite. ¿Acaso no eres capaz de verlo, Lilith?

Lilith asintió. Aceptaría la propuesta de Hilde. Su hija era una pieza más del juego, en manos de los *verdeolivos*. Martín había caído, ahora le tocaba a ella.

La noche que Hilde se despidió y salió con la misma maleta desvencijada con que había llegado a sus vidas, Lilith y Nadine se quedaron mirándola desde el umbral, con la lejana esperanza de que se arrepintiera y se quedara con ellas en la cada día más endeble casona del Vedado.

Cuando Lilith la abrazó, Hilde le insistió al oído que, de una vez y por todas, sacara a su hija del país.

—Mírame ahora, sola, sin familia, tratando de olvidar, y no puedo. No me atreví a abandonar a mis hijas, a enviarlas lejos, solas. Y pude hacerlo, como muchos en mi barrio y en mi familia hicieron. Creía que, si íbamos a sufrir, era mejor que sufriéramos juntas. ¿Qué logré con eso? Perderlas para siempre. Hoy, quién sabe si estarían conmigo aquí o en cualquier lugar. Pero no. Juntas atravesamos países en el vagón de un tren, y cuando llegamos, cuando nos hicieron bajar, nos separaron y terminaron matándolas. ¿Quieres eso para Nadine?

La primera carta de Hilde llegó unos tres meses después de su partida. Hilde pasaba el día preparando guisos cargados de manteca, contaba en su carta, de varias páginas, que terminaba con el dibujo de un barco pequeño bajo el sol y unas nubes pasajeras. Decía que había atravesado el Canal de Panamá, donde había puesto la carta en el correo, y que pronto conocería el océano Pacífico. ¿Quién se lo iba a decir a ella, una mujer que había nacido lejos del mar?, concluía. Lilith comenzó a responder la carta de Hilde y pasó toda la noche en vela. Ya se había reunido con la monja.

El crucifijo de oro con su nombre grabado, que aún conservaba, fue la única prueba que necesitó para convencer a Sor Irene de que la niña era católica. El problema ahora era conseguir a una familia que se hiciera cargo de ella. La mayoría de los niños que salían eran ya adolescentes, o al menos iban a la escuela. Sabían hablar con fluidez y defenderse. Nadine caminaba y pronunciaba palabras como dardos, pero sería la niña más pequeña que la Iglesia católica sacaría de Cuba bajo ese programa.

Un día, Sor Irene la llamó y le dijo que fuese de prisa al convento: había encontrado a una familia en Queens, Nueva York, gracias a la Arquidiócesis de Brooklyn. Irma Taylor, una alemana ama de casa, y su esposo Jordan, un electricista neoyorquino, estaban dispuestos a hacerse cargo de la niña. Ambos eran católicos, llevaban varios años casados y no habían podido tener hijos. Como Nadine era hija y nieta de alemanes católicos, los Taylor habían decidido costear el viaje de la pequeña desde Miami a Nueva York.

Lilith le contaba a Hilde que había comenzado a hablarle en alemán a Nadine y a cantarle canciones de cuna. Le leía cada noche, antes de dormir, el poema que su madre le había escrito cuando cumplió siete años. Desde que Hilde partió, Lilith había encontrado consuelo en esos versos. Después de muchos años sin abrir el cofre donde guardaba el poema y la cadena con el crucifijo, ahora repetía de memoria cada estrofa en alemán y escuchaba en ellas la voz de Ally.

—De noche todos tenemos el mismo color —se decía en voz alta mientras escribía.

La niña había comenzado a jugar con las palabras, y unía el alemán con el español, creando un dialecto que a Lilith le fascinaba. El día que terminó la carta para Hilde, la dobló y la guardó en una gaveta del aparador de la cocina, junto a las servilletas de hilo, hasta conseguir una dirección adonde enviarla.

La casona del Vedado, primero sin los Herzog y sin Helena, luego sin Martín y ahora sin Hilde, le fue quedando inmensa a Lilith. Sentía que ella y Nadine eran hormigas que merodeaban de arriba a abajo, sin poder acomodarse en una esquina. Comenzó a hacer viajes diarios a la bodega de Ramón, que siguió llamándose así, aunque el gallego que la había levantado con los ahorros con que llegó a Cuba a principios de siglo, había decidido irse a Miami con toda su familia. Ahora un desconocido distribuía el pan, el arroz, los frijoles y la carne, que llegaba solo una vez a la semana. Los huevos desaparecieron, y Lilith fue consumiendo, poco a poco, todo lo que Hilde había logrado acumular en la alacena. No necesitaba más, se decía en voz alta, porque sabía que pronto su hija se iría y tendría un nuevo destino.

Por las tardes, cuando la luz del sol se atenuaba, Nadine salía al patio y Lilith la seguía. Desde allí podía escuchar el rumor de la familia que había ocupado la casa donde había nacido y crecido Martín, pero no se atrevía a mirar a través de la cerca. El portón de madera que dividía los patios estaba de nuevo cerrado con una cadena y un candado. Las plantas de croto habían crecido y formado una barrera impenetrable.

En toda la cuadra, los vecinos le eran desconocidos. Los que encontraba en la bodega tenían otro acento, otros gestos y hasta otra manera de vestir. Lilith sentía haber regresado a la edad de las cavernas. Ahora se llamaban entre ellos "compañeros". Ser "señor" o "señora" era un rezago burgués que debía ser borrado del léxico popular, escuchó decir. Todos parecían haberse bautizado en un río milagroso, al que entraban señores y salían compañeros por obra y gracia de la revolución, le dijo un viejo que se apoyaba en un bastón de empuñadura de plata. Siempre había llevado barba, dijo, pero ahora había tomado la decisión de afeitarse. La barba había pasado a ser una señal del oprobio, concluyó con voz quebrada y gesto pomposo.

Con el tiempo, Lilith redujo su hogar a la cocina, el único espacio habitable de la casa. Ella y Nadine dejaron de dormir en el cuarto que compartía con Martín y terminaron en la pequeña habitación que una vez fuera de Helena. Fue en esa época que comenzó a cubrir los espejos con paños de seda, y los muebles de la sala con sábanas blancas. Como no había quién deshollinara, las esquinas de los techos y las lámparas de lágrimas comenzaron a revestirse de telarañas.

Todas las tardes, tras la puesta de sol, visitaban a Sor Irene en el convento. Allí, Lilith descubría en las paredes, que una vez fueron murallas, alguna nueva grieta, que con el paso del tiempo se hacía más profunda. Con la muerte de Martín y la partida de Hilde, Lilith sintió que su vida se asemejaba cada vez más a la de las monjas de clausura. A menudo, sus pensamientos la llevaban hasta Ofelia. El patio interior del convento pasó a ser el parque de Nadine, que recolectaba piedras pulidas y les quitaba el polvo con los vuelos del vestido. En cada visita, Sor Irene lucía más demacrada, como si las horas la fuesen desintegrando sin piedad. Con el rostro huesudo y flácido y el cuerpo enjuto, Sor Irene terminó llevando los hábitos como una carga.

—Todos se fueron, pero yo sigo aquí —le dijo un día—. Ahora, aunque quiera irme, es imposible. Ya no hay vuelos que nos saquen. Nadie nos quiere, y poco a poco se irán olvidando de nosotras.

Ambas permanecían, una junto a otra, con los ojos puestos en el cielo, esperando una señal, un rabo de nube, una tormenta.

El día antes de la partida de Nadine, la monja le pidió a Lilith que asistiera a la misa nocturna. La nave de la iglesia estaba casi vacía. Una anciana imploraba de rodillas a una virgen con el rostro cubierto de lágrimas y la mirada baja, como si evitara que sus oraciones fuesen escuchadas. Un hombre a quien le faltaba una pierna se dirigía apoyado en muletas hacia un costado del altar mayor, donde se alzaba la capilla de un santo viejo de túnica morada y rodeado de perros. Al comenzar el rito, Sor Irene se acercó a Lilith, que tenía a Nadine en brazos, dormida.

—Ven, vamos hacia adelante. Nos va a hacer bien. ¿Me permites que la cargue?

Lilith le entregó a la niña, como si ya hubiese dejado de pertenecerle.

Cuando se acercaron al altar, a la monja le faltaba el aliento.

—Nadine se va mañana —le dijo Sor Irene al sacerdote.

—¿Tan pequeña? —preguntó el hombre; parecía confundido.

—Tiene tres años —respondió Lilith alarmada, como si la respuesta pudiera invalidar a su hija.

El padre les dibujó en la frente a las tres una cruz de ceniza.

—A veces nos hace bien llorar —dijo la monja, y le devolvió la niña, pero en los ojos de Lilith no había lágrimas.

Al amanecer del día siguiente, vistió a Nadine con un traje blanco, le colocó la cadena con el crucifijo, y en su maleta guardó dos sobres sin destinatario ni remitente. En uno de ellos, en una página membretada con las iniciales de Martín Bernal, escribió con minuciosidad y la caligrafía más cuidada que pudo, para que nadie perturbara el rumbo de cada palabra, los nombres de su madre, la poeta Ally Keller; de su Opa, Bruno Bormann, profesor emérito de la universidad, y de su ángel, Franz Bouhler, que tal vez había sobrevivido la guerra. También incluyó la fecha de nacimiento de Nadine y la dirección donde ella había vivido en Berlín.

—"Solo un ángel verdadero podría salir airoso del infierno" —dijo en voz alta.

Abrazó a la pequeña y comenzó a hablarle con suavidad.

—Tu abuela era una gran escritora. Hizo todo lo posible por salvarme. A veces, uno tiene que abandonar lo que más quiere. ¿Te imaginas? Mi madre fue una mujer muy valiente, si estoy viva es gracias a ella, mi querida Nadine. Y si hubieses conocido a Herr Professor. ¡Qué hombre tan sabio! Él me enseñó todo lo que sé. A Franz… a Franz lo llamábamos nuestro ángel. Gracias a él pude salir de Berlín. Esa era mi verdadera familia, Nadine, tu familia.

Doblado en cuatro, guardó en el otro sobre el poema escrito por su madre sobre una hoja amarillenta, que la había acompañado a Cuba. Ahora le tocaba a su hija viajar con él.

Llevó a la niña al convento, y al llegar al patio central, al pie del flamboyán seco, la levantó y se la llevó al pecho.

—Un día comprenderás por qué te vas de viaje —le dijo Lilith, en alemán—. Un día nos volveremos a ver.

Lilith temblaba. La niña sonrió. Le hizo saber a su madre con un gesto que quería que la bajara, y comenzó a correr hacia Sor Irene al verla llegar por el pasillo que accedía a la capilla del claustro. La monja abrazó a la pequeña y, cuando levantó la mirada, Lilith había desaparecido.

De vuelta en la casona del Vedado, Lilith cerró los ojos y respiró hondo. Había terminado haciendo lo que más la espantaba, ¿qué le quedaba por temer? En la cama donde había pasado la última noche con su hija, se quedó dormida. Entonces comenzó su larga pesadilla. Ante ella vio decenas de miles de niños huyendo, desesperados, en aviones, en barcos; familias enteras lanzándose en rústicas balsas para huir del infierno. Ella ya estaba condenada, lo sabía, no había nada más que hacer. Vio el rostro de su madre, que la había enviado con desconocidos para salvarla, y le pidió a su espíritu, ella, que no creía en dioses ni vírgenes ni santos ni rezos, que le diera fuerzas para no despertar. Había abandonado a su hija para salvarla. Uno abandona lo que quiere. Uno olvida como única vía de salvación. Ahora, su hija sería la viajera nocturna, como ella lo había sido una vez.

Al amanecer, rodeada de su sombra, Lilith entró a la que una vez fue su habitación y la de Martín, se dirigió a la cabecera de la cama y se dejó vencer. Apretó los párpados y se vio dentro de sí, extraviada, aún más a oscuras. Ahora, las paredes eran su piel. A eso se había reducido la habitación, a un laberinto de arterias y venas. Abrió la gaveta de la mesita de noche, sacó el revólver de Martín, que una vez había sido un escudo, cuando aún eran una familia. Tenía las manos heladas. Tomó por la empuñadura el pequeño revólver, y sintió el olor metálico, a grasa, a pólvora vencida. Siguiendo las instrucciones de Martín, colocó con meticulosidad las balas frías en el cartucho.

—Adiós, Lilith.

Se despidió de sí misma con la calma de los que ya han muerto. Cargado y sin seguro, escondió el revólver debajo de la almohada.

Una vez más, estaba lista para viajar de noche.

ACTO TERCERO

21

Trece años después
Nueva York. Mayo, 1975

De pequeña, Nadine jugaba a ser madre, y les daba a sus muñecas la ternura que nunca había recibido. En el hogar de Irma y Jordan Taylor había disciplina, respeto y orden, y nada le faltaba. Sus padres la habían inscrito en la mejor escuela del barrio, por Navidad le regalaban las muñecas que pedía, y hasta unos patines y una bicicleta; le permitían ver su programa favorito de televisión y la llevaban al cine los domingos, pero siempre se sintió como una huésped, en tránsito, beneficiaria de un acto de caridad. Si lloraba en la noche porque había tenido pesadillas, Irma se despertaba, encendía la luz y trataba de calmarla. Si tenía fiebre, corría a buscar el termómetro y le colocaba compresas frías en la frente y las axilas. No tenía de qué quejarse. Había tenido una infancia feliz. Nunca la habían maltratado, era buena estudiante, cumplía con los deberes de la escuela, y en la casa su única responsabilidad era mantener el cuarto organizado y botar la basura. Irma nunca se ocupó de enseñarla a cocinar, a bordar o a tejer, porque tenía la convicción de que sería doctora antes que esposa o madre. Tal vez quería para Nadine lo que ella nunca tuvo, víctima de la guerra como también había sido. De no haber sido por los nazis, Irma habría entrado a trabajar a un hospital, ayudando a quienes lo necesitaban.

—Tu madre tiene muy buen corazón —le había dicho Jordan una vez que Irma le había dado una orden, en alemán y con brusquedad—. Ella solo espera lo mejor de ti.

Nadine sentía por ambos un cariño especial, pero desde niña temía que, si cometía un error, la enviarían de vuelta al convento en La Habana.

Nadine no quería saber nada del pasado. Con frecuencia se despertaba abrumada por pesadillas recurrentes en las que se quedaba varada en medio de las nubes o del mar. Desde que era pequeña, por Irma había escuchado a retazos la historia de su abuela alemana, poeta y rebelde en un país donde ser diferente te podía costar la vida; de la familia judía que había rescatado a su madre y se la había llevado de Berlín a La Habana; de su abrupta salida de Cuba, de la madre que la había abandonado para salvarla. Nadine había tomado la decisión irreversible de no hurgar en la memoria. Si no recordaba su pasado, era porque no había existido.

Era huérfana, eso sí lo sabía, su única familia era sus padres adoptivos. Había nacido en Cuba por accidente. Sus padres estaban muertos, y la única persona conocida que aún podría estar viva era la monja que la había rescatado. Si buscaba un poco más atrás, en el pasado de su madre biológica, este se perdía en una guerra injusta e inexplicable. El nazismo había acabado con su familia, y luego el comunismo, en Cuba, la había despojado de lo único que consideraba suyo. Los Taylor eran las únicas personas con las que podía contar.

Un día, cuando sus padres se encontraban en Manhattan, Lilith encontró en una vieja caja de zapatos en el clóset de su madre, varias cartas en orden cronológico, atadas con una cinta negra, conservadas dentro de sobres amarillentos. Nadine hubiese querido leerlas, a pesar de no ser ella el remitente ni el destinatario, presentía que aquellas cartas le pertenecían, pero pasaría mucho tiempo antes de que se atreviera a abrirlas.

Esa noche, en la cocina, mientras Irma preparaba la cena, Nadine le preguntó qué le había pasado a su madre. Irma evadió responderle. Jordan las observaba desde lejos, nervioso.

—A mí me gustaría ir un día al lugar dónde nací… —dijo Nadine, sin rendirse.

—No hay ningún lugar a dónde ir —la interrumpió Irma—. A Cuba no se puede viajar, andan todavía en medio de una revolución. Tienes que dejar todo eso atrás, Nadine. Tu madre está muerta. Ahora eres una niña americana.

Nadine percibió a sus padres nerviosos, y pensó que la causa era su mención de un posible viaje a Cuba para conocer al fin la historia de sus verdaderos padres. Lo que había asustado a los Taylor había sido la visita de improviso, justo antes de la cena, de un periodista dedicado a investigar crímenes de guerra, que los dejó conmocionados.

—¿Es usted Irma Braun? —preguntó el hombre, que sostenía un pesado maletín de piel.

Sin que lo invitaran a pasar, se abrió camino y se sentó en la sala. Irma y Jordan se miraron y se quedaron de pie, frente al hombre.

Nadine comenzó a temblar, sin entender las razones de un miedo que se tornó permanente. Su madre suspiró con resignación y se sentó en uno de los sillones, como si hubiese estado toda su vida esperando aquel momento.

—Es mejor que subas a tu habitación —le pidió Jordan a Nadine.

A partir del día siguiente, los padres de Nadine comenzaron a viajar con frecuencia a Manhattan para consultar abogados y tramitar documentos acreditativos de que todos en la familia eran ciudadanos americanos y nunca habían cometido un delito. Fue durante uno de aquellos viajes que Nadine y su mejor amiga, Miranda Siegel, sacaron la caja de zapatos con las cartas que Irma ocultaba en su clóset.

Era la correspondencia entre su madre adoptiva y la monja que había logrado sacarla de La Habana. Junto a ella, más de diez mil niños viajaron sin sus padres como única posibilidad para salvarlos del adoctrinamiento comunista. Una maniobra que alguien, con el tiempo, bautizó como Operación Pedro Pan.

Nadine impidió a tiempo que Miranda vaciara la caja sobre la mesa del comedor.

—Tenemos que dejar exactamente todo como está —dijo, mientras memorizaba el orden en que estaban colocados y anudados los sobres.

Miranda leyó en alta voz párrafos sueltos en inglés que no tenían sentido para ninguna de las dos, mientras Nadine registraba entre sobres y documentos sin mucho sentido: hacían referencia a la sangre alemana de Nadine, a la cercanía de sus padres con un gobierno cubano que había sido derrotado por la fuerza, al miedo y a la persecución.

Al principio, Miranda suponía que se referían a los nazis. Para ella y su familia, cualquier alusión al hostigamiento siempre estaba relacionada con los nazis. Pero Nadine le aclaró que la monja se refería a la historia reciente de Cuba, donde ella había nacido.

En una copia de las cartas que Irma le había enviado a Sor Irene para avalar los requisitos necesarios para convertirse en padres adoptivos, mencionaba su fe católica, su propia juventud en Viena, sus sueños de ser enfermera, los avatares de la guerra. Escribió, también, sobre sus años en Berlín. Ella trabajaba en un hospital, decía, cuando conoció al que sería su marido, un electricista oriundo de Cleveland, Ohio, que luchaba con los aliados. Al poco tiempo se casaron y se mudaron juntos a Nueva York. Desde entonces vivían allí, en una casa confortable con un cuarto disponible para la niña. Junto a la carta había un documento de la arquidiócesis de Brooklyn que acreditaba a la familia Taylor.

Nadine ansiaba descubrir algún secreto, pero la carta solo contenía detalles de una historia que ella ya había escuchado. En otra carta, la monja contaba que había perdido contacto con Lilith Bernal, la madre biológica de Nadine, y que solo Dios sabría cuál habría sido su destino. Lilith, escribió la monja, ya estaba cansada de tantas pérdidas. Por mucho que uno rece, el dolor abruma.

Mientras repasaban las cartas, Nadine encontró una separada de las demás y sin sobre, doblada en dos. La grafía de la monja traspasaba la página, y Nadine la abrió con extremo cuidado. El papel había envejecido más que los demás. Estaba ceroso, casi deshecho, y la tinta había palidecido, como si hubiese sobrevivido un naufragio. Dentro había una fotografía de color sepia, impresa en una pequeña cartulina gruesa con bordes de sierra. Mostraba a una mujer joven con un bebé en brazos. Nadine le enseñó la imagen a Miranda, y esta se llevó una mano a la boca y abrió los ojos. Ambas se sentaron a contemplar la imagen.

—¡Eres idéntica a tu mamá! —exclamó Miranda.

Detrás de la fotografía estaba escrito, con una caligrafía distinta al resto de las cartas, el nombre de Nadine.

—Es la letra de mi verdadera madre…

Verdadera madre. Nunca la había mencionado así.

Nadine se sintió como quien descubre un tesoro escondido durante años. Su verdadera madre tenía el pelo recogido y la frente despejada. La bebé estaba cubierta por una manta tejida con ribetes de encaje. Ambas miraban a la cámara.

Ardiendo de curiosidad, Miranda le arrebató la carta a Nadine y comenzó a leerla en voz baja, casi imperceptible. Nadine seguía la lectura con los ojos, escrutando cada palabra, cada frase escrita por la monja en un inglés rudimentario. Se trataba de una especie de resumen obtenido por la monja, una vez que la familia Taylor aceptó adoptar a la niña.

Leyó su verdadero nombre: Nadine Bernal Keller. Su madre se llamaba Lilith Keller de Bernal, aunque había sido inscrita como

Herzog en un viejo pasaporte alemán. La señora Keller de Bernal había llegado a Cuba gracias a las gestiones de Franz Bouhler, a quien llamaba su ángel salvador, al profesor Bruno Bormann, y a una familia judía, que la había adoptado como hija. Lilith era hija de una escritora alemana, Ally Keller, asesinada por los nazis en el campo de concentración de Sachsenhausen, en las afueras de Berlín, alrededor de 1940. Según la monja, aunque la niña era de tez clara, su madre, Lilith Keller, era mestiza, y por eso la madre de esta —la abuela de Nadine—, había tenido que sacarla de Berlín, para salvarla de las leyes de limpieza racial. Lilith era hija de una alemana católica y de un negro, quien a su vez era hijo de una alemana y un africano.

Al terminar de leer las cartas permanecieron en silencio.

—Y al final, ¿qué pasó con tu madre?

—Mi madre… Lilith… está muerta.

—Debe haber sido muy doloroso para ella tener que abandonar a una hija. Mi abuela dice que hay gente que muere de dolor.

Nadine permaneció cabizbaja.

—Entonces, ¿tú eres negra? —Miranda no podía salir de su asombro.

Mientras Miranda leía la última frase de la carta, Nadine se puso de pie. Había escuchado un auto estacionar frente a la casa, y supuso que sus padres habían regresado.

—Volvamos a colocar todo como estaba —apresuró a Miranda.

Durante meses, su padre ocultó la verdad sobre lo que había sucedido desde la visita del periodista. Un día, cuando Nadine regresó de la escuela, Irma ya no estaba. Jordan la sentó por fin en la sala de la casa de Queens, en penumbras, y tras un largo silencio le dijo, con los brazos inertes al lado del cuerpo y el rostro macilento, lo que nunca hubiera querido escuchar:

—Se han llevado a tu pobre madre a una cárcel en Alemania. La acusan de ser una nazi. ¿Te imaginas? De haber hecho cosas horribles durante la guerra. Vamos a viajar a Düsseldorf para apoyarla durante el juicio.

Lilith vio cómo su padre se contraía de dolor.

—Tu madre es inocente —concluyó con absoluta certeza.

Al día siguiente, Jordan fue a buscar a Nadine a la escuela para decirle que era mejor que se mantuviera alejada de Miranda y de las clases por un tiempo hasta que las cosas regresaran a la normalidad. Pero Nadine no pensaba renunciar a su amiga.

Al final, nada volvió a ser como antes. Su padre perdió el sueño, y pasaba el día encerrado en el cuarto, haciendo llamadas telefónicas y tratando de vender las propiedades que tenían, incluso su pequeño negocio de electricista, que pasó a manos de uno de sus socios a cambio de una bagatela, había escuchado decir. El rostro de Jordan Taylor se ajaba, el pelo comenzó a caérsele, y la frente se le extendió hasta el infinito.

—Me estoy deshojando —le dijo una noche, intentando aliviar la tensión durante una de sus cenas, lentas y silenciosas.

Desde que se quedaron solos, Jordan pasaba por el cuarto de Nadine y le preguntaba cómo estaba, si quería un vaso de leche tibia. De vez en cuando le pasaba la mano por la cabeza, su torpe manera de dar una caricia.

Se marcharían del país, ella lo sabía, y la casa de cortinas de encajes que Irma había tejido en sus tardes de ocio, el único hogar del que tenía memoria, pertenecería a otra familia. Jordan le explicó que ella lo acompañaría para ayudar a su madre, que se encontraba encerrada en una celda por culpa de un desconocido que un día había llegado a la puerta a preguntar por ella.

Jordan sabía que era casi imposible convencer a Nadine de que volara para ir a Düsseldorf. La habían enviado sola en un avión con apenas tres años, primero a Miami y después a Nueva York, una ciudad tan lejana que parecía haber sido escogida para obligarla a borrar toda posibilidad de retorno. Con los años, se hizo a sí misma la promesa, y se lo dejó bien claro a sus padres, de que nunca viajaría en avión. Su fobia a los aviones solo se fue intensificando con los años.

Una noche, su padre le anunció que atravesarían el Atlántico en barco y luego tomarían un tren hasta Düsseldorf. Él aún recordaba con nostalgia, la cerveza que tomaba de joven en Berlín, después de la guerra. Nunca más la había vuelto a saborear, a pesar de que la misma marca podía encontrarse en la mayoría de los bares de su barrio en Queens.

—Será una gran aventura, Nadine. Podremos averiguar qué pasó con tu abuela alemana, la escritora —le dijo—. Eso podría ayudar a tu madre, que ahora nos necesita más que nunca.

Lo que más lamentaba Nadine de tener que abandonar Nueva York era perder a su mejor amiga. Habían sido inseparables desde el kínder. Jordan nunca mencionó que se tratara de un viaje sin retorno, pero ella pudo presentirlo. Su padre había puesto la casa en venta, y le llevó todas las joyas de su madre al prestamista de la avenida Lee. Un fin de semana, poco antes de partir, Nadine descubrió que el armario de su madre estaba vacío, excepto por unas perchas desnudas y la vieja caja de zapatos en el estante más alto. Al ver que la caja con las cartas de Cuba estaba en el mismo lugar donde su madre la había escondido, Nadine se atrevió a tomarlas y guardarlas en la maleta con que viajaría.

Miranda estaba tan sorprendida con la partida inminente de su amiga como la misma Nadine. Aún así, durante las últimas semanas de Nadine en Nueva York, solo se veían en las clases. Miranda estaba muy ocupada descubriendo su cuerpo con la ayuda de las manos de un chico italiano que era, según decía, una especie de pulpo.

Antes, solían recorrer el barrio a la salida de la escuela hasta la casa de Miranda. A Nadine no le gustaba ningún chico de la escuela. Le decía a Miranda que no tendría novio hasta llegar a la universidad.

—Un día voy a ser doctora, y también me casaré con un médico —decía.

—Es una carrera muy larga para mí —respondía Miranda—. Yo terminaré de maestra, como mi madre.

Lo que nunca Nadine le confesó a Miranda fueron sus planes de ir a estudiar a Alemania.

—Iremos juntas a la misma universidad, de eso sí puedes estar bien segura —repetía Miranda.

—Y un día viviremos en Manhattan...

Nadine recordó que, durante una de las últimas cenas familiares en la casa de Miranda, su amiga le había aclarado que todos los alemanes que habían sobrevivido la guerra y que no eran judíos tenían que ser nazis, según les había escuchado decir a sus abuelos desde que tenía uso de razón. No había alemanes inocentes, había dicho. A quienes no lucían como ellos, los lanzaban al horno, y a quienes se oponían, les pegaban un tiro en la frente. Nadine le contó entonces a su amiga que ella creía que su madre había nacido en Viena, y que se había hecho alemana después de la guerra para escapar de la hambruna.

—Bueno, siempre hay una excepción a la regla. A fin de cuentas, tú eres adoptada —contestó Miranda, y se encogió de hombros—. Lo que sí está claro es que ni tú ni yo hubiéramos sobrevivido en Alemania. Nos habrían gaseado, y de ahí a los hornos. A ti, por tener un abuelo negro, y a mí, por judía.

Las dos amigas jugaban a maquillarse y compararse entre sí frente al espejo, tratando de encontrar las características físicas que mejor las definían. Ambas revisaban sus perfiles, las orejas y la frente sin encontrar grandes diferencias. Tenían la misma altura, el cuello largo, la piel blanca, ojos azules y pelo castaño y rizado. De tanto escrutarse frente al espejo, se habían hecho expertas en aplicarse delineador de ojos y carmín de labios, y en dibujarse lunares en las mejillas.

Aunque la madre de Miranda renegaba de sus tradiciones, a lo único que no estaba dispuesta a renunciar era a la cena de *shabat*. A veces invitaban a Nadine, que se unía a las mujeres de la casa para encender las velas cuando comenzaba a ponerse el sol. La maravillaba aquella familia llena de tíos, primos y abuelos que hablaban interrumpiéndose, se gritaban y se decían improperios, y en la que los mayores trataban a los menores como si los reprendieran, para terminar sofocándose con besos y abrazos.

Si sonaba el teléfono durante la cena de los viernes y Miranda corría a contestarlo porque sabía que era su chico, la madre se quitaba un zapato y la amenazaba con lanzárselo y con cortarle la mano al otro día al anochecer si se le ocurría tocar el auricular. "Tú me has dicho que me olvide de ser judía, ¿y ahora no me dejas contestar el teléfono los viernes?", solía responderle Miranda.

Al despedirse, ambas lloraban.

—En pocos años entrarás en la universidad, y yo también. Es decir, si no me caso y empiezo a parir niños pulpitos italianos —dijo Miranda, intentando aliviar la tensión de la situación.

Se abrazaron, rieron. Y se separaron sabiendo, aunque sin atreverse a admitirlo, que jamás se volverían a ver.

22

Seis meses después
Düsseldorf. Noviembre, 1975

Nadine permaneció encerrada en su camarote durante todo el viaje, vomitando. Su padre se entretenía en el bar y regresaba avanzada la noche; al día siguiente se levantaba, se daba una ducha, se cambiaba de ropa y desaparecía. Así vivieron durante casi dos semanas, hasta llegar a Hamburgo, donde tomaron un tren a Düsseldorf.

Ahora, con dieciséis años, lo que pudiera quedar de su hogar con los Taylor en Nueva York se había esfumado. A solas con su padre Jordan había viajado a Düsseldorf para salvar a su madre Irma, así le habían dicho. En la estación del tren los recibió Frau Adam, una mujer corpulenta que los llevó a su casa de huéspedes y los condujo a dos habitaciones contiguas. En su pequeña habitación, Nadine podía escuchar cada susurro y sollozo de su padre a través del empapelado de flores descoloridas.

Con una mezcla de miedo y vergüenza, Nadine recorría las calles aledañas al río Düssel. Los edificios, el olor de los árboles, los tranvías, los restaurantes, todo le era familiar. Tenían un aroma distinto al de las calles de Maspeth, en Queens, donde había crecido, pero la atmósfera era la misma: una mezcla de especies, revueltas en el ruido incesante de la ciudad, voces y gestos de gente desesperada por llegar a su destino.

En Düsseldorf había calma, pero era una calma diferente a la quietud. El espacio se sentía comprimido, intenso. Alucinada, Nadine cruzó un pequeño puente y se acercó al edificio de columnas donde Jordan había pasado toda la semana, mientras ella permanecía en la decrépita mansión de Frau Adam.

Ya había leído todos los libros que encontró en el armario bajo la escalera de la casa de huéspedes, y se había hastiado de los textos de Caesarius recogidos en el *Dialogus Miraculorum*, y de la historia del poderío germánico frente al decadente imperio romano narrada en la *Gesta Romanorum*, que había releído hasta el cansancio en el que había terminado siendo su idioma materno. De niña, en Queens, hablaba y leía en alemán con su madre Irma, aunque sabía, sin que nadie se lo hubiera dicho, que su primera lengua había sido el español, y esperaba algún día recuperarlo. Después de todo, había nacido en La Habana, y aunque había llegado muy pequeña a Nueva York estaba segura de que debió haber aprendido algunas palabras.

Pero Alemania era el lugar del que siempre hablaban sus padres. Desde niña, Irma le había dicho que un día irían a Austria, donde ella había nacido. Incluso, le dijo que cuando terminara la escuela secundaria solicitarían admisión en una universidad en Berlín.

Pero no era este el viaje planificado. Este era más bien un accidente. Un terrible error.

Había pasado un año desde que su madre adoptiva había sido extraditada. Aún así, nadie le había explicado a Nadine las verdaderas razones del arresto de Irma. Todo lo que sabía era que su padre la había alejado de cuanto le fuera familiar y la había arrastrado con él a una ciudad que se sentía extrañamente quieta. Jordan parecía envejecer por día, iniciaba una conversación y se detenía a medias, se quedaba sin palabras. Nadine hubiera preferido no haber salido de Nueva York.

Por meses, la habían torturado las pesadillas, mientras su padre batallaba con el insomnio. Se habían vuelto dos fantasmas, vagando de un lado al otro de la casa; ella queriendo olvidar y Jordan aferrado a la esperanza de que un día le devolvieran a su esposa. Ahí Nadine pudo comprobar que Irma era el único y verdadero amor de su padre.

En sus horas libres, Nadine recorría Düsseldorf sin un mapa, memorizando las calles para asegurarse de encontrar el camino de regreso. Una mañana, después del desayuno, su padre le dijo que quizás la necesitaría; le había dicho lo mismo la semana anterior. Nadine había esperado durante horas fuera de la corte, y al final la habían despedido sin haberla llamado.

Su padre había insistido en que se mantuviera alejada de los puestos de revistas y periódicos, y que evitara escuchar las noticias de la radio. Desde entonces, cada vez que se acercaba a un estanquillo o veía a alguien leyendo la prensa, bajaba la vista. Frau Adam debió haber estado prevenida también, porque nunca mencionó delante de ella el juicio contra su madre. Las conversaciones a la hora del desayuno o al atardecer se limitaban a recetas de cocina y a lo prohibitiva que se había vuelto la vida en Alemania. Sin embargo, con el tiempo, Frau Adam, se fue sintiendo cómoda con la adolescente de dieciséis años.

—Debes extrañar mucho a tu madre —le dijo un día al verla cabizbaja en el salón principal de la casa, sentada a solas, en penumbra.

En realidad, no extrañaba a Irma. La mujer que la había criado desapareció un día sin despedirse. Eso era todo. Nadie se la arrebató.

La experiencia de Nadine en Düsseldorf solo había consistido en ir y venir del tribunal. Se había cansado de esperar en la sala 4C sin que la llamaran. Hasta un día.

Una mujer y un oficial se acercaron a ella y le indicaron por señas que los siguiera. Sin decirle una palabra, abrieron las imponentes puertas dobles y entraron en un salón cuyo constante rumor la sorprendió. Al ver el juzgado en toda su grandeza, su corazón comenzó a palpitar a un ritmo desenfrenado. Pensó que se desmayaría. Se detuvo en la entrada de la audiencia, apretó los párpados y llenó de aire los pulmones.

Al abrir los ojos, encontró a su padre sentado ante una mesa lateral, tras una montaña de papeles, carpetas y sobres. Jordan le hizo señas para que se acercara. Nadine apresuró el paso y se sentó a su lado. Desde allí comenzó a detallar cada uno de los rostros de las mesas delanteras, frente a las que estaban sentados hombres de traje oscuro y corbata blanca. Entonces, el bullicio de la sala se acrecentó, y muchos se pusieron de pie. En la corte apareció una mujer vagamente familiar, con sobretodo marrón y sombrero blanco que dejaba ver unos escasos rizos rubios y canosos. Iba escoltada por dos abogados. Era Irma.

En medio de los flashazos de los periodistas, a su madre, ahora identificada como Frau Braun, la seguían otras dos mujeres que se protegían el rostro con periódicos abiertos. Irma era la única que mostraba los ojos asustados y los labios contraídos, en un extraño gesto de dignidad. Cuando sus miradas se cruzaron, ninguna de las dos hizo el menor gesto de reconocimiento. Ambas dirigieron la vista al fiscal, que había comenzado su discurso con furia. El hombre pronunciaba las palabras con suma intensidad, y las frases se atropellaban como ráfagas. Mientras avanzaba, intentando conmover y provocar pena, su rostro se enrojecía y su frente se cubría de un sudor espeso.

Sin poder entender a plenitud un discurso desbordado de terminología legal, Nadine intentaba hilvanar las historias. Escuchó al fiscal impugnar a su madre sin mencionar su nombre, y pedirle al juez la máxima condena. Quiso preguntarle a su padre, al abogado o a la mujer que la había escoltado hasta el salón y que se mantenía de pie detrás de ella en qué consistía esa condena, pero todos la ignoraban. Qué hacía una chica de dieciséis años, nacida en Cuba y adoptada por una familia de Nueva York, en un juicio contra una austríaca naturalizada alemana y luego estadounidense, se preguntaba. Solo captaba palabras o frases que le resultaban extrañas y que hacían mención a crímenes, abusos, olvido, huida, refugios, campos con nombres difíciles de memorizar. Y también, creyó entender, las patadas que su propia madre propinaba a niños que sacaban con violencia de los trenes. Esto último se repetía constantemente, como si el delito hubiese sido cometido solo a puntapiés. El fiscal se detenía y miraba a Irma, luego a Jordan, y terminaba en Nadine, como si los tres fueran culpables.

El abogado defensor de su madre se puso de pie y comenzó a hablar: Irma Taylor había adoptado a la hija de una judía alemana que había huido a Cuba y que el comunismo había dejado huérfana. Al pronunciar "hija", el abogado defensor señaló a Nadine y toda la audiencia se volteó hacia ella. El abogado agregó que la mujer sentada en el banquillo era incapaz de matar a una mosca, que la mujer que tenía la valentía de dar la cara, sin vergüenza, en la corte, era inocente. Irma Taylor, insistió el hombre, era en realidad otra víctima de una guerra que había drenado a todos. Después de la guerra, una minoría, sedienta de venganza y necesitada de recuperar su fortuna, se lanzaba contra quienes solo habían cumplido órdenes, como cualquier otro ciudadano alemán. ¿Cuántas veces pretendían llevar a juicio a una mujer que lo que único que hizo fue cumplir con su deber y acatar las órdenes de sus superiores? El abogado defensor parecía agobiado de la letanía de su propio discurso.

A pesar de las frecuentes interrupciones del fiscal, que insistía en limitar los hechos a dos campos de concentración, la defensa destacó que a Irma Taylor —evitaba Braun, su apellido de soltera— no podían juzgarla dos veces por el mismo delito. Aparentemente, después de la guerra, la señora Taylor había logrado huir del campo de concentración Majdanek antes de que llegara el ejército rojo, y regresado a Viena, su ciudad natal. Allí la había detenido la policía austríaca y la había entregado al ejército británico, que la mantuvo encarcelada por cerca de un año hasta llevarla a un juicio en el que fue declarada culpable de tortura y maltrato a prisioneros, y de crímenes contra la humanidad. La señora Taylor había cumplido tres años de cárcel, tras lo cual había rehecho su vida en Estados Unidos, donde cambió su nombre y creó una familia digna.

Nadine abandonó la corte, desorientada. De repente, no sabía en qué ciudad estaba, ni qué año era o de dónde venía. Al final del día, de regreso a su habitación, se detuvo frente al espejo de marco dorado, a un costado de la ventana. La luz gris le borraba las líneas del rostro, y comenzó a detallar su reflejo, como antes había hecho con Miranda. Deseó haber podido permanecer juntas, que su padre hubiese tomado la decisión de abandonarla, que la madre de Miranda la hubiese acogido. O mejor aún, que su madre verdadera no la hubiese abandonado y le hubiese permitido crecer en Cuba junto a ella. La imagen que le llegaba a través del espejo no era ella, se dijo a sí misma. Sonrió imaginando haber permanecido en Nueva York.

Nadine quería entender por qué querían condenar a su madre por un asesinato, cuando su padre no se cansaba de repetir que, sin cuerpo, no había delito. Se preguntaba si unos ojos piadosos la perdonarían, y dudaba sobre cuál era el camino a la verdad. "Pero ¿quién tenía la verdad?", se decía. Había escuchado que la historia la escribían los vencedores. ¿Qué pasaba entonces con los vencidos?

Avanzada la noche, escuchó ruidos en la planta baja y salió de su habitación con la esperanza de encontrarse a su padre y brindarle, si no consuelo, al menos compañía. Se encontró en cambio con Frau Adam, que estaba vaciando una estantería llena de porcelana. Se acercó a ella, y se dispuso a ayudarla a envolver cada pieza en retazos de tela y periódicos viejos, antes de colocarlas con extremo cuidado en una maleta.

—Es la vajilla de mi madre, y quizás fue de mi abuela, pero ¿para qué me sirve ahora? —le dijo Frau Adam en voz baja—. Debo ver cómo se la hago llegar a mi hermana, con una libra de café escondida dentro de la cafetera.

Su hermana era una anciana que vivía sola en Berlín del Este. Las separaba un muro, le explicó Frau Adam, que un día, de la noche a la mañana, los soviéticos ordenaron levantar para dividir Alemania. Era el castigo que debía pagar el país por haber defendido una idea, le dijo.

—De los alemanes ya no queda nada —continuó—. Ya no somos una nación. Nadie nos respeta, y todavía tenemos que rendir cuentas por la culpa de otros. ¿Te imaginas que mi hermana no pueda conseguir ni café? ¿A dónde hemos ido a parar? Al menos de este lado…

Frau Adam le contó que la casa había pertenecido por varias generaciones a la familia de su marido. Durante la liberación, las bombas habían arrasado el barrio, pero la pequeña mansión había quedado en pie entre las ruinas. Sin dinero y con su marido en la cárcel, le confesó a Nadine, no le quedó más remedio que convertirla en posada para desconocidos. Estaba tan cerca del juzgado, que bajo su techo habían pernoctado acusados y testigos, fiscales y abogados, culpables e inocentes, siempre con el cuidado de no hacerlos coincidir.

—Todos somos culpables. ¿Sabes por qué? Porque sobrevivimos. Habrían preferido que hubiésemos muerto.

Su marido era un cirujano, condenado por su afinidad con el partido que había estado en el poder, le explicó Frau Adam a Nadine, que se sorprendía de que lo hiciera sin mencionar la palabra nazi.

—Un médico, un simple médico, y ahora se pudre en una cárcel, hasta que alguien se acuerde de él y decida que ya fue suficiente, que no tenemos por qué seguir con la culpa a cuestas. Mira ahora a tu madre… Veinte años después. ¿Crees que es justo? Ella nunca se escondió. Una vez fue a juicio, y cumplió su condena. ¿Por qué quieren revivir el pasado?

Al ver el rostro de asombro de Nadine, Frau Adam se disculpó.

—No tienes por qué avergonzarte —le dijo. Entonces se levantó y le tomó la mano—. Ven, te tengo una sorpresa.

A oscuras, atravesaron el salón y el comedor y, por uno de los pasillos laterales Frau Adam condujo a Nadine a una pequeña biblioteca, que antes había sido la oficina de su marido. La conservaba intacta, con la esperanza de que una amnistía le devolviera a Herr Adam como si nada hubiese sucedido. A la clínica no volvería, por supuesto, ni usaría la bata blanca de profesor que colgaba en uno de los armarios. De eso estaba convencida.

Frau Adam parecía más un ama de llaves que la dueña de casa. Se negaba a contratar a ayudantes para la limpieza o el servicio, y ella misma preparaba el desayuno y la cena cada día para los huéspedes que lo solicitaban. Solo se negaba a fregar. La ayudaba una joven polaca que restregaba con furia las cazuelas y les sacaba brillo con nerviosismo a los cubiertos de plata, como si temiera que se pudieran desgastar de tanto frotarlos.

Frau Adam cargaba con ella la maldición de los sobrevivientes, decía, una suerte de dislocación y falta de pertenencia: quién les había dado el derecho a seguir viviendo sobre la muerte de los demás.

En la biblioteca, Frau Adam sacó de un estante un pesado álbum de fotos con cubierta anaranjada, ribetes dorados y una esvástica sin brillo grabada en el lomo, que parecía haber sido borrada a la fuerza. Ambas se sentaron en el sofá, y entonces Frau Adam abrió el álbum. Sus ojos apagados se iluminaron.

En la foto, Nadine veía a una joven alta y delgada, de caderas estrechas. La anciana que tenía a su lado mostraba brazos anchos, grandes pechos y piernas gruesas, y parecía que la cabeza se le hubiera enterrado en el cuerpo.

—Es difícil creer que hayan pasado treinta años —dijo, y señaló a la muchacha de la foto—. Ni siquiera me reconozco en esta fotografía con mi madre.

La mayoría de las imágenes eran de Frau Adam junto a su marido, casi siempre vestido con su uniforme militar. En ninguna aparecía vistiendo la bata blanca de médico. Herr Adam reflejaba control en el rostro, y en todas las instantáneas miraba al lente con desafío. Otras fotografías mostraban a Frau Adam con un bebé en brazos, sentada junto a su marido a la orilla de un lago. En otras aparecía un chico vestido con el uniforme de las juventudes hitlerianas, y también el mismo chico, con más años, vestido de soldado.

—Siempre quise tener una hija, pero Dios se negó. A los hombres los mandan al campo de batalla, y de la guerra muy pocos regresan.

Al final del álbum había muchos espacios vacíos, era obvio que habían sacado las imágenes. En las páginas restantes, dedicadas al lago Wannsee, había instantáneas de la mansión, del patio y de Herr Adam sentado ante una mesa servida, sosteniendo una taza de café.

—Por ese desayuno fue que lo condenaron. Lo acusaron de cientos de miles de muertes. Sí, por un simple desayuno. Él había sido invitado a Wannsee como experto, nada más. Me quitaron todas las fotografías de ese día donde él aparecía acompañado, me hicieron identificar a cada uno de los acompañantes, como si yo hubiese estado allí. Me trataron como basura. Si en realidad mi pobre marido hubiese sido culpable, ¿crees que nos hubiésemos quedado en Alemania? Hubiéramos huido, como muchos hicieron. Pero mi marido no tenía nada de qué avergonzarse ni por qué sentirse culpable. Dijeron que allí se había decidido el destino de millones de personas, en un desayuno al que solo asistieron doctores, abogados y periodistas. No eran verdugos. Eso no se lo cree nadie.

Frau Adam se levantó con rabia y devolvió el álbum al estante. Sus ojos comenzaron a nublarse.

—Ya sabes, si quieres algún libro no tienes que pedir permiso. Entra y lee lo que quieras, aunque no creo que haya muchas novelas de amor. A mi marido le fascinaban las ciencias y la historia.

El tiempo parecía haberse transmutado en la habitación, revestida de anaqueles de madera oscura, el piso cubierto por una alfombra gruesa sobre la que reposaban butacones de piel cuarteada, y en una de las paredes el paisaje al óleo de un jardín abandonado. "¿Cuándo fue la última vez que Herr Adam se sentó en el sillón principal detrás de la mesa con cristal biselado?", se preguntó Nadine, y recorrió con la mirada, sosteniendo el aliento, cada rincón, en busca de hue̶ un ch̶ su ausencia, de algún vacío que delatara la presencia anterior de al̶ te̶ objeto exhibido con orgullo que, tras la derrota, hubiera terminado en el desván. ¿Un águila? ¿Una esvástica? ¿La imagen de Hitler en el centro de la pared para ser admirado? Frau Adam no tenía fotografías de su esposo ni de su hijo en las paredes, ni sobre las mesas, ni en las estanterías. El uniforme los delataba. Era necesario ocultarlo.

Recordó la voz de Miranda, o más bien la voz de su abuela, que había huido de Europa con su hija pequeña:

—En cada familia alemana que sobrevivió la guerra, había al menos un nazi.

Nadine se encontraba ahora en la biblioteca de un hombre que había sido condenado por crímenes de lesa humanidad. La misma Frau Adam había insistido en que su marido nunca había disparado ni torturado a nadie. Nadine quería entender la naturaleza exacta del crimen del que acusaban a su madre. Quizás estuvo en el mismo bando equivocado de Herr Adam, el de los vencidos. Su padre le había dicho que al final de una guerra, todos terminamos perdiendo. Sentía simpatía por Frau Adam, y eso la asustaba. Uno puede acostumbrarse al horror.

Tomó un libro al azar. De pie frente a Frau Adam, intentó verse identificada en los gestos y las arrugas de aquella mujer, que vivía a la sombra de la culpa de su marido. ¿Terminaría como ella, con el rostro borrado y los ojos hundidos? Con el libro bajo el brazo, se despidió de Frau Adam, que permaneció en la penumbra.

Deambuló por el pasillo del segundo piso. Fue al cuarto de baño, se salpicó el rostro con agua helada, se cepilló el cabello y se acostó, decidida a leer para no dar más vueltas en su cabeza, convencida de que su destino sería como el de Frau Adam y que, como ella, pasaría años esperando que una amnistía sacara a su madre del calabozo. Nadie, por muy malvado que hubiese sido, debería pagar las culpas de una guerra que solo tenía un responsable. Solo un hombre había llevado a la nación alemana a la ruina, le había dicho su padre a los abogados de la defensa.

Después de seis meses en Alemania y con un juicio que se prolongaba, Nueva York había quedado en el pasado para Nadine, y su vieja amiga Miranda se le hacía una desconocida. Hasta su propia voz la asustaba. Tenía la sensación de que había llegado siendo niña y que, de la noche a la mañana, se había convertido en una mujer. Su nombre había dejado de pertenecerle. Era una Taylor, pero podía ser una Keller, como su verdadera madre, o una Bernal, como su papá, o peor aún, una Braun, como su madre adoptiva. Había comenzado una vida en Alemania, y no se reconocía a sí misma en el futuro. Con los días, los Taylor también se habían convertido en extraños para ella.

Una mañana se despertó con falta de aire, asfixiada. Corrió a abrir las ventanas, y una ola de frío la hizo temblar. Vivía en la casa de un asesino. "Las manos no tienen que estar necesariamente manchadas

de sangre", pensó. Era cómplice, como lo eran Frau Adam y sus padres adoptivos. "Soy cómplice…".

Pronto tendría que comenzar la escuela en Alemania y no sabía
qué esperar ni cómo comportarse.

El juicio recesó por una semana, durante la cual Jordan permaneció en su habitación. Frau Adam le llevaba una bandeja con el
desayuno, que a veces ni tocaba, y que la empleada polaca retiraba
al mediodía.

El día que se reanudó la audiencia, anunciaron que se presenta-
rían varios testigos, todos de diferentes países. La noticia descom-
puso a su padre: no se vislumbraba el final. La rabia lo consumía, y
Nadine tuvo la sensación de que se había olvidado de ella. A la hora
de la cena, comprendió que lo único que le interesaba a su padre era
salvar a su madre. Cada día lo veía más delgado y temeroso, y las
manos comenzaban a llenársele de manchas. Las sienes le palpitaban
hasta enfurecerlo, achicaba los ojos como si intentara mirarse por
dentro, se llevaba el índice al centro de la frente y la oprimía hasta
marcar un círculo rojo que crecía por segundos.

Nadine lo observaba distanciada; y se sintió indiferente. Frente al
plato de comida que se negaba a probar, su padre parecía decidido a
dejarse morir. Esa noche, Nadine se sintió abandonada. Había sido
criada por dos desconocidos. ¿Quiénes eran realmente sus padres?
Solo conversaba con Frau Adam, aunque tenía la convicción de que
era una nazi. ¿Y sus padres? ¿Eran también culpables?

Al salir del juzgado tras medio año de audiencias, Nadine y Jordan apresuraron el paso. Jordan creía que en la corte nadie sentía
la más mínima misericordia por su esposa. ¿No había servido de
nada haber adoptado a la hija cubana de una alemana mestiza, rescatada a su vez por una familia judía?

Afuera había reporteros con sus cámaras, y una multitud sedienta,
deseosa de un espectáculo que, presentía, podía extenderse por años.

—Apurémonos —le dijo a Nadine—. Quién sabe cuándo va a terminar este circo. Lo único que pido es que nos dejen visitar a tu madre.

Al doblar la esquina, cruzaron a toda velocidad una avenida muy transitada y se detuvieron en el separador, en medio de las dos vías opuestas; los autos los rebasaban a ambos lados, estaban atrapados. Nadine descubrió que un fotógrafo aún los seguía. El hombre se había abierto paso entre la muchedumbre. El flashazo sorprendió a Nadine, que por poco pierde el equilibrio. Para entonces, toda la manada se acercaba. Los autos pasaban veloces frente a ellos. De pronto, Nadine se vio lejos de su padre. Por un segundo lo perdió de vista, y se llevó la mano al pecho, intentando sentir algún latido. Creyó que su corazón se había paralizado, y dejó de respirar. Nadine imaginó a su padre dispuesto a lanzarse delante de los coches que circulaban a toda velocidad, como si quitarse la vida fuese a poner fin a su tortura. Con los ojos cerrados, pensó en el cuerpo de su padre sobre el asfalto: había calma en su rostro, una paz inusual. Desde que salieron del tribunal, sentía que Jordan ya pertenecía a los muertos. De hecho, desde que dejó Nueva York, ensayaba una vida sin su mujer, en duelo eterno. La pena no tendría fin.

El alarido de una mujer la hizo voltearse por un segundo, al tiempo que intentaba terminar de cruzar la avenida junto a Jordan. La mujer la apuntaba con el dedo índice, como inculpándola. La frase en alemán venía acompañada de una mueca de desprecio, en un acento que no podía definir. Las palabras palpitaban, como en un eco. Nadine sintió un ardor en el cuerpo. Otra frase, ahora más clara. De vuelta al lado de su padre, para evitar caerse, se apoyó en él, que también oscilaba. Quiso abrazarlo para sostenerse, para sostenerlo, pero no pudo. Estaban sobre una línea divisoria, la que aleja a los vivos de los muertos. Alrededor de ellos, los autos corrían en ambas direcciones. Detrás, la manada. Nadine imploró poder abrir alguna puerta imaginaria, como las que una vez había soñado en la casa de Maspeth, cuando batallaba por deshacerse de las pesadillas. Una puerta, necesita abrir una puerta. Si la encontrara, ¿la cruzaría sola?

Otro aullido, cada vez más cercano. Su padre tiritaba, las manos le sudaban. Nadine volvió a sentir que le faltaba el aire, y que su corazón había dejado de latir. Se ahogaba.

—¡Es la hija del monstruo! —se escuchó el grito de una mujer—. ¡La hija de la yegua…!

Nadine ahora estaba frente a la única verdad: era la hija de un monstruo, un monstruo que no merecía amor ni piedad.

23

Seis años después
Düsseldorf. Agosto, 1981

En Düsseldorf, la escuela la aburría. Donde único se sentía motivada era en las clases de biología que enseñaba un anciano, y en las de español, con una chica alemana que había vivido en Sevilla durante su infancia. La maestra de español le había dicho que tenía facilidad para los idiomas y los acentos, como casi todos los judíos. Nadine la interrumpió y le aclaró que era católica, y que había nacido en Cuba de padre cubano y madre alemana. La maestra la miró extrañada, y desde entonces comenzaron a llamarla "la cubana".

El juicio contra su madre se había prolongado por casi seis años, en una espiral sin fin de apelaciones, nuevas acusaciones y maniobras legales. Con el tiempo, la televisión y los periódicos dejaron de cubrir la noticia. Uno de los titulares señaló que se había convertido en el juicio más largo y costoso de la historia del país. Jordan se había refugiado en un profundo mutismo, y ella solo lo veía los fines de semana, durante el desayuno.

Su vida consistía en ir de la escuela a la casa de huéspedes, y de la casa de huéspedes a la biblioteca. Con el dinero que su padre, avergonzado, deslizaba cada semana en un sobre por debajo de la puerta de su habitación, iba al cine a ver películas de Hollywood pésimamente dobladas al alemán.

Gracias a su profesor de biología y a las altas notas que obtuvo, pudo ser aceptada en la FU, como llamaban a la Freie Universität, en Berlín, con lo que por fin logró la completa separación de sus padres. Desde el momento en que recibió la carta de aceptación, se sintió libre. En los documentos de matrícula, usó su nombre verdadero: Nadine Bernal.

Poco antes de que comenzaran sus clases en la universidad, tuvo que regresar a Düsseldorf. El juicio iba a reanudarse con la presencia de una testigo crucial, y el abogado defensor quería que la hija estuviese presente para inducir en el público algo de compasión por Irma. Nadine se sintió usada e incómoda, pero aceptó. Justo antes de dar inicio a una nueva vida en Berlín, tenía que regresar a la pesadilla de su pasado.

La sala del tribunal era una celda fría, y una vez allí volvió a sentirse como una niña pequeña y desprotegida. Tuvo el impulso de refugiarse tras su padre y protegerse de los ladridos del fiscal y de la mujer desaliñada sentada en el estrado de los testigos, quien al instante había reconocido a su madre. Por más que lo intentó, Nadine no pudo evitar sentir compasión por su madre, frágil, de gestos contenidos y rostro surcado.

—Es ella —dijo la mujer en el estrado, apuntando a Irma.

Le preguntaron por el nombre de la acusada.

—Los que estábamos en el campo la conocíamos como "la yegua" —respondió.

Hubo un murmullo incómodo en la sala.

—¿Usted la vio matar a alguien? —preguntó el abogado defensor.

—No.

—¿Usted la vio llevar a alguien a la cámara de gas?

—No.

—¿Al crematorio?

—No.

—¿Usted la vio alguna vez armada con una pistola, o apuntándole a alguien con una pistola?

—No.

Otro silencio incómodo.

—Ella… —continuó la testigo— se ensañó con los niños que recién llegaban al campo, a quienes bajaban de los trenes y separaban de sus familias.

—¿Usted la vio matar a algún niño? —insistió la defensa.

Otra pausa.

—Ella se ensañaba con los niños, solo con los niños.

Ahora su voz era casi imperceptible, como si le doliera hablar. Ante los ojos de Nadine, la mujer se reducía cada segundo.

—Los niños… —repetía.

—A ver, qué pasaba con los niños —la interrumpió el fiscal.

—Ella…

—¿Usted, de una vez y por todas, podría terminar la frase? —alzó la voz el fiscal.

—Tómese el tiempo que sea necesario —aclaró el juez.

—Ella se dedicaba a…

—¿A qué? —volvió a preguntar el fiscal.

—A los niños… Cuando ellos…

—¿Ella los separaba? —El fiscal estaba perdiendo la paciencia.

—Sí.

—Al menos tenemos algo claro.

—¿Quién ordenó separar a los niños de sus madres? —preguntó el abogado defensor.

—El capitán. —La mujer recuperó la voz.

—Entonces, ella cumplía órdenes —exclamó el abogado de la defensa, que se volteó hacia el público, miró al juez y finalmente se detuvo en uno de los testigos, que observaba con insolencia a la mujer en el estrado como si estuviese protegiendo a la acusada.

—Pero ella los separaba —volvió a decir la mujer.

—A la fuerza, está bien. Ese era su deber. ¿No cree?

—Ella les daba patadas.

El abogado defensor cerró los ojos y al intentar decir algo, la mujer lo interrumpió con un torrente de palabras.

—Cuando los niños corrían a abrazarse a sus madres, ella los atacaba a patadas. Daba la impresión de que no quería ensuciarse las manos. Una, dos, tres, cuatro patadas. Los tumbaba al suelo, y los niños se ponían de pie y corrían en medio de los gritos. Si se caían, otra patada. Por eso le llamábamos la yegua. Nunca supe su nombre, pero grabé su rostro, sus ojos, su perfil.

—¿Por qué se fijó tanto en ella?

Otra pausa, ahora la mujer parecía perdida.

—¿Necesita un descanso? —El juez tenía la intención de detener la sesión.

—¿Descansar? ¿Para qué?

—Entonces, prosiga —dijo el juez.

—¿Usted reconoce a las otras dos acusadas? —continuó la defensa.

—No las recuerdo. No puedo recordar a todos los guardias que estaban ahí. Solo recuerdo las caras del capitán y de la yegua.

—¿Cuántas mujeres custodiaban el campo?

—Muchas.

—O sea, que usted puede haberla confundido con otra. ¿Cómo sabe que era ella?

—Es ella.

—¿Por qué está tan segura?

La mujer parecía cansada, hastiada de las mismas preguntas.

—Ella pateaba a los niños.

—Había otras mujeres que también daban patadas. ¿Correcto?

—Correcto.

—¿Usted recuerda el rostro de las otras mujeres?

—Ya le dije que no.

—Entonces, usted puede haber confundido el rostro de la acusada. Han pasado muchos años, señora. ¡Treinta años!

—¡No! —gritó.

—Por lo visto, usted está muy segura. ¿No será que lo que quiere usted es vengarse, y se ha empecinado en ella?

—Sí, soñé en vengarme...

—Por todo lo que usted sufrió, lo entendemos, pero...

—He sobrevivido esperando este día.

El rumor en la sala creció, pero se impuso de nuevo la voz de la mujer.

—La yegua...

—Creo que no es momento de ofender.

—Así la llamábamos todas las prisioneras.

—Pero usted pretende que confiemos en su memoria después de tres décadas. Se lo repito, para que entienda, ¡treinta años! Se dice rápido. Estoy seguro de que no puede recordar ni de qué color es el papel de las paredes de su habitación en el hotel. Pero insiste en culpar a esta mujer cuyo verdadero nombre ni siquiera conoce. ¿Por qué?

—Porque me separó de mi hija.

Se hizo silencio. El abogado inclinó la cabeza. Nadine pudo escuchar una tos seca, un débil susurro, las aspas del ventilador.

—Golpeó a mi hija. Yo me abalancé al suelo, sobre ella, para protegerla, pero la yegua nos separó a patadas. Con una bota, puso todo su peso sobre mis dedos. Con la otra, le pegó en un ojo a mi hija. Luego, una patada más y vi como sangraba por la boca. Mi hija no podía caminar, estaba mareada. Yo quería gritar y no podía, estaba ahogada. Llevábamos días sin tomar agua. Vi a mi hija rodar. Ella se volteó a mirarme, y supo que yo la estaba observando, y tuvo miedo. Se asustó porque sabía que yo estaba guardando su rostro en mi memoria.

—¿Y qué pasó con su hija? —insistió el fiscal.

La mujer respiró profundo, y clavó los ojos en la acusada.

—No la volví a ver. Esa fue la última vez que la tuve cerca.

El rumor en la sala hizo que Nadine se cubriera los oídos.

—¿Pero sabe usted qué es lo más doloroso? —continuó la mujer con voz pausada—. El esfuerzo por no olvidar un solo detalle del rostro de la yegua, por memorizarlo y recrearlo cada noche, me hizo olvidar el rostro de mi propia hija. Solo recuerdo que tenía trenzas largas y los ojos azules como su vestido, y que llevaba un delantal blanco, enfangado. Pero no recuerdo su cara.

La voz de la mujer se quebró. Tras tragar en seco, comenzó a llorar.

—¿Cómo una madre puede ser capaz de olvidar el rostro de su hija? —se preguntó la mujer, con los ojos nublados.

El bullicio en el tribunal era ensordecedor. De pronto se extinguió, o quizás Nadine dejó de escucharlo. Quería regresar a casa, pero no sabía cuál era su hogar. Estaba en medio de las tinieblas.

Cuando reaccionó, estaba llorando. Miró a su alrededor en total confusión. El suelo vibraba. Ya no estaba en la sala del tribunal, sino en un vagón de tren de regreso a Berlín, camino a la universidad. Rumbo a construir una vida lejos de los Taylor, donde no tuviera que regresar al ayer, donde nadie le pidiera sentir compasión por una asesina o amar a aquellos que la habían abandonado. El pasado había llegado a su fin. Ahora solo habría espacio para el futuro.

24

Siete años después
Berlín. Agosto, 1988

La primera vez que Nadine vio a Anton Paulus, él llevaba un sombrero que le cubría la frente. "El chico del sombrero" le llamó desde que se presentaron. Él le dijo que estaba terminando un doctorado "para rescatar lo perdido", sin entrar en detalles sobre su tesis; ella hacía prácticas en un laboratorio, con las que se proponía dar sepultura a lo que alguna vez estuvo vivo. Jugaban a las palabras, uno completaba la frase del otro, y así se fueron conociendo, y necesitando. Cuando Nadine se cruzó en su camino, Anton, que no buscaba una novia, y mucho menos una esposa, supo que había perdido el control de su destino. Ahora eran dos, y se dejaron llevar, sin preocuparse por entender el rumbo que seguirían mientras estuvieran juntos.

De alguna manera, siempre se habían sentido cercanos: ambos solitarios, ambos acostumbrados al abandono. Anton tenía padres, pero no vivían en Berlín. Se comunicaba con ellos por cartas y llamadas telefónicas esporádicas, y los veía una vez al año, en Navidad. Iba a visitarlos al piso de Lucerna, en Suiza, donde se habían refugiado antes de que estallara la guerra. Gracias a una prima de su madre que se había casado con un suizo-escocés, Joachim y Ernestine Paulus habían podido asentarse en una ciudad medieval en la que el pasado no era el ayer, sino que se remontaba siglos atrás, a mucho antes de las dos guerras. Anton había nacido en Berlín por accidente, mientras sus padres se encontraban en viaje de trabajo, pero creció en Lucerna, entre el apartamento de su tía, que solo leía clásicos en francés, y el de sus padres, que se dispusieron a expiar la culpa con que cargaban por ser alemanes a través de recompensar, pagar o restituir todo lo que podían haber destruido. Así, los Paulus habían depositado la mayor parte de su fortuna en una fundación dedicada a rescatar los bienes arrebatados por los alemanes durante la guerra, principalmente las obras de un pintor que había sido amigo de la familia y que, ya anciano, había preferido ingerir una cápsula de cianuro antes que ser trasladado a un campo en un tren sin destino. Los padres de Anton pasaron décadas luchando por recuperar la residencia del artista judío Max Liebermann junto al lago Wannsee, que había pasado a manos del gobierno; cada vez que salía a subasta una de sus pinturas, investigaban su procedencia para determinar si había sido robada por los nazis y, si ese era el caso, entablaban una nueva batalla en las cortes y detenían la venta.

Anton era quien conducía ahora el trabajo de la Fundación Paulus, y un día Nadine lo acompañó a una nave fría y oscura donde se almacenaban cuadros, protegidos por bastidores de madera que no impedían apreciarlos. Si tenían un pasado dudoso, si habían pertenecido a una familia a la que los nazis se los habían arrebatado, no podían ser subastados ni expuestos hasta encontrar a los verdaderos dueños. Nadine pensó que era una pena que tantas obras maestras estuviesen condenadas a no ser contempladas.

Fue Anton quien, desde que Nadine comenzó las prácticas universitarias en un laboratorio en Berlín, la hizo cambiar de rumbo y abandonar la carrera que su madre adoptiva quería para ella. Le gustaba la biología, pero no se sentía capacitada para encontrarse cada día con pacientes. No tenía el don de consolar, se repetía. Había soñado estudiar neurocirugía, porque así podría indagar en los laberintos del cerebro y encontrar razones físicas que explicaran la conducta humana. Luego prefirió la investigación, analizar cada partícula de lo que nos controla a nivel biológico, pero al trabajar en el centro de investigación varios conflictos éticos comenzaron a desvelarla.

—Todos los cerebros que hay en este laboratorio, por muy pequeñas que sean las muestras, pertenecieron a víctimas del nazismo —le dijo a su profesor, en medio de una clase llena de estudiantes que ansiaban el fin del debate para ir a ver un partido de fútbol—. Son la muestra de una infamia. Nos estamos beneficiando de un crimen.

—¿Acaso pretendes que tiremos a la basura décadas de estudio, del cual hemos aprendido tanto y con el cual hemos podido descifrar la mente humana y ayudar a las nuevas generaciones? —le preguntó el profesor.

—A la basura no —dijo Nadine, levantando la voz para imponerse en el auditorio—. Enterrarlos. Creo que lo mejor que podríamos hacer sería darles sepultura.

Un bullicio interrumpió el debate, y los estudiantes comenzaron a salir de la clase, algunos con gestos de protesta dirigidos a Nadine.

—¿Hasta cuándo? —le preguntó un chico, que la empujó para abrirse paso en la fila—. Si te molesta tanto, estudia otra cosa o regresa a tu maldito país.

Además de biología, matriculó español e inglés. Era un requisito académico estudiar dos idiomas. Las clases de español las impartía Gaspar Leiva, un chileno que había encontrado refugio en la RDA, la otra Alemania, que antes había pasado por Cuba y que había escapado a Berlín Oeste. Cuando le dijo que era cubana, Gaspar se sintió de algún modo cercano a ella. Él había sido víctima, le contó, de un golpe de estado de derecha, y del peor de los "ismos". Víctima del comunismo, como ella.

En la clase de Gaspar, Nadine conoció a Mares, otra cubana que trabajaba como suplente del profesor. El nombre de la chica le había llamado la atención. Con el tiempo supo que no era más que un seudónimo que se había creado al llegar a estudiar a Moscú. Su verdadero nombre era María Ares, pero en los documentos soviéticos aparecía como M. Ares, y terminó por unir las letras en un nuevo nombre.

Mares escribía poemas que combinaban español y alemán, ruso y hasta inglés. Era su experiencia, decía. En Cuba había vivido obsesionada con la cultura y la música americanas sin saber nada de inglés. Después, desesperada por irse del país que la mantenía enjaulada, aceptó marchar a estudiar cine en Moscú, y allí se enamoró de un kurdo con pasaporte alemán que la abandonó, al graduarse, embarazada y con un ojo morado.

Mares tenía dos opciones: dejar al kurdo y regresar a Cuba a parir a su hijo y permanecer encerrada en la isla, o casarse con el kurdo, irse a Berlín Occidental y tener un hijo cubano-kurdo-alemán. Ninguna de las dos alternativas la satisfacía, pero se decidió por la segunda, porque sabía que le iba a brindar a su hijo la libertad que ella no había tenido, y sabía que sobreviviría a los golpes del kurdo.

Mares había llegado a Berlín pocos meses antes de dar a luz, y se había instalado con su marido en un apartamento con una sola ventana, en una zona donde casi nadie hablaba alemán. Sin un marco en la cartera, pasaba los días sola y con la nevera y la despensa vacías. Un día despertó en una clínica, con varios puntos en la cabeza, una costilla fracturada que le perforó un pulmón, y el vientre vacío. Aunque había estado inconsciente varios días, los médicos le aseguraron que se recuperaría sin sufrir ningún daño permanente. Su hijo no corrió la misma suerte. Había nacido muerto.

Después de la golpiza, el kurdo se dio a la fuga y, según las autoridades, había terminado en Irán. Durante las primeras semanas, Mares tuvo pesadillas recurrentes. Soñaba que su hijo había sobrevivido, y que su padre se lo había llevado con él. En verdad, había tenido un hijo al que nunca conoció, bautizó ni dio sepultura.

En el hospital, una trabajadora social la ayudó a conseguir un apartamento en el barrio de Kreuzberg, e hizo gestiones para que tomara clases de alemán, que ya había estudiado en Moscú, para que pudiera perfeccionarlo. Era un complejo de edificios sociales, rodeada de familias turcas, por lo que se le dificultó aprender bien un idioma que no tenía oportunidad de hablar. Un año después logró matricularse en la universidad, donde consiguió empleo como asistente de Gaspar. Por las noches impartía clases de actuación y puesta en escena, y montaba obras de teatro con drogadictos que, a cambio de recibir ayuda social del gobierno, debían tomar clases y participar en proyectos creativos.

Nadine fue a ver uno de los montajes teatrales de Mares, en el que ella tenía el rol de una Medea moderna, en una versión del clásico escrita por Gaspar. En la obra, Medea asesinaba a sus hijos porque llevaban en las venas sangre de terroristas. El mal había que extirparlo de raíz, decía su personaje al final, mientras extraía de su vientre, con las manos ensangrentadas, un largo paño de seda roja. Así finalizaba la obra, y el telón caía sobre la cabeza de los actores, como una guillotina.

Se hicieron amigas. Nadine se dio cuenta de cuánto había extrañado tener una amiga cercana, como Miranda. El alemán de Mares, con un marcado acento ruso, le resultaba incomprensible a Nadine que, a su vez, llegó a hablar el español tan bien, imitando el acento caribeño, que una vez más sus compañeras de clases la apodaron "la cubana". Meses después, se comunicaban con fluidez en español.

Con el tiempo, Nadine dejó la residencia estudiantil y fue a vivir con su amiga. Mares le confesó que llevaba tiempo saliendo con Gaspar y que se sentía bien con él, pero que, aunque pasaba más tiempo en la casa de él que en la suya, no quería perder su independencia y prefería mantener en secreto su relación. Tenía el presentimiento de que el kurdo reaparecería una noche en su casa, y esa vez sí la mataría.

Los martes o los viernes, salían juntas a pasear por la Bergman-nstrasse y a la Maybachufer, y se divertían regateando con los ven-dedores antes de que cerraran sus puestos, comprando aguacates y mangos a precios de liquidación. De ese modo, Nadine fue cono-ciendo las frutas tropicales que, aunque adquiridas en el mercado turco, a Mares le recordaban a Cuba.

Ambas recorrían la ciudad libremente, hasta que un día todo cambió. Nadine había comenzado a preocuparse al ver su foto en el primero de una serie de artículos publicados en el periódico de la universidad, que más tarde fue reproducido en la prensa nacional. Había organizado una campaña, apoyada por la misma fundación en la que trabajaba a tiempo parcial, para dar sepultura a restos humanos, en este caso cerebros de víctimas de los nazis que habían sido preservados por décadas y que aún eran usados en experimen-tos científicos. El artículo desató una oleada de insultos, y otra de apoyo y solidaridad. Para unos, su campaña iba contra la ciencia y pretendía borrar el pasado; para otros, se trataba de saldar una deuda con las víctimas y sus familiares, cerrando así un capítulo de la historia nacional.

Tuvieron que protegerse, como cuando unos *skinheads* reconoc-ieron a Nadine en la calle y comenzaron a acosarla con gestos obs-cenos. Mares los llamó payasos neonazis que solo creaban una falsa ideología para matar su aburrimiento.

Debió soportar llamadas telefónicas ofensivas para que dejara el pasado en paz, que nada bueno saldría de recordarle a los alemanes lo que habían hecho los nazis. También cartas anónimas con ame-nazas de muerte. Hasta que un día, a la salida del apartamento, un hombre la arrinconó en una esquina, y mientras le apretaba el cuello y la neutralizaba con una mano, con la otra le abría los botones del jean y hundía los dedos en su entrepierna.

—¿Crees que te vas a salir con la tuya? —le dijo.

Ella abrió los ojos y lo observó. Quería hacerle saber que memorizaría su rostro y cada rasgo de su perfil, de manera que, si sobrevivía, podría denunciarlo. Sin embargo, lo único que logró memorizar fue el olor a levadura y ajo en el aliento de su atacante, sus ojos verdes enrojecidos, el cuello tatuado y la cabeza rapada. Y solo parte de un tatuaje en el brazo, una especie de dragón que se contoneaba mientras él la forzaba.

—Regresa a tu propio país, cubana de mierda.

En un descuido del atacante, Nadine gritó. Fue suficiente para que Mares la oyera. Al ver al hombre rapado que embestía a su amiga, Mares corrió hacia ellos descalza. El hombre, asustado, liberó a Nadine y huyó por las escaleras.

Nadie más acudió al llamado de auxilio. Las puertas de los otros diez apartamentos permanecían cerradas. Desde ese día, Nadine comenzó a dormir en casa de Anton, en el Dahlem Dorf, que estaba más cerca de la universidad, y Mares decidió quedarse más tiempo con Gaspar.

Denunciaron el asalto en la universidad, e hicieron un retrato hablado del hombre rapado. Pocos días después, la fundación para la que trabajaba Nadine anunció una ceremonia en homenaje a las víctimas de los programas de limpieza racial, y dio a conocer que todas las muestras humanas obtenidas durante el período del Tercer Reich serían sepultadas.

Casi una década después de haberse conocido, Nadine y Anton preparaban los últimos detalles de su boda. Vivían juntos desde hacía años, y ella estaba embarazada. Tenía veintinueve años, y él treinta y uno. La boda, a la que solo asistirían un par de amigos, se celebraría un día que seleccionaron al azar, y que resultó ser el ocho del mes ocho del ochenta y ocho.

Al escuchar la noticia, Mares le dijo a su amiga que el día que habían escogido significaba que ella y Anton estaban sellando un pacto que duraría toda la vida.

—Nada es para siempre—le respondió Nadine.

—No todos los días uno se casa el día ocho del mes ocho del ochenta y ocho —la voz de Mares imitaba la de una gitana que les había leído la mano a ella y a Nadine en una plaza de Sevilla.

—Ustedes dos son hermanas —les dijo la mujer—. Es más importante parecerse por dentro que por fuera. Están unidas por las pérdidas.

Las gitanas son sabias, repitió Mares en aquella ocasión, mientras caminaban bajo el sol entre casas pintadas de cal, y a partir de ese día tuvieron la convicción de que, aunque terminaran viviendo lejos una de otra, nunca se iban a separar.

—Ocho, ocho, ocho, ocho… —Mares repitió la fecha de la boda, y tras una larga pausa continuó—. ¿No crees que debas llamar a tu padre?

Nadine no tenía energías para contestarle. Sentía vergüenza y culpa, pero quería convencerse de que habían sido sus padres quienes la abandonaron a ella. Ella intentó acercarse durante el juicio, pero su padre se mantuvo al lado de su madre, fiel a ella, no a la niña a quien habían salvado del comunismo.

—Te vas a casar, vas a tener un hijo… —continuó Mares.

Desde que se había mudado a Berlín, con 18 años, Nadine había perdido contacto con su padre. Si aún cuando vivían bajo el mismo techo él nunca le había vuelto a dirigir la palabra, qué sentido tenía que le escribiera. A quien Nadine llamaba al principio, de vez en vez, era a su antigua casera para saber cómo iba el juicio, hasta que un día la mujer que contestó al teléfono le dijo que Frau Adam había muerto.

Nadine quiso negarse con un gesto. Hubiese sido más fácil para ella, pero sabía que Mares no iba a quedar conforme. ¿Cómo convencerla de que no podía comunicarse con los Taylor, que se habían olvidado de ella desde el día en que un periodista había tocado a la puerta de su casa y pronunciado el verdadero nombre de su madre? Ya no necesitaban una niña rescatada. Llevarla al juicio no les había servido de nada frente a quienes determinarían la condena.

Lo cierto es que Nadine sí había estado pensando en ellos, pero prefería no contárselo a Mares, mucho menos a Anton. Él creía que los Taylor eran unos nazis —inclusive Jordan, estadounidense por nacimiento— y que deberían haber sido desenmascarados desde mucho antes. Ahora, que estaba embarazada, a menudo recordaba también a su verdadera madre, su verdadero padre y su abuela alemana, la escritora, a quien se había propuesto, un día, rescatar del olvido.

Mares no se daba por vencida, y permanecía con los brazos cruzados, esperando una respuesta.

—Ellos no son mis padres —dijo Nadine—. Mis verdaderos padres murieron en Cuba.

La última vez que tuvo noticias de su padre adoptivo había sido por una nota en el periódico que Anton le hizo llegar. Jordan Taylor, un electricista retirado, veterano del ejército americano, se había mudado a Westphalia para estar cerca de su esposa, la criminal de guerra encarcelada Irma Braun.

Nadine se iba a casar exactamente siete años después que la mujer que la había criado —a quien alguna vez había llamado mamá—, fuera condenada a cadena perpetua por crímenes de lesa humanidad.

25

Siete años después
Bochum–Linden. Abril, 1996

Nadine tenía la certeza de que en los aviones se viajaba al futuro, y en los trenes, al pasado. Los momentos de su vida en que se había visto obligada a regresar al ayer, lo hacía siempre con los ojos cerrados, casi en contra de su voluntad. Ahora, junto a su hija Luna, de siete años, y su amiga Mares, viajaba hacia el oeste de Alemania, a una ciudad fronteriza con los países bajos, para saldar cuentas con su memoria.

Desde el nacimiento de su hija, Nadine se había prometido abrir los ojos y reconstruir su pasado, aunque fuese a retazos, porque al final "uno era la suma de sus errores". Así había dicho Theodor Galland, su viejo profesor de literatura alemana en la universidad, citando a su abuela Ally Keller al descubrir, para su asombro, que ella era la nieta de la poeta asesinada en Sachsenhausen.

Nadine había hecho amistad con el profesor Galland no por amor a la literatura, sino porque él se había dedicado a estudiar los escasos textos escritos por Ally Keller que había podido recuperar con precisión arqueológica. Nadine le había entregado las cartas escritas por la monja que la había ayudado a salir de Cuba, en las que hacía referencia a la historia de su madre, Lilith Keller. También le había dado la única foto que conservaba de su madre, y una copia del poema que Ally Keller le había escrito a su hija cuando esta cumplió siete años: *La viajera nocturna*.

Solo después de la reunificación de Alemania y la apertura de los archivos, incluidos los de las universidades, el profesor Galland había tenido acceso a documentos protegidos durante décadas en la Universidad Humboldt, donde Ally Keller había publicado ensayos en la revista literaria que editaba el profesor Bruno Bormann. Habían encontrado cartas y poemas con notas al margen, donados después de la guerra por Franz Bouhler, que había usado para ello su apellido materno, Holm. Se hallaron, incluso, fragmentos del diario de Ally Keller. El profesor Galland aspiraba a acumular documentación suficiente para preparar, antes de retirarse, una antología de su admirada poeta. Había estado en comunicación con varias universidades del país, con la esperanza de rastrear todo cuanto existiera relacionado con ella.

Poco a poco, como piezas de un rompecabezas, el profesor Galland y Nadine iban reconstruyendo su pasado sin siquiera habérselo propuesto.

Tras la muerte del científico responsable del T4, el programa de eugenesia del Tercer Reich, la familia había donado sus archivos al centro de investigación donde Nadine trabajaba, ahora, a tiempo completo. Estaba a cargo de analizar documentos en los que habían vuelto a salir a la luz otras láminas con muestras de cerebros. Esta vez le fue más fácil exigir la sepultura de los restos, pero se sorprendió al encontrar un expediente con fotografías de una niña desnuda, junto a las que aparecían las medidas de su cuerpo, su cabeza, detalles de la nariz, los labios, los ojos, y hasta una muestra de cabellos, bajo el nombre de Lilith Keller. La niña, hija de una alemana pura con un negro, había sido clasificada como *mischling*, y su expediente destacaba que, a pesar de tener un coeficiente de inteligencia mucho más alto que el promedio, y de que sus proporciones se correspondían con las de la raza aria, el color de la piel y la textura del cabello demostraban que había heredado, por vía paterna, un error genético, por lo que se recomendaba su esterilización a través de radiaciones, para detener la propagación de la impureza racial.

Frente al expediente de su madre, Nadine volvió a sentirse asfixiada, como durante el juicio en Düsseldorf, solo que en esta ocasión no quería olvidar. Si antes había cerrado esa puerta, había sido por no estar preparada para perdonar.

Fotocopió los documentos, y se los entregó al profesor Galland para completar el testimonio de su abuela. Le quedaba por investigar la historia de su abuelo, pero no hallaba mención alguna en las cartas ni en los documentos de los archivos rescatados. Solo sabía que su abuela había vivido a principios de los años treinta en Düsseldorf, y que había viajado en varias ocasiones. Nada más. Durante el advenimiento del partido socialista nazi, varios músicos negros, más tarde identificados como miembros de la resistencia, habían sido asesinados en Düsseldorf, pero a ninguno se les pudo encontrar una conexión con Ally Keller.

Nadine suponía, además, que Franz Bouhler habría muerto durante la guerra o de vejez, de modo que todo lo que podía hacer para reconstruir su pasado era viajar a Cuba. Un viaje que requería que tomase un avión, y aún no estaba lista para ello. Prefería esperar a que su hija creciera para que la acompañara y, juntas, iniciar el proceso de recuperar el pasado. Lo único a su alcance en aquel momento era reencontrarse con sus padres adoptivos y presentarles a su nieta.

Meses antes, Nadine había recibido una carta en la que le informaban que Irma Taylor sufría de diabetes, a causa de la cual le había sido amputada una pierna. Iba a ser amnistiada, y se esperaba que fuera liberada en cuestión de días. La carta la enviaba una organización de ayuda a criminales de guerra que hubiesen cumplido su condena. Además de notificar a Nadine, que aparecía registrada como su hija, tenían el deber de darle la noticia a los testigos afectados que habían presentado declaración en el juicio. Jordan, que había estado visitando a su madre en la prisión todos los fines de semana, vivía en una residencia de ancianos en Bochum-Linden, donde se esperaba que su esposa se reuniera con él.

Nadine le envió una carta a Jordan, comunicándole que quería visitarlos y presentarles a su hija, Luna. Nunca recibió respuesta. Fue durante un viaje de Anton a Nueva York, parte de una batalla en las cortes contra las casas de subastas, que Nadine decidió viajar a Bochum-Linden.

—¿Estás segura de estar lista para verlos? ¿Por qué ahora? —le preguntó Mares.

—Uno no puede pasar la vida olvidando, Mares —respondió Nadine—. ¿Qué se resuelve con eso?

—¿Y si ellos son los que no están listos?

—Al menos, lo habré intentado.

Aunque sabía que debía hacer ese viaje, le preocupaba cuál sería la reacción de sus padres adoptivos al conocer a Luna. A veces la niña se sentía diferente porque el color de su piel era más oscuro que el de sus padres.

De pequeña, en la floristería de los bajos del apartamento donde vivían, Luna había oído decir que había sido adoptada, traída de una isla del Caribe. La vecina de la planta baja le comentaba al vendedor que Nadine había ido a Cuba a adoptarla, y que se la había arrebatado a los comunistas. Luna subió al apartamento y, con las manos en la cintura, desafió a sus padres.

—¿Por qué nunca me lo dijeron? —les reclamó.

Cuando Luna repitió la historia alucinante de la vecina sobre la fuga de Nadine de la Isla con la niña en brazos en un barco a la deriva, su madre no pudo contener la risa. Ese día decidió que su hija estaba lista para entender el pasado como ella nunca lo estuvo.

—La que salió de Cuba fui yo. A la que adoptaron fue a mí. Y al final, si te hubiera adoptado no te habría querido menos. Eres mi hija, y siempre lo serás.

Luna se puso de pie, aún insatisfecha.

—Pero entonces ¿me adoptaron o no?

Nadine le mostró fotografías de su embarazo, del día que había nacido, de Anton llevándola en hombros por el Tiergarten, del primer paseo en tren, de los veranos en el lago. Al ver las fotos, Luna sintió que recordaba todos aquellos momentos, como si ella las hubiera tomado.

—¿Y por qué soy diferente? —preguntó—. Soy más oscura que ustedes.

—¿Más oscura? Todos somos diferentes, Luna —la interrumpió Anton—. Cada uno de nosotros… Y nadie es mejor que nadie.

Nadine continuó:

—Mi padre era cubano; mi madre era hija de una alemana blanca y de un alemán negro. Porque, aunque mi abuelo era negro y le decían africano, él se sentía tan alemán como tú y como yo, pero en esa época se entendía que la nacionalidad alemana tenía que ser única, blanca y pura.

—¿En esa época? —preguntó Anton con ironía.

—Eres idéntica a tu bisabuela Ally, pero con mucho de la belleza de tu abuela Lilith —le explicó Nadine, y el rostro de Luna se iluminó.

Desde ese día, Luna se contemplaba en el espejo y era feliz.

Tenía los mismos ojos de Nadine, pero de un gris que podía tornarse verde pálido a la luz del sol. Había heredado el cabello claro de su bisabuela, y el color de piel oscuro de su abuela.

Desde que Luna dio sus primeros pasos y comenzó a hablar, la llamaban la niña de "los por qués". Quería saber la justificación de todo. A medida que fue creciendo, también lo hicieron sus preguntas. Comenzó a preguntar "cuándo" y "dónde", para ubicar en tiempo y espacio su razonamiento. Nadine decía que la niña quería darles un cuerpo a las ideas, convertirlas en materia para no olvidar nada.

Y "nada" se refería al más mínimo detalle. Desde un gesto, hasta cómo estaban colocados los muebles de la biblioteca, la posición de los libros en el estante, el orden de la vajilla en la vitrina del comedor. Luna incluso podía percatarse de si su madre cambiaba la coordinación de los cojines de colores del sofá. Memorizaba los nombres de todos los compañeros de clases, sus fechas de nacimiento, sus direcciones. Luna tenía facilidad para los idiomas. Imitaba acentos, y podía recitar sin esfuerzo un largo y complejo poema. Lo único que se negaba a memorizar eran las fórmulas matemáticas. Los números y las ecuaciones no estaban hechos para ella, solo las palabras.

El viaje en tren a Bochum-Linden fue lento. Lo que más le preocupaba a Nadine era no haberle dicho nada a Anton. Él era de los que creían que uno debía crecer con la verdad, y que el pasado no debía ocultarse. Al mismo tiempo, prefería que los padres de Nadine no la visitaran, ni así fuera en Navidad. Una cosa era que la niña supiera quiénes eran sus abuelos adoptivos, y otra tener que compartir con una criminal de guerra.

Nadine, Mares y Luna llegaron a la ciudad al anochecer y se instalaron en un pequeño hotel a unos pasos del Bochum Weihnachtsmarkt. Aún quedaban algunas de las campanillas con que adornaban los árboles durante las navidades.

—Tenemos que traer a Luna en diciembre —dijo Mares.

—Tal vez nunca regresemos. Quién sabe…

Al día siguiente, desayunaron en el hotel y a media mañana se dirigieron a la residencia de ancianos, construida frente a un parque arbolado que parecía una extensión del pequeño jardín que adornaba el edificio.

Encontraron el apellido Taylor en el intercomunicador y marcaron el 1C. Nadie respondió. A los pocos segundos, se escuchó un timbre y se activó la puerta. Atravesaron un recibidor que tenía una mesa central con un enorme ramo de flores de papel. Al fondo había un salón con sillones de espera. Tomaron el pasillo de la izquierda, y buscaron el tercer apartamento. En la puerta, debajo del número, se leía J. Taylor. Tocaron a la puerta sin recibir respuesta.

—Tal vez hayan salido —dijo Nadine al ver el nerviosismo de Mares—. No tienen idea de que estamos aquí, no creo que no nos quieran abrir la puerta.

Se disponían a regresar al salón de espera cuando vieron en la distancia, a contraluz, a un hombre que empujaba a una mujer en silla de ruedas.

—¿No es esa la abuela? —preguntó Luna en voz baja—. Mira, a ella le falta también una pierna.

—No señales, Luna…

Nadine apretó la mano de su hija, como si los dos extraños que se aproximaban se la pudieran arrebatar.

—Calma —dijo Mares—. Todo va a estar bien.

Las tres se hicieron a un lado para dejar pasar a la pareja, que se acercaba lentamente. Ya podían escuchar la respiración sofocada del hombre, que hacía un esfuerzo para empujar el peso de la silla.

—Debimos haber comprado flores —dijo el hombre, en inglés.

—¿Para qué gastar dinero en flores? Terminan marchitas, y de ahí a la basura —le respondió la anciana, acariciando con nerviosismo una muñeca de trapo. La mano derecha le temblaba.

Nadine comenzó a reconocer la voz de su padre. Sí, era él. Tenía su misma cadencia, su tono suave y firme. A la madre no la reconoció.

El hombre abrió la puerta del apartamento con dificultad. Cuando iba a cerrarla, vio a las tres visitantes.

—¿Qué desean? —dijo en perfecto alemán.

—¿Podemos pasar? —preguntó Nadine, con firmeza.

El hombre llevó la silla de ruedas hasta cerca de la mesa del comedor para cederles el paso. La niña se soltó de la mano de su madre, y fue la primera en entrar. Las tres se sentaron en un sofá floreado, donde se hundieron al unísono. Luna soltó una carcajada.

—Los muebles de ahora no duran nada —dijo el hombre—. ¿Quieren algo de tomar?

La anciana seguía acariciando la muñeca de trapo, que Luna no dejaba de mirar.

El hombre tomó unas bolsas que estaban detrás de la silla de ruedas, y las colocó encima de la mesa.

Nadine recorrió, con la mirada, la pequeña habitación, cuya única luz provenía de un patio interior. No había fotos ni adornos. Solo una mesa con cuatro sillas tapizadas en gris humo, el sofá y dos butacones con los brazos cubiertos de un tejido a crochet blanco. En uno, reposaban dos agujas de tejer y una bolsa con ovillos de hilo. En medio del salón, frente al sofá, un largo baúl servía de mesa. Encima, había varios periódicos doblados.

El hombre se acercó y tomó los periódicos.

—Ya no hay noticias, solo chismes en los periódicos —dijo, y se los llevó a la cocina.

Nadine se volteó y en una esquina reconoció la fotografía en blanco y negro de los Taylor que una vez estuvo en la casa de Maspeth. Él vestido de militar y ella de blanco. Ambos se veían increíblemente jóvenes.

De regreso, Jordan le habló al oído a la anciana.

—¿Necesitas ir al baño? —le dijo, y las tres lo escucharon.

Ella negó con un movimiento sutil de la mano izquierda, la que no temblaba.

Irma se detuvo en la imagen por un momento y sonrió.

—Nosotros una vez también fuimos jóvenes y felices —dijo, señalando la fotografía. —Nos conocimos después de la guerra. Qué época aquella. Cuando lo vi entrar en el hospital donde yo trabajaba, no pude quitarle los ojos de encima. Era el hombre más galante que yo haya visto en mi vida.

Irma continuó hablando con la mirada fija en la alfombra y jugueteando con la muñeca de trapo. Jordan le besó la frente.

—Fue amor a primera vista —dijo Irma—, y enseguida nos casamos.

Jordan se acercó a ella, como si la estuviera protegiendo.

—¿En qué las podemos ayudar? ¿Hay algún documento que necesitamos rellenar? —preguntó con resignación.

Nadine y Mares se miraron, sorprendidas. La anciana insistía en hacer bailar a la muñeca de trapo. Luna sonreía.

Su padre continuaba sumergido en su silencio, incapaz de ver justo lo que estaba frente a él. No tenía tiempo para rescatar en su memoria el rostro de una niña ahora convertida en mujer. No le interesaba, pensó Nadine. Habían pasado varios años. La última vez que se habían visto, Nadine era una adolescente, y desde que comenzara el juicio él había emprendido un viaje de regreso a los años en que solo existían Irma y él.

"Mamá", quiso decir Nadine, pero no pudo. Temía que se le quebrara la voz.

En la habitación hacía calor, y sintió que las gotas de sudor le corrían por la espalda. Nadine no sabía si debía confrontar a sus padres y recriminarles que la hubieran abandonado, pues al final no tenía claro quién había abandonado a quién, porque fue ella quien se marchó a Berlín para nunca regresar. Les estaba agradecida por haberla sacado de Cuba, por haberle enseñado alemán y por haberla llevado a vivir al país de sus abuelos.

—¿No me reconoces? —preguntó en inglés.

Nadine cerró los ojos, y vio a su madre en el cuarto de dormir. Pudo ver el empapelado de las paredes, y la sobrecama; sintió el olor a alcanfor de los abrigos de lana. Escuchó a su madre entonar una canción de cuna en alemán, y solo entonces pudo reconocer su acento peculiar. Lo que ella pretendía recuperar ya no existía.

—Soy Nadine —dijo al final.

El hombre seguía sin reaccionar. Luna había comenzado un diálogo silente con la pequeña muñeca de trapo, que parecía a punto de deshacerse entre las manos de la anciana. Mares sentó a la niña en sus piernas, en un acto inconsciente de protección. No sabía cómo iba a terminar aquel encuentro.

—¿No recuerda a su hija? —Mares se atrevió a preguntar.

Y, al hacerlo, tomó la mano a su amiga. Intentó transmitirle fuerzas.

Los ancianos permanecieron con la mirada perdida. No querían escuchar. Continuaban aislados en la nebulosa de un juicio, los años en la cárcel, el peso de la vergüenza.

—Irma, debes acostarte y descansar.

En ese instante, Nadine reconoció la voz calmada y amable de su padre joven, y al escuchar el nombre de su madre, volvió a sentir el olor de la casa de Maspeth. Sus padres no querían recordarla, admitió. "¿Para qué?", se preguntó. Solo había sido parte de sus vidas por poco más de una década. Nada más. Uno siempre quiere regresar a casa, pero aquí lo mejor era partir, renunciar. No había más que buscar, concluyó.

El hombre, todavía impasible, separó una silla de la mesa y se dejó caer, como si las rodillas se negaran a sostenerlo.

—Quizás es mejor que nos vayamos —dijo Nadine, y se puso de pie.

Las tres caminaban hacia la puerta cuando, a sus espaldas, escucharon la voz de la mujer.

—¡Espera! Tengo algo para la niña. ¿Cómo te llamas?

Luna le dijo su nombre mirando a su madre, como indagando si estaba haciendo lo correcto o si era mejor callar.

—Luna —respondió, y señaló hacia arriba, hacia el cielo, por si la señora no entendía el significado de su nombre en español.

Con mucho trabajo, la mujer movió la silla de ruedas hasta el centro de la habitación, se acercó al baúl y lo abrió. Estaba lleno de muñecas de trapo, todas del mismo tamaño, como de la misma edad, amontonadas como cadáveres idénticos. Tomó una y se la ofreció a Luna.

—Esta es para ti. Lleva tiempo esperando que alguien la acaricie.

La niña corrió hacia la anciana y la abrazó. Él seguía de espaldas a ellas. Nadine se preguntó cuántas muñecas habría hecho su madre cada día en prisión.

—Gracias —dijo Luna—. ¿Cómo se llama?

—Le puedes poner el nombre que quieras —le respondió la anciana mientras se alejaba, moviendo con las manos su silla de ruedas.

El hombre no se levantó a despedirlas. Se mantuvo con la mirada fija en la ventana de persianas corridas, pero cuando ellas llegaron al umbral, de repente gritó:

—¡Nadine! —y ella se detuvo.

Lo vio acercarse, con lentitud, cabizbajo, tembloroso. Nadine se asustó.

Él no se atrevía a mirar a su hija a los ojos. Se le escuchó balbucear. Los latidos acelerados de su corazón no le permitían a Nadine entender lo que decía su padre.

—Lo siento —le dijo el anciano con voz cansada.

Los ojos de Nadine se llenaron de lágrimas. Los cerró. No se decidía a abrirlos. Se sintió abrazada. El cuerpo del anciano era de una fragilidad infinita.

El padre dejó caer los brazos con brusquedad, se separó de ella y le dio la espalda.

Al abrir los ojos, Nadine lo vio alejarse arrastrando la pesada silla de ruedas hacia la habitación. En silencio, salió del apartamento.

Mares y Luna la esperaban afuera, ansiosas. Nadine tomó la mano de su hija. En la otra, Luna llevaba el regalo de la anciana. Le mostró la muñeca a su madre.

Nadine tomó la muñeca y la observó. El cuerpo era de seda blanca; los ojos, dos botones azules; las trenzas, de estambre amarillo; los labios, una cerda rosada que se dibujaba como una sonrisa; sobre el vestido de gabardina azul, un delantal de lino blanco, y en el borde del delantal, el nombre de la muñeca en letra cursiva bordada con hilo rojo: Nadine.

26

Cuatro años después
Berlín. Enero, 2000

Una mañana, al levantarse, Luna Paulus anunció que hubiera preferido haber nacido en el nuevo milenio.

—He perdido una década en el siglo pasado —dijo la niña, con un libro bajo el brazo.

Tomó una tostada y comenzó a devorarla de pie, detrás de su madre.

—¿No crees que pudieras sentarte tranquila, con nosotros? —le respondió Nadine, intentando concentrarse en las noticias del periódico—. Diez años no son nada, vas a vivir el siglo completo.

La niña parecía malhumorada.

—A ver, ¿a qué se debe esto? ¿Qué te preocupa? —continuó su madre.

—Nada, es solo una opinión, creo que puedo tener una opinión en esta casa.

—Y dos también —dijo el padre, y la despeinó.

—Ustedes me siguen tratando como a una niña pequeña, y ya tengo diez años —resopló Luna.

—Eres una niña pequeña todavía —insistió la madre.

Luna se levantó de la mesa y regresó a su cuarto. Era sábado y había comenzado a nevar, así que se quedarían todo el día en casa.

—Comenzó a escribir un diario, ya sabes... —le comentó Nadine a Anton sin levantar la vista del periódico.

—Ahora dice que se parece a su bisabuela —respondió Anton—. Quiere entender de dónde viene, de dónde vienes tú. Y... ¿Nadine?

—¿Sí?

—No creo que debas leer su diario.

—Fue solo un vistazo —dijo Nadine.

Anton alzó los ojos hacia ella.

—Si Luna se entera...

—Anton, lo sé. Todo esto comenzó después de haberla llevado a conocer a su abuela Irma. Ahora tiene tantas preguntas, está tan confundida...

Luna había comenzado a llenar cuadernos con historias que comenzaban por el final, para que no se extraviaran, decía. A veces eran simples descripciones o conversaciones que había escuchado en la escuela entre dos de sus amigas. Recortaba palabras e imágenes de las revistas, referidas a Cuba, al comunismo o al nazismo, y las unía en un collage infinito, unos recortes sobre los otros.

—Un día va a pesar tanto que no vamos a poder levantarlo del suelo —le dijo su madre, pero Luna continuaba construyendo aquel mundo bajo sus pies.

Cada noche, cuando Nadine y Anton se despedían de la niña, ella los miraba por varios segundos, tirándoles de las manos para evitar que abandonaran la habitación.

Nadine pensaba que no quería quedarse sola, o que la acompañaran con cuentos y canciones por más tiempo, hasta que se dio cuenta de que lo que Luna hacía era grabarlos en la memoria.

—Anton... —Nadine tragó en seco—, a veces creo que Luna se esfuerza por no parecerse a mí.

—Las dos son iguales, puedes estar segura, y ella lo sabe. En realidad, nuestros hijos vienen al mundo a perfeccionarnos. ¿No crees?

—Ella se ha dado cuenta de que, desde que nací, me he pasado la vida olvidando, y quiere recordarlo todo.

Luna hablaba español con Mares; con Anton y Nadine se movía con fluidez del inglés al alemán, mezclándolos y haciendo chistes que a veces solo ella podía entender. Esperaba una reacción de los demás, y se frustraba cuando no la comprendían. Todas las noches Nadine y Luna se embarcaban en un "viaje de rescate", como Nadine los llamaba, en los que fue revelándole a la niña, poco a poco, a la familia perdida. Al abrir las puertas, Nadine invitaba a formar parte de la vida de su hija a personajes que a veces pensaba eran solo productos de su imaginación. Pero aún existían registros de personas como los Herzog. Y del primo de Franz, Philipp, y del equipo de médicos que había sometido a Lilith a las pruebas de inteligencia. Y también del padre de su abuelo Martín, que había servido en el gabinete presidencial de Batista, y del mejor amigo de Martín, Oscar, que había muerto en un accidente de avión. El apartamento de la Katharinenstrasse se llenó de rostros que, con el tiempo, se fueron haciendo familiares para ambas. Anton las contemplaba como en un retablo, y las disfrutaba, aquella especie de mimesis eterna lo sorprendía y lo fascinaba.

Por sus historias desfilaba Ally Keller, recitando *La viajera nocturna* con una cadencia casi musical. La niña memorizó el poema, y lo declamaban con alborozo, transformando el sentido de los versos al darles diferentes entonaciones. Unas veces lo leían con espíritu veraniego y aire festivo; otras, invernal, creando silencios alargados que volvían el poema luctuoso. Al hablar de Herr Professor, Nadine citaba frases célebres de poetas antiguos; al referirse a Franz, le llamaban "el ángel".

Una noche, cuando Luna solo tenía ocho años, se despertó de madrugada y fue directo al cuarto de sus padres. Se detuvo frente a ellos, y decidió esperar que se despertaran. Si no fuera porque Anton abrió los ojos y la vio inmóvil, en la penumbra, hubiera podido estar allí por horas.

—Luna, ven y acuéstate con nosotros.

La niña se acomodó entre sus padres, y cerró los ojos.

—¿Tuviste una pesadilla?

Luna negó con un gesto.

—¿Qué pasa entonces? ¿Demasiados fantasmas? Vamos a tener que pedirle a tu mamá que no traiga más a la casa libros y documentos de la biblioteca.

Luna abrió los ojos y se sentó en la cama. Nadine se despertó, asustada. Entonces la niña tomó las manos de sus padres y, con solemnidad, pidió la atención de ambos.

—Lo he decidido, voy a ser escritora como mi bisabuela.

—Me parece muy bien, pero ahora hay que dormir —le dijo Nadine, incómoda—. Mañana es día de clases.

Anton estaba convencido de que su hija ya tenía trazado su destino. La veía llenar cuadernos y hojas sueltas que guardaba con delicadeza en el compartimento del armario donde debería estar su ropa interior. Para ella, ese era el lugar adecuado, el escondite donde podía proteger sus textos. Las siguientes navidades, sus padres le regalaron una *laptop* para facilitarle la escritura, pero Luna ya estaba habituada a escribir a mano y dejó la computadora para los trabajos escolares, con los que siempre cumplía, aunque la agobiaran.

Con el tiempo, Nadine comprendió que la obsesión de Luna por escribir respondía a un solo propósito: no olvidar. A la única persona a quien la niña le contaba lo que había escrito era a Mares, porque hacerlo la ayudaba a descifrar sus ideas cada vez que regresaba a ellas. Había llenado tantas páginas que, por mucho que practicara, era imposible memorizar todas las palabras amontonadas en el papel.

Con la llegada del nuevo milenio, Luna les recordó a su madre y a Mares que tenían una promesa pendiente: viajar a Cuba. Nadine evadió a Luna y Mares intentó hacerle cambiar de idea. Lo cierto era que ninguna de las dos estaba lista para hacer ese viaje. Si Mares hubiese aceptado, Nadine podría haber enfrentado su miedo a volar en un avión, pero a Mares no la querían en Cuba. Había explicado varias veces que, desde que había tomado la decisión de no regresar a la Isla después de estudiar en Moscú, su madre le había devuelto cada una de sus cartas y no aceptaba sus llamadas telefónicas. Para su familia estaba muerta, aunque a los muertos uno tiende a recordarlos, dijo. Primero, Mares había sentido odio por la familia que le dio la espalda, aunque sabía que para su madre era ella, Mares, quien los había abandonado. Con el tiempo, el odio se había convertido en indiferencia.

Por primera vez, Luna no entendió a Mares. Sintió que su madre y Mares se habían confabulado contra ella, inventándose un mismo pasado. Ambas habían sido desahuciadas y tenían madres ausentes de quienes huían.

—Para ellos, en Cuba, soy una gusana —le dijo Mares.

Luna seguía sin entender. ¿Qué era ser una gusana?

—Cuando uno se queda a vivir en el extranjero, o cuando uno se va, no te permiten regresar —le explicó Mares, sin darle más detalles—. Para ellos, soy una traidora. Cuba me agota.

A Luna le fascinaba salir de su cuarto en medio de la noche, escurrirse por el pasillo y escuchar las conversaciones de los adultos. "Los adultos pueden hacer lo que quieran: acostarse tarde, comer a deshora, sentarse como quieran", pensaba. A ella le exigían siempre modales en la mesa, no podía hacer preguntas indiscretas, alzar la voz ni decir malas palabras o palabras incorrectas, como las llamaba su padre. No, no y no. Luna soñaba con que algún día la dejaran participar de esas conversaciones en penumbra, acompañada de un tazón rebosante de chocolate caliente, mientras los otros se atiborraban de vino tinto y café. Su padre se acaloraba, alzaba la voz, imponía sus ideas, mientras su madre se refugiaba a su lado, como buscando el amparo de él, aunque Luna sabía que en realidad solo trataba de calmarlo. Así, unidos, Nadine y Anton parecían una sola persona. Luna sentía celos, no de su madre o de su padre, sino de estar ahí, entre los dos, fundida también en un solo cuerpo con ellos. Su madre miraba a su padre como si acabara de conocerlo, extasiada con sus discursos. Entonces él tomaba aire, se aclaraba la garganta y la acariciaba. ¿Y ella? ¿En qué lugar quedaba Luna?

Fue en aquella época que la niña supo que su vida estaba predestinada a transcurrir de noche. Tanto ella, como su abuela Lilith era hijas de la luna. El día era para la escuela, las clases de música, comer, bañarse, vestirse. De noche podía escribir, leer, ver la televisión, escuchar a escondidas los secretos de sus padres y curiosear en los armarios, en las gavetas olvidadas y en los cofres de joyas que habían perdido el brillo. De noche era ella misma. Por la mañana, era otra, la niña que todos querían que fuera. Su bisabuela Ally había escrito un hermoso poema sobre la noche que parecía hablarle directamente a Luna a través de los años.

Un día, sin decirles nada a sus padres, Luna puso la casa patas arriba. Así dijo Mares entre carcajadas al verla. La niña había sacado los libros de los estantes y los había colocado acostados y con el lomo hacia adentro. Luna usaba medias desiguales y, si se hacía dos trenzas, una siempre era más gruesa que la otra. Nadine sabía que esas extravagancias las había heredado de la madre de Anton.

Después que el abuelo de Luna, Joachim Paulus murió de un infarto mientras dormía, la abuela Ernestine decidió vender el apartamento de Lucerna y regresar a Berlín para estar cerca de su nieta. La abuela había vivido llevándoles la contraria a todos. Se había presentado con un traje de flores en el funeral de su marido, en el que pronunciaron discursos que hablaban del abuelo como un héroe que había dedicado su vida a dignificar a los alemanes en las tareas de restitución a los judíos, y que había sido homenajeado con un árbol plantado en su honor, como un justo entre las naciones, en una pequeña colina en Jerusalén. Para acompañarla, Luna se había estrenado una blusa azul y una falda verde. Eran las únicas que no vestían de negro. A nadie le extrañó.

Tras la muerte de su abuelo, por la casa desfilaron amigos de los que Luna nunca había escuchado hablar, hombres y mujeres que hablaban en otro idioma y que rememoraban todo lo que el abuelo había hecho por ellos. La casa se llenó de velas y flores, bandejas de comida y mucho vino. Hubo abrazos y besos, acompañados de lágrimas y algún que otro sollozo. Una foto del abuelo, junto a jefes de estado, fue publicada en la primera plana de los periódicos, para sorpresa de Luna. Porque el anciano con quien tomaba helado en pleno invierno a escondidas de la abuela, que devoraba con ella barras de chocolate, que la mecía en sus piernas y le hablaba de montañas nevadas, nunca le había dicho que era un héroe admirado. Para Luna se trataba, simplemente, del abuelo Joachim, a quien visitaba todas las navidades.

De la muerte de Irma Braun, y de la de Jordan Taylor pocas semanas después, se enteraron por el periódico, pero nadie les llevó flores ni encendieron velas. Hubo tristeza en la casa de los Paulus, sí, pero una tristeza diferente. En la familia de los Paulus, estaban orgullosos de sus muertos. El obituario de Irma no ocupó titulares de primera página, sino un extenso artículo en el que aparecía la foto de la abuela vestida con el uniforme nazi. Había muerto ahogada, Luna había escuchado decir a los adultos. Una obstrucción pulmonar. Luna pudo sentir la pena de su madre. "¿Le habría dado tiempo de hacer un recuento de su vida?", pensó. Jordan había pasado el día junto a Irma, en la cama, como esperando que de un momento a otro despertara, hasta que llegó la mujer que la ayudaba cada día.

La señora encontró a Irma Braun, a quien el periódico llamaba "la yegua", helada y rígida. Quizás hubiera pedido perdón, como quienes saben que van a morir. Una absolución que solo habría aliviado su conciencia, y que de nada serviría a los que quedaran vivos o a los que ya habían muerto.

Tras la muerte de Irma, Jordan continuó haciendo el mismo recorrido de cada mañana, pero sin la mujer a quien había dedicado su vida. Los Taylor atravesaban el parque frente al jardín de la residencia de ancianos, bordeaban el mercado navideño y siempre se detenían frente al vendedor de flores. Entonces él le preguntaba si quería que comprara un *bouquet*. Irma negaba con la cabeza, mientras acariciaba la muñeca de trapo. "Para qué", decía, "las flores se marchitan". Después, regresaban a casa. Jordan continuaría siguiendo la misma rutina todos los días, empujando la silla de ruedas vacía. La memoria era una carga pesada.

Una tarde, el señor Taylor salió solo del apartamento 1C, sin la silla de ruedas, y aún así realizó el mismo recorrido. Detenido ante un semáforo, esperando la señal para cruzar la calle y entrar al mercado navideño, se había desmayado sobre el asfalto, o quizás se había dejado caer. A los autos no les dio tiempo a detenerse. Cuando Nadine leyó la noticia en el periódico, recordó los gritos que la habían atormentado años atrás, mientras intentaba cruzar la avenida junto a él, y vio el cuerpo de su padre, con los ojos aún abiertos, en el pavimento. Un déjà vu.

Nadine estuvo triste durante varios días. Mucho más triste que con la muerte del abuelo Joachim, advirtió Luna. No porque estuviera angustiada por la pérdida de sus padres adoptivos, en quienes hacía mucho tiempo había dejado de pensar. Estaba triste porque una noche, en la biblioteca de Frau Adam, les había deseado la muerte mientras la mujer de otro cómplice del nazismo se compadecía de que Irma hubiera terminado siendo un chivo expiatorio del remordimiento alemán. Ese día les deseó la peor de las muertes a su madre, a su padre, a Herr Adam y Frau Adam. Pero ¿quién era ella para juzgar?, le preguntaba ahora, llorosa, a Anton, que no sabía cómo consolarla.

A pesar de que en su casa todos sufrían, cada uno por las pérdidas que les correspondían, Luna era feliz porque la abuela Ernestine viviría un tiempo con ellos, mientras se vendía el apartamento de Lucerna y compraba una casa en las afueras de Berlín, en un lugar donde siempre se sintiera como si estuvieran en invierno. Para Luna, las noches frías eran la felicidad. Por alguna razón le habían dado el nombre de un cuerpo celeste que gira alrededor de la Tierra y refleja la luz del sol, acostumbraba a aclarar cada vez la mandaban a la cama temprano.

En pocas semanas, Ernestine compró la casa a orillas del lago Wannsee, cerca de la residencia, convertida en museo, del pintor que Joachim había rescatado.

—Así nunca nos olvidaremos del abuelo —le dijo a Luna cuando la llevó a conocer su nuevo hogar.

Ese verano, Luna pasó varias semanas con la abuela, decorando la que era una clásica residencia alemana de verano, de color blanco, con un jardín simétrico, que según su abuela resultaba demasiado grande para una mujer sola. Pero los recuerdos ocupaban mucho espacio, decía, y ella no iba a olvidar. Luna y Ernestine plantaron abedules en el camino al lago, y crearon "un orden dentro del desorden", así les dijo a sus padres el día que fueron a recogerla. Los árboles no seguían una línea perfecta, sino que estaban esparcidos a ambos lados del patio, convertido en jardín. Transformaron la puerta trasera de la casa en la entrada principal, colocaron el sofá en el comedor, y convirtieron la biblioteca en recibidor.

Al ver el rostro de asombro de Anton, Ernestine lo abrazó:

—No hay nada mejor que dar la bienvenida con libros.

27

Catorce años después
Berlín. Marzo, 2014

Nadine abrió la puerta de la oficina de Theodor Galland, su antiguo profesor de literatura, y vio a Luna sentada en el sofá, rodeada de hojas amarillentas. Luna se levantó, se acercó a su madre y la ayudó a quitarse la chaqueta. Un estudiante, arrodillado frente al sofá, organizaba unos sobres que contenían estampillas con la imagen del *Führer*. El profesor estaba escudado detrás de su escritorio, entre columnas de libros. Cuando Nadine entró, los tres dirigieron la vista hacia ella. Nadine se sintió intimidada, e hizo un gesto como preguntando para qué la habían convocado a la universidad. Había tenido que salir de su laboratorio antes de tiempo, y abandonar un trabajo a medias porque la cita no podía esperar. Sobre el escritorio había una caja enorme de la que salía una gabardina roja. Dentro, había cartas, documentos. Nadine observó los rostros de Luna, Gallant y el estudiante.

—Será mejor que te sientes —le indicó el profesor—. Estoy intentando organizar las cartas por orden.

Nadine se acomodó en el borde de la silla, pensaba que sería una reunión breve. Tenía las piernas unidas, una mano en la rodilla. Después respiró profundo, dejó caer los brazos y colocó su bolso en el suelo. Sabía que se extendería más de lo esperado. No le gustaban las sorpresas, y ellos lo sabían.

—Nos equivocamos —dijo el profesor—. Nunca me hubiera imaginado algo así.

Luna recogió uno a uno los documentos dispersos por el suelo, y los colocó dentro de la caja. Tenía el rostro tenso, y evitaba mirar a su madre.

—¿Me pueden acabar de decir qué es lo que pasa?

—No va a gustarte lo que estás por escuchar —continuó el profesor—. Encontramos una carta de tu abuela.

—Creí que ya habías publicado todo lo que existía de ella —respondió, incómoda, Nadine—. Aquí veo que hay más de una carta…

—Es lo último que escribió Ally Keller. Tu abuela quiso quemarlo, pero Franz lo salvó de la hoguera.

—Franz… —dijo Nadine.

El profesor Galland y Luna se miraron, como decidiendo cuál de los dos le daría la noticia.

Nadine se acomodó en la silla. Se recogió un mechón de cabello canoso detrás de las orejas. Fijó los ojos en un punto de la pared, detrás del profesor. Justo encima de la ventana, que daba a un muro de ladrillos, había un reloj. El minutero temblaba cada vez que caía en la marca precisa, como si el golpe lo hiciera rebotar, como si llegara al futuro por inercia. "¿Para qué alguien tiene un reloj a sus espaldas?", pensó. Nadine llegó a la conclusión de que el reloj no estaba allí para él, sino para estudiantes y visitantes, como ella, que interrumpían la rutina del profesor. Con la mirada intentó detener el minutero. No estaba dispuesta a revolver el pasado una vez más. ¿Hasta cuándo?

Ya habían conseguido rescatar a su abuela. El profesor había publicado en una revista literaria el poema que había acompañado a su familia, y que le dio la vuelta al mundo. Que se hubiera salvado ese poema, que su madre hubiera viajado con él a Cuba, y luego hubiera ido con ella a Estados Unidos, y de allí a Alemania, donde su hija lo había estudiado con devoción, palabra por palabra, símil por símil, memorizando su cadencia y su ritmo, era el mejor homenaje que podían hacerle a la bisabuela Ally Keller. Que Luna hubiera entrado a la universidad para estudiar literatura alemana era más que una coincidencia del azar. Nadine había visto el encuentro de su hija con el profesor Galland como una señal del destino. Ella había iniciado el camino que seguiría Luna el día que decidió tomar un curso electivo de literatura sobre poetas alemanes olvidados por la guerra en el que mencionaron a su abuela.

Desde que se abrieron los archivos de la universidad tras la reunificación de Alemania, el profesor Galland se dedicó a recopilar todo el material disponible para reconstruir la vida de una mujer que tenía el rostro de un poema. Había conseguido llegar hasta Marcus, el músico negro que había desaparecido, quizás asesinado antes de que comenzara la guerra. Había encontrado los archivos de Bruno Bormann, a quién Ally Keller llamaba Herr Professor, así como los textos escritos por un joven alemán, Franz Bouhler, que le había salvado la vida a Lilith. Con ese material, el profesor publicó un estudio bastante detallado sobre la obra accidentada de Ally Keller, y agrupó los poemas en cuatro tomos pequeños. El primero, dedicado a Marcus y la música; el segundo, en torno a Bormann y la literatura; el tercero, concentrado en Franz y el amor; el cuarto, sobre Lilith y la luz. Nadine había cerrado aquel capítulo doloroso de su historia familiar. ¿Qué más necesitaban rescatar? Habían pasado sesenta y cinco años.

Ahora su hija, desvelada, escribía de madrugada en el apartamento que sus padres habían comprado en Mitte tras la muerte de la abuela Ernestine. A Nadine la complacía que su hija viviera en la misma calle donde supuestamente Ally Keller había escrito *La viajera nocturna*. Durante la liberación, la mayoría de los edificios habían sido dañados o destruidos. Sabía que no era el mismo apartamento, pero Luna decía que podía sentir la presencia de la bisabuela, pro-tegiéndola.

Luna mantenía su habitación en penumbras. Escribía al pie de la ventana que daba a la Anklamer Strasse, como si su bisabuela hu-biera reencarnado en ella. Había publicado su primer libro de poe-mas, dedicado a Franz, el ángel, y editado por el profesor Galland. Anton afirmaba que Luna había logrado lo que no había conseguido Ally Keller en vida.

Debió haber escuchado a Mares, se decía ahora Nadine. Su amiga creía que fisgonear en el pasado sanaba las heridas, pero también abría puertas que debían mantenerse cerradas. No supo entenderla. Uno lee lo que quiere leer, de la manera que más le convenga, su-ponía, pero se había cansado de vivir rodeada de fantasmas. Ahora sabía que su amiga tenía razón.

El día que se abrieron las fronteras y comenzaron a derribar el muro, Nadine acompañó a Mares a cruzar al otro lado, que les había sido vedado. Para Mares fue como retornar a Cuba, donde no la querían, donde su madre la consideraba una traidora. Cuán cerca y cuán lejos estaban del otro lado, pensó. Solo había necesita-do atravesar una calle. Un río de gente iba y venía del este al oeste, los únicos puntos cardinales que existían para los berlineses. Del otro lado, el tiempo estaba detenido. Había miedo, dudas. Los jó-venes entonaban canciones, algunos se desnudaban en un acto de liberación.

De regreso al oeste, casi al anochecer, Anton las estaba esperando en la entrada del edificio.

—¿Cómo se atrevieron? —dijo, asustado.

—No queríamos perder este momento —le respondió Nadine.

—Cuatro décadas —respondió Mares, sombría—. Nos han da-ñado el ADN. El daño es físico. Han destruido a más de una ge-neración.

Una tarde, Nadine decidió cruzar sola al otro lado. Caminó durante horas por calles y avenidas poco familiares. Podía distinguir a los de uno y otro lado. Unos lucían eufóricos de triunfo. En otros aún había miedo, incertidumbre. Llevaban el peso de la derrota, al tiempo que esta suponía una liberación. "Es como cuando te rescatan de un culto", pensó Nadine, "te sentirás acosado, humillado por el resto de tu vida".

Atravesó las entrecalles de Mitte y se perdió en patios interiores, antes vedados por el Muro. Vio un viejo cementerio abandonado, un jardín enrejado, una escuela. De pronto, no supo dónde estaba. Había viajado años, décadas atrás. Caminando aturdida, fue a dar a un edificio que tenía la pintura raída, el portón desvencijado. Se acercó al número de bronce que lo identificaba, y lo palpó. Quería saber dónde estaba, cuál era la calle, si conservaba el mismo nombre que había tenido medio siglo atrás. Cerró los ojos y vio a su madre con solo siete años, corriendo desesperada, huyendo, perseguida por las sombras.

Ahora, en la oficina del profesor Galland, frente a los manuscritos de su abuela recién descubiertos, hubiese querido tener a Mares a su lado. Pero su amiga ya no estaba cerca. Sacó el móvil de su cartera y marcó su número. La línea estaba ocupada. Intentó de nuevo. Silencio.

Mares se había ido con Gaspar a Valparaíso, en Chile, donde planeaban vivir un par de años, mientras él impartía clases en una universidad católica, de donde una vez había sido expulsado. Nadine sabía que iba a ser para toda la vida. Cuando se sobrevive a una dictadura, es imposible echar raíces, decía. Del norte, Mares cambió su residencia al sur. Se había cansado de los matices gramaticales de una lengua que nunca iba a dominar a la perfección. Si se había transado por Valparaíso, era porque estaba rodeada de mar. Ella había nacido con el agua por todas partes, y quería ser fiel a su nombre, le había escrito a Nadine. Vivía en un pequeño apartamento en el barrio Concepción, lleno de colinas y escalinatas, en el que cualquier camino la llevaba al mar. El día que Nadine decidiera visitarla, le escribió, irían juntas a Isla Negra.

Nadine se imaginó a Mares a orillas del Pacífico. Recién había cumplido cincuenta y cinco años; a esa edad, sentía que no debería haber nada más por descubrir.

Con la publicación del libro de poemas escrito por su hija, dedicado a Franz, se había abierto un debate para el que ni ella ni el país estaban listos. Anton había dedicado su vida a hacer que los culpables no se salieran con la suya, que devolvieran lo que habían arrebatado a la fuerza, pero su hija mostraba la cara amable de los alemanes. No todos los alemanes eran nazis, no eran iguales, sugería Luna, y muchos jóvenes solo habían cumplido con lo que estaba predestinado para ellos: servir a la patria. Qué era la patria resultaba una pregunta válida, pero en aquella época se trataba de un asunto de vida o muerte. No había otra opción.

Franz había sido uno de esos jóvenes. Su apellido estaba asociado al horror. Un primo suyo había sido parte del programa de limpieza racial dirigido a eliminar la imperfección. La raza alemana estaba dañada, y un Bouhler había sido el encargado de salvarla, aunque de forma totalmente equivocada. Pero Franz le había dado amparo a una *mischling*: Lilith. Había ayudado a buscarle un nuevo apellido, una nueva familia y un permiso de desembarque en una isla en el Caribe. Gracias a Franz, Ally Keller había logrado salvar a su hija, aunque ella no había conseguido sobrevivir, quizás debido a la pena de haberla ayudado a escapar.

No era un discurso nuevo, pero el libro de Luna Paulus había revivido el debate.

—La hija de Franz nos ha donado una caja con documentos de su padre —explicó el profesor.

¿Ha dicho "hija"?, pensó Nadine. Luna tenía los ojos fijos en su madre. Nadine se puso de pie y palpó, con temor, la textura del abrigo rojo.

—Es lana rusa —dijo.

—Al parecer, era de tu madre.

Nadine sacó la gabardina de la caja, con extremo cuidado, como si se tratara de un ser vivo.

—Hay varios poemas, quizás los últimos que escribió Ally, después de dejar a Lilith en el puerto de Hamburgo —el profesor Galland hablaba con voz baja—. Y la carta que tu madre le escribió a Franz desde Sachsenhausen.

—Así que Franz tuvo una hija. —La voz de Nadine era casi imperceptible, pero dejó ver una sutil sonrisa—. Nuestro Franz…

—Su nombre es Elizabeth Holm —la interrumpió el profesor—. Mientras vaciaba el apartamento de su padre, encontró la caja, y en ella un artículo mío sobre el poema *La viajera nocturna*, así que me localizó en la universidad. Esa carta…

—Debemos agradecerle a su hija —lo interrumpió Nadine—. Haber guardado durante tantos años papeles viejos, un abrigo… ¿Cuándo murió Franz?

—Franz sobrevivió —el profesor aclaró—. Ya anciano, aquejado de demencia senil, su hija lo recluyó en un asilo en las afueras de Berlín. Elizabeth…

Luna se acercó a su madre, le tomó la mano con delicadeza y dijo:

—Franz todavía está vivo.

28

Setenta y cuatro años antes
Berlín. Junio, 1939

Durante las últimas semanas en su apartamento, Ally Keller vivía con los ojos cerrados. Deambulaba por la casa dando traspiés, desafiando las penumbras que ella misma había creado. Por las noches llenaba hojas con textos aislados, sin orden, la única manera que tenía de vencer al tiempo, su verdadero enemigo.

Desde que habían visto subir a Lilith por la rampa del trasatlántico, Herr Professor estaba en cama con gripe y una tos seca que perforaba las paredes. Por las mañanas y al anochecer, Ally le preparaba un té con las semillas esquinadas del cardamomo y las flores secas de la lavanda, cuyo olor inundaba el edificio, rociado con unas gotas de valeriana. Pero lo que realmente le calmaba la tos era un trago de Jägermeister, el licor que Franz había llevado una noche en que les había leído uno de sus grandilocuentes poemas. Ally había pensado que Franz pretendía adormecerlos con el licor para que pudieran soportar mejor la lectura. Sin embargo, la botella de licor se fue vaciando y Herr Professor permanecía en cama, sin siquiera mencionar sus habituales citas literarias. Daba la impresión de que se había despedido del mundo, y solo estaba esperando que llegara el momento de partir.

Hacía más de un mes que no habían escuchado una palabra de Franz. No tenían dónde llamarlo o buscarlo, y ni Herr Professor ni

Ally se atrevían a preguntar por él. Vivían con el temor de que lo hubiesen detenido por haberlos ayudado a sacar a Lilith del país. Gracias a él, la niña había obtenido una nueva identidad y habían podido enviarla con los Herzog a Cuba, en un barco destinado solo para judíos. Ally les daba vuelta a sus ideas sintiendo a veces que se cruzaban con las de Herr Professor, ambos sintiéndose culpables por la desaparición de Franz. Al mismo tiempo los habían perdido a él y a Lilith.

Ally se acostumbró a estar despierta tanto de día como de noche. Cerraba los párpados solo para pensar. Se dedicaba a escribir porque, si no lo hacía, olvidaría. Como no dormía, tampoco soñaba, y solo en sueños, que más bien eran pesadillas, lograba evocar a su hija. Sin su recuerdo, poco a poco la casa se le fue haciendo cada vez más vasta. Todo alrededor de Ally había perdido su verdadera dimensión.

La mañana que Herr Professor regresó, cubierto con un albornoz que ahora parecía inmenso, Ally estaba de pie ante la ventana, con las cortinas cerradas, reposando la vista.

En la oscuridad, Herr Professor distinguió hojas de papel amontonadas sobre la mesa, las butacas, en las esquinas. Las hojas eran el camino que Ally iba dejando para poder regresar al punto de origen, que había terminado escondido dentro de un laberinto.

—Vamos a tener que deshacernos de todo. —A pesar de verse demacrado, la voz del profesor seguía siendo firme, fuerte y pausada.

Se refería a los manuscritos de Ally y las revistas que habían publicado sus poemas. Herr Professor tenía en su mano derecha uno de los pequeños cuadernos de Ally. Había tenido la intención de acercarse a la chimenea apagada, y lanzarlo sin que Ally lo notara. Debían hacer una hoguera antes de que empezara la lluvia. Demasiadas huellas podían terminar arruinándola.

—No hay nada más que me importe perder.

—Me refiero a tus escritos.

Herr Professor se guardó el cuaderno en el bolsillo, sin que Ally lo viera.

—¿Qué más nos puede suceder?

—No lo digo por nosotros, sino por Lilith, por Franz… Es mejor quemarlo todo, desaparecer cualquier escrito que los comprometa.

Ally asintió, nerviosa, con un gesto. Al bajar la mirada, se percató de que Herr Professor estaba descalzo.

—No puedes andar así, estás enfermo, es peligroso…

—*"A man can die but once"* —dijo el anciano al salir de la habitación.

Ally se acomodó en su butacón, junto a la chimenea. Desde allí, el salón se le hacía enorme. Era junio y aún se sentía un aire gélido. Varias habitaciones de la casa habían quedado vedadas para ella, incluidos el cuarto de Lilith y su propia recámara. La vida de Ally transcurría ahora en el recibidor. Presentía que también estaba a punto de partir, pero no sabía a dónde. Frente al único espejo del apartamento, se detuvo y buscó el azul vivo que una vez habitó en sus ojos. Lo había perdido. Había escrito antes sobre la muerte de los colores, que tienden a apagarse, a perder su luz. Su cabello, su piel, sus labios, la cuenca de sus ojos se habían tornado cobrizos.

Ally se sentía enferma. Las extremidades le pesaban. Respirar le era fatigoso. Nada llegaba a sus pulmones.

Encendió la chimenea con desgano. Lanzó un leño, y luego otro, que formó una cruz y avivó el fuego. Era toda la madera que le quedaba en casa. Lo último que tenía, un lastre que podía convertir en energía. Las llamas crecían, y el chasquido del fuego triturando la leña le provocaba escalofríos. Se dejó caer nuevamente en su sillón, su rincón sagrado para la lectura, donde antes respiraba serenidad, y olvidó lo que apenas le había dicho Herr Professor. No recordaba qué tenía que hacer. A los pocos minutos, con la mirada fija en las hojas de papel dispersas por toda la casa, recordó que lo que debía hacer era lanzarlas a la hoguera. Sintió alivio. Cada vez estaba más cerca del fin.

Tomó una al azar, con esfuerzo, como si los textos tuvieran vida, y leyó unas líneas que no le parecieron suyas. Las leyó en voz alta, sin prisa, con la calma de los que ya no están. Las leyó como si Lilith pudiera escucharlas. No intentaba entrelazar las palabras, sino más bien separarlas. ¿Cuántas veces le tocaría despedirse? ¿Cuántas muertes le tocaría vivir? Leyó, o se imaginó. ¿Estaba escrito, o las palabras iban a su encuentro?

Escuchó pasos en las escaleras. Estremecían los cimientos. Había llegado la hora. Pudo sentir a los cazadores, listos para disparar. ¿A quiénes buscaban? Llevaban prisa. Algunos corrían. Podían ser dos, tres, cuatro. Las pisadas se confundían, recorrían el pasillo, iban y venían. Ally los sentía cada vez más cerca, ya casi sobre ella. Solo se caza lo que tiene vida. Ella ya había muerto.

Tocaron a la puerta. Fue un golpe seco, que provocó una onda expansiva que la hizo reaccionar. Los poemas, sus escritos, las hojas sueltas, tenía que quemarlos. ¿No había escuchado a Herr Professor? No lo haría por ella, ya no tenía salvación, sino por los demás. Dejó caer, titubeando, la primera hoja sobre la hoguera, y vio cómo se consumió en segundos. Luego otra, y otra, y otra. El fuego iluminó el salón. Tenía que seguir. Lo mejor sería arrojar todas las hojas al unísono. Buscó el abrigo rojo, que reposaba sobre una silla. Lo desplegó sobre los tablones de madera, y comenzó a amontonar las hojas. Lo que antes le había parecido leve, ahora se había convertido en una carga terrible.

De un tirón forzaron la puerta. En el instante en que tomaba el abrigo rojo, una mano la detuvo. Se volteó, y vio el rostro del soldado que se esforzaba por mirarla con amabilidad.

—Fräulein Keller, permítame ayudarla —dijo el hombre, esbozó una sonrisa y sostuvo el abrigo que protegía las palabras.

Detrás había otros tres soldados. Sintió que cargaban la gravedad de un ejército, que con ellos había entrado a su casa la impaciencia de la ciudad. El soldado amable no le quitaba la vista de encima, como si ella pudiera huir o desvanecerse en un suspiro. La estudiaba a ella y también observaba la habitación. Detalló cada esquina, las cortinas cerradas, las lámparas apagadas. Ally vivía en la noche más profunda.

—Lo siento, Frau Keller, pero tiene que acompañarnos. —Su voz sonaba como una caricia.

Los otros soldados rescataron los papeles que Ally había envuelto en el abrigo, y los colocaron, junto a otros pliegos aún dispersos por la habitación, dentro de una caja que uno de ellos sostenía. El abrigo de Ally regresó al sillón. Se había salvado de la hoguera. Se acercó a él y lo sobó una vez más con un gesto atropellado. Ya se la podían llevar. La gabardina roja ya no le pertenecía. Bajaría las escaleras y atravesaría las calles llenas de soldados. Ella sabía que la querían a ella y a sus escritos. Repasó en su mente cada poema, cada frase, y se dio cuenta de que no había mencionado el nombre de su hija en ningún verso. Tampoco el de los Herzog. ¿Cómo podían ellos saber que Lilith era luz? A Franz sí lo mencionaba, pero no por nombre. Hablaba del ángel, como lo llamaba Lilith. Tenía que protegerlo.

La chimenea se fue apagando hasta dejarlos en penumbras. Casi pudo haber huido entonces, abrir la ventana, lanzarse al vacío. El viento haría con ella lo que quisiera. Pero el soldado amable la mantenía atenazada.

Sintió un estruendo afuera, seguido de un quejido. Y risas; alguien era feliz. Entonces, el gemido regresó y se hizo constante. Un cuerpo pesado cayó al piso. Los soldados se miraron entre ellos, como esperando una orden. Supo entonces que quien los dirigía, quien decidía cada paso, aún estaba afuera. Uno de los soldados salió a ver qué sucedía. A los pocos segundos regresó. Les indicó a los otros que era hora de retirarse. Todos, ella también. El peso de las piernas la sofocaba. Ally caminó entre los soldados.

Salió al pasillo y la bombilla la cegó. Un soldado intentaba levantar un cuerpo inerte al comienzo de la escalera. Ally pudo distinguir que la cabeza colgaba sobre el escalón, como si se hubiese desprendido del cuerpo. La cabeza había chocado primero contra el escalón, luego el cuerpo se desplomó y se ovilló. La imagen le llegaba distorsionada, fragmentada entre las botas pulidas de los soldados. Los que rodeaban el cuerpo se incorporaron al verla, la luz llegó hasta los escalones, y Ally contempló lo que no quería ver. El cuerpo estaba cubierto por un albornoz rojo vino que tenía manchas negras en un hombro. La sangre se vuelve negra sobre el rojo de la seda. Ally dejó escapar un grito, que la asustó. No sabía que aún era capaz de hablar. Se arrodilló.

—Bruno, ¿me escuchas? Despierta… —le dijo Ally en el oído, muy cerca para que nadie más la oyera—. Lo que se llevan no tiene importancia. No encontrarán el nombre de Lilith ni el de los Herzog en un solo papel. Nada…

Herr Professor seguía sin reaccionar. Si intentaba llevar oxígeno a sus pulmones, su cuerpo se estremecía de dolor.

—Bruno… —La voz se le quebró—. No me dejes sola…

Ally sintió lágrimas correr por sus mejillas. Le sostuvo la cabeza al profesor, y le apartó las canas de la frente. Le limpió con suavidad una fina línea de sangre que salía de sus labios y amenazaba con convertirse en río. Herr Professor abrió los ojos, y ella lo ayudó a reponerse.

—Tenemos que bajar —le dijo el soldado amable.

Ally no lo miró. Quería olvidar cada rostro. Olvidar. Se dispuso a bajar, camino al sacrificio.

Besó a Herr Professor en la frente, y él esbozó una sonrisa. Alzó los ojos al oficial que tenía más cerca y lo increpó.

—¿Por qué lo detienen a él? Es un anciano.

—¿Necesitan una razón? —preguntó Herr Profesor y comenzó a incorporarse.

Ally lo ayudó a sentarse, él se apoyó en la baranda de hierro con el brazo derecho. Su brazo izquierdo colgaba. Ally sostuvo al anciano por la cintura, y juntos intentaron mantenerse de pie, como si fueran un solo cuerpo. Con mucho esfuerzo, bajaron las escaleras. Ally contó uno a uno los escalones, mirando siempre el suelo. Descubrió cada línea del mármol y la memorizó, desesperada. Un soldado abrió la puerta del edificio. Había sol. Ally había perdido la noción del tiempo. ¿Sería mediodía? Ella siempre había viajado de noche con Lilith.

La brisa los envolvió. Había un auto esperándolos. Cuando cruzaron el umbral del portón del edificio, Ally percibió a un oficial a su derecha. Cada vez que un soldado se cruzaba con él, le hacía el saludo militar en señal de victoria. Habían vencido a una mujer y un anciano. Así comienzan las guerras. Aplastan primero al más pequeño, al más insignificante. ¿Qué podían temer de ellos? Ideas.

—Como usted ordenó, tenemos los documentos —le informó el soldado amable al oficial.

Ahí estaba: sus poemas habían pasado a ser meros "documentos", pensó Ally.

Primero entró el profesor al auto. Luego ella. Él dejó caer la cabeza entre las rodillas. Ally no sabía si se trataba de un gesto de dolor o de vergüenza. Los soldados continuaban saludando al oficial con el gesto heroico. Habían salvado las hojas de la hoguera, como este había ordenado. Quizás el anciano solo había sufrido una caída y ya se había repuesto. Ahora los trasladarían a la estación, serían interrogados, y de ahí los llevarían a Orianenburg, se dijo.

Con los ojos nublados, se volteó a mirar por última vez la entrada de su casa. Era su gesto de despedida. Vio el aldabón, el número

32 de bronce que se había tornado verdoso con el tiempo. Detalló la línea de las maderas del portón, que ya se le hacía lejano, y las piedras de las aceras. Se detuvo en las botas brillantes y pesadas del oficial, en su uniforme impecable, con runas germánicas y carabelas plateadas, en el revólver y su funda de piel negra, en el cinturón, en los botones de su chaqueta, que brillaban como luces, en la esvástica negra sobre el círculo blanco dibujado en el brazalete rojo sangre. "La belleza del poder" pensó. "La simetría perfecta". Llegó hasta el cuello ancho y erguido del oficial que se había mantenido abajo, vigilante, junto a la entrada del edificio. No se había atrevido a entrar a su apartamento. Ally reconoció sus labios contraídos. Vio sus orificios nasales, que se abrían y cerraban al respirar, y se detuvo en los ojos. Los ojos azules que solían adormecerla. ¿Por qué tuvo que llegar a los ojos?, se preguntó.

Ally bajó la mirada. No había nada más que recordar. ¿No era más fácil olvidar? Se sintió abrumada, mareada. Un dolor en el vientre la hizo estremecerse. A tientas, buscó la mano de Herr Professor. Sacó fuerzas de donde no tenía, y en el momento en que el auto se puso en marcha volvió a mirar los ojos del oficial. Una nube pasaba sobre él. En la sombra, Ally pudo confirmarlo.

Era Franz.

29

Siete meses después
Oranienburg. Enero, 1940

Sobre la mesa de azulejos blancos se encontraba el cuerpo desnudo de Ally Keller. La mesa era un muro rectangular en el centro de la habitación, casi una extensión del suelo, las paredes y el techo. Todo estaba cubierto de azulejos. Dos estantes de hierro pintados de verde pálido, con puertas de cristal, flanqueaban la entrada. Al fondo de la habitación había otra puerta, también rodeada por muebles que guardaban instrumentos acomodados por orden de tamaño, y frascos de cristal con etiquetas que identificaban el contenido en su interior. A lo largo de una de las paredes laterales, se extendía una estrecha meseta debajo de tres ventanas equidistantes. Había otra mesa en el salón, paralela a la que sostenía el cuerpo de Ally. En el medio de cada una podía verse un tragante dorado, circular y lleno de pequeños orificios. Todo era de una perfecta simetría. Sobre cada mesa, tres lámparas colgaban de un tubo oscuro. La luz era intensa, no dejaba espacio ni a las sombras. Nada podía sobrevivir al blanco de los azulejos.

Un doctor y una enfermera entraron a la habitación. Sus rostros eran familiares para Ally, que no necesitaba abrir los ojos para reconocerlos. Bajo el peso de los párpados, en la oscuridad, percibía mucho mejor. El doctor, cuyo pulcro uniforme militar asomaba bajo la bata blanca, se acercó a la mesa donde se encontraba, ignorando al anciano desnudo que estaba sobre la otra. El cuerpo de Ally estaba tan frío como los cristales de las ventanas en medio del invierno, como el instrumento largo y plateado que el doctor comenzó a introducir, con la precisión de un cirujano, entre sus piernas. Cuando el instrumento llegó a lo más profundo de su vientre, Ally abrió los ojos. Había perdido el azul del iris. El doctor buscó con la mirada a la enfermera, que se colocó a la cabecera de la mesa, lista para sostener a la paciente en caso de que fuera necesario, pero Ally permanecía inerte, en un letargo. La perfección era filosa, cortante. Nunca el blanco había sido tan doloroso.

Tras sacar el instrumento del cuerpo de Ally, el doctor dejó caer sobre la mesa una muestra sanguinolenta, un trozo de carne aún atado por un hilo al cuerpo de la mujer. La masa se extendía, oscura, sobre las baldosas blancas. La enfermera y el doctor la observaban, en busca de una reacción, un palpitar. ¿Cuánto tiempo podría sobrevivir lo que ya no se podía alimentar en el interior? Buscaban detectar el más simple latido, el menor movimiento, algo de vida, aunque se sabía completamente desangrada. Llevaba veinticuatro horas sobre la mesa. Ya habían limpiado el cuerpo, la habían vaciado, no debería tener una gota de sangre, y aún seguía viva. ¿Por qué ella?

Solo hubiera querido borrar la luz. Ya no le importaba que le extrajeran lo único que le quedaba dentro, pero no soportaba el resplandor. Era como arder en la hoguera. Había estado tantas veces cerca del final, que estaba agotada de hacer el recuento de su vida. Había escuchado que en el instante en que uno va a morir suele regresar atrás, a la semilla, y ver lo que fue o pudo haber sido, pagar culpas y emprender el adiós. Ella había pasado los últimos meses despidiéndose.

Al llegar a la estación de policía de la Grolmanstrasse, Ally comprendió que Franz los había traicionado. Lo había visto a la entrada del edificio y, sin embargo, por un momento había querido protegerlo. En esa fracción de tiempo, el pecho se le contrajo, tenía las manos sudorosas y la sobrecogió la duda. Entonces pensó en justificarlo. Él era un soldado alemán, tenía que defender su futuro. Estaba convencida de que el miedo nos hacía miserables. El delirio la perforó y la dejó sin aliento.

En el momento que comenzó el interrogatorio, una mujer con el pelo recogido y los labios rojos trató de ganarse su confianza en el cuarto sin ventanas ni cuadros al que la condujeron. Los únicos muebles eran una mesa y dos sillas. Por suerte, la habitación estaba en penumbras. La mujer quería saber cómo había logrado que la niña entrara a Cuba, que le permitieran desembarcar. Se suponía que todos los pasajeros del barco fueran enviados de regreso.

Hubiera sido mejor si hubiera estado Herr Professor junto a ella. Él siempre tenía una respuesta para todo. Él podía calmar al más desquiciado, controlar incluso sus pensamientos. Pero la habían dejado sola, y ella no sabía qué quería la mujer. Estaba dispuesta a darle lo que buscara. No tenía nada más que perder.

Cuando la sacaron de la estación y la hicieron subir a la parte trasera de un camión cubierto, comprendió que no volvería a ver a Franz. En el fondo del camión vio a Herr Professor, aún con su albornoz de seda, y se abrió paso hacia él entre quienes lloraban y gritaban. Habían separado a las familias, aunque a ella no habían podido arrebatarle a su hija. Llegaron demasiado tarde. Poco a poco se fueron alejando de la ciudad. Alguien, desesperado, dijo que se dirigían a Sachsenhausen. Ally respiró, aliviada. De Sachsenhausen no se regresaba. Había llegado el fin. Otro fin.

Al llegar al campamento, separaron a los hombres de las mujeres. A todos les hicieron desvestirse. A ella le dieron una blusa y una falda de tela pesada y textura dolorosa. Los obligaron a salir al sol. Su blusa tenía un triángulo rojo invertido, y la separaron de las mujeres que tenían un triángulo morado, y de las que llevaban una estrella amarilla. Al otro extremo del campo divisó a los hombres. Herr Professor tenía un triángulo rosado.

Supo que la habían destinado a un grupo de privilegiadas. Como si, a pesar de que el destino era el mismo para todos, la muerte pudiera tener diferente intensidad. Estaba con alemanas, todas de raza pura, escuchó decir. Tenían acceso a papel y lápiz, y les permitían enviar una carta al mes. Las alimentaban bien, en un lugar donde una sopa, una papa cruda, un pan mohoso, una cebolla y un café aguado se podían considerar una suntuosidad. Podía bañarse una vez a la semana antes de ir a la comisaría, como algunas llamaban lo que otras habían bautizado como "la carnicería". En realidad, era la enfermería. A las alemanas que podían demostrar que no tenían un error genético ni un desbalance mental y que eran de raza pura, les extraían sangre. Los soldados del frente necesitaban de ellas, les advirtió la enfermera, y ellas asintieron, cómo no, a cambio de una ducha fría semanal y, lo más preciado, una hoja de papel y un lápiz.

Sí, que le extrajeran toda la sangre: le hacían un favor. Cada vez que salía de la enfermería, pálida y sin aliento, miraba hacia el barracón 38 y pensaba en quienes no tenían la suerte de ser desangradas a cambio de una ducha o una papa cruda. Al barracón del triángulo rosado, que identificaba a los afeminados, no lo molestaban. Nadie revisaba sus pertenencias para averiguar si habían entrado de contrabando una cuchilla oxidada, aún con filo, con la que pudieran cortarse las venas. Ya obligarían a los otros hombres marcados con triángulos rosados a limpiar la sangre. La vida batalla aún fuera del cuerpo. Cada célula se esfuerza por sobrevivir, y no se detiene hasta encontrar una gota de aliento. Es el acto desesperado de la supervivencia.

A cambio de cebollas y trozos de pan, Ally intentaba tener noticias de la barraca de los hombres que llevaban el triángulo rosado, con la esperanza de averiguar si Herr Professor se encontraba bien, si vivía, si se había recuperado del golpe en la cabeza, pero solo recibía noticias vagas. De allí sacaban todos los días dos y tres cadáveres.

A los dos meses de haber llegado a Sachsenhausen, Ally se dispuso a escribir su despedida. Iba a ser una carta muy extensa, y estaría dirigida a Franz. Dudó si debía escribir la fecha y decirle dónde estaba recluida. Él ya debería saberlo, se dijo. Quería reclamarle, pero ¿qué ganaría con eso? No pretendía que nadie la salvara.

Todas dormían en la barraca. El silencio era un verdadero lujo. Cuando las luces se apagaban, comenzaban los gemidos. Siempre había alguien llorando o quejándose en voz baja, y esa letanía acompañaba la del hambre, la sinfonía del estrago, del estómago vacío. No necesitaba luz. Tomó el lápiz con fuerza y grabó un primer trazo, un segundo y siguió escribiendo sin control. Lo primero que escribió fue lo que ni ella misma se atrevía a decir en voz alta. Dudó varias veces si debía decírselo, y al final decidió que sí. Aún había alguien a quien salvar, aunque faltaran cinco meses, que para ella serían una eternidad: estaba embarazada.

Fue la más breve de sus cartas. El secreto compartido le supo a venganza. Uno tiene muchas maneras de ajustar cuentas. La de ella consistía en hacerlo sentir culpable por todo lo que le había hecho a Herr Professor, a los Herzog y a Lilith, para quien él era "su ángel". Franz los había denunciado por lo que Ally había escrito. Los mandó a detener y los envió a Sachsenhausen. Se deshizo de su hija y de los Herzog en aras de una Alemania limpia y pura. Le deseó la muerte a Franz a cada minuto, a cada hora. Pero había un niño en camino. Ahora Franz tenía que tomar la decisión de salvar o no a su propio hijo.

La segunda carta le tomaría más tiempo. El final de la venganza es siempre más difícil de trazar. Su verbo fue creciendo como las células que se dividían en su vientre y cuyo secreto ella palpaba con un miedo perenne. Había escuchado que se deshacían de las embarazadas. Si lo descubrían en la enfermería, ¿le negarían la extracción de su líquido más preciado? Todas conocían a la carnicera, a quienes odiaban más que al doctor porque les introducía espátulas frías entre las piernas, y a la enfermera, que les perforaba el brazo con una gruesa aguja, buscando a ciegas una vena potente.

La carnicera era el mayor peligro que debía evitar. Dormía en el barracón 38 y llevaba un triángulo amarillo, pero tenía la libertad de deambular por el campo y entrar donde nadie podía. Pasaba el día en la enfermería, jugando con fetos ahogados en un líquido denso y amarillo, dentro de frascos de cristal que identificaba por los días de gestación.

Unos decían que había sido una sanguinaria comadrona, otros, que alguna vez fue una prestigiosa doctora, de las que se dedican a traer niños al mundo. Desde que había llegado al campo, el único modo que encontró para salvarse fue participar en los experimentos que se llevaban a cabo en la enfermería. Se dedicaba a las embarazadas, a quienes reconocía a distancia. Iba de barraca en barraca observando los vientres para detectar aquellos que crecían a pesar de la escasez de comida. Decían que convencía a las madres de que la única manera de sobrevivir era deshacerse de sus hijos nonatos. El comandante del campo no quería niños, embarazadas, viejos ni enfermos. Además, ¿quién querría traer un niño al mundo en esas condiciones? ¿Quién hubiera sido más inhumano: la carnicera o la madre que pariera una carnada para el enemigo?

La carnicera, entonces, sacaba a medianoche a la embarazada de la barraca, la recostaba contra las paredes de ladrillo, sobre el polvo y las piedras, le abría las piernas y sin misericordia le introducía la mano y luego el brazo, y le extraía lo que tuviera en el vientre, al instante. Si alguna en la barraca lograba esconder el embarazo, la carnicera participaba en el parto y luego hacía que la madre se despidiera del recién nacido, a quien ahogaba delante de todas, como escarmiento.

—¿Esto es lo que quieren? —gritaba la carnicera para que todas en las barracas la escucharan—. ¿No es mejor que me avisen con tiempo para no tener que cargar con esa culpa?

Luego, sin lavarse las manos, se dirigía a su camastro y en pocos segundos se quedaba dormida.

Por suerte, la carnicera no había visitado la barraca de Ally que, con los días, cada vez con menos sangre en el cuerpo y el bebé consumiéndola, fue perdiendo peso y el uniforme haciéndosele holgado. Su vientre crecía, devorándola, pero podía seguir ocultándolo bajo la ropa.

Tenía la esperanza, mientras escribía su agonía, de que Franz llegara pronto a rescatar el bebé.

Unos días antes de las navidades, durante la última extracción de sangre del año, el doctor le habló cuando se quedaron a solas.

—Sé que estás embarazada —le dijo en voz baja—. Tu bebé va a estar a salvo.

Ally solo atinó a sonreír. Su bebé iba a nacer. Otro hijo al que tendría que olvidar. Franz debía haber recibido su carta, que era más bien una plegaria. A ese bebé no habría que cambiarle el nombre ni esconder el color de su piel o demostrar ante una comisión que sus medidas eran las correctas y su inteligencia, superior. El bebé que estaba por nacer no violaría ninguna de las nuevas leyes y, por tanto, podría existir.

—¿Cuándo nacerá el bebé? —preguntó el doctor.

Franz estaba decidido a salvar al niño, y se había comunicado con el doctor, se dijo Ally. Se llevó la mano al vientre, y palpó el tamaño de su bebé, que se le hizo enorme. Era su manera de decirle al doctor que solo le quedaban unos días para que viniera al mundo. El doctor afirmó, y ella lo supo cómplice. Había que mantener a la carnicera a distancia. Ally le avisaría al romper la fuente, o en el momento que tuviera contracciones fuertes. Al salir de la enfermería, con menos sangre, sintió con fuerzas las patadas del bebé. Estaba vivo.

Con el nuevo año, puso fin a la extensa carta que consideraba su despedida. Hacía meses que había dejado de existir. Comenzaba una nueva década sin valor alguno para ella, pero no para el bebé que nacería. Durante el día permaneció en la cama bajo la dispensa especial del médico, por la noche contaba los latidos del bebé, que no dejaba de moverse. Estuvo dos días sin comer, acostada sobre sus heces y su orina. A nadie le importaba.

Con los ojos cerrados, Ally dejó que su hijo llevara las riendas. En ese instante, el último, se dio cuenta de que debía darse por vencida. Ningún dolor ni fuerza podía hacerla gritar, contraerse o pujar. El bebé tenía todo el poder del mundo, y oró como nunca antes, pidiéndole a Dios que salvara a su hijo, que le permitiera vivir y que, algún día, en el instante que el mundo volviera a ser mundo, cuando nadie tuviera que viajar de noche ni vivir en penumbras, ni demostrar su inteligencia ni su perfección, Lilith y él se encontraran. ¿Era mucho pedir?

Despertó. Aún estaba viva sobre la mesa de azulejos blancos, y la limpiaban con una manguera de agua fría. El agua corría por el tragante a su espalda. Tenía el vientre inflamado, pero el bebé no se movía. No hay nada más reconfortante que sentir el peso de algo vivo. Quiso gritarle que se moviera, hacer un gesto brusco para despertarlo, para que todos supieran que él seguía con vida. Vio al médico, a la enfermera y a un oficial. Una mujer limpiaba la sangre del piso. ¿De quién era la sangre? En la mesa de al lado habían arrojado un cuerpo. De nuevo sintió los chorros de agua. Le llaman "el viejo", pero ella no podía verlo. Un infarto. Venía del barracón de los triángulos rosados. Lo abrirán y escudriñarán en su interior, en busca del error. Tal vez esperaran descubrir que sus órganos eran tan rosados como el triángulo. Ally sabía que podría ser Herr Professor. No hay casualidades en la vida, aunque quizás ella solo estuviese alucinando. Aunque abriera los ojos, no podría verlo. Quizás él pudo sentirla antes de que lo abrieran, y luego se había dejado morir. No hay nada como decidir cuándo y dónde el corazón debe detenerse.

A contraluz divisó un gesto. Vio al doctor de espaldas. En una esquina divisó a una mujer sin bata blanca. Era la carnicera. ¿Venía por ella? Es difícil sobrevivir sin palabras.

—Tranquila, tranquila —le dijo el doctor, con la voz más reconfortante que había escuchado en su vida.

El médico le limpió la frente con una toalla húmeda y tibia. Fue lo único que sintió. Después perdió todo contacto con su cuerpo, con el hijo que estaba por nacer, con las baldosas frías. Como si hubiera huido de la habitación, pudo ver las diecisiete torres de vigilancia del campo, con sus guardias. Pudo ver el pueblo alrededor del campo, con sus calles nevadas y sus casas adosadas, en las que todos estarían celebrando las bondades que traería el nuevo año. A solo unos metros del campo había familias que vivían una vida tranquila. Quizás fueran los guardias de las diecisiete torres de control, y las mujeres del almacén de la cocina. ¿El doctor y la enfermera vivirían al doblar la esquina? ¿Les contarían a sus vecinos en qué consistía su trabajo?

Al regresar a la mesa fría, ya se habían desembarazado del cadáver de al lado. Solo quedaban ella, el doctor y la enfermera. La carnicera se había marchado. ¿Su hijo estaría a salvo? No había sábanas manchadas de sangre, ni calderas de agua caliente, ni ella tenía el bebé en su regazo. Sus pechos estaban vacíos, secos como su vientre. El doctor no tenía nada más que extraer de su interior. La enfermera guardó la placenta en uno de los frascos con formol, y le colocó una etiqueta.

El doctor se acercó a ella, intentando detectar un último aliento. No lo encontró. Ally percibió en el cuello dos dedos tibios que buscaban un latido.

—Es una niña —le susurró el doctor, en busca de una reacción.

Le llegó el aliento cálido y quiso sonreír, agradecida, pero tenía los labios congelados.

—¿Aún está viva? —preguntó la enfermera.

—No creo... —respondió el hombre.

El doctor volvió a colocar dos dedos cerca de la clavícula izquierda de Ally. Dio media vuelta y se fue. Ally sintió un portazo. Antes de salir, la enfermera había apagado las lámparas.

Al menos, ya no había luz. Una vez más, Ally estaba lista para viajar de noche.

30

Setenta y cuatro años después
Berlín. Abril, 2014

Cuando salió de la oficina del profesor Galland, Nadine se vio al borde de un precipicio, aplastada por la gravedad de una carta que nunca debió ser desenterrada. No estaba preparada para el perdón, y caminó por horas antes de entrar a su casa. Anton, desesperado, la había llamado muchas veces al móvil sin recibir respuesta. Le reclamó a Luna por no haber acompañado a su madre, que había querido estar sola. Luna se comunicó entonces con Mares, en el otro extremo del mundo, y esta le dijo que tomaría un avión para estar junto a su amiga si Nadine lo necesitaba.

Mientras deambulaba por las calles cercanas al Tiergarten, intentó entender por qué la abrumaba un sentimiento de culpa. Debió haber buscado a los que nunca conoció: a Franz, a su madre, a su abuela, a Herr Professor, aunque solo hubiese ido a visitar sus tumbas. Se había negado, incluso, a acercarse a Sachsenhausen, ahora convertido en un oscuro museo, donde tal vez estuviesen esparcidos los restos de su abuela y Herr Professor en la tierra. Había confiado en que su hija se encargaría de rescatarlos, como ya había hecho con Franz, con Ally. Ahora era ella quien necesitaba traerlos a todos de vuelta.

Sentada en un banco en el Tiergarten, frente a la carta que había escrito su abuela y que llegaba a sus manos setenta y cuatro años después, Nadine se sintió de paso, como una turista tras las huellas de algo que debería ser olvidado pero que aún perdura. Una esvástica en un muro perdido de la Bismarckstrasse, el águila con la cruz gamada entre sus garras, los mármoles rojos de la estación de Mohrentrasse, que una vez fueran de la cancillería del *Führer*; las lámparas de Albert Speer que nadie se ha atrevido a derribar en Strasse des 17; las huellas de la capital soñada por el *Führer*.

Colocó el teléfono a un lado y abrió las páginas marchitas. Ante ella tenía una de las claves de su pasado, pensó. La esencia de Ally, su abuela. Quiso descifrar el orden de las cartas. Una, escrita con letra apresurada, frases sueltas, llena de preguntas; la otra, con letra pequeña, casi ilegible, como si estuviese aprovechando cada espacio del pliego en blanco. Varios párrafos se habían borrado, como si ambas hubiesen sobrevivido un naufragio.

En una, no aparecían fecha ni destinatario.

Me arrebataste a mi Lilith. ¿Qué culpa tenía mi hija? ¿Perderla me hacía más pura ante tus ojos?

Sí, éramos una vergüenza para ti, pero ya era muy tarde, lo sigo siendo. Ahí estaban mis poemas publicados. De ellos no te podrás deshacer. El pasado, Franz, siempre nos condena.

Al final, mi hija viajó de noche: está a salvo. Lejos de este infierno, de ti, de todos.

Ahora solo quiero que sepas que nunca te vas a poder desprender de mí. Tú también estás manchado. Estoy embarazada. Tu hijo nacerá en una celda.

La otra carta estaba fechada.

Sachsenhausen-Oranienburg, 1 de enero de 1940
Franz,
Nos queda poco tiempo.
Tu hijo está a punto de nacer.

Cada vez que se mueve, que me da una de sus patadas que me estremecen, que me doblan de dolor, me hace feliz. Está vivo, con ganas de venir al mundo.

Los días son largos, las noches, demasiado cortas.

En las noches, converso con nuestro hijo, le hablo de Lilith, su hermana. Sé que él algún día la encontrará, cuando la guerra se acabe, cuando nos cansemos de ser bestias.

Franz, mi intención no es culparte, no tendría sentido. Solo te pido, por el amor que una vez nos tuvimos, que pienses ahora en nuestro hijo. Tienes la oportunidad de salvarlo. Salvándolo, te salvarás tú también. Es imposible vivir mucho tiempo en las tinieblas. Sé que algún día volverá a amanecer.

Nadine leía fragmentos dispersos de la carta en voz alta cuando recibió una llamada telefónica. No eran ni Anton ni Luna, y decidió contestar. Ya había anochecido.

—Si pudiera estar al lado tuyo ahora —dijo Mares—. Deberías venir a Valparaíso.

Nadine se mantuvo en silencio por un momento y dijo:

—¿Te acuerdas de aquella vez que fuimos a visitar el Altar de Pérgamo?

—Nadine, escúchame, Anton y Luna están preocupados. Creo que es hora de que regreses a casa.

Nadine quiso que Mares rememorara la visita al Pergamonmuseum. Allí habían visto a un anciano que lloraba, desconsolado, frente a la magnificencia del altar griego. Nadine había presentido que pertenecía al bando de los vencidos, y que añoraba una Germania que nunca existió, un reino de mil años desmoronado en una década. Mares, por el contrario, pensó que era una víctima de los nazis, y que el simbolismo del altar le hacía recordar escenas dolorosas que le arrancaban lágrimas de vergüenza. Acababan de atravesar una estación del U-Bahn, y en un salón subterráneo exhibían la maqueta de lo que pudo haber sido Berlín. Ahora se podía hablar del legado de Albert Speer, el gran arquitecto, el mejor amigo del *Führer*, el hombre que había cautivado a todos por las imponentes dimensiones y la sobria simetría de los edificios que creaba, concebidos para perdurar en la memoria, y que sobrevivirían a sus propias ruinas en su *Ruinenwerttheorie*.

Mares escuchaba a su amiga, intentando encontrarle sentido a su incoherente conversación. Para Nadine, Franz y Albert Speer habían sido protagonistas de su propia dramaturgia. De haber querido, pudo haber sabido lo que ocurría en Alemania, reconoció el arquitecto durante su juicio después de la guerra. Al final, uno ve lo que quiere ver, insistía Nadine. Fue fácil convencer a los otros, estaba arrepentido. El arquitecto, que había sido ministro de armamentos y guerra del Tercer Reich, había escuchado a los testigos en su contra con solicitud y compasión. Eso lo diferenció de los verdugos nazis que negaban el horror. Hubo un gesto que cegó a los que lo acusaban. Una vez el arquitecto visitó una fábrica subterránea de armamento y, compadecido por las condiciones en que vivían sus trabajadores, ordenó construir una barraca para ellos e insistió en que fueran alimentados apropiadamente. En realidad, lo que hacía era proteger sus morteros. Por su parte, Franz había preservado con esmero los últimos escritos de Ally Keller y al hijo de ambos. Al final, prevalece el gesto de bondad. Ya Ally se lo había dicho en la última carta. Salvando al hijo de ambos él también se salvaría.

El día de la caída, al despedirse de alguien a quien consideraba su amigo, el arquitecto Albert Speer no había cumplido la orden del *Führer* de quemar Berlín como Nerón había quemado Roma. Hasta el último momento había sido un caballero ilustrado. El sublime diseñador de los enormes escenarios del *Führer* había sabido recrear la teatralidad de su culpa. Era un gran seductor. Lo había logrado con el *Führer*, y una vez más desplegaba sus armas y cautivaba al tribunal: fue el único que mostró remordimiento en el juicio. Lo que supiera o no, terminó siendo irrelevante. Fue confinado a una celda con un patio en Spandau, una antigua fortaleza prusiana. Allí le dio forma a sus memorias, que escribió en secreto, en papel sanitario, y que un compasivo guardián sacó a escondidas de la prisión.

El gran arquitecto fue condenado a veinte años de tedio, condena que cumplió hasta la medianoche del último día. El hombre de rostro amable que había dirigido las fábricas de armamento del Tercer Reich, murió de un infarto cerebral en plena gloria, millonario, en un magnífico hotel Art-Decó de Londres, cuando se disponía a dar una entrevista de televisión.

En una cena de navidad en Lucerna, en casa de una amiga de sus suegros, Nadine había escuchado decir que comprender es perdonar.

—A mí me es muy difícil comprender —respondió.

La voz de Mares en el teléfono la hizo regresar al presente.

—Deberías venir a visitarme con Anton, Nadine. Trae a Luna. A veces es mejor dejar la ciudad por un tiempo.

Antes de despedirse, Mares le hizo prometer que viajaría hasta el fin del mundo, como llamaba a la ciudad chilena a la que se había marchado.

De regreso a su casa, después de leer la carta una vez más, Nadine vio a Anton en la ventana. Al entrar, él la abrazó y la sintió temblar.

A la mañana siguiente, la primera llamada que hizo Nadine fue al número de Elizabeth Holm.

Desde que Elizabeth donó a la universidad los escritos de Ally Keller preservados por su padre, había esperado la llamada de un pariente que quizás no estaría dispuesto a aceptarla, pero esa fue la manera que encontró de cumplir con el último deseo de su madre. Para Elizabeth, la carta también había sido una revelación tardía. Su padre nunca se la mencionó, ni tampoco que tenía una hermana que habían enviado a Cuba. Había crecido como una hija de la guerra, sola, sin pasado y sin descendientes.

Nadine sintió como si Elizabeth llevara días sentada cerca del teléfono, esperando. Su voz era suave, y les daba a todas las palabras la misma entonación. No sobraba ni faltaba una sílaba.

Se reunieron en el apartamento de Elizabeth.

—Mi padre "es" un buen hombre. —Fue la primera frase de Elizabeth Holm, con la mirada fija en la ventana.

Elizabeth sostenía una taza de café humeante, que aún no había podido saborear. Nadine y Luna Paulus, dos extrañas, la habían acribillado a preguntas desde el instante en que abrió la puerta, como si ella tuviese alguna respuesta.

Luna miraba a Elizabeth mientras Nadine recorría la habitación en busca de algo que las vinculara. Tenía ante sí al pariente más cercano de su madre. Quería vislumbrar a su madre en aquella desconocida: en sus gestos, en el tono de su voz, en sus hombros caídos, en sus manos que se aferraban a la taza como a un escudo, pero no recordaba nada de ella. Lilith y Elizabeth eran hermanas por parte de madre, algo debían tener en común. Descendían de la misma madre, pero una de ellas era hija del traidor.

Luna buscaba a su bisabuela en el perfil de la mujer, en el azul perdido de sus ojos, en el peso de sus párpados. No la encontró. Ally Keller había muerto a los veinticinco años, cerca de la edad que ahora tenía ella misma.

Al verla ahora junto a la ventana, Nadine sintió, que, a su manera, Elizabeth también se estaba despidiendo. No es posible llevar una carga tan pesada al final del camino. Elizabeth se acercaba una y otra vez la taza de café, disfrutando su aroma, pero sin beber. Se la llevaba a los labios, y hacía una pausa nerviosa. Nunca regresó a Sachsenhausen, dijo. Nunca pudo. En su certificado de nacimiento aparecía consignado que había nacido en Orianenburg y no en el campo de concentración en el que su madre la había traído al mundo. Sí, Ally Keller aparecía registrada como su madre, pero su padre le había dicho que había muerto en el parto. "Un amor de juventud truncado por la guerra" fue todo lo que le dijo de ella. Él solo tenía veintiún años, y lo habían llamado al frente, como a todos en aquella época. Nadie se podía negar. Elizabeth había crecido con su abuela paterna en aquel mismo apartamento. Tampoco había conocido al abuelo, muerto en la Gran Guerra, que había dejado a su abuela embarazada de Franz.

De su niñez solo recordaba la noche en que se sumergió en el río junto a su abuela, atadas con una cuerda por la cintura y con los bolsillos llenos de piedras. Huyendo del bombardeo a Demmin, al norte de Berlín, se habían refugiado en la casa de una hermana de su abuela.

"¿Qué hacía una niña de cinco años en las aguas heladas y oscuras del Tollense?", se preguntó Elizabeth por años.

Un día, su abuela la ayudó a descifrar la pesadilla que la atormentaba. La hermana de la abuela no había sobrevivido. Las aguas se la llevaron, como a cientos de habitantes del pueblo, que optaron por quitarse la vida antes que vivir como perdedores. A ellas las rescataron los soldados del Ejército Rojo.

El ejército alemán había abandonado el pueblo, dinamitando los puentes. ¿A dónde iban a huir? Ya lo rojos se acercaban, decididos a destruir cuanto encontraran. Casi todas las familias de la villa habían desaparecido en las aguas de los tres ríos que rodeaban al pueblo. Sí, ella y su abuela se salvaron, pero el horror no se fue. Estuvieron vagando por días, refugiándose entre los escombros y comiendo deshechos antes de regresar a un Berlín desconocido. Eso le había contado la abuela, porque para Elizabeth solo existía el instante del agua, con el cielo a sus espaldas y una cuerda en la cintura que no la dejaba moverse. Y las piedras, aquellas piedras que tiraban de ella hacia el fondo del río. Su abuela hubiese querido que ambas murieran esa noche, pero por alguna razón no fue así.

Sus días en Berlín estuvieron marcados por el sonido de una sirena constante. No entendía por qué, si ya los rojos habían tomado la ciudad. Continuaban lloviendo bombas que perforaban las calles y los refugios. Un día tenías vecinos, y al otro, no. Un día había edificios adosados, y al otro, amanecía una montaña de escombros. Aún escuchaba aquel sonido de sirenas, dijo Elizabeth.

La guerra había continuado tras la liberación, al menos para ella. Por eso decidió, desde pequeña, que nunca se casaría ni tendría hijos. A los hombres se los llevaban al frente, y uno terminaba perdiendo también a los hijos. Recordaba como su abuela deambulaba por las calles del Berlín liberado buscando comida. Regresaba sucia, ensangrentada, con un pedazo de pan o un par de papas. Los mejores días traía una barra de chocolate que le regalaban los soldados americanos.

Nadine comprendió que Elizabeth era otra víctima. Uno se deja morir a veces. Su madre había podido elegir. ¿Y su abuela? Se imaginó a la pequeña entre los escombros de la ciudad. ¿Cómo sería el paisaje desde esa ventana setenta años atrás?

Tres años después de la liberación, Franz regresó. Al mencionar a su padre, Elizabeth sonrió.

—¿Ves? Por eso uno no puede irse —continuó.

Si ella y su abuela se hubiesen marchado, ¿a dónde habría regresado Franz? El único recuerdo que tenía con ella de su padre era una fotografía donde él aparecía uniformado.

—Era hermoso —dijo—. Pero quien regresó fue un hombre encorvado, que arrastraba una pierna y no tenía una gota de vida en el rostro. Tenía los ojos hundidos, y la piel oscurecida y verdosa.

Elizabeth conserva grabado en la memoria el olor a abandono y animal muerto que desprendía su padre. Desde ese día, Franz fue siempre un anciano para ella.

Con el regreso de Franz, Elizabeth tuvo un nombre, documentos, pasaporte. Su padre decidió tomar su apellido materno, y todos en la casa pasaron a ser Holm. Querían borrar el Bouhler, como si con ello pudiesen corregir el pasado.

Elizabeth había ido a estudiar a Moscú. Allá era una extranjera más, y la miraban con desprecio. Se hizo maestra, y al regresar se encontró la casa vacía: su abuela había muerto. La habían enterrado en una tumba sin lápida, y ahora un muro dividía la ciudad. Su padre trabajaba en una biblioteca, clasificando libros. Una vez le había dicho que él había soñado con ser escritor, pero la guerra decidía por uno dejándonos sin albedrío, convirtiendo a todos en sombras.

El primer trabajo que Elizabeth tuvo fue en una escuela donde la recibieron con recelo. Enseñaba ruso a niños que no querían aprender ese idioma, y que la trataban como si fuera una delatora. Todos vivían espantados unos de los otros. El vecino se había convertido en enemigo, y espiaba hasta tus pensamientos.

Un día, la Stasi se había llevado a su padre, y no volvió a verlo hasta pasado un año. Lo subieron a un pequeño camión cuando salía del trabajo, y se lo llevaron sin siquiera preguntarle el nombre. Una mujer que dijo trabajar con su padre llamó a Elizabeth esa noche y le informó que él no iba a regresar. Elizabeth no hizo preguntas. Ambas sabían que podían estar escuchando la llamada.

—Se lo llevó la furgoneta —dijo la mujer.

Era una clave que todos entendían. Cuando desde una furgoneta sin ventanas un hombre vestido de civil te invitaba a subir, sabías cuál era tu destino. No habría acusaciones ni juicios. Desaparecías, y eso era todo. Un día te dejaban ir, y debías volver a empezar de cero y cambiar de profesión. ¿Qué hizo ella? Nada. ¿Qué podía hacer contra la policía secreta? Tuvo la suerte de que no la expulsaran de la escuela y poder seguir dando clases.

La tarde que su padre regresó —¿cuántas veces le está permitido a uno regresar?— ninguno de los dos se atrevió a hablar de por qué se lo habían llevado ni de lo que habían hecho con él. El pasado pesa y permanece, aunque uno quiera olvidarlo. Con el tiempo, Elizabeth supo que su padre había sido denunciado por un celoso administrador de la biblioteca, que quería su posición para un sobrino. Lo había acusado de haber sido un oficial nazi que nunca fue juzgado. ¿Y los años que había pasado en los campos de concentración soviéticos para prisioneros de guerra?, preguntó retóricamente Elizabeth. Según su padre le había contado, por ser un oficial que se entregó y colaboró con los aliados, allí lo habían tratado mejor que los propios alemanes del este, que lo habían torturado en el sótano de un edificio que no existía en el mapa de Berlín y en el que recluían a los desafectos políticos.

Que hubiera sido nazi no era lo que más les preocupaba a los de la Stasi, sino unas llamadas que había recibido de un antiguo colega de armas que había sobrevivido a la guerra y estaba escribiendo un libro de memorias en Berlín occidental. Su padre le había aclarado a Elizabeth que no recordaba a aquel hombre, que el tiempo y el hambre le habían vaciado el cerebro. Pero, así y todo, la policía secreta le había hecho pasar frío, encerrándolo durante semanas en celdas solitarias sin ventanas y con una bombilla encendida todo el tiempo. Su padre había llegado a desear que nunca lo hubieran traído al mundo. Había nacido en una época en la que nadie debió nacer.

Franz nunca pudo regresar a la biblioteca, y un día se cansó de buscar trabajo. Un viejo como él pocas cosas podía hacer, así que se quedó en casa y se dedicó a caminar por la ciudad, a recorrer sus barrios y a leer. Solo abandonó sus recorridos al percatarse de que a veces le era difícil saber dónde estaba, y tenía dificultades para encontrar el camino de regreso.

Una noche en que su padre tenía fiebre y sudoraciones frías a causa de una gripe que lo mantuvo en cama varios días, Elizabeth escuchó el nombre de Lilith por primera vez. Había pensado entonces que se trataba de un viejo amor. Cuando le preguntó quién era la mujer de sus pesadillas, Franz se sonrojó y cayó en su mutismo habitual. Ya para entonces confundía el pasado con el presente. A veces se levantaba convencido de estar en el campamento soviético para prisioneros de guerra: otras, en una celda de la Stasi. Entonces se arrodillaba y se ponía a rezar; él, que nunca había creído en Dios.

En esa época, comenzó a decirle a Elizabeth "mamá". Tenía un gran parecido con su madre, le decía Franz en las mañanas que se levantaba con más lucidez. Elizabeth aceptó los trastornos de su padre del mismo modo en que había aceptado cuanto le había deparado la vida, hasta que una noche Franz salió desnudo a la calle gritando el nombre de Ally, y alarmó a los vecinos.

Le hicieron diversos estudios médicos, y Elizabeth albergó la esperanza de que unas pastillas mágicas trajeran a su padre de vuelta para que pudiese ser de nuevo el hombre callado y apacible que alguna vez había sido. Visitaron muchos médicos y hospitales donde le hicieron pruebas de resonancia magnética y lo sometieron a terapias de grupo que lo volvían cada vez más irascible, hasta que determinaron que su padre estaba aquejado de demencia senil. Con el tiempo, su condición se fue deteriorando. Dos meses después estaba en cama, y se negaba a levantarse, ducharse o comer. Sus incesantes quejidos le destrozaban el alma a Elizabeth, por lo que tomó la difícil decisión de recluirlo en un hogar de ancianos, un *Senioren-Domizil*. Siempre tuvo la esperanza de que mejorara, de que solo fuera una enfermedad transitoria, pero nunca más volvió a hablar ni a caminar. Se dejó vencer.

Fue entonces que Elizabeth decidió vaciar su cuarto. Donó sus trajes y sus zapatos, y se deshizo de todo lo que su padre había acumulado durante años: recortes de periódicos, revistas, programas de teatro, manuales de instrucción, recibos de compras. En la parte más alta del armario descubrió una caja polvorienta y corroída que pesaba bastante. Sabía que lo que encontraría ahí era diferente; lo presintió.

Bajó la caja y la colocó en la mesa del comedor, donde permaneció varios días. Elizabeth desayunaba, almorzaba y cenaba mirándola, como si fuese un invitado. No se atrevía a abrirla. Finalmente, lo hizo. Lo primero que encontró fue una revista literaria de reciente publicación en la que vio el nombre de su madre, y leyó *La viajera nocturna*. Supuso que el abrigo rojo le había pertenecido a Ally, así como todos los papeles en la caja. Por primera vez tuvo una sensación de cercanía con la mujer que la había traído al mundo. Entonces, en el fondo de la caja encontró la carta, y descubrió que había tenido una medio hermana llamada Lilith.

Pudo haber tirado a la basura todos los papeles amarillentos, junto con el abrigo. Pudo haber elegido olvidar. Pero allí aparecía el nombre del profesor que había estudiado y rescatado los textos de su madre, y decidió llamarlo. Su medio hermana, aunque mayor que ella, podría estar viva. O quizás su padre la había buscado antes para cumplir el deseo de Ally, y solo había encontrado cenizas o puertas cerradas. En cualquier caso ¿qué podía perder? ¿Hizo bien? Aún no lo sabe. Quisiera pensar que sí, dijo como esperando la confirmación de Nadine y Luna, o de alguna de las dos. Nadine se mantuvo callada. Luna observaba los detalles de la casa detenida en el tiempo, como si aún el muro no hubiera sido derrumbado.

—¿Y qué pasó con Lilith? —preguntó entonces la anciana con voz temblorosa.

Luna se reincorporó, y esperó a que su madre respondiera.

—Mi madre murió en Cuba —repuso Nadine después de una larga pausa. No se atrevió a decir que era probable que se hubiese suicidado—. Para ella, la guerra nunca terminó. Pero pudo salvarme…

Me envió en un avión a Estados Unidos, sola, cuando yo era muy pequeña, y una familia me adoptó en Nueva York.

Al escucharse, Nadine se dio cuenta de que para ella la guerra tampoco había llegado a su fin. Había vivido una batalla tras otra. La guerra era viajar en avión, el salón de espera de un tribunal, una muñeca de trapo con su nombre.

El rostro de Elizabeth se contrajo. Si había entregado la caja a la universidad y había recibido a Nadine y Luna en su casa, había sido con la esperanza de cumplir el último deseo de la madre que nunca conoció: que las dos hermanas algún día se reencontraran.

—Quisiéramos ir a ver a Franz —dijo Luna.

Nadine consideró que, si ya Franz se había refugiado en el olvido y yacía en la cama de un asilo de ancianos, ¿qué sentido tenía confrontarlo? No entendía qué más quería saber su hija, por qué continuaba interrogando a Elizabeth, como a la espera de un milagro. Franz no iba a despertar del olvido, y era el único que había conocido a su madre y a su abuela.

—No creo que vayan a ganar nada con esa visita —respondió Elizabeth, y dejó al fin la taza de café sobre una pequeña mesa cubierta con un mantel de encaje raído—. Mi papá está en cama, inválido. Apenas puede pronunciar palabra. Tiene 95 años.

Nadine sabía que Luna había estado registrando cada palabra, cada gesto y que, después, en su apartamento, llenaría hasta el amanecer cuadernos con sus impresiones para preservar cada instante. Era ella quien necesitaba conocer a Franz.

—Yo he escrito sobre él, o más bien sobre el recuerdo que tenía mi bisabuela Ally Keller de él —dijo Luna—. Ahora, con esta carta...

Elizabeth miró a Nadine. Quería saber su opinión. Nadine afirmó con un gesto.

—Ustedes tienen derecho a conocerlo —dijo Elizabeth—. Lo mejor es visitarlo en la tarde... ¿Podría ser el viernes?

Nadine asintió, y se puso de pie. Luna ya estaba cerca de la puerta, mirando aún la taza de café. Elizabeth permanecía en su sillón, cerca de la ventana. Al darse cuenta de que la visita había llegado a su fin, se levantó.

—A esta hora no puedo beber café, no dormiría —le dijo a Luna.

Nadine y Luna esperaron a que Elizabeth abriera la puerta. La primera en salir fue Luna. Ya en el pasillo, Nadine regresó, se dirigió a Elizabeth, y la abrazó. La anciana se mantuvo inmóvil, poco a poco levantó el brazo izquierdo y le acarició la espalda a Nadine. Luna las observó desde lejos.

Atravesaron la Gustav-Adolf Strasse sin saber a dónde se dirigían. Caminaron largo rato, hasta dar con el Jüdischer Friedhof, con sus más de cien mil tumbas. Luna tenía la impresión de que la reunificación no había cambiado la vida del barrio. Las mujeres aún se vestían como en la época soviética. Las calles estaban sucias, y los grafitis llenaban las fachadas. El olor de la ciudad era diferente allí, dulzón y rancio a la vez.

—Si quieres, te acompaño a casa y me quedo contigo —le dijo Luna a su madre.

—No hace falta. Esta noche vas a tener mucho que escribir...

Se abrazaron, y Nadine vio a Luna partir. En una esquina, desapareció.

31

Cuatro días después
Pankow. Mayo, 2014

El viernes, Nadine tomó el tranvía amarillo en la estación de la Eberswalder Strasse en dirección a Warschauer Strasse. El Strasenbanh siempre viajaba al pasado. Ella era una más. Se sintió desorientada y se dedicó a enumerar las paradas, una a una. Luna iría por su cuenta y se encontrarían en la séptima estación, en la Landsberger Allee y la Danziger Strasse. Nadine llegó temprano. Había pensado que el viaje sería más largo. Se dispuso a buscar un café donde sentarse, pero cuando bajó del vagón no encontró ninguno entre los edificios monocromáticos y austeros, todos iguales, con pequeñas ventanas como para no permitir que entrara el sol. O que nadie saliera.

Decidió esperar a su hija al aire libre. Luna le había enviado un mensaje para avisarle que estaba en camino. Nadine tenía prisa, como si quisiera hacer del encuentro parte del pasado, y poder colocarlo en un lugar donde ya no molestase. Era demasiado tarde para volver a casa. Hubiera querido encerrarse en su habitación, irse de viaje con Anton lejos de Berlín, y se cuestionó una vez más el sentido de un encuentro que la había mantenido insomne.

Con los ojos cerrados, esperó por una señal. Comenzó a contar, para calmarse, y entonces escuchó la voz de Anton, que le decía que estaban cometiendo un error. "Pero Luna necesita ver a Franz cara a cara", había respondido ella. Era Luna quien se enfrentaría a Franz, había sido Luna quien había heredado esa historia, y quien parecía destinada a no permitir que cayera en el olvido. Luna se sentía obligada a confrontarlo, a averiguar cómo Franz había pasado de ser el ángel de la guarda de Ally al hombre que la traicionó. Así se lo había explicado a sus padres. Si Anton le hubiese pedido que no fuera, y hubiese logrado convencer a su hija, ahora Nadine no estaría temblando a solas en un banco helado, fuera de aquella estación de tranvías en medio de la nada. Pero decirle que no a Luna era como pretender detener la marea. Su hija necesitaba ponerles rostro a sus fantasmas.

Sin proponérselo, vio que iba vestida de gris, como si llevara luto por alguien que una vez quiso. Durante años se había culpado por su silencio, por haber tomado el camino que le oponía menos resistencia. "Lo que no se recuerda no existe", se había repetido durante toda su vida. Había pasado la juventud dándole la espalda a su pasado, hasta que nació su hija.

Nadine sintió que los hombros le pesaban. ¿Por qué había tenido que convertir a su hija en protagonista de una historia que no era suya? Pudo haber alejado a Luna del viejo poema y de su obsesión, y la de su madre, con la penumbra.

Mientras esperaba, los ruidos se intensificaban, los colores se mezclaban, las formas cambiaban constantemente de espesor, y mucha gente, menos su hija, brotaba del Strassenbahn M10. Todos se dirigían, decididos, a alguna parte. Todos tenían un destino. Los autos cedían el paso, las bicicletas circulaban en sentido contrario. Escuchó el silbato de un policía. Los niños corrían, esquivando a los motoristas. Se vio rodeada de fragmentos. No dejaba de preguntarse qué hacía allí, hasta que por fin vio a Luna salir del último vagón.

Nadine tragó en seco. Con desesperación, buscó una simple gota de saliva. En medio de los transeúntes vestidos de colores oscuros, Luna era como una aparición. Llevaba la gabardina roja de su bisabuela. Nadine tenía el corazón desbordado, y su hija caminaba con una calma inusual. Sus pasos eran deliberados, sin prisa.

Luna abrazó a su madre. Su hija era todo lo que ella hubiera querido ser y hacer, y nunca hizo por miedo, o más bien por el letargo de las víctimas. A ella la habían vencido. A su hija, no.

Un golpe de viento le trajo una sensación de calma. Aspiró el olor grasiento de los tranvías, el chirrido de los cables eléctricos. Le dio la mano a su hija, y juntas dejaron atrás la estación. Por fin se atrevió a hacer referencia a lo evidente: su hija se había cortado el cabello a la altura de la mandíbula, y se lo había aclarado. Con el pelo corto, las ondas eran menos profundas.

—Cada vez que te miro, siento que Ally está en ti.

La chica sonrió y recostó la cabeza por unos segundos sobre el hombro de su madre. Fue un gesto de aprobación, de no temas, de todo va a estar bien. Luna había pasado horas escribiendo, recordando o reconstruyendo rostros que eran piezas perdidas. Sin darse cuenta, Nadine había estado trazando una línea directa hacia Franz desde el día en que llegó a Alemania, una línea que había comenzado Ally Keller, y que Lilith continuó. En las manos de ella y de su hija estaba terminarla.

El camino hacia el edificio de seis plantas convertido en *Altenheim* se les hizo familiar a Nadine, como también lo había sido el encuentro con Elizabeth Holm. La tía de Nadine siempre había estado allí, aunque invisible para ellas hasta que por fin decidieron verla. A ese asilo ya habían ido, en esta o en otra vida, quiso decirle Nadine a su hija. Se sintió como Ally Keller de la mano de su hija Lilith, pero sin saber quién era quién en ese nuevo recorrido. Todo a su alrededor le resultaba pequeño. Ahora su hija la llevaba, y ella se dejaba guiar por caminos trazados por otros.

Nadine alzó los ojos y vio como unas nubes negras ocultaban el sol. Miró a su hija y quiso decirle que ahora sí estaban seguras, se había hecho de noche. Doblaron una esquina, y divisaron un apacible jardín inmaculado y simétrico en medio de la aridez de edificios de la era soviética. El *Altenheim* era un rectángulo con ventanas pequeñas y alineadas, y una puerta central. A Nadine le recordó un trasatlántico oscuro, a la deriva, al que iban a parar las almas en pena. Franz era una de ellas. Sobre el verde del pasto sobresalía el ocre de las paredes.

El jardín estaba inmóvil. Nadine hubiese deseado otro golpe de viento o, mejor aún, un tornado. Las ramas llenas de nudos y las hojas secas hacían que allí la primavera se confundiera con el otoño, como si el desorden en las cabezas de los ancianos definiera también las estaciones. Afuera había caos, pero dentro del edificio primaba el orden. Al pie de los seis escalones dispuestos en semicírculo de la entrada, Elizabeth las esperaba con una sonrisa nerviosa. Parecía formar parte de la geometría del lugar. A la sombra de la tarde, y desde lejos, Elizabeth parecía más joven. Sus arrugas habían desaparecido, y llevaba el pelo recogido en unas vueltas hacia adentro que le redondeaban el rostro. Vestía un traje de falda y chaqueta de poliéster color crema, y una blusa de seda verde con lazo inflado. Sus zapatos, negros y cerrados, eran de una rudeza hiriente.

Cuando Nadine y Ally se acercaron, Elizabeth fijó los ojos con curiosidad en la vieja gabardina roja de su madre y se cruzó de brazos, como para que ellas no se sintieran comprometidas a abrazarla.

—Te queda muy bien, Luna —le dijo.

A medida que se adentraban en el edificio, Elizabeth las orientaba.

—La mayoría son nonagenarios como papá, pero hay algunos con más de cien años.

Nadine sintió un escalofrío. Los ancianos, en sillas de ruedas, apenas se movían. Parecían estatuas de sal que se dejaban llevar al ritmo del oleaje. Hasta la recepcionista tenía los ojos clavados en un libro. Todos hacían leves movimientos aislados —un gesto, un suspiro, alguien que se volteaba a verlas para enseguida regresar a su posición original—, como para confirmar que estaban vivos. Todos los ancianos recluidos en el asilo habían sobrevivido a la guerra, habían sido parte de ella. Todos pertenecían al bando de los vencidos. Luna comprendió que aquellas paredes estaban construidas de silencio.

—Mi padre está en el sexto piso —explicó Elizabeth al pie de la escalera central. Tomaron un pasillo lateral y pasaron por una habitación iluminada y abierta, una suerte de sala de juegos, que conducía a los elevadores—. Aquí casi todos recuperan la memoria, pero no ha sido el caso de papá. A él, volver al pasado no lo estimula; todo lo contrario. Desde que llegó, se niega a dar un paso o a decir una sola palabra.

Elizabeth se detuvo, para que Nadine y Luna observaran la decoración del salón.

—Es algo reciente —explicó—. Los médicos piensan que, si los pacientes se rodean de lo que les era familiar, puede serles más fácil recuperar habilidades perdidas.

En la estantería había un secador de pelo niquelado, con el cable lleno de cinta adhesiva para cubrir las roturas, junto a varias revistas de los años sesenta, setenta y ochenta. Había latas de col y ajíes rellenos de carne, de las que se comercializaban hacía más de tres décadas, y cajas de detergente de las marcas Spee y FEWA. Tenían libros en ruso, un tocadiscos desvencijado, varias radios de diferentes tamaños, cámaras fotográficas Zenit y una gorra militar con el emblema de la hoz y el martillo en rojo. Había fotografías borrosas de las marchas del primero de mayo, todos con pañuelos rojos, y también rollos Orwo de 400 ASA. En la pared central del salón colgaba un pequeño retrato, en marco dorado, del famoso beso de Honecker y Brezhnev. Alrededor, imágenes de la plaza roja, del mar Báltico, hasta una acuarela del muro, sin alambradas, cubierto de flores. En la mesa central había un teléfono anaranjado y banderitas rojas de papel dispersas por el salón.

—Ayer fue primero de mayo —dijo Elizabeth, y tomó una de las banderas—. Hubo una pequeña celebración por el día del trabajo.

Elizabeth les contó que cada vez que los ancianos pasaban por el salón antes de regresar a sus cuartos, se les suavizaba el susto en la mirada. Antes pasaban el día agitados, con el aliento entrecortado, como si estuvieran perdidos en un bosque. Ahora, al evocar el pasado ayudados por los objetos, reconocían a sus hijos y a sus nietos por algunos minutos, y hasta podían entablar conversaciones, aunque repetitivas, con cierta lógica. La memoria estaba ahí, solo había que reactivarla.

—Al menos, los que se recuperan pueden dormir tranquilos, sin sentirse tan perdidos como papá.

A Luna se le ocurrió que algunos, para recobrar la memoria, tal vez necesitarían ir una o dos décadas aún más atrás, pero hay pasados que nadie desea recuperar. Quizá fuera mejor que esos recuerdos continuaran reprimidos, pensó. ¿Habrían probado mostrarle a Franz alguna imagen de su época de soldado?, quiso preguntarle a Elizabeth cuando la tuvo a un paso, dentro del elevador revestido de formica oscura, con un teléfono enorme de color marrón junto a los botones de números pintados a mano.

—Estamos de vuelta en el Berlín oriental —observó Nadine.

—Esa es la idea —respondió Elizabeth.

Les explicó que se dirigían al piso donde se encontraba la estación cuatro, que los empleados llamaban "estación final", porque era donde recluían a los ancianos que se encontraban en un estado de demencia más agudo. El elevador se detuvo, y la puerta comenzó a abrirse con dificultad. Elizabeth tuvo que forzarla.

El piso seis estaba en penumbra, y todas las paredes parecían grises debido a la oscuridad. Al final del pasillo colgaba una lámpara fluorescente: un tubo largo, sin cubierta. Las ventanas y puertas permanecían cerradas. El olor a encierro y a alfombras húmedas las sofocaba. Nadine pudo identificar una queja apagada, constante, que se duplicaba como un eco.

Luna imaginaba todas las variantes posibles del encuentro. ¿El anciano estaría durmiendo, o se mantendría con los ojos cerrados, o con la vista fija en la ventana, lejos de ellas? Luna no tenía dudas de que lo reconocería. Intentaría identificar el rostro descrito por su bisabuela en fragmentos de poemas. Borraría las décadas que habían caído sobre él, y el verdadero Franz resurgiría. Hubiera querido leerle uno de los versos, pero Elizabeth les había explicado que Franz había dejado de escuchar y de sentir. Su cerebro batallaba contra un torbellino, impidiéndole hasta el más mínimo reflejo.

Llegaron al final del pasillo, que se les hizo eterno. Con una sonrisa, Elizabeth les pidió que esperaran. Ella entraría primero para acomodar a Franz y airear la habitación. Nadine y Luna permanecieron en el umbral, desde donde percibieron un hedor de orina, piel seca, sábanas mustias. Se encontraban dentro de un bloque de cemento lleno de cuerpos inertes y sin memoria, que lo único que hacían era desintegrarse y expulsar fluidos fétidos. Frente a ellas, dentro de la habitación, solo podían ver una ventana con las cortinas corridas. A la izquierda estaría la cama. Elizabeth intentó abrir la ventana, pero no pudo, estaba atascada. Miró a Luna, apenada, como intentando decirle que hacía cuánto podía, que no quería que sintieran asco de su padre.

—Voy por la enfermera para que le cambie las sondas y las sábanas —dijo Elizabeth, y salió de prisa, cabizbaja.

Nadine y Luna la siguieron con la mirada. A medida que se alejaba, Elizabeth fue desapareciendo en la oscuridad.

Estaban tomadas de la mano, inmóviles. Luna podía sentir los latidos del corazón de su madre y quiso liberarse, seguir su propio ritmo. A cada una la embargaba un temor diferente. Nadine la soltó. Luna entró en la habitación, los ojos fijos en la ventana. Se detuvo en el centro, y antes de mirar hacia la cama observó a su madre. Nadine se decidió a entrar y se detuvo a unos pasos de su hija. Luna cerró los ojos por unos segundos. Al abrirlos, tenía a Franz ante ella.

Lo primero que Luna vio fue el rostro del anciano, hundido sobre el almohadón, como si la cabeza fuese lo único que le quedara, y el cuerpo se lo hubiesen tragado las sábanas y el colchón. Había perdido el cabello. No tenía cejas ni pestañas. El cráneo, pulido, estaba lleno de costras. Su nariz era alargada, sus labios, finos, y la cuenca de sus ojos era una zona oscura. Entre las sábanas, Franz era una mancha apagada. Luna quiso ver al amante de su bisabuela, al poeta grandilocuente. Quiso verlo deambular del brazo de Ally Keller por la Unter den Linden, bajo la lluvia. Quiso escuchar las órdenes del oficial detenido a la entrada del edificio número 32.

De repente, la habitación se hizo pequeña, y el aire, denso y gélido. Franz comenzó a abrir los ojos. A medida que separaba sus párpados marchitos, su respiración se agitaba. Un simple movimiento consumía la escasa energía que le llegaba a través de un suero intravenoso atado al brazo, cuya aguja parecía enterrarse en el hueso, incapaz de abastecerlo del líquido vital. En la oscuridad de la habitación, toda la luz del pasillo caía sobre Luna, haciendo lucir el rojo de su gabardina más intenso y su cabello más dorado.

Luna se sintió oprimida por los ojos vacíos de Franz. Ya era suficiente, pensó. Tal vez debió haber escuchado a sus padres. Ese encuentro no debió haber ocurrido. El Franz que tenía ante sí no era el de los poemas. Este se ahogaba en su orina y sus excrementos, había dejado de existir. Luna quiso bajar la vista, pero no pudo. Había hecho contacto con Franz, él le sostenía la mirada.

La respiración del anciano se hacía cada vez más agitada. Con cada bocanada de aire se le estremecía todo el cuerpo. Luna intentó descifrar los ojos de Franz. Su iris estaba difuminado entre venas que tejían un mapa infinito. Franz abrió los ojos tanto como pudo, y Luna cerró los de ella. Estaba agotada, sin fuerzas, lista para salir y dejar en paz al anciano decrépito.

—Ally —escuchó el nombre de su bisabuela.

La voz era débil, pero no la de un anciano. Luna abrió los ojos y vio el rostro de Franz por primera vez entre las sombras y las arrugas.

—Ally. —La voz brotaba de las sábanas—. Perdóname.

Luna miró a Franz, luego a su madre, luego regresó a Franz, como si este no la dejase ir. Nadine se había cubierto el rostro con las manos y comenzó a llorar.

—Perdóname —alzó la voz el anciano.

Luna no sabía qué hacer, si acercarse a él o responderle, llamar a la enfermera o a Elizabeth, o correr a los brazos de su madre y huir. ¿Estaba soñando? Tenían frente a ellas al hombre que había traicionado a su familia. Luna se sintió asqueada. ¿Quién era ella para concederle el perdón? ¿Y quién era ella para negárselo? Permaneció inmóvil, hasta que Franz comenzó a gritar. Era un aullido interminable.

Luna tomó a Nadine de la mano y salieron de prisa de la habitación. Se sintieron extraviadas en la desnudez de los pasillos. No quisieron esperar el elevador, y tomaron las escaleras. Antes de bajar vieron pasar a Elizabeth, que corría escoltada por una enfermera. El grito de Franz se escuchaba como una sirena que nadie podía silenciar.

Afuera, en el jardín apacible, aún resonaban sus aullidos.

32

Un año después
La Habana. Mayo, 2015

Luna Paulus no había vuelto a escribir desde el día en que fue al asilo a conocer a Franz. Pasaba las noches en vela, a solas, organizando las cartas y poemas olvidados de su bisabuela. Ya no había nada más que descifrar. Al parecer, Franz había vivido hasta los 95 años para poder rencontrarse con Ally Keller y pedirle perdón. A la mañana siguiente de la visita, amaneció muerto de un ataque al corazón.

Elizabeth le dijo a Nadine que había muerto en paz, con una sonrisa, y que no había sufrido. Un buen consuelo ante la muerte. Cuando lo hallaron, ya había exhalado: era imposible saber cuánto habría sufrido. No hubo veladas, ni esquelas mortuorias, ni procesiones de amigos. Lo enterraron en el Friedrichsfelde, junto a sus padres. En la lápida inscribieron su verdadero apellido, Bouhler. Sobre mármol blanco, grabadas en bronce, podían leerse sus fechas de nacimiento y muerte. Luna pensó que debieron haber escrito, como se acostumbra a veces, todo lo que el difunto había sido en vida: soldado, nazi, prisionero, poeta, estudiante, bibliotecario, sobreviviente. Elizabeth prefirió grabar una frase lacónica: "Aquí yace un buen padre". No había ángeles ni cruces en la lápida. Nadie dejó flores ni piedras.

Nadine llamó a Mares para darle la noticia.

—Ahora podrá pedirle perdón, cara a cara, a Ally Keller y a Bruno Bormann, y sabe Dios a cuántos más que andan por ahí, en el cielo —selló Mares.

Pero Nadine sabía que Mares no creía en el cielo ni en el paraíso, y mucho menos en el infierno. Dios era una presencia difícil de entender, decía, aclarando haber sido dañada por el comunismo. Por mucho que quisiera, no podía tener fe. Para ella era un concepto demasiado abstracto. Con la fe se nace.

La tía Elizabeth salió de sus vidas del mismo modo en que había llegado, sin preámbulos ni despedidas. Nadine se encontró con ella un par de veces. Llegaron a cenar en un insulso restaurante en el Weissensee, y mientras se ponían al día, al verse sin nada que decir y sintiéndose culpable por no haberla convidado a una cena familiar en su casa, Nadine prometió que la invitaría a la boda de Luna. Pero Anton nunca vio con buenos ojos a Elizabeth. Decía que, en el fondo, tanto ella como su padre y su abuela paterna tenían una esencia nazi. En definitiva, el gesto de Nadine había sido de cortesía: tenía el extraño presentimiento de que Luna nunca se casaría. Desde pequeña se había empeñado en que no caminaría hacia un altar vestida de blanco, y mucho menos se ataría a una persona en exclusividad por el resto de su vida.

Después de aquella cena, Elizabeth debió haber sentido que la habían aceptado en la familia, porque le confesó a Nadine que desde hacía tiempo batallaba contra una enfermedad y sentía que había llegado el momento de rendirse. Si Elizabeth había resistido todos esos años gracias a quimioterapias y radiaciones, fue porque no soportaba la idea de dejar a su padre solo en el hogar de ancianos. Ahora que ya se había ido y al fin descansaba junto a sus padres después de haber sufrido tanto, le tocaba a ella tirar la toalla. Nadine insistió en visitarla, pero Elizabeth se negó. No era el momento para la lástima. Ingresaría al hospital, y al salir, la llamaría. Se lo prometió.

Quien llamó a Nadine fue el abogado de Elizabeth. La mujer a quien nunca llamó tía había muerto, dejando todo su patrimonio —una pequeña cuenta bancaria y un oscuro apartamento— a nombre de su sobrina nieta, Luna Paulus.

⤛⤜

Ocho meses después de haberla conocido, Luna regresó al apartamento de Elizabeth con su madre. Si la primera vez le había parecido pequeño y oscuro, ahora le resultaba vasto. Abrieron las ventanas para que circulara el aire.

—No estoy lista para abrir gavetas —aclaró Luna—. Creo que es mejor dejarlo como está, por un tiempo.

Al ver a su hija perdida entre memorias ajenas y sin motivación para comenzar a escribir, Nadine se llenó de fuerzas y le dijo a Anton que se disponía a cumplir la promesa hecha a Luna cuando tenía diez años. Juntas tomarían un avión y viajarían a La Habana.

—Será solo un fin de semana, no puedo faltar más días al trabajo.

Tres días serían suficientes para visitar la tumba de sus padres, llevarles flores y ver la casa donde nació, le dijo a Luna. Solo quería respirar el aire de la Isla, y quizás sentir el sol tropical. Iría hasta el puerto, eso sí, para ver la bahía donde una vez el trasatlántico que había llevado a su madre a Cuba había estado anclado por una semana.

—No tengo nada más que hacer en La Habana —le dijo a Anton—. No iba a ser un viaje de turismo, sería más bien...

Dejó la frase inconclusa. No estaba regresando por su hija. Estaba enfrentando o, más bien, dejando atrás sus miedos. Esa era la verdadera razón.

Luna le preguntó si estaba preparada para un viaje tan largo en avión, y Nadine le recordó que las distancias eran ilusorias, y que ella ya había vencido el tiempo. No tenía nada más que buscar en el pasado, le aseguró. Necesitaba honrar la memoria de su madre.

El encuentro con Franz le había traído a Nadine una paz inusual. Estaba cansada de buscar culpables. Si uno comenzaba a indagar, al final todos lo eran.

El día del viaje a Cuba, Anton las acompañó al aeropuerto. Nadine estaba calmada y de buen humor. Era la primera vez que volvía a su país natal desde que había salido de allí sola, en un enorme avión, para comenzar una nueva vida con desconocidos. Ahora regresaba de la mano de su hija.

—Eres mi amuleto —le dijo a Luna, ya sentadas en el avión, a punto de despegar—. Fui una niña a quien nunca le gustaron los adultos. Siempre me parecieron animales tristes y solitarios… Quién me iba a decir que volvería a montarme en un avión, y mucho menos con mi hija. Gracias por acompañarme.

El vuelo fue más corto que los viajes que hacían en tren. Se dio cuenta de que el tiempo se siente diferente en dependencia de la edad. La vez que viajó con tres años, a Nadine le había parecido una eternidad, como si hubiera perdido varias décadas de vida. Esta vez, cruzar el Atlántico fue, en cambio, como un suspiro. Cerró los ojos aún bajo el cielo de Berlín, y cuando los abrió, La Habana era apenas una partícula dentro de una isla larga y estrecha que se extendía a sus pies.

Fueron las primeras en bajar la escalerilla del avión.

—Si en mayo hay este calor y este sol, ¿cómo será aquí el verano? —comentó Luna.

Nadine no pudo contestarle; el intenso olor a combustible que se sentía en el autobús que las llevaría a la terminal le provocó náuseas.

Hicieron una larga fila para pasar el control de inmigración. Un hombre pequeño, moreno, de ojos grandes, las entrevistó.

—¿Usted es cubana?

—No creo —respondió Nadine, y al instante se sintió molesta por su respuesta. Uno es o no es. Ella no era cubana—. Nací en Cuba, pero crecí en Estados Unidos. Ahora vivimos en Berlín.

—¿En la "rada" o en la "rafa"? —preguntó el hombre. Las miraba con extrañeza.

Nadine no lo entendía. Pensó que su español se había vuelto demasiado castizo y necesitaba habituarse más al que se hablaba en la Isla.

El oficial llevaba la mirada del pasaporte a ella, una y otra vez, como con dudas. Una mujer blanca, de ojos claros, rubia, con una hija morena, ambas con el mismo apellido extranjero. Y era la madre, según registraba su pasaporte, quien había nacido en La Habana.

—Mamá, se refiere a la RDA y la RFA —le susurró Luna.

—Oh, hace casi veinticinco años que hay una sola Alemania.

—Pero no ha contestado mi pregunta. ¿Ustedes eran de la "rada" o de la "rafa"?

—Mi hija nació en Berlín Occidental. Mi madre… Bueno, mi madre nació cuando había un solo Berlín, antes de la guerra.

—Pero si usted nació en La Habana, para nosotros usted es y siempre será cubana. ¿En qué año se fue de Cuba?

—Hace muchos años, no creo que usted hubiera nacido.

—Conteste mi pregunta. —El hombre parecía molesto.

—En 1962. Tenía tres años.

—¿Se fueron para Alemania?

—Viajé a Miami.

—Ah, con los gusanos.

Luna abrió los ojos. Se acordó de las historias de Mares. Mares era una gusana. Y ahora, su madre también. ¿Eso significaba que ella terminaría convirtiéndose en una lombriz?

—Mi madre era alemana. Salí a Nueva York vía Miami, y luego nos fuimos a vivir a Alemania. Sí, Alemania Federal, la RFA.

Nadine se sorprendió de hablar en plural. El hombre hojeaba página tras páginas del pasaporte con torpeza, como si quisiera despedazarlo para descubrir algún error. La escasa luz que había dentro de la terminal, la humedad del aire y la sed que había comenzado a sentir la incomodaron. Las preguntas del hombre no la intimidaban. No tenía por qué sentirse nerviosa, se dijo a sí misma.

—Pronto podremos tomar agua —le dijo a Luna en voz alta, para que el oficial la escuchara.

—Yo estoy bien, mamá.

Sí, Nadine lo sabía. Era a ella a quien le temblaban las piernas. Pero ¿qué era lo peor que le podría suceder? Incluso, si la llevaban a una celda y la interrogaban por horas, al final tenían que permitirle regresar a Berlín, en el mismo avión en que había llegado. Otras nueve horas encerrada, entre las nubes.

Sin decir nada, el oficial de inmigración tomó ambos pasaportes y salió de la cabina. Pasaron uno, dos, tres minutos, que a Nadine le parecieron horas.

El hombre regresó, pero esta vez se detuvo a espaldas de ambas.

—Acompáñenme.

Tomaron un pasillo que estaba mejor aclimatado, al final del cual, en el umbral de una puerta, los esperaba otro hombre, alto y delgado, con el rostro quemado por el sol.

Este las invitó a sentarse, y les brindó una botella de agua. Bebieron. El hombre delgado no dejaba de sonreír.

—¿Cómo fue el viaje? —les preguntó en inglés.

—Rápido —contestó Nadine, desafiante.

—Me alegro mucho. Aquí están sus pasaportes. Bienvenidas a La Habana.

Nadine y Luna no sabían si debían abandonar la habitación, o esperar por que alguien las acompañara a cruzar la línea entre el aquí y el allá, el pasado y el presente. Nadine quería saber a partir de qué punto podría sentirse segura.

El hombre se puso de pie, les indicó que lo siguieran, y en el área donde se recoge el equipaje se dirigió hacia una mujer vestida de militar, con minifalda y medias caladas, que las esperaba con sus pequeñas maletas.

Camino a la salida, a contraluz, pudieron ver una multitud aglomerada del otro lado de la puerta de cristal de la terminal. Cuando por fin salieron, Nadine distinguió sus nombres escritos en un cartel que alguien mostraba entre las manos: señora y señorita Paulus, escrito a mano. Y debajo, en letras impresas, *Hotel Nacional*.

El hombre del cartel las condujo a un minivan en el que había otros turistas, en su mayoría alemanes. Parecían un poco incómodos, tal vez por haber tenido que esperarlas. Por un momento, Nadine no entendía lo que hacía en aquel grupo de alemanes, de regreso a la Isla donde había nacido, quién sabe si por accidente o por error del destino.

Cerró los ojos y deseó abrirlos de regreso en Berlín. Quiso creer que nunca había salido de Alemania, que estaba viviendo una de tantas pesadillas que la transportaba a la casona del Vedado donde había nacido, a las calles de Maspeth, al salón de espera del tribunal de Düsseldorf o al mercado navideño de Bochum-Linden. Nadine sabía que Luna estaba grabando cada detalle del viaje, desde la luz hasta los olores. La veía sonrojarse, abrir los ojos, atenta a cada gesto, a cada frase.

La Habana era una ciudad miniatura, un mapa accidentado. Una ciudad detenida. El Hotel Nacional estaba en una colina cerca de la costa. Desde la habitación se veía el mar.

El cementerio era un palacio abierto. Todo era blanco y brillante. El mausoleo de los Bernal permanecía intacto, como si alguien lo hubiera estado cuidando. Pero el mármol es imperecedero; con seguridad nadie se había acercado al lugar, nadie se habría puesto de rodillas o encendido una vela en décadas. Ellas llevaron azucenas blancas, que se plantan en primavera. Cuando las colocaron sobre la lápida, sintieron un intenso aroma: eso quería decir que estaban próximas a morir. Visitaron también el cementerio de Guanabacoa, donde reposaban los restos de Alfred y Beatrice Herzog, el matrimonio que le había salvado la vida a Lilith, su madre alemana. Allí dejaron piedras. Las piedras que habían encontrado eran negras y brillantes.

Fueron al puerto y cruzaron la bahía. Desde el Morro, al pie de una enorme muralla de piedra corroída por el paso de los años y el salitre, vieron La Habana como la habrían visto quienes viajaron con su madre alemana, a los que no les fue permitido desembarcar del *Saint Louis*. La Habana, de pronto, también lucía lejana, inalcanzable, para ellas. Nadine se había sentido como uno de los 937 pasajeros del *MS Saint Louis*, como si no hubiese nacido en La Habana. ¿Para qué había regresado? No es posible regresar a un lugar donde no recuerdas haber estado.

Entonces llegó el momento de ver la casa donde Nadine había nacido, donde ella siempre supuso que su madre se había quitado la vida. La "casona" del Vedado era pequeña, tan pequeña que le parecía a Nadine una casa de muñecas. Daba la sensación de que los flamboyanes y las ceibas habían destruido las aceras e invadido las casas por dentro, dañando los cimientos.

Luna fue la primera en bajar del auto y, en el momento que el chofer le señaló la casa, comenzó a tomarle fotografías. Abrieron la verja de hierro del jardín, donde solo crecía hierba, y entraron hasta el portal. Llamaron a la puerta, insistieron y se alejaron al ver que nadie les respondía. Una anciana vecina se abrió paso con sorprendente rapidez por la acera y las interceptó.

La anciana, con lágrimas en el rostro, le tomó las manos a Luna.

—Tú debes ser Nadine —dijo la anciana en español.

Cuando Luna la iba a rectificar, Nadine le preguntó.

—¿Conociste a mi madre?

—Qué tonta soy. Claro, mi hija. Tú eres muy jovencita para ser Nadine, pero debo decirte que la jovencita se parece mucho a la señora Bernal.

La anciana abrazó a Nadine. Pasaron varios segundos y continuaban unidas. Nadine le hizo un gesto a su hija como dudando qué debía hacer. Luna se encogió de hombros.

—Vamos a mi casa —continuó la anciana—. Mi nombre es María.

La siguieron sin hacer preguntas. La anciana abrió la puerta de una casa similar a la de Lilith, las invitó a sentar y se excusó. Las paredes tenían varias capas de pinturas de color indefinido. Según la luz, podían verse amarillas o rosadas. Los muebles eran de madera oscura y rejillas. Había una foto familiar en el centro de la pared que miraba a la calle. Nadine reconoció a la anciana en la joven mujer que posaba junto a un hombre de traje y un niño en la imagen sepia. En una esquina del salón, un pequeño altar con una virgen y una vela gastada.

María regresó con una bandeja plateada y dos vasos de agua. Dejó la bandeja en la mesita de centro y sacó de su bolsillo una vela blanca y una caja de fósforos. Colocó la vela frente la virgen, la encendió y se persignó. Parecía como si estuviera rezándole. Ellas no entendían qué le decía María a la virgen.

—Yo le rezaba el rosario todas las tardes a tu madre —dijo María, y se sentó junto a Nadine—. No sabes cuánto le pedí a mi virgencita de la Caridad del Cobre que hiciera un milagro y que Lilith se reencontrara con su hija. El día que la internamos en el asilo, le prometí que tú vendrías un día a conocerla. Nadie se olvida de su verdadera madre.

Nadine no podía creer lo que estaba escuchando.

—De niña creí que mi madre se había suicidado —aclaró con un nudo en la garganta—. Si hubiese sabido la verdad hubiese venido corriendo a conocerla. Nunca me imaginé que hubiese muerto anciana.

—Nadine, eres una mujer con mucha suerte —dijo María con una amplia sonrisa—. Dios nos ha bendecido. Dios siempre escucha nuestras plegarias… Tu mamá está viva.

Nadine se cubrió el rostro con las dos manos y comenzó a llorar.

—¿Usted está segura? —preguntó Luna—. ¿Sabe de quién estamos hablando?

—De la señora Lilith Bernal. ¿De quién más va a ser? Ustedes no saben lo que Lilith ha sufrido. Perder primero a su marido y luego a su hija. Eso es lo que hace una revolución, aniquilar a las familias. Mírame a mí, viuda y con mi hijo preso. No me voy de este maldito país porque a mi hijo no lo puedo dejar en una cárcel. ¿Y saben por qué está preso? Simplemente por pensar diferente.

—¿Podemos ir a verla ahora mismo? ¿Nos lleva? Tenemos un auto afuera esperándonos.

—Mira m'ija, no quiero que se hagan muchas ilusiones. Lilith está vieja y se confunde a veces. No está loca, pero ella vive en su realidad. No puede caminar, pero gracias a Dios las monjitas la cuidan muy bien en Santovenia.

—¿Está enferma? —continuó Nadine.

—Enferma, no. Lo que estamos es viejas, y para eso ya no hay cura. Ella sufrió mucho desde jovencita y, con los años, el cerebro nos pasa la cuenta. Se trastocan los pensamientos y luego no sabemos ni cómo hablar. Antes iba a verla cada domingo, después de misa; ahora, una vez al mes. No saben lo difícil que es llegar allí en guagua. Pero mañana es sábado. Tempranito podremos ir a visitarla.

—¿Y quiénes viven en la casa de mi abuela? —Luna la interrumpió.

—Unos comunistas. Ya saben, en la primera oportunidad que tienen nos quitan nuestras casas y se quedan con ellas. Ahora están de viaje por no sé dónde. Él es un ministro, creo, o diplomático, quién sabe.

María se levantó del sillón y se adentró en la casa sin explicaciones.

Regresó con una bolsa de plástico estrujada. Dentro había un sobre.

—El día que por poco tu mamá incendia la casa, ella tenía en su mano esta carta —dijo, y le entregó el sobre a Nadine—. Tú ibas a cumplir ocho años.

Nadine tomó la bolsa. No se atrevía a abrirla. Los latidos del corazón eran tan sonoros que le dificultaban escuchar a María. Se sentía asfixiada y comenzó a sudar frío.

—Mañana vamos a ver a la abuela —dijo Luna—. Creo que es mejor que regresemos al hotel y descanses.

—Lilith va a ser muy feliz —dijo María—. ¡Y gracias a Dios las dos hablan español!

Se despidieron con otro abrazo largo. Durante el viaje de vuelta, Nadine no se atrevía a abrir la carta. De regreso a la habitación, se dio una ducha y esperó a que Luna se durmiera para poder descifrar a solas el mensaje de su madre.

Al pie de la ventana con vistas al mar, Nadine leyó la carta en voz alta.

33

Veintisiete años antes
La Habana. Enero, 1988

Desde el primero de enero de 1967, cuando su hija debía haber cumplido ocho años, Lilith comenzó a celebrar el cumpleaños de Nadine. Nunca hubo pastel ni velas blancas. Lilith tenía siempre, cada año, solo una en la mano, y con la mirada fija en ella se sentaba en medio del comedor en penumbras. *¿Cómo voy a celebrar el cumpleaños de mi hija con una vela?*

Sobre la mesa, el pequeño sobre rosado sin dedicatoria que había escrito hacía ya veintiún años. Al verlo, sonrió, pero al instante le sobrevino la pena. Ya no tenía con ella el cofre azul añil del tamaño de su puño.

Había pasado toda la noche pensando en cómo pudo acostumbrarse a una vida sin su hija. Desde entonces, hacía hoy casi tres décadas, había vivido en penumbras. Al atardecer, deambulaba por las calles de aceras reventadas por las raíces de las ceibas y los flamboyanes. Durante el día escribía cartas sin destinatario.

Había vivido en una isla con una nueva identidad y una nueva familia. Había aprendido un nuevo idioma. Había borrado el pasado como quien limpia un espejo empañado. Pero desde que abandonó a su hija, también el mañana había dejado de existir.

Poco después de haber enviado a Nadine a Nueva York, las monjas del convento de Santa Catalina de Siena habían sido expulsadas del país. Nadine acudió a los registros del convento, indagó y le decían que no había quedado rastro de la salida de una niña de dos años, ni de la llamada Operación Pedro Pan. La miraban como si estuviese alucinando.

Se convirtió, con el tiempo, en la celadora del mausoleo de los Bernal, que visitaba todos los viernes en el Cementerio Colón. Compraba flores con obsesión y discutía con el vendedor en alemán, reclamándole que estaban marchitas, que quería sus flores con raíces.

Lilith volvió a ser una extranjera en Cuba. Hablaba alemán a solas y los vecinos pensaban que había enloquecido. María, la vecina de la casa contigua, comenzó a visitarla por las tardes y le hacía las compras en la bodega. Si Lilith comía, era gracias a María, que con devoción religiosa le llevaba un plato de comida caliente cada tarde y rezaba a su lado el santo rosario en voz muy baja, para que los vecinos no la escucharan. Al terminar, María escondía el rosario en su blusa. Cuando le preguntaba cómo se sentía, Lilith le contestaba en alemán.

Durante años escribió cartas sin destinatario que llevaba a la oficina de correos. Al principio, el empleado le decía que la carta no tenía dirección y que así no podía enviarla. Ella la dejaba de todas formas cada semana sobre el mostrador, hasta que llegó el momento que el empleado las aceptaba e incluso las sellaba delante de ella para verla sonreír y que se marchara lo antes posible.

Un día, llegó a la oficina de correos y vio que la habían clausurado.

—A nadie le importan las cartas en esta isla —le dijo una anciana—. Desde que llegaron los comunistas al poder, no quieren que sepamos del mundo. Desde hace años no recibo cartas de mi hija, la que vive en Miami.

Lilith dio media vuelta, se encerró por años en la casona del Vedado y continuó escribiendo. Las habitaciones se fueron inundando de hojas manchadas de tinta con frases ininteligibles. Las puertas comenzaron a desencajarse de las bisagras, y el polvo y las telarañas se adueñaron de las esquinas como si durante años nadie hubiera habitado bajo ese techo.

María sentía compasión por su vecina. Ella misma tenía un hijo preso por los comunistas, que no le permitían ni visitarlo. Cuando Lilith estaba a punto de cumplir sesenta años, María decidió ir hasta la calzada del Cerro y comenzó los trámites para que aceptaran a su vecina, que no tenía familia, en el asilo de Santovenia.

—Si tiene problemas mentales, debería ir a un siquiátrico —le dijo uno de los directores del asilo a María.

—Ella no está loca —afirmó María—. Perdió a sus padres, a su marido, a su hija. Ella lo que está es muy triste y no se puede cuidar por sí sola.

Un año más tarde, durante los días de navidades, cuya celebración el gobierno había prohibido desde hacía una década, le avisaron desde el asilo que se había desocupado una cama y que se podía iniciar la inscripción.

María llenó todos los formularios, pero decidió que esperaría a que llegara el año nuevo. Llevaría a Lilith al asilo a principios de enero.

Al mediodía del primero de enero de 1988, María vio una columna de humo salir de la casa de Lilith. Al llegar al portal, vio que ya otros vecinos habían derribado la puerta y apagado el fuego con cubos de agua.

—¿A quién se le ocurre encender una vela en esta casa? —dijo un hombre que salía todo mojado y con un cubo de agua vacío en la mano, arrastrando papeles chamuscados.

Al fondo del pasillo estaba Lilith, de pie y con un sobre en la mano. María la llevó hasta la sala y se sentaron juntas.

—Espérame aquí —le dijo—. Te he conseguido una casa donde te van a cuidar y vas a poder escribirle a tu hija todas las cartas que quieras sin que te molesten. Ahora bien, allí no te van a dejar encender una vela.

Lilith sonrió. Cuando la vecina regresó a su casa, cerró los ojos, se imaginó el sabor de la torta que nunca pudo hornear y sopló las velas que no había podido conseguir. ¿Cuál sería su deseo esta vez? Para qué pedirlo, si a ella los deseos nunca se le habían cumplido. El abandono siempre había tenido día y hora.

María regresó, y las dos permanecieron sentadas en silencio.

—Pronto te vienen a buscar —le dijo—. Aunque me queda un poco lejos, yo te prometo que iré a visitarte los fines de semanas.

Dos horas después, un auto se detuvo en la entrada de la casa y dejó escuchar el claxon.

—Son ellos —dijo María y se levantó—. Vas a ver qué bien vas a estar allí.

María salió primero y Lilith la siguió.

En el umbral de la puerta, de noche, con el viejo sobre rosado sin destinatario en la mano, Lilith pudo recitar de memoria el poema que su madre le regaló el día que ella cumplió ocho años. Antes de entrar al auto flanqueado por dos hombres, uno de verde olivo y otro de blanco, Lilith se volteó y buscó a María, que corrió hacia ella. La vecina tomó el sobre que Lilith le había extendido y la abrazó.

—Tenemos que marcharnos —dijo el hombre de blanco—. Puede ir a visitarla los domingos —le dijo a María—. Hay que darle tiempo para que se adapte.

El auto se puso en marcha y, con las ventanillas abiertas, Lilith sintió que el viento la liberaba. Aún, como si no se hubiese borrado de su memoria, el aire seguía cargado de pólvora, ceniza, cuero y metal. Nada había cambiado para ella. La ciudad seguía cubierta de cristales rotos. "Uno sueña la libertad como mismo sueña a Dios", se dijo en alemán. ¿De quién era esa voz? No era capaz de reconocer ni la suya propia.

Una vez más, los sueños y Dios habían dejado de tener sentido para ella. Quiso pensar que iba dejando en su camino un rastro hasta el lugar al que la llevaban. Así su hija, algún día, cuando regresara, porque estaba convencida de que iba a regresar, la podría encontrar. Llena de esperanza y con una sonrisa, derramó una lágrima: la última.

En ese momento, recitó de memoria en alemán, su lengua materna, la carta dirigida a Nadine que le había entregado a María; y dejó que el viento se llevara sus palabras lo más lejos posible, como cuando se lanza una botella con un mensaje al mar.

La Habana, 1ro de enero de 1967
Mi querida Nadine,

Tu padre y yo te soñamos antes de tenerte. La noche que nos casamos, Martín me acarició el vientre y predijo que serías una niña.

Así que antes de que crecieras dentro de mí, ya te llamaba Nadine, mi Nadine. Te imaginé con los ojos grandes y curiosos queriendo reconocer todo lo que tuvieras a tu alcance. La primera vez que sentí tus latidos, que diste tu primera patadita, que te movías como si quisieras salir y aferrarte a mí, corrí a contárselo a tu padre. Tú nos trajiste mucha felicidad.

El fin de año que naciste, no necesitamos champaña ni música. Tú fuiste nuestra celebración. Aunque la ciudad estuviese trastornada y el mundo patas arriba, tú nos trajiste calma, mi Nadine. Desde que te tuve en mis brazos, me aferré a ti. Ese día amé más a tu padre, al verlo unido a ti, como si se hubiesen conocido toda la vida. Tú y él eran uno, y te sujetabas de su dedo con tu manita. Fue en ese instante que te hizo una promesa: un día volarían juntos, ustedes dos solos.

Oré porque esa noche fuese eterna mientras velábamos tu sueño y contábamos tus suspiros, y cada vez que te amamantaba era la mujer más feliz del mundo.

Quiero que solo tengas de nosotros ese recuerdo feliz, porque sí, Nadine, tu padre y yo fuimos muy felices a tu lado.

Y ahora me toca pedirte perdón. Hoy, el día que cumplirás ocho años, la misma edad en que yo soplé las ocho velas en Berlín y pedí un deseo que no se cumplió: nunca separarme de mi madre, que juntas huyéramos del infierno. A esa edad, mi madre me envió con dos desconocidos a una isla al otro lado del océano, y nunca logré entender cómo pudo haberle hecho eso a su única hija. La maldije, quise olvidarla, prometí que nunca más hablaría alemán. Quise borrar mis ocho años con ella.

Tuviste que nacer tú para que yo pudiera entender a mi madre. La noche que comenzaron mis contracciones de parto, antes de escuchar tu primer llanto, esa misma noche perdoné a mi madre, porque supe que yo estaba viva y, si tenía la oportunidad de convertirme en madre, era gracias a ella. Aprendí que a veces la única vía de salvar lo que uno más quiere es abandonándolo.

Mi querida Nadine, no sabes cuánta culpa sentí al no haber entendido a mi madre. Sé que cuando llegue el día de despedirme de esta vida, volveré a sus brazos. Y le pido a Dios que, al quedarme sin aliento, me permita refugiarme en mi madre y así poder decirle cuánto la he querido.

Mi querida Nadine, yo tuve que abandonarte también y, a tu edad, será difícil entenderlo. Si soy capaz de soportar el dolor de no tenerte cada día conmigo es porque sé que estás viva y eres feliz, aunque no sea yo quien te despierte cada mañana con un beso.

Algún día crecerás, quizás me maldecirás, pero tengo la esperanza de que cuando te conviertas en madre, me entiendas. Una madre nunca olvida a su hija, aunque nunca más pueda tenerla entre sus brazos.

Aquí, en esta isla que ahora te debe parecer muy lejana, estaré esperándote. Voy a sostener mi aliento, el último, hasta el día que llegues. Hoy ese es mi único deseo.

Perdóname, mi Nadine.

Te quiero con todo mi corazón,

Tu madre,

Lilith

34

Veintisiete años después
La Habana. Mayo, 2015

Al amanecer del sábado, Nadine y Luna viajaron en un auto junto a María hasta el asilo Santovenia. La Calzada del Cerro era un hervidero de gente. El sol, contra el pavimento, hacía que despidiera humo, como si estuviera a punto de derretirse. Los autos se les atravesaban sin respetar las señales del tránsito, los peatones se les abalanzaban a punto de ser atropellados. El chofer le gritaba a todo el que se le interpusiera. Ellas tres iban en silencio. A Nadine, aquella parte de la ciudad le parecía en estado de guerra. Había policías armados en todas las esquinas y largas filas en las entradas de las tiendas. El ruido ensordecedor de los camiones y los autobuses atestados la estremecían. El auto frenaba en seco cada vez que el chofer divisaba una enorme zanja en medio del camino y ellas tenían que sostenerse del techo a falta de cinturones de seguridad.

De repente, entraron en una calle apacible con arboledas. El auto se detuvo frente a una especie de palacio abandonado que abarcaba toda la manzana.

—Esta era la quinta de los Condes de Santovenia —dijo María—. Nadine, La Habana era una ciudad muy elegante.

Luna y María bajaron primero del auto. Nadine cerró los ojos, respiró profundamente y recuperó el aliento. Había pasado la noche en vela leyendo una y otra vez la carta de su madre, que ahora guardaba en su cartera.

María había llamado al asilo y había advertido que iría la mañana del sábado con la hija y la nieta de la señora Bernal. Los estarían esperando, le dijeron, con Lilith bañada y vestida para recibirlas.

Atravesaron el enorme portón de hierro y allí estaba una monja de hábito rosado que les dio la bienvenida.

—Un milagro de Dios —dijo—. Un milagro de la virgen.

En el corredor de losas de mármol blancas y grises había sillones vacíos recostados a las paredes. Se dirigieron a un patio interior con una pequeña fuente de agua.

—Ella no habla mucho, pero sé que las va a entender —aclaró la monja—. Le gusta estar a la sombra.

Nadine divisó a su madre al fondo, al otro lado del patio central. A esa hora temprana del día no había pacientes en los jardines. Desde lejos, su madre se le hacía pequeña, tan pequeña como si fuese una niña de ocho años. Nadine pensó que iba a estar nerviosa, que las piernas le iban a flaquear, pero en ese instante se llenó de energía. Adelantó el paso y fue la primera en llegar hasta ella.

A la sombra, sus sentidos se llenaron de esencia de violetas. Lilith tenía el pelo corto y blanco. La piel lisa, sin arrugas. Los brazos cubiertos de manchas oscuras. Tenía las manos entrelazadas sobre el regazo; la mirada perdida. Al acercarse Nadine, Lilith se volteó a mirarla y recorrió su rostro. Cuando Nadine le tomó las manos, su madre sonrió.

—Le tiemblan las manos —dijo Nadine y se volvió hacia Luna.

Para ella, su madre la había reconocido. Luna comenzó a llorar.

—No tenemos por qué llorar —le dijo Nadine, aunque sus propios ojos estaban llenos de lágrimas.

Nadine intentó abrazarla, con cuidado. La sintió menuda, frágil. Luna se inclinó y le dio un beso a su abuela.

Con manos nerviosas, Lilith comenzó a acariciar el rostro de su hija desde la frente hasta las mejillas. Recorría sus facciones como si fuese ciega, intentando reconocerla a través de las yemas de los dedos. Tenía las manos suaves y tibias como las de una recién nacida, se dijo Nadine.

Nadine comenzó a hablarle en alemán. Le contó sobre su vida en Nueva York, sus estudios en Berlín, el día que conoció a Anton y se enamoró perdidamente de él. Y le habló de Luna, que heredó el talento de su bisabuela Ally. Todas las historias que le contaba eran felices.

—Tenemos a otra poeta en la familia —le dijo.

—Como mi madre —le contestó Lilith en voz baja, en alemán—. Sabía que algún día nos íbamos a encontrar, aunque yo ya estuviese muy vieja.

—Si hubiera sabido antes… —dijo Nadine.

—Mi hija querida, siempre tuve esperanzas. Hay tantas preguntas que no tienen respuesta. No sabes cuánto me costó entender que mi mamá me hubiese enviado sola a Cuba. ¿Te imaginas?

—Era la guerra, mamá. Todos somos víctimas de la guerra.

—La guerra… Lo perdimos todo, pero te tengo a ti y a mi nieta. Ya me puedo morir en paz. Hice lo mejor que pude, mi pequeña Nadine. Mi intención nunca fue abandonarte.

Durante las siguientes horas permanecían en silencio por largos intervalos, solo disfrutándose.

—Ven con nosotras a Berlín, mamá.

—No, mi pequeña. Yo ya no puedo moverme. Además, aquí está enterrado tu padre. Aquí me toca quedarme, a su lado.

Lilith tomaba la mano de su hija y la apretaba, como si quisiera estar segura de que no estaba soñando. Llegado un momento, comenzó a cabecear, como adormecida.

—Es hora de que descanse —dijo la monja, que se había mantenido a corta distancia—. Ha sido demasiado para un día.

Estuvieron cuatro horas en el asilo. Para Nadine, había sido como todo un año feliz.

Nadine quería regresar, pero al día siguiente volarían a Berlín. Tendría que encontrar cómo volver a La Habana lo antes posible, soñaba con poder llevarse a su madre a Berlín, pero tenía miedo de que, en el estado tan frágil en que se encontraba, no sobreviviera el vuelo sobre el Atlántico.

Al llegar al hotel, Luna abrazó a su madre.

—¿Me vas a dejar leer la carta?

—Así como el poema de Ally —respondió Nadine, al tiempo que le entregaba a su hija el sobre rosado—, esta carta te pertenece. —Hizo una pausa y continuó—. Mañana regresarás sola, Luna. Voy a quedarme por un tiempo con mi madre.

35

Seis meses después
Berlín. Noviembre, 2015

La noche que Lilith murió, Luna se despidió de sus padres, se puso la gabardina roja, y salió del apartamento de ellos a caminar por las calles de Berlín hasta el amanecer. La ciudad se le hacía diferente, como si fuese una extensión de las ruinas que había dejado en Cuba. Tanto en La Habana como en Berlín, sentía el pasado en el pavimento bajo sus pies.

La noche que Lilith murió, Luna comprendió que, al haber rescatado a Franz, a Elizabeth y a su bisabuela, les había dado a los tres la posibilidad, para bien o para mal, de una despedida. Quizás se fueron de este mundo sabiendo que sus vidas no eran tan desesperadas como creían. "Uno no se puede morir con demasiada carga a cuestas", le había escuchado decir a su abuela Ernestina más de una vez. "Uno debe pasar al otro lado lo más ligero posible".

La noticia llegó a través de una breve llamada telefónica de María. Junto a sus padres, Luna estaba organizando un viaje a Cuba en diciembre. Los tres pasarían las navidades y el cumpleaños de su madre en La Habana, junto a Lilith.

El mes que Nadine había pasado en La Habana dejó a Anton y a Luna preocupados. Lograban solo hablar con ella una vez a la semana. Anton tuvo que ir a la embajada de Cuba en Berlín para extender la estancia de Nadine. Lo trataron como si hubiese cometido algún delito. En La Habana, hicieron ir a Nadine a la recepción del

Hotel Nacional cada noche y allí, a regañadientes, prorrogaban su estancia solo por un día, hasta recibir un documento firmado por un funcionario del gobierno cubano que la autorizaba a permanecer en el país por otras dos semanas.

Nadine sintió que, con los días, Lilith se desvanecía. Pasaban las tardes juntas en el jardín central de Santovenia como si nunca se hubiesen separado. Al principio, Lilith le hablaba de su padre, el músico, como si lo hubiese conocido. Incluso le mencionó que habían vivido juntos, con su madre, en Berlín. Al principio, Lilith le parecía más lúcida de lo que se imaginaba podría estar, pero con el tiempo, se dio cuenta de que su mente divagaba, de que a cada segundo reescribía su propia historia.

—Esta siempre ha sido nuestra casa —le dijo una vez—. Aquí fui muy feliz con mis padres.

El día que debía regresar, María le aconsejó a Nadine que se despidiera de su madre como si volviera al siguiente día.

—Para la señora Bernal es muy difícil entender el tiempo —le dijo María—. Para ella, todos los días pertenecen al ayer.

Desde su arribo a Berlín, Nadine llamaba a María todos los domingos, después de la visita a Santovenia. Ella costeaba ahora los viajes de María al Cerro, y le enviaba medicinas a ella y a su madre, intentando vencer todas las barreras para que un paquete llegara a Cuba. Unas veces era vía Madrid, otras vía Miami. También hicieron una donación al asilo de Santovenia a través de una organización católica en Galicia. Una vez al mes llamaba a su madre al asilo, y una de las enfermeras colocaba el auricular al oído de Lilith. Nadine conversaba con ella en alemán, le decía que pronto la ciudad se cubriría de nieve, que su nieta se había convertido en una escritora como Ally. Lo que decidió no contarle fue la existencia de una hermana, Elizabeth, recientemente fallecida. Para qué hacerla sufrir con historias que hasta Nadine y Luna seguían sin poder entender del todo.

Luna tenía la corazonada de que aquellas navidades serían las últimas de su abuela, y cuando sonó el timbre presintió la mala noticia al
escuchar la voz de María. Su madre le arrebató nerviosa el teléfono.

Nadine escuchó atenta a María y Luna vio cómo sus labios se
tensaban. Su madre tenía los ojos llenos de lágrimas. Anton se acercó
a su hija y la abrazó, luego fue hasta Nadine. Al terminar, Nadine
se refugió en los brazos de su marido. Luna escuchaba sus gemidos
sobrecogida. Era la primera vez que Nadine lloraba la muerte de su
madre, pensó Luna. Cuando era adolescente, la noticia de que Lilith
había muerto en Cuba nunca había sido real para ella. Ahora Lilith
tenía un rostro y una voz.

Nadine contó la llamada de María en un susurro. Sus palabras
se desvanecían entre largos silencios. Lilith había muerto a medianoche. La encontraron al amanecer. María aseguró que, desde que
Lilith se reencontró con su hija y su nieta, sus ojos se habían llenado
de luz.

"Si Lilith aún estaba viva, era simplemente porque nunca había
dejado de soñar con ese encuentro", le había dicho a Nadine.

El asilo tenía toda la información del mausoleo de los Bernal en
el Cementerio de Colón. Sería un entierro sencillo, habría flores,
rezos. Nadine se prometió que iría tan pronto como pudiera. Le
dijo a María que quería darle un abrazo, que para ella sería como si
estuviera abrazando por última vez a su madre. Luna imaginó ahora
a Nadine como la nueva veladora del mausoleo de los Bernal.

Después de despedirse de sus padres, Luna deambuló sin sentido
por la ciudad hasta llegar a una de las calles que desembocan en el
Tiergarten. Se sentó en un banco, cerró los ojos y dejó que su mente
vagara libre.

De pronto, tuvo la sensación de que ya no debía protegerse. Cau-
tiva de los recuerdos de otros, se detuvo en una esquina con cautela.
Tenía la convicción de que todo había sido una ilusión. Nada había

existido. Y si nada existió, con solo cerrar los ojos le bastaba para crear el mundo a su manera.

El Tiergarten, bajo la luz de la luna, era un banco, una farola, un árbol y una niña que corría y siempre regresaba a los brazos de su madre. De repente, se hizo de día. Vio a Ally y a Lilith Keller bajo la luz del sol. Ya no tenían que esconderse.

En su mente, Luna bordeó el número cuatro de la Tiergartens-trasse, y vio las puertas y las ventanas abiertas, y salones inundados de antigüedades en venta. Al sur de la Puerta de Brandeburgo había edificios adosados que daban al parque. Entró en la tienda de lámparas de los Herzog. Ahora había una en cada esquina de la ciudad, que vivía iluminada. Al sonar la campanilla y atravesar el umbral, deslumbrada por el techo estrellado de cientos de bombillas multicolores, escuchó a Beatrice y a Albert darle la bienvenida: *Shalom*. Detrás del mostrador, Paul, el hijo de los Herzog, atendía a un cliente.

Al salir de la tienda y continuar su camino por la Unter den Linden, las nubes se precipitaron sobre ella en una fina llovizna. Luna se cerró la gabardina roja, y se quedó contemplando los árboles de tilo de ramas florecidas.

Debía apresurarse, la estaban esperando. Llegó a la Anklamer Strasse, y aún con los ojos cerrados se detuvo donde debió haber estado el edificio con el número 32 de bronce. Las líneas de las maderas del portón estaban pulidas, las piedras de la acera, unidas. Luna abrió la compuerta sin dificultad, y entró. A la izquierda, en el 1B, acarició la mezuzá inclinada en la parte superior del marco, y subió las escaleras en lo que se le hizo una eternidad.

Luna recorrió el mapa que ella misma había trazado. En el tercer piso, caminó hasta el fondo. El pasillo se iba iluminando a su paso. Abrió la puerta de un apartamento, y le llegó un aroma a libros de piel y pergamino. Herr Professor, sentado en su butacón de terciopelo, leía en voz alta. Luna se acercó para escucharlo: *"What's past is prologue"*. En el sofá, recostado y sin camisa, reluciente como una escultura griega, Franz intentaba dormir, deleitado por la voz de su maestro.

Cuando salió del apartamento, Luna abrió la puerta contigua. Al entrar, vio a Ally Keller y su esposo Marcus, al pie de la ventana. Escuchó la voz de Lilith llamándolos. Ellos no reaccionaban. La niña repitió "mamá", ahora más alto. Tras una pausa, dijo "papá" y Marcus corrió hacia ella. Ally se volteó. Sonreía. El comedor se iluminó. Sentados alrededor de la mesa, estaban Lilith y Martín con una bebé en brazos. En un extremo, Anton y Nadine conversaban. Quiso descifrar las palabras, pero a su alrededor todo giraba. Las paredes comenzaron a borrarse. Luna miró hacia arriba. Los techos habían desaparecido. Rompió a llorar, como una vez lloró por su abuela, por su bisabuela, como solo se llora a los muertos, con desesperanza. Buscó un espejo, necesitaba saber quién era, pero se dio cuenta de que había crecido sin la posibilidad del reflejo, lejos del mar. En su familia les temían a los destellos.

Comprobó que la noche había vuelto, o quizás nunca se había marchado. Desde la ventana de su apartamento, vio a una pareja cruzar la Anklamer Strasse. Al llegar a la esquina, los extraños se voltearon y alzaron la vista hacia ella. Luna se vio a sí misma, sentada junto a la ventana.

Pasó varias horas en vela organizando las cartas y poemas olvidados de su bisabuela. Ya no había nada más que descifrar. La carta enviada desde Sachsenhausen y el pequeño sobre rosado sin remitente estaban ahora sobre el piso de madera. Encima de la mesa había hojas en blanco. El vacío siempre la había intrigado. Tenía que empezar, pero no sabía por dónde.

Los ojos de Luna se llenaron de lágrimas que no le pertenecían. Había iniciado una de sus tantas vidas. Comenzó a escribir sobre la hoja en blanco. Era otra quien hacía los trazos, ella solo movía la mano. Intentó descifrar lo que había escrito antes con palabras sueltas, pero no pudo. Lo leyó en voz alta. Solo escuchó silencio. En medio de la quietud, las palabras se fueron formando y llegaron una a una a ella. Perdió el sentido del tiempo, no sabía en qué día de la semana estaba. Ni siquiera el año.

Volvió a leer lo que había escrito. Ahora pudo escuchar, con calma, protegida por las sombras, la voz que la guiaba. Al instante la reconoció: *De noche, todos tenemos el mismo color...*

Amaneció.

NOTAS DEL AUTOR

Eugenesia

Las leyes de higiene racial se implementaron en Alemania en 1933, y el gobierno de Adolf Hitler aprobó posteriormente la política de esterilización forzosa. Se calculaba que alrededor del veinte por ciento de la población tuviera defectos genéticos o mezclas raciales. Primero, los nazis comenzaron esterilizando a los enfermos mentales. Les siguieron los *mischlings* o mestizos, aquellos que tenían un progenitor ario y otro de alguna otra raza, en su mayoría negros o judíos. En 1935, se aprobaron por unanimidad la Ley de ciudadanía del Reich y la Ley para la protección de la sangre y el honor alemanes, que clasificaban a los ciudadanos según su composición racial.

La eugenesia es la búsqueda de una raza superior mediante el mejoramiento de los rasgos hereditarios. Las leyes de eugenesia aprobadas en la Alemania nazi estuvieron inspiradas en estudios que se venían realizando en Estados Unidos y otros países desde finales del siglo XIX. Los nazis crearon el programa Acktion T4, mediante el cual exterminaron o esterilizaron a unas 275,000 personas. Las niñas eran esterilizadas con rayos X y a los niños se les hacía una vasectomía, muchas veces sin anestesia. Muchos niños afroalemanes, llamados bastardos de Renania, eran sacados de las escuelas o recogidos de las calles y llevados a instalaciones médicas donde eran esterilizados. La mezcla de razas, casi siempre con la población negra de las colonias, era considerada una ofensa racial.

Las leyes de la eugenesia alemanas estuvieron basadas, en particular, en los estudios de dos doctores de Pasadena, California. En la primera mitad del siglo XX, el método desarrollado por estos doctores llevó a la esterilización involuntaria de unas 70,000 personas en Estados Unidos. En estados como Virginia y California las esterilizaciones continuaron hasta 1979.

MS Saint Louis

La noche del sábado 13 de mayo de 1939, zarpó del puerto de Hamburgo el trasatlántico *Saint Louis*, operado por Hamburg-Amerika Linie (HAPAG), con destino a La Habana, Cuba. Llevaba más de 900 pasajeros a bordo, en su mayoría refugiados judíos alemanes. Algunos eran niños que viajaban sin sus padres.

Todos poseían permisos para desembarcar en La Habana emitidos por Manuel Benítez, director general del Departamento de Inmigración de Cuba y aliado del jefe del ejército, Fulgencio Batista. Los permisos fueron adquiridos por los viajeros a través de la compañía HAPAG. Sin embargo, una semana antes de que el barco zarpara de Hamburgo, el presidente de Cuba, Federico Laredo Brú, emitió el decreto 937 (nombrado así por el número de pasajeros que viajó en el *Saint Louis*), invalidando los permisos de desembarque firmados por Benítez.

El barco arribó al puerto de La Habana el sábado 27 de mayo, y las autoridades cubanas le prohibieron atracar en la zona reservada para HAPAG, por lo que tuvo que anclar en medio de la bahía. Solo cuatro cubanos y dos españoles no judíos fueron autorizados a bajar, así como veintidós refugiados que habían obtenido permisos del Departamento de Estado de Cuba con anterioridad a los emitidos por Benítez.

El *Saint Louis* partió rumbo a Miami el 2 de junio, y cuando se encontraba cerca de las costas estadounidenses el gobierno de Franklin D. Roosevelt le negó la entrada al país. El gobierno canadiense de Mackenzie King tampoco autorizó el desembarco del trasatlántico.

El *Saint Louis* regresó a Hamburgo. Pocos días antes de tocar puerto, el Comité Europeo para la Distribución Conjunta (JDC) negoció un arreglo con varios países miembros para que recibieran a los refugiados. Gran Bretaña aceptó a 287; Francia, a 224; Bélgica, a 214, y Holanda, a 181 refugiados. En septiembre, Alemania declaró la guerra, tras lo cual invadió todos los países de Europa continental que habían aceptado a los pasajeros del *Saint Louis*.

Solo los 287 pasajeros acogidos en Gran Bretaña estuvieron a salvo. Los otros, en su mayoría, sufrieron los horrores de la ocupación alemana o fueron exterminados en campos de concentración nazis.

Operación Pedro Pan

Entre diciembre de 1960 y octubre de 1962, 14,048 niños salieron de Cuba sin sus padres en vuelos comerciales, como parte de una operación coordinada por la Iglesia católica y avalada por el gobierno de Estados Unidos. El Departamento de Estado autorizó al padre Bryan O. Walsh, un joven sacerdote de Miami, a que hiciera ingresar al país a esos niños cubanos sin necesidad de que obtuvieran visas. Muchos de los padres que enviaron a sus hijos a Estados Unidos eran perseguidos políticos del régimen de Fidel Castro, instaurado por las armas el 1ro de enero de 1959. Otros, participaban en actividades clandestinas, temían perder la patria potestad sobre sus hijos, o que los niños fueran víctimas del adoctrinamiento político en las escuelas. El gobierno había cerrado las escuelas católicas, confiscado las propiedades de la Iglesia e intervenido las empresas privadas tras declararse comunista.

El nombre de la Operación Pedro Pan, en referencia al clásico de J.M. Barrie sobre un niño que nunca crece y vive en el mundo del Nunca Jamás, constituyó el mayor éxodo de niños por motivos políticos en la historia moderna del hemisferio occidental.

En octubre de 1962, a consecuencia de la Crisis de los Misiles que involucró a Estados Unidos, Cuba y la Unión Soviética, los vuelos entre La Habana y Miami fueron cancelados, y los niños refugiados quedaron en un limbo, a la espera de sus padres. Muchos de esos niños fueron enviados a diferentes ciudades de Estados Unidos. Algunos quedaron al cuidado de la Iglesia católica, mientras que otros fueron ubicados con familias, recluidos en campamentos, o enviados a orfanatos. Gran parte de ellos olvidó el español, y algunos nunca volvieron a reencontrarse con sus padres.

AGRADECIMIENTOS

La viajera nocturna tomó alrededor de cuatro años para llegar a su versión final, pero el proceso que comenzó con *La niña alemana* y continuó con *La hija olvidada*, tres novelas independientes unidas por la historia del *MS Saint Louis*, implicó varias décadas de investigación. Hay capítulos de *La niña alemana* que datan de 1997.

La primera vez que escuché hablar sobre el *MS Saint Louis* fue a través de Tomasita, mi abuela materna, hija de gallegos que llegaron a Cuba a finales del siglo XIX. Mi abuela estaba embarazada de mi mamá cuando el barco ancló en el puerto de La Habana. Desde niño, la escuché decir que, por los siguientes cien años, Cuba pagaría caro lo que les hizo a los refugiados judíos que venían de Alemania.

A mi abuela, todo mi agradecimiento.

Durante uno de mis almuerzos habituales en Manhattan con Johanna Castillo, entonces editora de la división Atria Books de Simon & Schuster, me propuso que escribiera una novela. Ella había leído mi primer libro publicado en Estados Unidos, *En busca de Emma*, una suerte de memorias, y vio mi potencial como escritor de ficción, me dijo. Mi respuesta fue que todos los escritores teníamos una novela engavetada. Ese día comenzó a gestarse *La niña alemana*. En otro almuerzo, le mostré lo que había recolectado sobre el *MS Saint Louis*, documentos y fotografías originales. A los pocos días, firmé un contrato para publicar la novela.

A Johanna, mi amiga, editora y ahora agente literaria por confiar en mí. Mis tres novelas existen gracias a ella.

Si en el segundo acto de *La viajera nocturna* rescaté la Cuba de los años de Fulgencio Batista y me dediqué a estudiar sus libros, sus aportes y sus errores, fue gracias a mi abuelo materno, Hilario Peña y Moya. Mi abuelo fue un apasionado defensor de Batista, incluso durante los años de la revolución. Nunca ocultó sus ideas, ni a la familia, ni a los amigos, ni a los desconocidos; ideas que entonces podían llevarlo a la cárcel. Recuerdo, siendo un niño, cuando Batista murió en el exilio, que por la casa desfilaron amigos de mi abuelo para darle el pésame.

A todo el equipo de Atria Books y de Simon & Schuster, mi casa editorial, por todo lo que hacen por mis libros para que lleguen, cada día, a más lectores.

A Libby McGuire por su confianza y pasión por mis libros.

A Peter Borland, mi magnífico nuevo editor, gracias por su visión. Sé que con él mis libros lograrán un nuevo nivel. Este será un largo camino juntos.

A Daniella Wexler, mi editora en Atria Books, y a su asistente Jade Hui. Gracias por hacerme sonar mejor en inglés.

A Wendy Sheanin, por su pasión por los libros y por hacer que mis novelas lleguen a muchos más lectores.

A todo el equipo de S&S, mi gratitud.

A Annie Philbrick, por su pasión por los libros, por leerme, por su amistad. Una amistad que surgió en un accidentado viaje a Cuba donde, el primer día que llegamos a La Habana, nos tocó sentarnos uno frente al otro en un restaurante en el río. Desde entonces, Annie se ha convertido en la madrina de mis novelas.

Al equipo editorial de Simon & Schuster en Canadá, y en especial a la publicista Rita Silva, por su apoyo.

Al equipo editorial de Simon & Schuster en Australia, en especial a Dan Rufino, Anna O'Grady y Anthea Bariamis. Gracias por el aporte editorial y comentarios al manuscrito, y por permitirme recorrer ese hermoso país y conocer a mis lectores.

A Thomas Keneally, el autor de *La lista de Schindler*, por el apoyo a *La niña alemana* y por recibirme en su casa de Sidney, Australia.

A Berta Noy, mi editora española, que siempre creyó en mí y adquirió los derechos de *La niña alemana* para España y América Latina. Gracias a todo el equipo de Ediciones B, a mi editora Aranzasu Sumalla, en Barcelona; a Gabriel Iriarte, Margarita Restrepo y Estefanía Trujillo, en Colombia; y a David García Escamilla, en México.

Al equipo de Vintage Español, en especial a Silvia Matute, Rita Jaramillo, Alexandra Torrealba, Verónica Cervera e Indira Pupo.

A Louise Bäckelin, de Förlag, mi editora en Suecia; a mis editores en Boekerij, Holanda; Gyldendal Norsk, en Noruega; en Simon & Schuster, UK; en Czarna Owca, Polonia; en Diapotra, Grecia; en 2020 Editora, Portugal; en Politikens Forlag, Dinamarca; en Matar, Israel; en Alexandra, Hungría; en Topseller, Portugal; en Bastei Lube, en Alemania; en Presses de la cité, en Francia; Chi Min Publishing Company, en Taiwán; en Casa Editrici Nord, en Italia; en Jangada, en Brasil; en Epsilon, en Turquía; en Stella, en Serbia.

A Nicholas Caistor, mi brillante traductor al inglés. Nick, además de traductor, es un excelente editor.

A Faye Williams, por su contribución a la traducción al inglés.

A Alexandra Machinist que cuando era mi agente literaria negoció con Atria Books la publicación de *La hija olvidada* y *La viajera nocturna*.

A Esther María Hernández, por pulir el texto en español de todo lo que escribo. Gracias a ella sueno mejor en mi lengua materna, afectada a veces por mis décadas en Estados Unidos.

A María Antonia Cabrera Arús, por su preciso *copyediting* en español y por su ojo crítico.

Al escritor Joaquín Badajoz, por darle una lectura final al manuscrito en español antes de enviarlo a mis editores en Barcelona. Un lujo contar con sus recomendaciones.

A Cecilia Molinari, excelente editora, copyeditor, traductora y buena amiga. Gracias también por haber contribuido a la traducción al inglés de *La viajera nocturna*.

A Néstor Díaz de Villegas, autor, ensayista, pintor y poeta, por haberme acercado a Batista y por sus siempre lúcidos comentarios. Por nuestras conversaciones sobre los libros y los autores.

A Zoé Valdés, una autora apasionada de Batista, a quien admiro. Gracias por todo tu apoyo siempre.

A Andrés Reynaldo, autor y lector inteligente. Sus comentarios sobre lo que escribo siempre los recordaré de manera especial.

A Mirta Ojito, por su paciencia leyendo mis borradores, escuchando mis ideas, por sus consejos, su amistad, su pasión por la lectura.

A María Morales, que siempre tiene algo que aportar a mis personajes y sus historias.

A Carole Joseph, que escucha con paciencia mis proyectos literarios, aunque no sean más que una idea.

A Laura Bryant, por ser una promotora incansable de todo cuanto escribo. Gracias a ella tuve la primera oferta para llevar *La niña alemana* a la pantalla.

A Clemente Lequio, por creer en mis libros.

Al equipo de Hollywood Gang Productions, Gianni Nunnari, Andre Lemmers y Jacqueline Aphimova.

A Katrina Escudero, mi agente de cine y TV.

A Herman Vega por su amistad, por los diseños de portada que me ayudan a escribir.

A Ania Puig Chang, que me ayudó a reconstruir algunas calles de Berlín y el asilo de ancianos.

A Yvonne Conde, por responder todas mis dudas sobre la Operación Pedro Pan.

A María del Carmen Ares Marrero, la inspiración para Mares, uno de los personajes de *La viajera nocturna*.

A Ana María Gordon, Eva Wiener, Judith Steel y Sonja Mier, las reales niñas pasajeras del *MS Saint Louis*. Gracias por mantener viva la memoria.

A mi familia, los primeros que apoyan cada uno de mis libros.

A mi mamá, por ser mi primera lectora, y por transmitirme su pasión por la lectura y el cine.

A Emma, Anna y Lucas, que me ayudan a encontrar los nombres de mis personajes y los títulos de los libros. Gracias por su paciencia cuando me ven encerrado escribiendo.

A Gonzalo, por estar junto a mí por más de tres décadas.

BIBLIOGRAFÍA

Agote-Freyre, Frank. *Fulgencio Batista. From Revolutionary to Strongman*. Rutgers University Press, 2006.

Aitken, Robbie and Rosenhaft, Eve. Black Germany. *The Making and Unmaking of a Diaspora Community, 1884-1960*. Cambridge University Press, 2013.

Alighieri, Dante. *La divina comedia*. FV Éditions, 2015.

Baker, Jean H. *Margaret Sanger. A Life of Passion*. Hill and Wang, 2011.

Barberán, Rafael. *El vampiro de Düsseldorf.* Sonolibro Editorial, 2019.

Barrie, J.M. *Peter Pan*. Signet Classics. Penguin Group USA, 1987.

Batista Fernández, Roberto. *Hijo de Batista. Memorias*. Editorial Verbum, 2021.

Batista, Fulgencio. *Piedras y Leyes*. Ediciones Botas, 1961.

Batista, Fulgencio. *Respuesta…* México, D.F., 1960.

Batista, Fulgencio. *The Growth and Decline of the Cuban Republic*. The Devin-Adair Company, 1964.

Beck, Gad. *An Underground Life. Memoirs of a Gay Jew in Nazi Berlin*. The University of Wisconsin Press, 1999.

Bejarano, Margalit. *La comunidad hebrea de Cuba*. Instituto Abraham Harman de Judaísmo Contemporáneo, Universidad Hebrea de Jerusalén, 1996

Bejarano, Margalit. *La historia del buque St. Louis: La perspectiva cubana*. Instituto Abraham Harman de Judaísmo Contemporáneo, Universidad Hebrea de Jerusalén, 1999.

Bilé, Sete. *Negros en los campos nazis*. Ediciones Wanáfrica S.S., 2005.

Black, Edwin. *War Against the Weak. Eugenics and America's Campaign to Create a Master Race*. Dialog Press, 2012.

Blakemore, Erin. "German Scientists Will Study Brain Samples of Nazi Victims." *Smithonian Magazine*, May 5, 2017.

Brozan, Nadine. "Out of Death, a Zest for Life." *The New York Times*, November 15, 1982—

Campt, Tina M. *Other Germans. Black German and the Politcs of Race, Gender, and Memory in the Third Reich*. The University of Michigan Press, 2005.

Carr, Firpo W. *Germany's Black Holocaust 1890-1945. The Untold Truth Details Never Revealed Before*. Scholar Technological Institute of Research, Inc., 2012.

Castro, Fidel. "Discurso pronunciado por el comandante en jefe Fidel Castro Ruz en la reunión celebrada por los directores de las escuelas de instrucción revolucionaria, efectuada en el local de las ORI, el 20 de diciembre de 1961". *Fidel, soldado de las ideas*. www.fidelcastro.cu

Castro, Fidel. *La historia me absolverá*. Ediciones Luxemburg, 2005.

Chao, Raúl Eduardo. *Raíces cubanas. Eventos, aciertos y desaciertos históricos que por 450 años forjaron el carácter de lo que llegó a ser la república de Cuba*. Dupont Circle Editions, 2015.

Chester, Edmund A. *A Sergeant Named Batista*. Grapevine Publications LLC, 2019.

Cohen, Adam. *Im•be•ciles. The Supreme Court, American Eugenics, and the Sterilization of Carrie Buck*. Penguin Books, 2016.

Conde, Yvonne. *Operation Pedro Pan. The Untold Exodus of 14,048 Cuban Children*. Routledge. New York, 1999.

De la Cova, Antonio Rafael. *La guerra aérea en Cuba en 1959. Memorias del teniente Carlos Lazo Cuba. El juicio por genocidio a los aviadores militares*. Ediciones Universal, 2017.

Díaz de Villegas, Néstor. *Cubano, demasiado cubano*. Bokeh, 2015.

Díaz González, Christina. *The Red Umbrella*, Alfred A. Knopf, 2010.

Domínguez, Nuño. "Alemania reabre el caso de los asesinados por la ciencia nazi". *El País*, 22 de mayo de 2017.

Dubois, Jules, *Fidel Castro. Rebel, Liberator or Dictator?* The New Bobbs-Merryl Company, 1959.

Evans, Suzanne E. *Hitler's Forgotten Victims. The Holocaust and the Disabled*. The History Press, 2010.

Fernández, Arnaldo M. "Historia y estilo: doble juicio revolucionario". *Cubaencuentro*, 13 de diciembre de 2019.

Fornés-Bonavía-Dolz, Leopoldo. *Cuba cronología. Cinco siglos de historia, política y cultura*. Editorial Verbum, 2003.

Gay, Peter. *Weimar Culture. The Outsider as Insider*. W.W. Norton & Company, 2001.

Gbadamosi, Nosmot. "Human Exhibits and Sterilization: The Fate of Afro Germans under Nazis." CNN, July 26, 2017.

Goeschel, Christian. *Suicide in Nazi Germany*. Oxford University Press, 2009.

Gómez Cortés, Olga Rosa. *Operación Pedro Pan. Cerrando el círculo en Cuba. Basado en el documental de Estela Bravo*. Casa de las Américas, 2013.

Gosney, E.S. and Popenoe, Paul. *Sterilization for Human Betterment. A Summary of Results of 6,000 Operations in California, 1909-1929*. The Macmillan Company, 1929.

Grant, Madison. *The Passing of the Great Race*. Ostara Publications, 2016.

Hitler, Adolf. *Mein Kampf*. Mariner Books. 1998.

Koehn, Ilse. *Mischling, Second Degree: My Chilhood in Nazi Germany*. Puffin Books. Penguin Group, 1977.

Kühl, Stefan. *The Nazi Connection. Eugenics, American Racism and German National Socialism*. Oxford University Press, 1994.

Lang-Stanton, Peter. Jackson, Steven. "Eugenesia en Estados Unidos: Hitler aprendió de lo que los estadounidenses habían hecho". *BBC News Mundo*, 16 de abril de 2017.

Lelyveld, Joseph. *Omaha Blues*. Picador, 2006.

León, Gustavo. *De regreso a las armas. La violencia política en Cuba: 1944-1952. Trilogía de la República*. Tomo II. 2018.

Lowinger, Rosa and Fox, Ofelia. *Tropicana Nights. The Life and Times of the Legendary Cuban Nightclub*. In Situ Press, 2005.

Ludwig, Emil. *Biografía de una isla (Cuba)*. Editorial Centauro, 1948.

Luckert, Steven and Bachrach, Susan. *State of Deception. The Power of Nazi Propaganda*. United States Holocaust Memorial, 2011.

Lusane, Clarence. *Hitler's Black Victims. The Historical Experiences of Afro-Germans, European Blacks, Africans, and African Americans in the Nazi Era*. Routledge, 2003.

Machover, Jacobo. *Los últimos días de Batista. Contra-historia de la revolución castrista*. Editorial Verbum, 2018.

Martin, Douglas. "A Nazi Past, a Queens Home Life, an Overlooked Death." *The New York Times*, December 2, 2005.

Massaquoi, Hans I. *Destined to Witness: Growing Up Black in Nazi Germany*. William Morrow and company Inc., 1999.

Meyer, Beate; Simon, Herman and Schütz, Chana. *Jews in Nazi Berlin. From Kristallnacht to Liberation*. The University of Chicago Press, 2009.

Noack, Rick. "A German Nursing Home Tries a Novel Form of Dementia Therapy: Re-creating a Vanished Era for Its Patients." *The Washington Post*, December 26, 2017.

Ogilvie, Sarah A. and Miller, Scott. *Refugee Denied*. The St. Louis Passengers and the Holocaust. United States Holocaust Memorial Museum, 2006.

Ojito, Mirta. "Cubans Face Past as Stranded Youths in U.S." *The New York Times*, June 12, 1998.

Ortega, Antonio. "A La Habana ha llegado un barco". *Bohemia*. Número 24, 11 de junio de 1939.

Osterath, Brigitte. "German Research Organization to Identify Nazi Victims that Ended Up as Brain Slides." *DW*, May 2, 2017.

Peña Lara, Hilario (ex-capitán del Ejército Rebelde). Private Archive.

Plant, Richard. *The Pink Triangle. The Nazi War Against Homosexuals*. Holt Paperbacks, 1986.

Prieto Blanco "Pogolotty", Alejandro. *Batista: el ídolo del pueblo*. Punto Rojo Libros, 2017.

Procter, Robert N. *Racial Hygiene. Medicine Under the Nazis*. Harvard University Press, 1988.

Riefenstahl, Leni. *A Memoir*. Saint Martin Press, 1993.

Riefenstahl, Leni. *Behind the Scenes of the National Party Convention Film*. International Historic Films, Inc., 2014.

Ross, Alex. "How American Racism Influenced Hitler". *The New Yorker*, April 23, 2018.

Sarhaddi Nelson, Soraya. "Nursing Home Recreates Communist East Germany for Dementia Patients." *NPR*, January 22, 2018.

Sartre, Jean-Paul. *Sartre on Cuba. A First-Hand Account of the Revolution in Cuba and the Young Men Who Are Leading It. Who They Are and Where They Are Going*. Ballantine Books, 1961.

Schoonover, Thomas D. *Hitler's Man in Havana. Heins Lüning and Nazi Espionage in Latin America*. The University Press of Kentucky, 2008.

Seaton Wagner, Margaret. "A Mass Murderer; The Monster of Dusseldorf. The Life and Trial of Peter Kurten." *The New York Times*, July 9, 1933.

Speer, Albert. *Inside the Third Reich: Memoirs*. The MacMillan Company, 1970.

Spotts, Frederic. *Hitler and the Power of Aesthetics*. Harry N. Abrams, 2018.

Taborda, Gabriel E. *Palabras esperadas. Memorias de Francisco H. Tabernilla Palmero*. Ediciones Universal, 2009.

Taveras, Juan M. *El negro y el judío. El odio racial*. 2017.

Thomas, Gordon and Morgan-Witts, Max. *Voyage of the Damned. A Shocking True Story of Hope, Betrayal, and Nazi Terror*. Amereon House, 1974.

Torres, María de los Angeles. *The Lost Apple. Operation Pedro Pan, Cuban Children in the U.S. and the Promise of a Better Future*. Beacon Press, 2003.

Triay, Victor Andres. *Fleeing Castro. Operation Pedro Pan and the Cuban Children's Program*. University Press of Florida, 1998.

Truitt, Dr. W.J. and Shannon, T.W. *Eugenics. Nature's Secrets Revealed. Scientific Knowledge of the Laws of Sex Life and Heredity, or Eugenics (Vital Information for the Married and Marriageable of All Ages; a Word at the Right Time to the Boy, Girl, Young Man, Young Woman, Husband, Wife, Father and Mother; also, Timely Help, Counsel and Instruction for Every Member of Every Home, Together With Important Hints on Social Purity, Heredity, Physical Manhood and Womanhood by Noted Specialists*. The S.A. Mullikin Company, 1915.

United States Government Printing Office Washington. Committee on the Judiciary. *Hearings Before the Subcommittee to Investigate the Administration of the Internal Security Act and Other Internal Security Laws of the Committee on the Judiciary United States Senate Eighty-Sixth Congress. Second Session Part 9*. August 27, 30, 1960.

United States Holocaust Memorial Museum. *Deadly Medicine. Creating the Master Race*. United States Holocaust Memorial Museum, 2008.

United States Holocaust Museum. *Voyage of the Saint Louis.* (catálogo).

Valdés, Zoé. *Pájaro lindo de la madrugá.* Algaida, 2020.

Whitman, James Q. *Hitler's American Model. The United States and the Making of Nazi Race Law.* Princeton University Press, 2017.

Wipplinger, Jonathan O. *The Jazz Republic. Music, Race, and American Culture in Weimar Germany.* The University of Michigan, 2017.